江河東流

畀愚 著

作家出版社

一

从小我就不喜欢念书。我喜欢的是革命。我喜欢挥舞着母亲唱戏的那柄描金宝剑，追逐家里的警卫们，就像赶着一群鸭子，在院子里扑棱棱地乱窜。

有时候，我还会从后院的角门溜出去。那个时候，乌尤城的大街上最热闹的是剪辫子。革命军挥舞着白旗，臂上缠着白色布条，就像出殡那样拥过大街小巷，他们都是我父亲手下的士兵。还有跟在他们屁股后面的学生，这些人后来也都成了我父亲手下的士兵。

我喜欢看那些被剪掉辫子的男人。他们有的惊慌失措，拔腿就跑；有的追着革命军，死活都想要回他们的辫子，结果被痛打一顿，捂着脑袋蹲在街边痛哭流涕。我还见到一个衣着体面的男人，顶着一头刚被剪掉的断发跑上登云楼，一下就从上面的窗户跳下来，当场摔得脑浆四溅，红红白白的，沾满了他后脑勺上的断发。

那一天，我一溜回家里就把腊月的辫子给剪了。

腊月是我母亲房里新添的丫头。奶妈曾笑着对我说，这丫头就是为我将来准备的。她迟早会是我的人。所以看她哭到两眼浮肿，我有点不高兴了，踢了她一脚，说，你还哭，还哭？腊月一扭屁股，跑进了花园的假山洞里。我追着进去，又说，哭什么哭？你迟早是我的人，你的辫子就是我的辫子。

可是，腊月在停了停后，捂着脸哭得更响了。刺耳的声音在假山洞里嗡嗡地回荡。我只好换上一副笑脸，耐着性子哄她。哄到后来索性把自己的辫子也剪了，递到她面前，说，这下总该好了吧，就当是你剪的。

腊月吓得脸色发白。她止住哭声,哆哆嗦嗦地说,琨少爷,你这样会害死我的。

我一下子高兴起来,一手拿着剪刀,一手甩着两条辫子,披头散发地说,那你把裤子脱了,让我看一眼。她站着没动,眼泪又吧嗒吧嗒地落下来。我狠狠地催促她,快点,我就看一眼。

其实,假山洞里黑咕隆咚的,我什么都没看清楚,但我就是喜欢看她脱掉裤子的两腿中间。那里白白胖胖的,就像夹着一个没有上色的寿桃。

第一次逼着腊月脱裤子是在她刚被买来的那年夏天。我把她拖进暖楼的楼梯间,解开了自己的腰带,夏裤就滑到了脚板。腊月一下捂住眼睛,我就使劲掰开她的双手,摁着她的脑袋,命令她睁开眼睛。

看到腊月的脸色很快变得通红,我松开双手,一本正经地说,你看完我的了,现在该让我看你的了。

腊月马上又紧闭起眼睛,抓紧自己的裤腰,说,我会告诉四太太的。

我哈哈大笑。我母亲从来不会因为任何事情斥责我。自我记事起,几乎没见过她大声训斥过谁。她最多只会皱起眉头对身边的老妈子说,这些下人真是越来越不懂规矩了,我迟早要让老爷赶他们走。

老妈子只是笑笑,低眉顺眼地说,是。

事实上,家里上上下下的人都知道,我母亲是所有姨太太中说话最不管用的一个,但也是长得最漂亮的一个。她曾经是徽班庆春社的一名花旦,艺名小玉兰。在我还没出生的那一年,父亲因剿匪与保护教会有功,被明令褒奖并晋升为统带,率一标新军驻扎在乌尤城外。大喜之余,他把庆春社请进府里唱了三天堂会,顺便把戏班里的小生与花旦都睡了个遍。

第四天,堂会散了。父亲一早带着他的卫兵们回了军营。

三个多月后,庆春社的雕花戏船回到乌尤城。班主老钱托父亲的马弁马万全带话进来,说他们家的小玉兰有喜了。

那时，父亲正在刮头。顶着一脑门的皂沫，想了很久，才依稀记起我母亲的模样，咂着嘴巴，说，这不是一箭中的嘛。

马万全收了班主老钱的一张银票。他拢起剃刀，赶紧作揖，说，恭喜大人，贺喜大人。

父亲却闭上了眼睛。等到马万全刮完脑袋，收拾起家什躬身告退时，才慢悠悠地说，还是先在戏班里安顿着吧……生出来再看嘛。

于是，庆春社的雕花戏船就成了我的诞生之地。这条船终年漂泊，四海为家，却在我满月的当天再次停靠在了乌尤城的码头。老钱借了头毛驴直奔城外的新军驻地，还没见到我父亲，就被一顿乱杖打出了军营。

老钱的脾气一下上来了。当晚一瘸一拐地闯进父亲在城里的府邸，缠着胡管家上玉楼春喝了大半夜的花酒。酒到酣处，他老泪纵横，就像唱戏那样，口口声声说，我只是于心不忍哪，我怎么忍心让标统大人的骨血跟着我们这些下人流落江湖呢？

胡管家什么准话也没留下。临走的时候，把桌上的两张银票随手交给了老鸨，让她先在柜上存着。

老钱惴惴不安地等了三天。第四天，他当着我母亲的面，狠狠地扇了自己半个巴掌，说，我真是让猪油蒙了心窍，我这不是偷鸡不成蚀把米吗？

我母亲什么话都没有说，只是背过身去，从奶妈手里默默地抱过我。

就在雕花戏船起锚升帆，准备驶离码头时，胡管家坐着一顶小轿，带着一名老妈子造访了庆春社。仔细地问完我的生辰八字，扳着手指算了半天后，老妈子又把襁褓中的我端详了半天，朝胡管家点了点头。

胡管家从袖筒里抽出一封红包，对老钱说，老太太请诸位去府上唱一出。

老钱眼睛一亮，但又马上暗淡下去，说，这唱的是哪一出？

胡管家没有回答，背着双手，走到船舷，朝岸上的轿子一抬下巴,说,轿子可给娘俩备着了。

老钱凑到胡管家耳边,说,这可有点名不正、言不顺哪。

胡管家叫了声钱老板,说,心急,吃不了热豆腐。

当晚,我的祖母孙家老太太就着烛光只看了我一眼,就转身出了屋子听戏去了。

至于我的母亲正式成为乌尤城最高军事长官的四姨太,已是五年之后,在我开蒙入学的前夕。后来,我想这完全得益于我逐渐成形的长相。我长着一个跟父亲一模一样的鹰钩鼻子。我众多的兄弟姐妹也都长着这么一个鹰钩鼻子。这是我们孙家人最为显著的标志。

父亲为了这一天,沐浴更衣,一早起来开堂祭祖。这是我跟我母亲在孙府最为荣耀的一天。我的名字终于在这一天被写进了族谱,正式成为我们孙家宝字辈子孙中的一名。

我姓孙,名宝琨,字兆安。

然而,在此前的五年里,我母亲在孙府每天都过着侍女般的日子,唯一与下人不同的是,到了晚上她必须要用紫苏与艾叶煎煮的水熏洗身体。这是只有太太们才能享用的待遇。因为,我父亲除了偏爱这两种植物混合的气息,他有时还会在夜深人静后带着卫兵策马进城、回府。

他时常会来我母亲房里过夜,遇上心情好时,就把她从床上拖起来,命她化上戏妆,戴上凤冠,然后宽衣解带,一直脱到身上一丝不挂,只套着一副水袖,在那里边舞边唱,为他喝酒助兴。有一次,父亲在二太太房里喝多了,就命人叫来我母亲,让她当着二太太的面把自己脱光,头戴凤冠,肩披霞帔,就在他们的卧榻前一步三摇地唱起了《百花亭》。

戏到深处,父亲一把将她拉进怀里,另一只手搂着二太太,哈哈大笑,说,我才不做唐明皇呢,今晚我们就来一出汉成帝的双飞燕。

事后,在父亲如雷的鼾声里,二太太拉过被子替我母亲盖上,轻轻地擦去她挂在脸上的泪珠,说,慢慢熬吧,后面稀奇古怪的日子多着呢。

一句话，母亲就像遇到了亲人。她与二太太的友谊就是从这天夜里开始的，而她们的敌人是三太太，以及后来相继进府的五太太与六太太。

可是，我的敌人当时只有一个，就是二太太的儿子宝玠。他是比我只小一岁的弟弟，也是我在府里唯一的玩伴。我们每天都在后院的涤轩里跟着古先生念书，一起吃饭，一起午睡。他从来都是我的跟屁虫，但我就是讨厌他。特别是逢年过节祖母分发红包与糕点的时候，他每次都跟着他母亲排立在我的前面。

有一次，我对他说，往后，你得排到我后面去。

宝玠仰着脸，说，谁叫你妈是老四呢。

这是我跟你的事。我说，我是你三哥。

宝玠想了想，说，可谁叫你妈是个光着奶子甩膀子的戏子呢。

为了这句话，我把他狠狠地揍了一顿。大太太却兴师动众，当晚把我母亲跟二太太召到她的偏厅里训斥了一番，但最可恨的是三太太。那只光会叫不下蛋的芦花鸡，几天后就把这事搬到了我父亲的耳朵里。

我跟宝玠被卫兵并排按在板凳上。父亲上前在每只屁股上抽了两记马鞭，打得我们皮开肉绽，在床上足足趴了有半个多月。

宝玠怕了，刚能下床就在我耳朵边说，这笔账，我们要记到那只芦花鸡头上去。

芦花鸡的外号是二太太在背后取的，当面她从来不敢这么叫。她每次见到三太太都会笑脸相迎，拉着她的手亲热地叫她三妹，可一转脸马上在我母亲跟前数落这个女人，说她那张长着几颗浅淡麻子的脸，板起来就像个隔夜的烧饼。

她在背后说人家，也会在背后说我的。母亲为此常常觉得很伤心，却从来不会在人前搬弄是非。她跟每个人说话时都是轻声细语的，生怕会因为自己的不慎而惹恼对方。她总是在说着说着的时候想起自己卑微的出身。

好在我从来不在乎这些。我是个天不怕地不怕的人，除了父亲与他的马鞭。

我想来想去还是要把那笔账记到宝玠的头上。原因很简单，如果他那天没说我母亲是个光着奶子甩膀子的戏子，我就不会打他，也就不会挨那两记马鞭，更不会在床上整整趴了半个月。

秋天来临的时候，我屁股上的血痂已经褪得干干净净，甚至，我都快记不起那种钻心入骨的疼痛。秋天的风从围墙外吹进来，带来了乌尤山里草木与腐土的气息。这是个让人心旷神怡的季节，也是父亲练兵的季节。每年秋天，父亲都会把驻守乌尤城的新军拉进乌尤山，在那里进行实弹演习，顺便围猎。

乌尤山绵延百里，人烟稀少，山势峻峭。山里的泉水汇聚成乌尤江，飞流直下，奔腾而来，就像一把雪亮利剑，把山外的平原劈成两半，同时也把乌尤城劈成两半，在青砖砌就的城墙之内分作了北上城与下南城。

每年的围猎季，父亲都会让他的儿子们全部参加，无论长幼。这是一场只属于男人们的盛会。我们穿着专门定制的新军制服，与士兵们一起入列，接受父亲的检阅。但是，这一次有点特别。兵部的公文刚刚送达，父亲已经被擢拔为副将，即将前往省城署理总兵衙门的军务。他骑着那匹高头大白马，围着他的队伍跑了两圈后，勒住缰绳，一反常态地最终没有说一个字，只是用力地一挥手。

队伍呼啦啦地向着乌尤山进发了，谁也没有看到父亲眼中流露出来的豪情与壮志。

而我跟宝玠更想的是好好地作弄一番我们的先生。趁他陶醉在乌尤山的奇雄秋色里，捋着胡须吟诵"下马闲行伊水头，凉风清景胜春游"时，我们把从城里带来的泻药一股脑地倒进了他的酒壶与茶盏中。

等到古先生提着裤子钻入草丛，我对宝玠的复仇开始了。我指着身后的一潭山泉，对他说，快看，下面那只乌龟。

乌尤山里的涧潭清澈见底，上面漂满了金黄的落叶。

就在宝玠伸着脖子向下张望时，我一脚把他踹了下去。只是，我没有想到清澈见底的水潭会是那么的深。宝玠一掉进去就没顶了。看着他在水里拼命地扑腾,我笑了会就害怕了,拼命地叫唤古先生,叫唤远处的士兵们。可是,等他们赶来捞起宝玠,他已经一动不动,脸色青得就像乌龟的脊背。

这是我第一次感到害怕。我在父亲的帐篷里瑟瑟发抖,放声大哭。越哭,嘴巴越硬。我一口咬死,四弟宝玠是自己失足掉落水潭的,他非要去捉下面的乌龟。

可你是当哥哥的。父亲悲愤交加,一脚把我踹倒在地,又举起了他那根乌黑的马鞭。没头没脑地一鞭子挥下来,我的衣服裂开了,我的皮肤裂开了,我在帐篷里满地翻滚。我以为我会被活活抽死在这条乌黑的马鞭下。

把我从父亲的马鞭下救出来的是我同父异母的大哥宝珩。他一把抓住父亲的手腕,说,你再打死他,你一天里就少了两个儿子。

宝珩已经是个英武的青年,很快就会远赴北方那个刚刚更名的陆军大学堂就读。他是个天生的军人,说话与做事从来都是毫不含糊的。

父亲愣了愣,垂下手,但很快,满腔的悲愤转移到了古先生身上。他一把抓住老夫子的衣襟,说,好好的围猎,谁让你带他俩去水边的?

古先生哆哆嗦嗦,好久才抖出一句完整的话来,说,我这、这不是带、带两位公子爷……踏秋觅诗、觅诗去嘛……

觅你妈勒个×。父亲虽然已经贵为从二品的大清命官,但骨子里仍然是个跨马提刀的武夫。他一个耳光就把老夫子扇得满嘴是血,跌倒在地。

古先生在地上趴了半天,哼哼唧唧,人没爬起来,裤裆里的屎却拉了出来。

父亲挥了挥手,说,把他拖出去。

两名卫兵架着古先生拖出帐篷的一路上,蜡黄的屎从他的裤脚管流到地上,还有他嘴里掉出来的牙。父亲的帐篷里变得奇臭无比,我在奄奄一息中听到老夫子一路都在喃喃自语:有辱斯文,有辱斯文哪……

第二天，父亲走马上任前的最后一场围猎匆匆结束。就在准备撤营下山时，士兵提着一双布鞋来报，说古先生投水自尽了。

父亲在淹死了宝珩的那个山泉潭边勒住马，看着古先生的尸体被打捞上来，神情忧伤地说，书生意气，读书人的臭脾气真是比屎还臭。说完，他回过头吩咐宝珩：他也是你的启蒙恩师，回城后，找口上好的棺椁，你代我送他回家。

宝珩说，是。

父亲想了想，又说，去账房里先支两百大洋带过去，你告诉古家，老先生这是舍身为了救你四弟，师生俩都没了。

宝珩这时却转头看了眼躺在担架上的我，说，是。

这一年是光绪三十三年，我刚满七岁。我的身上已经背负了两条人命。一条是我同父异母的弟弟，一条是含辱自尽的古先生。在此后很长的日子里，我总是在梦中见到他们，真真切切地看到他们如同两个游魂，飘荡在乌尤山的草木山石之间。他们情同祖孙，有说有笑，却对我视而不见。

二

乌尤城是我父亲的发祥之地。

我们孙家的祖辈世代在乌尤山里以樵为生,把砍下的树枝卖到乌尤城外的村里。攒了点钱后,就在乌尤江边的空地上垒石为窑,伐木烧炭,再把炭卖到城里。到了我祖父时,他终于在乌尤城里盘了间铺面,并娶了个城里的女人——我的祖母。这个长相平庸的女人在丈夫死后不久,干出了一件让很多人傻眼的蠢事。她典当掉大半的家业,花钱替我父亲捐了个最便宜的末等文官。

看着头戴花翎、身穿补服的儿子,祖母更加忧心忡忡,苦口婆心地对他说,桂金哪,往后你还得好好念书,不念书将来怎么断案啊?

可我身材高大、面皮白净的父亲天生就不是块念书的料。他只喜欢穿着那件补服在城里四处招摇,带着他的狐朋狗友们,有时也欺男霸女、偷鸡摸狗。

据《乌尤城志》记载,孙桂金的起家完全得益于北方流窜而来的"拳匪"。他们就像一阵飓风刮进了乌尤城,到处烧教堂、杀洋人、砸官府、抢商铺,还把信教的男人扔进井里,把他们的女人扒掉裤子倒吊在旗杆上。我父亲就是在下南城冲天的火光中脱颖而出的。他因在浑水摸鱼时与"拳匪"分赃不均,提着我家祖传的柴刀,一连砍翻了他们的两名小头目而名声大振,因此也走上腾达之路,带着他的狐朋狗友与城外的乡团,一直把这群北方的暴徒赶进乌尤山里成了真正的土匪。

第二年又一场剿匪大战下来,鲜红的血水沿着乌尤江穿城而过,震撼了整个乌尤城的居民,也惊动了远在北方的朝廷。父亲因此被破格提拔。当每个见到他的人都恭敬地称呼他为孙大人时,他雄心勃勃地发现,自己的名讳早已配不上自己的官衔。于是,他把乌尤城里最有学问的汪先生请进刚刚竣工的孙府。

汪先生捋着胡子想了想,提笔替他更名为孙圭钧后,又建议他重修家谱。汪先生像是个算命先生,他摇头晃脑地说,令祖当是世镇江南的东吴孙氏。

父亲摸着脑袋哈哈大笑,好像身体里一下子流淌起了古老王族的血液。

事实上,了解我们孙家的人都知道,我们祖祖辈辈都是乌尤山里砍柴的,连大字都不识一个,但历史有时就是在胡说八道中被篡改成真的。而我的父亲在这方面一点就通,并且很快深谙其道,用他掠夺来的财富在乌尤江边独资建造了一座甘露寺,里面供奉的就是吴太祖孙权。

我父亲的一生可以八个字来概括:贪财好色、杀人如麻。可他仍不愧是乌尤城有史以来最了不起的人物。是他让乌尤山下这座毫不起眼的古城,在一夜间成为全省的首府,并且依托乌尤江发达的水系,在此后的许多年间,让这里成为全国有名的富庶之地。

这是连他自己做梦都没曾想到的,就像他从未想到过灾难还会在睡梦中降临。

那时,他在省城的总兵衙门署理军务已经三年,正搂着新娶的姨太太,在床上梦想着哪天自己这个副将也可以扶正时,辛亥革命的枪声打响了。革命军联合绿营的叛军攻打巡抚衙门与提督府的同时,也开始进攻他的总兵衙门。我父亲起先还以为是遭欠饷的士兵发生了哗变,光着膀子就冲出卧房,组织亲兵进行反击,并派人冲出包围去绿营调兵。直到巡抚大人的脑袋从围墙外被扔进来,他赤裸的身体才在深夜的凉风中惊出一身冷汗。这是一场蓄谋已久的暴动。

我英勇好战的父亲由城墙的下水道里钻出省城时,丢下了他的新宠,只带着几名亲兵。他们日夜兼程逃回乌尤城外的军营,父亲这才长长地舒出一口气。这里是他的家乡,他的地盘,这里的每个士兵都曾跟他浴血奋战过。父亲躺进胡琛亲自为他准备的浴缸里,看着这个曾经的属下与最为信任的兄弟,说,就算全省都乱套了,你们这里不能乱。

胡琛用力地一点头,说,协台大人请放心。

可是,父亲在温软的水里打了个盹后,一睁眼却看到了围在浴缸前的旧部军官们。他们中的好几个胳膊上还扎着以示革命的白色布条。

父亲用眼睛找到胡琛,说,看来你早已经把我给卖了。

武昌独立了,长沙独立了,山西、云南那边也都动起来了……胡琛扑通一声跪下,说,大哥,乱世出英雄,大清朝这回怕是熬到头了。

那你们也别让我熬着了。父亲哗的一声从浴缸里起来,赤条条地伸手去拔一名军官腰间的手枪,却被无数双手按住。

旧部军官们呼啦啦地跪下一片,有人甚至抱着他湿漉漉的大腿,痛哭流涕地说,协台大人,只有你带着我们才是出路。

父亲这时已经相当冷静。他下令说,去,把我的裤子拿来。穿上裤子后,在旧部们殷切的注视中,他又说,这么大的事,你们总得容我想一想。

退出帐篷时,新军的军官们以防我父亲想不开,不仅收缴了他的武器与帐篷里一切可以致人性命的东西,最后连他的裤腰带也没放过。

天刚一放亮,父亲一手提着马裤,一手拉开帐篷的帘子,豪气冲天地说,好吧,我就顺应你们这帮兔崽子一回。

我的父亲孙圭钧就是在一片欢呼声中通电起义的,一手还提着他的马裤。当晚,他率部兵临城下,开始了革命征程中的第一战。守城的府台大人是他多年的同僚,也是我们的隔壁邻居。天亮时分,他派兵把我们全家老少押上城墙,然后亲自出城来跟父亲议和。

孙圭钧面带微笑,看着府台大人,说,你应该在这城墙上支口锅,把他们都煮了,分我一杯羹不就成戏了嘛。

府台大人脸色大变,但仍然挺起腰背,保持着一名文官的架势。

他拱手，说，圭钧兄，凡事还请多留三分余地，往后你我还是要相见的。

你已经没有往后了。父亲笑嘻嘻地摇了摇头，不等府台大人坐下，就掏出手枪，一枪将他击毙在谈判桌旁。然后，看着他那些吓坏了的属下们，父亲说出了两句至理名言：革命是不能讨价还价的。说完，他起身，跨过府台大人的尸体，想了想，扭头又对他们说，革命就是要流血牺牲。

提着府台大人的脑袋，起义军兵不血刃地占领了乌尤城。部队开拔前，父亲从府台大人的妻妾间挑了两名随军后，下令把他家的一面围墙拆了，全部并进我们孙家。

无情地羞辱对手与彻底地霸占他们的财产，是父亲在沙场决胜之后最乐意干的两件事，但他有时也是个善于妥协的人。在攻城略地的一路上，他让士兵缠上白布就是革命军，解下那条白臂带就又成了保皇派。用他的话说，这叫兵不厌诈。这是战略的需要。

当臂缠白布的革命军浩浩荡荡地重回乌尤城时，父亲披着法兰绒斗篷，胸前挂满了勋章。他坐在马上看着夹道欢迎的父老乡亲们，正式颁布了就任大都督以来的第一道政令，从而使乌尤城一跃成为我们全省的军政中心。

闻讯赶来的新任议长气得几乎要跟督军拍桌子。他指着我父亲的鼻子，说，你，你，你这不是在革命，你这是在搞军人独裁。

父亲笑呵呵的，就像看着一个傻瓜那样，一本正经地看着议长，先从军事上分析乌尤城的地理优势——它进，沿着乌尤江可以直下江南三省；退，这里背靠着乌尤山，易守难攻。父亲说，假如，我说假如啊……这场革命爆发在这乌尤城里，你说，巡抚会被砍了脑袋吗？提督大人会被淹死在护城河里吗？趁着议长还在想的工夫，他摊开一幅崭新的地图，指着上面的一大块建筑，又说，你过来看看，将来这就是你们的议会大厦，我要把它造得比所有国家的国会大厦更气派，我为的就是彰显你们共和的力量。

为我父亲描绘这幅宏伟蓝图的是亚力士神父。他是督军府重金聘请来的幕僚,蓄着一把红色的大胡子,自称来自英国的教会,体貌上却带着明显的高加索人特征。为了说服父亲下定决心,他还特意在督军府的会议室里放了部电影,是上海外滩的影像片。站在银幕前的黑白光影里,亚力士神父眯着他那双褐色的眼睛,意味深长地说,上海租界里有的是银行,银行里有的是钱。

你是想让我把部队开进大上海,去把你们大英帝国的银行都抢了吗?父亲说完,哈哈大笑。

身穿黑色教袍的亚力士神父恭敬地站着,真诚地建议父亲可以向各大帝国的银行贷款融资,然后去上海招标。到了那时,全中国所有的公司都会开进乌尤城,各行各业都会变得欣欣向荣,全省的每个人都会找到工作,都会挣到薪金,都会来乌尤城里安家置业,然后再从这些公司与居民身上收取税金,把建成的房产卖给他们,再用这些钱来归还银行。到了那时,乌尤城就会成为一家最大的公司,而大帅您……亚力士神父难掩心头的兴奋,用流利的汉语说,也将会成为这家公司里最大的 boss。

boss?父亲皱起眉头。

亚力士神父解释说,就是老板的意思。

父亲哈哈大笑,说,在你们英国人眼里,我这个督军还不如一个 boss 吗?

光有枪是不够的,抓住了钱袋子,大帅就可以成为两省的督军、三省的督军。亚力士神父说着,上前一步,往父亲的勃勃雄心里添了最后一把火。他说,大帅,上海就是中国的钱袋子,是各大帝国在远东的大本营……您说,有哪个不想把手伸进那个口袋里?

父亲沉思良久,脸上流露出惋惜的表情,叹了口气,说,可这块大肥肉现在含在了革命党嘴里。

可以说,我父亲孙圭钧的上海之行就是在那个午后开启的,却为之等待了整整一年。

那年的除夕之夜,面对花枝招展的妻妾们,他一时兴起,大手一挥,斩钉截铁地宣布:都去,你们几个都随我去十里洋场开开眼界。

孙府的女人们一下子欢腾起来。那情景，比父亲荣任一省的督军更加令她们振奋。他的九房太太每个人都在为这次远行精心地准备，就连我母亲也掏出多年来的积蓄，给自己置办了足足一个季节的行头，但她仍然没有忘记每天都要提醒我：你要对你二妈好，将来还要孝顺她，你要把她当成自己的亲妈。最后，也是最重要的一句。她说，记住，千万不能嘴馋，你千万不能再吃她屋里的东西了。

我曾经不止一次地问过她：为什么？

母亲却从来都没有回答过。她只是看着我，说，我就你这么一个儿子，你是我的命根子。

宝玠刚死那会，二太太日夜悲伤得像个寡妇。父亲为了她特意推迟了去省城赴任的日期，有心留在府里抚慰她一番。父亲在她枕边鼓励她，说，你不是还有我吗？大不了我再帮你捣鼓一个出来嘛。

可二太太每次都忍不住，每次都把自己的脸弄得跟朵被雨水打过的梨花似的，看着让人心痛，忍不住用手去碰，沾到身上却是一脸的泪水。父亲终于没耐心了，说，你再不识抬举，可就是自作自受了。

二太太哇的一下哭出声来。她死去的宝贝儿子这时又不顾场合地出现在她的哭声里。二太太趴着枕头，边哭边说，宝玠呀，我的玠儿呀，我苦命的儿子啊，你死得好惨啊。

在这段特殊的日子里，谁都把她当成了疯婆子，只有我母亲仍然认为她是她最要好的姐妹，每天都去她的房里陪着她。

有一天，她还把我拉了去。一进门，就摁着我跪在二太太面前，说，二姐，你要是真怪我家宝琨，我现在就把他交给你，你要把他怎么了都成。

说完，我母亲一狠心，扭头就走了。我当然不能跪着了，起身也要跟出去，却被她一把重新拖回来，又摁倒在二太太跟前。我母亲也跟着扑通一声跪在我身边，一手按住我的脑袋，说，二姐，杀人不过头点地，你想怎么样就说出来。

这场面，连准备来辞行的父亲都看感动了。他上前拉起我母亲，说，真没想到，你还真是个明事理、识大体的人。

谁知，二太太忽然厉声说，爷，你可别忘了，她是个戏子。

父亲没理她，又一把拎起我，想了想，把我塞进她怀里，让我叫她妈。他说，你死了一个，现在赚回一个，不就扯平了吗？

我在二太太软绵绵的怀里听着她的哭声。我还听到了她在肚子里咬碎牙齿的声音。

那一天，回到我母亲房里，她同样一把将我搂进怀抱，就像担心我真会成了二太太的亲生儿子那样，在我耳边说，你一定要记住，到了她房里千万不能嘴馋，千万不要吃她给你的东西。

我说，为什么？

母亲眼里闪着泪光，第一次狠狠地对我说，你要把我这句话刻到心头上。

可是，我早已习惯了把什么人的话都当成耳旁风。有一天，我在二太太房里吃了她的一块绿豆糕，又喝了她的半碗银耳汤，回到涤轩刚坐下，就嘴唇发紫，手脚开始不听使唤，滑倒在书桌底下一个劲地抽搐。

救我一命的是见多识广的汪先生。他是父亲为我们几个聘请的第二任老师。他让人去茅房里舀来一碗粪水后，撬开嘴巴就灌进了我的肚子里。那天，我从下午一直吐到夜里。

这件事惊动了整个孙府。连一向沉稳淡定的大太太也沉不住气了，差人快马飞奔省城报信。父亲却只让来人带回了冷冷的七个字：清官难断家务事。

孙府里的每个人都知道，这是二太太在为死去的儿子向我索命。就在大家都等着把这场大戏看到落幕时，我母亲却逢人就说是我自己吃了不该吃的东西，二妈怎么会害宝琨呢？母亲轻声细语地一遍遍重申：宝琨也是她的孩子嘛。

三天后，我的高烧退了。母亲专程来到二太太房里，让看守的仆人都出去后，她仍然亲亲热热地拉过二太太的手，亲亲热热地说，二姐，外人乱嚼的舌头，你可不能往心里去。

二太太眼神决绝地看着她，说，都到了这个时候，你还演戏。

母亲摇了摇头，松开她的手，起身走到窗边，望了会楼下的池塘，转过身来，远远地看着她，说，二姐，你还没看出来吗？这围墙里面，除了大房里的那两个儿子，谁的命在他心里是命了？

其实，在我的眼里最不讨父亲欢心的就是替他生了两个儿子的大太太。这个又老又壮的女人，要是把她身上的绫罗绸缎都扒下来，那模样比厨房里的老妈子都不如。

动身前往上海的前夕，一向以稳重与大度示人的大太太显得郁郁寡欢，还有那么一点的愤愤不平。她让丫鬟把父亲请进房里，眼神忧郁地说，我这辈子都没离开过乌尤城。

谁叫你缠了双小脚呢？父亲在太师椅里躺下，发现自己随口说了句真话后，又马上改口，说，没有你替我守着这个家，我走到哪里都不安心哪。

你是嫌我老了，扎不上你的台面了。大太太说。大太太年长我父亲三岁。很多时候，孙府里的每个人会觉得，她的一言一行简直就是我父亲那个已经过世了的妈。

现在，父亲最宠爱的是他新娶的九太太。这个剪着齐耳短发的女人不仅出身名门，还上过女子学堂，弹得一手好钢琴。而且，她是父亲娶进家门的九个女人中，唯一在屋里摆着满堂西洋家具与一张金灿灿的黄铜床的人。

每天傍晚，孙府上上下下的人都会听到她在她的小楼里弹奏钢琴。那琴声也是我从没听到过的，就像是有什么东西灌进了心里头，总让人忍不住浮想联翩。

三

孙圭钧隆重而盛大的上海之行多年后被人写成好几个话本，分别在沪上的香艳小报连载。其中，在最为著名的那部《海上花孽传》里，他被描绘成一个嗜色如命的远方暴徒，日夜在租界里睡女人，跟男人们争风吃醋。他把英、美、法、俄、德、日、意等各国的女人都睡遍后，最终在一天夜里驾鹤西游去了。

事实上，父亲此行只在上海待了不到两天。

他征用了十条汽轮，在到达黄浦江码头的一路上，始终有点忧心忡忡。直到轮船靠岸，在一片鼓乐与礼炮齐鸣里，父亲的脸色才舒展开来，对着身后的庄希岑说，他们可是搞暗杀出身的，你们也得多个心眼。

大帅放心。身为父亲的参谋长，庄希岑不仅派出一个手枪队提前潜入上海租界，还把一个旅秘密调到了省界上。只要一个电报，先头部队日夜兼程不用几天就能开赴上海滩。

父亲点了点头，一边走下栈桥，一边冲着年轻的淞沪督军连连拱手，说，太大了，太大了，你们这洋排场真是太大了。

次日，淞沪督军府举行晚宴，为庆祝两省协防条约的签订。就在宴会到达高潮时，城市的暗夜里响起了一声枪响——革命党大佬宋教仁还没能当上新政府的内阁总理，却在沪宁火车站的月台上遇刺中弹了。

父亲在匆匆离开淞沪督军府后，命令汽车掉头，直奔停靠着轮船的码头。他就是这么抛下了他的女人们，连夜起航，仓皇地赶回乌尤城的。

临上船时,他对庄希岑下令,说,你去告诉亚力士,现在他就是我的全权代表,由他去跟那些洋人们谈。

庄希岑点头说是后,看着他的大帅,有点犹豫地说,陈督军那边不辞而别,不太好吧?

这种时候,让北京觉得我跟革命党搅在一块更不好。父亲想了想,又说,你就说,我喝不惯他们的自来水嘛。

然而,一回到乌尤城,他做的第一件事就是命工兵在府里打了一眼深井,并在上面盖了座青砖与水泥砌成的高塔,用水泵把地下水打到最顶层的蓄水罐里,再用管子把那些水引到我们孙府的每一幢楼里,还有厨房,以及警卫们的营房里。

这个当时堪称乌尤城里最高的建筑耗时数月。它就像是古老躯干上勃起的一根阳具,耸立在涤轩旁边一个荒废的院子里。我经常会在下学之后翻墙进入那个院子,攀着铁梯爬上水塔顶端的平台,在那里俯览城市黑压压的屋顶,再沿着波光粼粼的乌尤江,极目远眺城外的乌尤山。在甘露寺的钟声里,我有时还能感觉到乌尤山中的百兽之王,在苍茫的古树下惊恐地朝着城里回望。

盛夏的一天夜里,父亲接到赣督李烈钧在江西湖口宣布独立的通电后,在七太太的床上再也睡不下去了。他站在莲蓬头下,用自来水把自己冲到冰凉,第二天一早就把司令部的高参们召集到会议室里,看着他们说,你们别光看着我呀……你们倒是都说说看嘛。

我看还是再等等吧。胡琛自从把女儿嫁给了我大哥宝珩,坐在会议桌的一侧俨然是半个当家人的姿态。他摇着一把折扇,慢悠悠地说,我的意思……还是先看看北京方面的反应。

父亲对他视而不见,扭头瞪着庄希岑,说,那南京跟上海那边呢?我们花那么多钱养的那些眼线呢?现在是派他们用场的时候了。

反袁是大势所趋。庄希岑起身,斟酌着说,照宁沪那边传来的消息看,不光是江苏、上海,还有广东、福建、安徽,他们都会伺机而动,宣布独立的。

那我们就别干坐着了。父亲一拍桌子，说，打铁就得趁热嘛。

他当场下令集结部队，补发军饷，同时派员前往各地串联，却在袁世凯指派段芝贵率第一军进攻江西时，忽然掉转枪口，沿着乌尤江分兵两路向赣南地区进发，开始了又一次的攻城略地。江西茂密山林里蕴藏着无穷的矿产，这是他觊觎已久的财富。为了这个等待了多年的机会，他不惜背信弃义。

站在水塔顶端的平台上，一连几天我都在目送父亲的军队向着江西方向进发。为了看得更加真切，我还专门去他书房里找了个望远镜。最后，我看到父亲把他花重金装备起来的德国山炮团都派了出去。一匹匹骡马拉着裹在炮衣里的山炮，一路上马蹄与车轮扬起的尘土遮蔽了烈日。

指挥这支全新军队的年轻军官就是我的长兄宝珩。自从结婚后，他成了父亲麾下最年轻的指挥官，但他并没有随军队同行，而是在尘土落定后的夕阳下，带着警卫们闲庭漫步般地牵着马出了城。

并肩走在他身边的是我的二哥宝珊。这对一母同胞的兄弟，远远望去就像是两个难分难舍的情侣。他们一个穿着佩饰分明的陆军制服，一个白衣飘飘，戴着凉帽，撑一把遮阳伞。

宝珩走到道旁的一个凉亭前站住，指着远处的江滩，说，我要是战死了，你就让他们把我埋在那里。

你怎么会战死呢？你回来就会当上旅长了，很快你还会当上师长，当上军长。宝珊说着说着，想到了自己，苍白的脸上露出惨淡的笑容。他说，可是我呢？他连一个随军的副官都不想赏给我。

你这么瘦，根本不是当兵的料。宝珩说，你应该好好地念书，将来好好地做点学问。

你说话的口气都越来越像他了。宝珊脸上的笑容一下变得尖锐，说，你跟他一样，你们都在防我抢你的班。

你又在忌妒我了。宝珩不想再跟他多说什么，飞身上马后，想了想，回过头大声地说，你不改掉这臭毛病，将来肯定会吃亏的。

我从来没想在这个家里占什么便宜。宝珊用力一拍宝珩的马屁股,在骤然急驰的马蹄声里,望着远去的长兄,同样大声地说,你放心,我是不会等你回来的。

几天后,宝珊一声不响地去了青岛,在那里搭船,又一声不响地东渡去了日本。大太太接到他从船上发来的电报,总算在心里松了口气。她日夜都在为这对逐渐长成的儿子担忧,如同每年都会担心乌尤城的秋天会提前来临。作为一省督军的正房太太,她唯一害怕的就是两个儿子在成熟的季节里等不到瓜熟蒂落。

可是,这年的夏天却像个顽皮的孩子,白天在太阳底下玩疯了,到了晚上就不停地尿床。一场没头没脑的暴雨袭来,日夜不歇。百转千回的乌尤山脉很快让这些雨水变成洪水,冲垮了山坡,席卷着沿途的村庄,一路裹挟着泥浆与山石汹涌而来。乌尤江咆哮着,翻腾着,就像是台开足马力的粉碎机。它在转眼间就能把整棵巨大的古树碾得枝叶不剩,还能把那些已经沉入江底的整幢屋子重新卷上来,用浪花拍得粉碎,然后冲溃城外的拦江堤坝,万马奔腾般冲进乌尤城里,反倒使浸泡在污水中的人与动物的尸体显得那么的微不足道。

那个时候,我是如此的孤独与恐惧。每天都在雨里无所事事,要么就是躲到水塔的平台上,看着整座乌尤城在铺天盖地的水里被淹成一片泽国,看着那些曾经在乌尤江里捕鱼的小船游弋在城市的大街小巷。刚开始那会,胡总管还打电话调来警察与城里的救火队,用沙包堵住通向孙府的每个出入口与下水道,以防江水倒灌,但很快发现这根本就是徒劳。人力可以拦截地上漫过来的水,却阻挡不了天上掉下来的雨。气势恢宏的孙家大院一夜间成了个巨大的池塘。平日里那些养在荷花池里的锦鲤此刻都游进了厅堂,它们的世界一下变得广阔无比。所有能躲的人都退到了楼上,只有厨房还是每天把做好的饭菜装在木盆里,用吊篮送到每个院子的每幢楼里。我真想象不出来,淹在水里的厨房是怎么做出这些饭菜来的。

到了夜里,陪伴我的只有我的奶妈。这个矫健而丰腴的女人,两个沉甸甸的乳房里充满了母爱,它们是那么地让我想念远在上海的母亲。在她的温热的怀里,我就像是她的儿子。

就在暴雨袭来的某天夜里，在一声惊雷过后，奶妈像是忽然惊醒了。她用力地推开我，紧捂住她的胸脯，说，少爷不能再这样了，少爷已经不是孩子了。

这让我有点惊愕，就提醒她说，你是我奶妈，你就是派这个用场的。

奶妈想了想，只好继续敞开胸怀，眼睛望着床顶，任由我把脸重新埋进去。

雨终于停了，太阳出来了。父亲的征战终于止步在这场灾难前。只是，洪水在退却前早已冲毁了军队返程的道路，等他率部历尽艰险回到乌尤城，整座城市正瘟疫横行，每天都有成堆的尸体被堆在市政广场上焚烧。空气中到处飘荡着一股烤肉的味道，让每个饥渴难耐的人忍得都快要发疯了。仅仅不到半个月，人们就吃光了城里所有库存的粮食。他们只能靠树皮、草根与乌尤山里无数被洪水冲下来的癞蛤蟆果腹。聪明的乌尤城人把蛤蟆斩首、放血、剥皮后，放在烟上熏烤。那种古怪的气味瞬间掩盖了尸臭。多年之后，我曾不经意地把这种在灾难中发现的美食带到上海，一时成为酷暑里风靡沪上的佐酒佳肴，至今令人念念不忘。

与父亲先后到达乌尤城的还有我的母亲。她乘坐万国慈善总会租借来的货轮溯江而上，从上海带来了整船的药品与救灾物资，还有社会各界的捐款，以及外国的医生与记者组成的慰问团。站在杂乱无章的码头上，父亲看着我母亲款步下船的眼睛有点发直，一直等她走到面前，才突兀地说，你简直就是天女下凡。

母亲穿着一身白色的西洋裙，戴了顶宽檐的遮阳帽。她才在上海待了半年，却连笑起来都不一样了，看上去那么的温婉，那么的落落大方。她竟然破天荒地挽起父亲的一条胳膊，说，大帅，我来给您介绍几位新朋友。

父亲跟那些洋人们一一握手后，再次打量他的四姨太，由衷地感叹道：上海滩可真是个让人脱胎换骨的鬼地方。

当晚，乌尤城的居民们打着火把在忙着重建他们的家园，父亲已经迫不及待地钻进蚊帐。他用一种久别重逢的眼神看着我母亲，忽然文绉绉地说，没想到，我还有幸跟万国慈善总会的华董同床共枕。

就在不久前，我母亲钱玉兰被补选为上海万国慈善总会妇女部的华人董事。当然，那是父亲派人去使了钱的，是他又一次轻易地改变了我的母亲。现在，我的母亲不光只是督军府里那个瞻前顾后、畏首畏尾的四姨太，她还是上海租界里令人景仰的妇女界代表。她在上海的每一天、每一晚都过得充实而忙碌，不是出席各国领事馆的各种晚宴，就是在妇女联谊会里参加她们的例会，而有时候，她还会去新舞台票戏与义演。

可以说，我母亲的绚烂人生是在她踏进新舞台戏院贵宾包厢的那一刻开启的。刚开始的时候，完全是出于对京戏的执念，还有那么一点对往昔的追忆。她也只是在舞台落幕后，才随女伴们去后台打赏与应酬时偶尔地票上几句。

我母亲钱玉兰第一次重装登台是为苏北难民的募捐义演，与她搭戏的是梨园名角谭鑫培。一出《二进宫》从起板一直唱到落幕。退到后台，盛名远扬的谭老板顾不上卸装，就朝我母亲一揖到地，说，四太太真是一鸣惊人哪。

我母亲只是淡然一笑，对陪同她来的巴斯蒂安说，不知道这么一场下来能筹到多少款？

多少款项不重要，重要的……这是个开始。巴斯蒂安不仅会说一口流利的汉语，而且风度翩翩，举手投足间无处不流露着欧洲上流社会的高贵与优雅。

这个金发碧眼的法国人曾是名退役的陆军上尉。亚力士神父把他引荐给父亲留在上海的几位姨太太们，起先只是充当她们的法语翻译和社交礼仪老师。但是，巴斯蒂安却像个会相面的吉卜赛人，一眼就在我母亲脸上看到她与众不同的潜质，就在他们初次见面的片刻间。

几天后，在法国总领馆举行的晚宴上，巴斯蒂安仰头望着大厅里的水晶吊灯，对我母亲钱玉兰说，灯红酒绿都是过眼的云烟。

母亲有点吃惊地看着他，说，巴大人，您还有不会说的中国话吗?

巴斯蒂安答非所问,说,四太太,您应该会成为一位了不起的女性。

那天晚上,母亲把他说的每句话都当成笑话来听,到后来甚至还有那么一点讨厌他,把他也当作是个阿谀奉承的西洋小人。只是,当时她还没有意识到,这个深情而精明的法国人会在多年后成为自己生命中最重要的男人,成为她命运的共同体。他们的恋情跨越了漫长的半个多世纪。

我母亲这趟重回乌尤城完全是巴斯蒂安怂恿的结果。在他的建议与策划之下,母亲摇身成为一名新女性,投身于上海的慈善界。那才是高贵的夫人们该做的事,去帮助那些需要帮助的人。巴斯蒂安说,但它最终能帮到的将会是您自己。然后,她被提名参选万国慈善总会妇女部的华人董事,再带着这个头衔回到乌尤城。这些都是这个法国人的主意。他对临行前还在将信将疑的妇女部华董说,亲爱的四太太,您真正的舞台在乌尤城,在您丈夫的身边,离开了他们,再绚烂的光环都将黯然失色。

我母亲身上的惊人变化是孙府里的每个人都看在眼里的。她日夜忙个不停,白天在乌尤城里慰问那些重建家园的居民,给他们分发食物与药品。为了照顾那些失去亲人的孩子们,她鼓动父亲手下的军官太太们上街募款,在匆忙中建立起一所她们共同命名的巾帼孤儿院。这所孤儿院后来衍生出了巾帼幼稚园、巾帼小学堂与巾帼女子中学。

在那些忙碌的日子里,父亲对她也越发的另眼相看。很多时候一到晚上,他都会不请自来,钻进我母亲的小楼,靠在她的香妃榻上,一边吹着电风扇,一边听她讲述他在乌尤城中重塑起来的口碑。然后,钻进蚊帐,继续兴冲冲地睡他的万国慈善总会妇女部华董。这是我母亲从未体会过的蜜月时光,她是那样的兴奋与亢奋,尽管有时还会在半梦半醒中蓦然想起那个风度翩翩的法国人,但她仍然没有忘记我这个儿子的存在。

几乎每个早晨,母亲都会在餐桌上柔声细语地提醒我:你要听话，千万别再做傻事，等妈忙过这阵，我们就去上海念书。

我已经不是孩子了，她却还把我当成一个孩子。我赌气似的看着她，说，我才不去上海呢，我去那个鬼地方就是送死。

母亲一下沉默了。我看到她的明眸里掠过一道冰那样寒冷的光芒，不由自主地想起了汪先生曾吟诵过的那句诗——高处不胜寒。这些日子里，就连奶妈也会奇怪地在我耳边唠叨：一个人飞得越高，就会跌得越重。

不祥的预感每天都会出现在我见到母亲的时刻，而她忙得有时就像一阵风。

这天，母亲陪着那些记者刚从城外回来，正躺进浴缸，闭着眼睛让腊月按肩，父亲怒气冲冲地闯了进来，把几份报纸一股脑地甩在她脸上，大吼道：你们这是存心丢我的脸。

这些报纸都是眼线们从沪宁等地邮寄过来的，有中文，也有洋文。里面的许多文章配着照片，都是父亲管辖区民不聊生、饿殍遍地的图景。

母亲手里拈着报纸，在浴缸里仰起她那张湿漉漉的脸，平静地说，大帅，全中国有哪个督军的地盘上不是这个样子？

可他们没登在报纸上。

甘蔗没有两头甜，不给人家看这些，谁会心甘情愿为我们发善心呢？母亲说话的气势在不知不觉中也变了，有种水涨船高的意思。但一说完，她就马上意识到了，换了种语气，贴心地劝慰道：大帅，这可比找洋人贷款省事多了，募来的款至少不用还，也不需要拿什么东西去抵押。

那我不成叫花子了？一说到钱，父亲总会不自觉地低下他那颗蛮横的头颅。他站在浴缸前黯然神伤地说，大总统也会这么看我的。

刚回到乌尤城的第一天，父亲就把灾情上报到北京的大总统府，等来的却是袁大总统亲笔手书的四个大字——保境安民，以表彰孙圭钧在这场宁赣之战中的功勋与退兵救灾的爱民之心。

天高皇帝远，他怎么看是他的事。母亲随手把报纸丢在一边，说,大总统又没为我们掏过一文钱,他只会用您的兵。

父亲一愣,在浴缸边坐下,仔细地看着我母亲那张湿漉漉的脸,说,我倒还真没看出来,你都可以当我的参谋长了。

母亲毕竟是个戏子。她顺势抓住父亲的手,像是唱戏一样由衷地说道:能帮上大帅,奴家也算不枉此生了。

这天快到傍晚时分,母亲亲自去邮局往上海发了份电报。几天后,父亲又收到了寄来的报纸,其中的一份小报上有则花边新闻,不指名、不点姓地写了一位督军的姨太太,在上海的租界里养着个小男人。他们花着督军的钱,成天出双入对,风花雪月。

父亲把这则花边新闻反复看了两遍后,塞进抽屉里。现在,他根本顾不上这些,他正在想一件大事。这件事让他足足犹豫了好几天,现在终于下定决心了。为了募集更多的善款,同时吸引外界对他这个内陆省份的关注,当晚他就密令工兵营连夜出发,趁黑摸进乌尤山,偷偷地扒开一个堰塞湖,让乌尤江的水又一次淹了乌尤城。

事后,他把我母亲召进书房里。这是孙圭钧生平第一次让一个女人进入他的书房。

戏台我给你搭上了。父亲说,这出戏怎么去唱,就得看你这个妇女部的华董了。

母亲不知道说什么好。她做梦都没想到堂堂一省督军为了骗捐竟会让人扒开堰塞湖。

你不当家当然不知道,督军口袋里最缺的就是银子。见母亲不说话,父亲叹了口气,从他这次出兵开始,把一笔笔账都摊开来,向母亲细数了一遍后,不无忧伤地再次叹息道:我怎么想得到呢?这一仗明明是笔稳赚的买卖,可老天爷不争气,全在这场雨里泡了汤。

见母亲还是没有作声,父亲的脸阴沉下去。他拉开抽屉,取出那份小报,摊在桌上敲了敲上面那篇框着花边的文章。

母亲匆匆浏览了一遍后,终于开口说话:我可不是报上写的那个人。

可我怎么觉得上面说的那个督军就是我呢?父亲仰起脸,看着我母亲的脸，说，那你告诉我，这个人是谁？

其实，这个问题母亲早已在心里回答了无数遍，从她回到乌尤城的第一天，就在等着这一刻了。她轻描淡写地说，大帅，这些日子我一直在您身边，我怎么知道是谁呀。

我问的是写这篇文章的记者。父亲说，你给了他多少钱？

母亲一下子惊呆了，她发现自己在上海雇人干的是一件多么蠢的事。她再也站不下去了，扑通一声跪倒在地，说，大帅，您可冤枉我了，我人在您身边，我拿什么去使唤上海那边的记者。

父亲这时又长长地叹了一口气，靠进椅子里，仰望着天花板，说，亚力士神父一再劝我要开明，要宽厚待人，还要我跟他们洋人学，解放思想……我就寻思着把你们几个放出去看看情况，让你们见见世面，可你们倒好，一个个都穿上了洋装，可肚子里装的还是一坛陈年老醋，就知道给我丢人现眼。

不是这样的。母亲眼中流着泪，拼命地摇着头，说，大帅，真不是您想的这样。

好了，你就别在我跟前演戏了。父亲起身，绕过办公桌一把拉起我母亲，直截了当地说，不就那点事吗？你想把儿子带到身边去，又要防着老二再来那么一出，可你犯得着这么脱裤子放屁的，给我在报纸上弄这么一出吗？

不是的。母亲站着，人却跟只煮熟的鸭子一样，只剩下嘴硬了。她用力地一摇头，说，我连想都没这么想过。

你心里怎么想的，只有你自己知道。父亲忽然换上一副笑脸，笑呵呵地把脸凑到她的泪眼前，说，要不，把你的心挖出来，看看不就都清楚了？

母亲全身一哆嗦，这回完全是瘫软到地上去的。她双手抓住父亲的裤脚管，牙齿打着战，说，大帅，我们娘俩哪都不去了，我们就在府里陪着大帅。

那怎么成？你不光得去上海，你还得在那边给我扎下根来。父亲伸手，用两根手指捏住她的下巴，抬起她的脸，看着那双泪眼，笑眯眯地说，你别忘了，你可是一颗扎进钱袋子里的软钉子。说完，他坐回到椅子里，想了想，又说，到了上海后，你替我问问她们几个，愿意回来的就让她们回来，不想回来的，也成，你替我管着她们。

临行的那天，父亲与大太太亲自到码头为我们母子送行，这让我母亲感到无比的荣耀与忐忑，竟然意外地想起了我满月那天，庆春社的雕花戏船就是停靠在这个码头上。那时，她连做梦都不敢想，自己会一步登天般地走到如今。

我的母亲完全是在自己的回忆里被一棒打回了原形的。很快，她的身上再也看不到半点重回乌尤城那天的风姿。她以谨小慎微的仪态紧随在父亲一侧，看着他与那些医生、记者们一一握别，然后又朝他们连连拱手，一边说，多谢多谢……多谢各位记者大人笔下留情，多谢各位医生大人刀下留人。父亲在自己的哈哈笑声里把脸转向我母亲，笑呵呵地对她说，到了上海滩记着替我带个口信，我请那位巴大人来乌尤城，我要请他尝尝我们乌尤江里的白水鱼。

母亲原本苍白的脸这时白得几近透明，就像蓝天上飘过的那些浅淡的云朵。

四

尽管在亚力士神父的放映机里我早就见识过上海滩,还不止一次地听人说起,在这座没有夜晚的城市里,连天外吹来的风都是暖洋洋的,就像冬天少女嘴巴里呵出的热气,可船到上海的那晚,我还是被眼前的景象惊呆了。黄浦江沿岸的马路上挂满了西式马灯,如同有人在夜空中垂下无数个小太阳,一直延伸到黑夜的尽头,而江面上黑压压的,到处停泊着的外国军舰与巨兽般的货轮,上面的探照灯掠过江面,什么都被照得一览无余。

我们的小汽轮就在这些巨兽之间钻行,让我有点担心它随时会自己迎头撞得粉碎。母亲这时走到我身后。她把一只手搭在我肩上,抬眼望着那些辉煌灯火的深处,那目光如同父亲每次凯旋回到了自己的地盘上。她在我耳边轻轻地说,我们将在法租界的邮轮码头上岸,那是那个码头第一次允许一艘中国船只停靠。

我此刻在意的根本不是这些。此刻,我更关心的是明天真正的太阳将会怎样在这个高楼如魅的地方升起。

码头上除了缠着白色包头的印度巡捕在黑暗中游荡,只有亚力士神父与一名身材修长的金发男子静静地恭候着。他就是巴斯蒂安,是我见过的第一个身上喷着香水的男人。

我们如同绅士般地握了握手后,他就像个老熟人那样又顺手拍了拍我肩膀,用一口纯正的江南官话说,欢迎来上海,我的小少爷。

我已经不小了,在乌尤城里是绝没有一个外人敢拍我肩膀的。我狠狠地瞪了他一眼,同时看到母亲的嘴角正挂着一丝冷笑。她冷眼环视了寂静空旷的邮轮码头一圈后,朝着面前的两个洋人微微欠了欠身,就拉起我的手钻进马车里。

第二天,母亲起得比谁都早。她就像个怀揣圣旨的钦差大人那样坐在餐厅里,等到父亲留在上海的三位姨太太先后都到了,马上又恢复了往日的谦卑与热情,一边往面包上抹着花生酱,一边跟她们说说笑笑的。只是,所有的人都绝口不提乌尤城,好像她们姐妹中从没有人离开过上海滩半步。

大帅想大家了,他盼着姐妹们回去呢。母亲终于说了句与乌尤城有关的话。

餐厅里安静了会,五太太说,那就收拾行李,回吧。

说完,她起身扭着屁股离开餐厅。

我可不回去,是他让我留在这里念书的。九太太年轻气盛,如同在跟远方的丈夫赌气似的,看着我母亲,说,要我回去,就让他自己给我打电报。

母亲只是宽厚地笑笑,把吃剩的半片面包放回盘子里,回头对用人说,等少爷起来了,还是让他喝粥吧,他吃不惯洋面包。

二太太的两只手始终抱在胸前。抽惯了大烟的她,在上海滩又好上了抽洋烟,整个早餐的过程中,她始终喝一口咖啡就着一口烟吞吐着。她看着九太太离去后,转过头来,说,你也学会拿着鸡毛当令箭了。

母亲又笑了笑,亲热地叫了声二姐后,说,大帅让我给你带了句话来。可是,二太太并没有在意,只顾往自己的杯里续满咖啡。我母亲只好继续微笑着,说,大帅让我跟你说,就算你死了儿子,也不能给他找顶绿帽子回来。

咖啡一下洒到了桌上。二太太慢慢地抬起眼睛,像是要一次把我母亲看清楚那样,说,你放屁。

侍立在桌边的用人们很快都像脚底抹了油,一个个快速而无声地溜出餐厅。

二太太咬牙切齿地又说,给他戴绿帽子的人是你,是你跟那个法国佬。

那你可以回去当面对他说。母亲看上去还是那么的云淡风轻。她说，大帅这次还邀请了巴大人，他会陪你一起回去的。

但是，二太太并没有回乌尤城。母亲后来又给了她第二个选择，就是带上一笔钱，带上她的小男人从此隐姓埋名，去到一个谁也找不到他们的地方。

离开上海的那天。母亲仍然那么的谦卑与恭敬，亲自把她送到花园的大门外，看着她上了马车，才不怀好意地说，二姐，往后你们俩就自由自在了。

往后你就不要再叫我二姐了。二太太坐在车内，阴沉地俯视着她，平静地说，你们娘俩迟早会遭报应的，不是不报，是时候未到。

母亲轻轻地替她关上车门，退到一边，瞥了眼坐在车夫身边的那名随从。那是专门请来的侦探。他会再去接上那个小男人，然后把他们一起送上一列北去的列车。

载着二太太的马车终于消失在街道的拐角，母亲悬了多年的那颗心总算彻底地落回到肚子里。至少，在她身后的这幢别墅里，再也不会有哪个疯子试图毒害她的儿子。当母亲的有时就是这么的伟大，这么的不顾一切。第二天，她买了张船票专程又回到乌尤城，一见到我父亲就摆出一副负荆请罪的模样，双膝跪地，说都是她不好，都是她无能，都是她没有把二姐看住了。

按照母亲的说法，二太太是带着她的小男人私奔了。

父亲却出人意料的宽容，挥了挥手，说天要下雨，娘要嫁人，走了就走了吧。但同时，他也提醒在家的每位姨太太：下不为例，下回就没这么客气了。

可是，爱情一旦来临，所有的提醒与威吓都只不过是一阵吹过耳旁的风。父亲最宠爱的九太太有一天忽然登报声明，为了追索自由与平等之精神，她自即日起与督军孙圭钧解除婚姻关系。

这个年轻的女人单纯而浪漫。她也是我在这个大家庭里为数不多的觉得可以亲近的人，比起那两个我同父异母的姐姐，她更像是我的姐姐。还在乌尤城时,我总会故意逗她,说你就像我的姐姐,她每次都会拧着我的耳朵,说,我哪里像你的姐姐了?我是你九妈,快叫,叫我九妈。

然后,她就会发出满足而得意的笑声,好像她真有一个我这么大的儿子那样。她的笑声是那么清脆与悦耳,她的呼吸里有种让人心旷神怡的味道。这些都是我所喜欢的。她跟我们孙府里的每个女人都不一样。她就像一只可爱的小白兔每天穿行在孙家的深宅大院,但又不属于这个沉闷的院子。每当黄昏来临,她都会坐在窗边弹琴。从窗外远远望进去,她的身影是那么沉静与专注,音乐让潮湿的空气都变得那么的美妙。为此,父亲专门派人把她心爱的钢琴运来上海。有空时,他竟然还会学着摩登的年轻人与她鸿雁往来。父亲在信里不止一次轻佻地称她"吾之心爱",不止一次地叮嘱她要把书念好,别辜负了他的这片苦心。只是,父亲的苦心是什么?没有人能知道。

我只知道到了上海后,已经很少听到她弹琴了,尽管母亲为了讨好这位九太太,专门辟出一间向阳的房间做了琴房,还在窗台的花槽里让人种上各色的杜鹃与月季。

这天,她带我去德大西餐社,一边教我切牛排,一边对我说,以后你不要在外面叫我九妈了。

我什么时候在外面叫过她九妈了?我来不及细想,就对她说,那我就叫你姐,可我该怎么称呼我爸呢?

你可以叫我的名字。她认真地说,叫名字是最平等的。

九太太姓苏,学名叫慕贞。那个时候,她已经如痴如醉地爱上了她大学里的一个男同学。那个油头粉面的小开我见过,而且不止一次。他们出双入对,无所顾忌,经常会在德大吃西餐,喝咖啡,有时还会上领事馆去跳舞。

你会跟二太太那样私奔吗?记得有一次,我曾忧郁地问过她。

你懂什么?苏慕贞白了我一眼,仰起她那张俏丽的小脸,说,我为什么要私奔?我们从来都是光明正大的。

父亲终于从乌尤城里拍来了电报,千言万语浓缩成两个字:速归。没想到，苏慕贞给他的回复却是上报社登了份离婚声明。

母亲获悉后，特意让人找来那份报纸，看了很久后，发出一声叹息，说，她这是在自作孽啊。

几天后，马万全从乌尤城出发，一到上海就敲开这对小情侣租住的公寓，像娘家人那样彬彬有礼地拜访了他们。这个父亲昔日的马弁，如今已是督军府的卫队长。他对苏慕贞说，九太太，大帅说了，只要您回去，他既往不咎。

我不是九太太了。苏慕贞面无表情地说，你还是叫我苏小姐吧。

大帅还说了，如果真留不住您，他就安排你们两位出国。说着，马万全打开带来的一盒糕点，里面是满满一盒的金条。

苏慕贞的眼睛一下有点湿润了，半天才摇了摇头，说了四个字：覆水难收。

马万全点点头，起身告辞。

那名小开把他送到楼梯口时，忽然说，要不，我来劝劝苏小姐。

马万全扭头看着他，说，你还是听九太太的吧。

几天后，吴淞口的渔民从海里打捞起一个黏乎乎的大口袋，打开，里面是对五花大绑的青年男女。他们的脸皮在生前就被剥掉，裸露着腐烂的肌肉与脂肪。其中的一个渔民当场吓得一屁股跌坐在甲板上。

这就是闻名沪上的十大无头公案中最为恐怖的剥脸案。后来，苏慕贞的姐姐苏慕芬专程赶到乌尤城。父亲一脸惋惜地摇晃着脑袋，说，跑了，据说去了英国。苏慕芬将信将疑，父亲又说，你就多住几天，我打算派你丈夫去嘉源县，那里还空着一个县长的缺。当晚，父亲就把这位风韵少妇拖上了床。

那个时候的乌尤城从未如此的热火朝天过。亚力士神父从上海带回了大批的银行家、洋行与株式会社，让他们先沿着乌尤江在地图上认购，然后再把那些土地上世代居住的人们迁走。迁到哪里？父亲毫不关心。他关心的是乌尤城的未来与他心中的宏伟蓝图。他要把乌尤江两岸建造成另一个外滩，在上面立满花岗岩与大理石砌成的高楼大厦。

现在，这个时刻终于到来了。

亚力士神父却把头摇得像拨浪鼓一样，说，那可不行，我的大帅，这样最终激发的是民变。

怕什么？父亲说，他们日后就会知道，我都是为了他们好。

百姓不会看得那么长远。亚力士神父说，为了土地，他们会反抗的。

这吓不倒我。父亲说，我的军队不是吃素的。

靠枪可不行，大帅，长治久安需要的是法律与制度。亚力士神父耐心地劝说父亲，让他用洋人的贷款向城里的居民租赁土地，然后在上面造他想造的房子，再用这些房子来置换他们手里的地契。亚力士神父说，到了那个时候，土地不都是大帅的了吗？

我看你真是老糊涂了。父亲说，到了那时候，上面的房子已经不是我的了，土地还有什么用？

大帅可以再让人来收购这些土地上的房子。亚力士神父笃定地说，只要高过市价，人们都会争着出售他们的住宅。

说你糊涂，你就是糊涂。父亲说，卖了房子，你让我的百姓住哪里去？

我们可以接着再造，再卖给他们。亚力士神父指着地图上城外的一片空地，说，就在这里，用不了二十年，推倒城墙乌尤城就会成为一座全新的城市。

父亲摸着脑袋想了半天，说，你真是个骗子，你以为你们洋人贷给我的款是天上掉下来的吗？

大帅，您忘了还有税收，那是可以用来抵债的。亚力士神父说，做一次买卖就收一次税，只要有人在不断地出价，房子就会不停地被买卖……税金就会像乌尤江里的水一样源源不断。

父亲冷冷地说，只怕到了那时，乌尤城里的房子将会比人口还多。

那我们就拆，我们拆了再建，建了再拆。亚力士神父显得有点兴奋了，围着桌子绕了半圈，说，大帅，我们要让房子像水一样流起来，钱也会像水一样流过来。

那我就更白忙活了。父亲的脸色都快要摆到脸上了。他瞪大眼睛，说，那我的钱不都让你们洋人赚了？还有买卖土地与房子的那些人。

人是贪婪的，钱来得越快，他们就会越加的贪婪。亚力士神父微笑着，终于在桌边的一张椅子里坐下，说，大帅，金钱就是上帝用来诱惑世人犯罪的。

父亲从来都是一点就通的人。他伸出大手在空中一把捏成拳头，说，到时我就抓，抄他们的家。

亚力士神父点头，说，这就是法律。

父亲想了会，还是有点放心不下，说，只怕到时候发了财的人都会造我的反。

亚力士神父笃定地说，大帅，穷人才会造反，富人只会告状。

告状也不成，大总统看见钱也会眼馋的。父亲说，他第一个就会抄我的家。

大总统不是皇帝，再大的总统也得从国会里选出来。亚力士神父俯身，把藏在红色胡子中间的嘴巴凑过桌子，说，大帅，真要是到了那一天，我相信，您的钱已经可以买下整个国会了。

父亲的嘴巴一下张大了，半天都没能合上。他瞪着的眼睛，几乎都能看到紫禁城里的金銮殿了。

五

我们在上海租住的那幢别墅,前后都有一个大花园。它最先的主人是位久居南洋的华商。后来,父亲派人来买下它,交由我母亲不断地改造与扩建,直到最终把它命名为乌尤会馆,成了督军府在上海的一处联络与交际之所。再后来,父亲接受亚力士神父的建议,逐步又买下了周边几乎整条街面上的房产。孙圭钧一掷千金的豪情,让一向傲慢的上海工部局都为之动容。为了向这位阔绰的军阀示好,他们主动提议,把那条街更名为乌尤路。

每次我乘坐马车从乌尤路上经过,都有一种驰骋在乌尤城里的感觉。在我青春肆意的岁月里,我一直把这条街当成了我的地盘,我的王国,而我就是这条街上的国王。我经常会让车夫随意地在路边停车,然后大摇大摆地从每间店铺门前经过。很快,所有店铺里的掌柜与伙计都会慌不迭地跑出来,朝我恭恭敬敬地鞠躬,脸上挂满谄媚的笑容,恭恭敬敬地向我请安与问好。

我却对他们视而不见。我只是喜欢人们朝我低头弯腰时的那种感觉。

那个时候,乌尤会馆的马车每个周一都会送我去圣约翰学堂,到了周末的傍晚再把我接回来,但我讨厌这种一成不变的日子与路程,更讨厌那所教会学校里存在的一切。它就像是所阴森的地狱,高墙之内阳光只能照射在教堂的屋尖,到处是树木与建筑留在地上的阴影。我们每天早上起床要祷告,晚上睡觉要祷告,就连每顿饭前还得再祷告一次。

跟我一样反感祷告与弥撒的还有伊藤昭男。我们是这个特殊的班级里仅有的两名亚洲人。这个日本外交官的儿子瘦削而孤僻，每天坚持沿着学堂的围墙晨跑，风雨无阻，但这不是我讨厌他的原因。我之所以讨厌他，是因为一见到他那张白净的脸，就会让我想起远在东京求学的二哥宝珊。他们身上有着一种相同的特质，就是在人群中总是显得卓尔不群。

有一天，他在校舍的走廊上拦住我，邀请我周末去他家里，还说他的母亲会专门为我准备一道她最拿手的烤牛舌。

我不假思索地摇头，说，我是从不去别人家里的。

你就赏个脸嘛。伊藤昭男像个中国人那样，不停地拱着手，说，同学间要多走动。

可我就是不愿意见他那张没有笑容的脸。我又一次摇头，固执地说，周末我得睡觉，你每天一大早起来跑步不困吗？

然而，伊藤昭男是个比我更加固执的人。到了周日的上午，他坐着领事馆的汽车开进了乌尤会馆的花园，带着他的母亲拜访了我们。

伊藤夫人穿着碎花洋绸的和服，头上盘着个精致的发髻。她就像个用人那样跪在我们客厅的地毯上，从一个漆盒里端出那盘烤牛舌，双手托着非要我母亲先尝尝。她说这就是她家乡的味道。

母亲终于见识到一个比她更为谦卑与热情的女人。伊藤夫人每说一句话都忍不住要躬一下身，而看着你的眼神总是那么的温和与真挚。等她把这对母子送上车时，她与伊藤夫人已经如同相知多年的姐妹了，当场就邀请她第二天晚上去新舞台一起听戏。

我对母亲说，你们女人说话就像在演戏。

这不是戏，这叫夫人外交。望着远去的汽车，母亲自信地说，他们巴结我们娘俩，为的是搭上你父亲这条线……你看着吧，伊藤领事很快就会来拜访我的。

母亲一边转身回屋，一边再次劝导我，要像伊藤昭男一样，去跟学校里的每个人成为朋友，要跟他们不分彼此。

他们都是洋人。我说，他们都是帝国主义。

他们都是你的同学。这就是母亲让我上这所学堂的目的。她说，你的日子还长着呢，总有一天你会用得到他们的。

圣约翰学堂里的学生大都是驻沪外交官与各国商人、银行家们的子孙。他们迟早也会成为外交官、商人与银行家。现在，我的母亲变得越来越有远见，她几乎能洞悉到几十年后将会发生在我身上的事。不过有时候她也免不了感到忧伤，就一个人钻进后院的花房里，关上门，在那里漫不经心地修剪花卉。

有一次，她在花房里看着一盆凋零的海棠，要我牢记，等到我翅膀硬了的那天，就再也不要回乌尤城了。她说，你要在上海滩扎下根去，要把这里当成自己的家。

不可能的。我就是喜欢在这种时候跟她顶嘴。我说，上海滩的每个人都知道我的家在乌尤城，他们都知道，我是孙圭钧的儿子。

母亲却希望我将来能成为租界里的一名商人，最好是有众多洋人做后台的买办。为了这一天，她一直以来也是这么做的。她说服我父亲，把乌尤城里的生意一点点地搬进了上海的租界，看上去是为了把生意做得更大，为父亲的军队赚更多的钱。其实，她从一开始就在为我的将来作打算了。而且，她还不止一次地对我说：我们永远不要去跟他们争，我们是争不过他们的。

我当然明白他们是谁。我的大哥迟早会成为父亲的接班人，成为一个新的督军。这是每个人都看在眼里的，我也只有在母亲面前才嘴硬说，我才不稀罕他们呢，他们迟早会被别的督军赶走。

胡说。母亲一下像是被针扎了那样，瞪着我，很久才无限爱怜地摸着我的脸颊，说，你真是个傻孩子，他们就是你，你就是他们。

每当触及心底深处的这些忧虑时，母亲总是担心自己会失言，于是很快闭上嘴巴。自从巴斯蒂安受聘于父亲，成为督军府的军事顾问后，在光临乌尤会馆的每个人里面，母亲绝对不会跟谁再说起这些。乌尤会馆与新舞台一样，都只是她登台票戏的地方，只是扮演的角色不尽相同，但我可以看得出来，只有在碰到棘手的事情之时，她才会开始想念已在乌尤城里父亲身边的巴斯蒂安，并且希望自己的儿子也能像他一样，成为一个风度翩翩而又睿智的男人。

我刚到上海那会，巴斯蒂安每天都教我开车、骑马与击剑，正如我母亲期望的那样，他悉心地教授我所有他懂得的技能，包括社交礼仪，但我就是不喜欢他。我厌恶洋人那种装腔作势的腔调，还有那种故作谦逊的傲慢，厌恶他们身上香水与汗水混合的气味。我想，我永远也成不了像巴斯蒂安那样的绅士。因为，我的父亲是一位手握生杀大权的督军，而不是法兰西国边境某个无名小镇上的破落贵族。

我与巴斯蒂安相处融洽，只是不想让母亲太过失望。她就是要我成为一个装腔作势的人。原因很简单，她自己就是这么一个人。

这年的中秋之夜，母亲别出心裁地在乌尤会馆的大厅里准备了一场丰盛的晚宴，用以犒劳督军府里那些被派驻在沪的各部门官员与家眷。这是她笼络人心的手段，却又总是表现得恰到好处。就像洋人过圣诞节那样，她用整株的雪松装点了厅堂，在上面挂满了灯泡与礼物；所有的菜肴都是请老正兴的大厨师现炒的。晚宴到达高潮时，她还亲自下场，为父亲的这些下属与家眷们清唱了一段《嫦娥奔月》。

巴斯蒂安就是在这一刻由乌尤城赶来，带着一头的汗水闯了进来。母亲马上意识到出了大事，但仍然以优雅的语调对我说，宝琨，去给巴大人倒杯冷饮来。

原来，身在北京中南海的大总统已经三次急电召我父亲进京了。巴斯蒂安一直等到晚宴结束，才在花园里的一张石凳上坐下，说大帅会先到上海，再由南京过长江，从浦口转乘火车经天津进京。

你们得劝阻他。母亲说，进了北京城，他就是第二个蔡松坡。

没有人可以阻止一位督军去晋见他的总统。巴斯蒂安轻轻地摇了摇头，说为了逼迫父亲进京，湖北的王占元，贵州的刘世显，还有江西督军李纯，三路人马已经大兵压境，一旦开战，乌尤城里的商人们第一件要做的事就是撤资。巴斯蒂安抬起他那双灰蓝色的眼睛，望着我母亲，又说，大帅已经没的选择了。

母亲直挺挺地站在月光下，半天才说，你来就是为了告诉我这些？

我是来建议四太太陪同大帅一起进京的。巴斯蒂安说，对您，这是一次机会。

母亲低头沉默了会，忽然发出一声冷笑，说，巴大人，你不是绅士，你是个赌徒。

巴斯蒂安笑了笑，起身，彬彬有礼地躬身告辞。作为父亲的顾问官，明天他将先行北上，去为父亲铺路搭桥。

然而，母亲并没有随同父亲进京。她一直要到深秋来临才忽然动身，拖家带口，几乎把半个家都搬往了北京城。

大总统闻讯，不仅派专人沿途接送，还特意腾出了一座贝勒府充当我们在北京的公馆。当晚，袁大公子代表他的父亲在六国饭店为我们设宴接风。席间，他向我父母频频敬酒，情真意切地说，督办大人与四太太真是伉俪情深哪。

父亲哈哈大笑，很快就喝得酩酊大醉。可一回到家里，他瞪着一双清醒的眼睛，对我母亲说，你真是聪明一世，糊涂一时。

我们娘俩就是来替大帅当人质的。母亲一边替他解开大氅的领扣，一边说，大帅，说什么您都得回乌尤城去。

这还用你说？父亲一把甩开她的手。

事实上，父亲已经连北京的城门都出不了了。早在晋见大总统的当天，他就被任命为邮务督办，负责全国的邮政业务，同时受到任命的还有远在乌尤城里的胡琛。这个父亲最忠实的副手与亲家接替他成了新的督军。离开中南海的一路上，他瘫坐在专车里，总算明白了一个道理——堡垒都是从内部开始坍塌的。

几天后，他让秘书起草了份推戴袁世凯为皇帝的请愿书，签上大名，亲自送到参政院后，当晚求见大总统，拍着胸脯，信誓旦旦地表态：圭钧唯大总统马首是瞻。

大总统只是呵呵一笑，说了句：天下兴亡，匹夫有责。

父亲想了半天都没想明白，就试着撂挑子，说，大总统，我一个带兵打仗的武夫，怎么督办得了全国的邮政？见大总统把脸沉下去，他有点心慌了，马上接着说，我是怕耽误了您的军国大事。

你要带兵还不容易？笑容又浮上了大总统肥硕的脸庞。他想了想，说，我把总统府的卫队拨给你，带兵我是行家，你也是行家，你就顺便替我练练那帮兔崽子吧。

现在，父亲走到哪里，总统府的卫队就跟到哪里。这俨然已成为北京城里的一道风景，哪怕他是去逛八大胡同，这队整装的卫兵都会封掉整条巷子，荷枪实弹地站在那里，为他站岗放哨。同时，也告诉世人，督办大人正在寻欢作乐呢。

这天，父亲带着这支卫队前呼后拥地回来，一进门就兴冲冲地对我母亲说，袁大公子替你儿子保了个媒，人家可是前清大学士家的长房孙女。

母亲愣了愣，说，太早了点吧？宝琨还在念书呢。

不早了。父亲兴致不减，说，那可是太子爷给你儿子保的大媒。

事实上，我是这个家里最后一个知道我要结婚的人。刚到北京没几天，母亲就把我送进了灯市口的教会学校，每次都是在周末才被接回家里。

那天刚进后院，奶妈跑着迎上来，把这个消息告诉我时，一脸悲喜交加的模样。她一个劲地搓着双手，说，这下就好了，少爷再也不会孤单了。

我就像在听一桩别人的婚讯那样，木然地看着她，说，又不是你结婚，你高兴什么？

我怎么不高兴呢？奶妈跟在我屁股后头，还在一个劲地说，少爷要当新郎官了，少爷很快就会有小少爷的。

忽然间，我有种说不出来的冲动，想堵上她的嘴巴，用力地，狠狠地。我回头对她说，你去我房里等着。

奶妈一下闭嘴了，跟着我绕过回廊，才怯生生地说，少爷，你马上就要结婚了。

要结你去结。这话也是我对母亲说的。我毫不客气地瞪着她，同时也瞪着父亲，我怎么可以跟一个连面都没见过的女人结婚呢？

有什么不可以？父亲豁达地说，皇帝都是这样娶亲的。

我说,现在都什么年代了?

什么年代?马上就是洪宪元年了。父亲不想再跟我啰唆,站起来,说,你就在家里等着成亲吧。

说完,他背着双手出了屋子,命令他的卫队备车。他要出去散心了。

母亲这时一把抓住我的手,说,你得走,走了就没人逼你成亲了。

你是不是戏听多了?我笑了,挣开她的手,说,不就是娶个媳妇吗,我犯得着离家出走吗?

母亲断然说,你要听话,今晚就走。

我哪都不去。我在父亲刚坐过的那张椅子里坐下,跷起二郎腿,说,我就想看看我娶的是个什么样的女人。

母亲想了想,走到我跟前,扑通一声给我跪下了。她再次抓起我的一只手,说,宝琨,你就听妈一次好不好?你出去躲两天,就两天,妈都给你安排好了。

你这是干什么?我看着跪在地上的母亲,说,妈,你为什么非要我躲起来?

母亲站起来,掸了掸她旗袍的下摆,说,到时候你就知道了。

当晚,一辆马车从贝勒府的后门把我带走,绕了大半个北京城后,我又被扶上一辆黄包车,直到拉进一条坑坑洼洼的小胡同,在一扇挂着盏旧灯笼的门前停下。

等在屋里的人是腊月。她替我脱下大衣,说,少爷先泡会脚吧。

我高兴地说,原来你就是我要娶的新娘。

谁是你新娘?腊月扭过脸去,说,我是来伺候少爷的。

我一眼就看到了泛在她脸上的红晕,就一把拉住她,说,那你好好伺候吧。

原来,母亲下跪就是为了兑现对我的承诺。她买下这个丫头时就曾对很多人说过,腊月将来就是我的人。这是母亲为儿子提前准备了那么多年的礼物。现在,到了我拆封的时候了,就在这温暖如春的炕头,在这窗外呼啸的北风与烛火摇曳的光芒里,我在婚前终于体会到了新婚之夜对于一个男人的全部含义。

世界上没有一片树叶是相同的，世界上也没有一具女人的身体是相同的。我想，我就是在那一刻开始真正喜欢上女人的。

第二天，我在微弱的晨光里醒来，看到腊月的脸上还泛着红晕，而此时的北京城里正发生着一件大事——袁大总统在中南海的怀仁堂接受百官朝贺。他光着脑袋，穿着呢制的海陆空大元帅礼服自称为中华帝国的大皇帝。

只是，人们在街头巷尾更津津乐道的是另一桩发生在昨夜的桃色新闻——邮务督办家年仅十六岁的三少爷为了逃婚，带着府里的丫鬟私奔了。

整个孙公馆里的人都出动了。父亲被深夜赶来的仆人从名妓小金宝的床上唤醒。他大惊失色，提着皮靴，一边冲下楼梯，一边朝卫队长挥手，说，你们还愣着干什么？还不给我去找回来。

找人是警察局的事。卫队长站得笔直，说，我们的任务是护卫督办大人。

护你妈的头。父亲上前就给了他一个耳光，忍不住又说道：太子爷下个礼拜又不是来当我的证婚人。

说完，他光着两只脚就匆忙跑出书寓，一头钻进车里。

父亲就是在满世界寻找儿子的途中溜进法国大使馆的。很快，大使馆的一辆专车从后门驶离，径直出城，天快亮时已经驶入了天津的租界。

巴斯蒂安把车停在万国桥下的一处码头上，回过头来，说，大帅，现在您安全了。

父亲这才从后座上睁开眼睛，俯身望了会车窗外的行人与挑夫，伸手用力拍了拍他的肩膀，说，还是你们洋人够朋友。

巴斯蒂安微笑着说，能为大帅效劳是我的荣幸。

父亲搭乘日本货轮到达上海后，并没有直接前往乌尤城，而是在一家小旅社里先见到了庄希岑，才登上一条早已备好的商船，驶向长子宝珩的驻地。孙圭钧头戴礼帽，身穿长衫马褂，就像一名军火商那样，在马万全的陪同下走进团部,看着还在发愣的儿子,他摘下帽子,笑呵呵地说,孙团长,你立功的机会来了。

宝珩呆立了半天,说,爸,你听我解释。

我没那工夫。父亲把礼帽往桌上一扔,一屁股坐在屋里的主座上,说,你还是让人把我绑了,去献给你老丈人去吧。

宝珩此生从来没有像现在这样窘迫过。他又叫了声爸后,马上改口,说,大帅,您就下令吧。

父亲的脸色慢慢阴沉起来,仰脸看着儿子,很久才点了点头,重新拿起帽子戴在头上,起身说,那我们去会会你的老丈人。

第二天,经过一夜的反复权衡,胡琛在女婿的炮口威逼下迎出城外。他一见孙圭钧就飞身下马,一边快步上前,一边连连拱手,说,钧帅,你回来就好,我总算可以完璧归赵了。

父亲红光满面地拉起亲家的手,说,老胡,督军这个位置不好坐吧?

不好坐也得坐哪。胡琛同样笑呵呵地说,有我在,你放心,不管他是大总统,还是洪宪皇帝,他都别想往我们地界里插一根针。

父亲哈哈大笑后,忽然说,云南的电报来了?

来了。胡琛说,云南方面已发出最后通牒,要求取消帝制,惩办元凶,如果北京方面还拒不答复,他们就会宣布独立,并成立护国军政府。

那北京方面呢?

也来了。胡琛说,命令我们联合粤军龙觐光部向云南进军,形成两路夹击的态势。

都来了就好。父亲又哈哈一笑,转身冲着跟在胡琛身后那些军政官员不停地拱手,像个谦卑的商人那样,一路打着哈哈,说,有劳了,有劳了。弄得这些文武官员们一个个敬礼也不是,鞠躬更不是,只能跟着父亲伸出手,一一地与他握手寒暄。父亲还是笑呵呵的,亲切而爽朗地说,诸位,大家这些日子过得还好吧?

血腥的清洗行动就是在这如沐春风般的氛围里开始的。就在父亲重回乌尤城晚宴开始的时候，庄希岑调兵进城，封锁了每条街道，每个路口。等到晚宴结束，所有经胡琛提拔与任命的军官都一一被捕，有些甚至是从被窝里被拖出来的。

胡琛闯进父亲的书房，直截了当地说，你要抓就抓我一个，你放了他们。

我抓你干什么？父亲的脸上泛着酒晕，用讥讽的语气说，你委任状上的墨迹还没干呢。

那就得放了他们。胡琛说，他们一样也有委任状的。

所以我得先弄清楚，他们到底姓什么。

他们都跟你姓孙成了吧？胡琛一屁股坐下，说，都这个时候了，我们就别搞秋后算账那一套了。

马万全这时端着茶水进来，父亲起身，亲手把茶盏放进胡琛手里，说，大战在即，我连他们姓什么都不知道，敢把这些人拉到战场上去吗？

胡琛一下睁大眼睛，说，你决定跟蔡锷他们反袁了？

是护国。父亲退回到自己的座位上，说，我跑出北京城，为的就是这一天。

胡琛忽地站起来，说，钧帅，你要是还信得过我，给我一个旅，我给你打头阵去。

打仗不急。父亲摆了摆手，说，你还是先去把那帮人处理了。

你要杀他们？胡琛大惊，说，你怕他们是我的人？

你什么时候跟我分你的、我的了？父亲微笑着端起茶盏，那就是送客的意思。

六

南方腊月里的第一场雪,断断续续地下了好几天,总算把大地与山川都包裹了起来。

父亲的这场大清洗干脆而利落。大军在踏上讨袁护国征程的前夕,那些受到胡琛重用的军官被押赴校场,在满天风雪与猎猎飘扬的军旗下被枪决。罪名是通袁复辟与临战投敌。死刑的执行人是胡琛,这位大总统共和时任命的督军。

持续的枪声响过后,他面如死灰地走到父亲跟前,说,现在该轮到我了吧。

父亲用戴着雪白手套的手,仔细地擦去沾在他金色肩章上的雪花,说,你不是要打头阵吗?我现在就给你一个旅。

胡琛无力地摇了摇头,说,钧帅,你还是赏我一颗子弹吧。

那也得由洪宪皇帝赏你。父亲扭头看着不远处那片被鲜血染红的雪地,军中的杂役正在一具具地抬走尸体。他拍了拍胡琛的肩膀,说,谁要了你,你就去找谁把账要回来。

胡琛愣了会,说,你就不怕我临阵倒戈?

父亲笑了,说,你能倒戈,我就不会站在这里了。

孙圭钧的讨袁战争就是这样开始的。他把自己任命为军长后,又任命了庄希岑为参谋长,亲率大军穿过风雪苍茫的乌尤山脉,一路攻击与穿插着进入湖北。就在与蔡锷军队会师于武昌城下的那场大战中,父亲忽然派人把宝珩召进他的临时指挥所。

大帅。一身硝烟味的宝珩行了军礼后,并没有稍息,而是笔直地站在父亲面前。自从在校场上观刑后,他再没有叫过父亲一声爸。

父亲俯身在一张作战地图上,直到参谋们都知趣地退出帐篷,才头也不抬地说,你觉得我这仗打错了?

没错。宝珩说,军队就是用来保护国家的。

窃国的是贼,人人都得对付他。父亲抬头看了眼儿子,说,可有人挖了我们的墙脚,你说怎么办?

没人会挖你的墙脚。宝珩面无表情地回答。

这样的人无处不在,所以我们才得处处留神。父亲又看了一眼儿子,随手拿过一支铅笔,在地图上画了个圈后,在边上标下一行坐标。然后,他直起身,把铅笔一扔,说,这件事就交给你的炮团了,今晚就去办。

宝珩上前看了眼地图,直视着父亲,说,那是独立旅的指挥所。

轰了吧,炮弹又不长眼睛。父亲说完,像是感到累了,走到一张行军床前,躺下。

他可是我的岳父。宝珩大声说,是你孙子的外公。

你还是忘了这个岳父吧。父亲不以为然地说,我的儿子会缺老婆吗?将来你还会有别的岳父。

宝珩终于叫了父亲一声爸。他走到行军床边,说,我求你放他一条生路,这一路上,他已经证明了对你的忠诚。

没人要他证明什么,我只是给他一个战死的机会。父亲闭上眼睛,平静地说,你要是下不了手,就索性掉转炮口,把我这里轰了。

帐篷里的空气一下凝结住了,只有外面的枪炮声还在此起彼伏地响着。

过了很久,父亲以为儿子走了,睁开眼睛却见到宝珩还直挺挺地站在他的行军床前。他叹了口气,坐起身来,说,我说,你真是个傻瓜……你以为女人偷过一次人后,她就不会再偷第二次了?

他不是女人。宝珩说,他曾是民国总统任命的一省督军。

哪来的总统?父亲说,姓袁的就是一个贼,他姓胡的也一样。

宝珩说,他已经把一切都还给你了。

他拿什么来还？父亲冷冷地看着儿子说，你要是狠不下这条心，就只配当个团长。

只要我还是个军人，就不会下令朝自己的阵地开炮。宝珩说完，两腿一并，敬了个军礼后转身离去。

可是，没等他策马赶回山炮团，由他阵地上飞来的炮弹已经密集地落进了独立旅的指挥所。后来，历史学家在考证这场谋杀时，大多认为胡琛之死不仅是因为他曾谋夺了我父亲的督军之位，更大的原因是他掏空了乌尤城里的银库，用以贿赂北洋的那些大佬们。

事实上，在我家族的历史上，更为惨烈的悲剧发生在不久之后，就在平静如水的乌尤城里。我的大嫂，这个知书达理的温婉女人，在获悉她父亲的死讯与真相后，在儿子床边呆坐了整整一个晚上。第二天，她照常牵着儿子的小手去了大太太房里，向她的婆婆请完早安后，从怀里掏出一支小手枪。这是宝珩众多藏品中的一支，象牙的枪把上还镶着金丝。

胡淑珍把枪口抵在自己儿子的后脑勺，平静地对她婆婆说，你儿子能杀我父亲，我就能杀他儿子。

一声枪声，子弹击穿孩子头颅的同时，也击穿了大太太一侧的屏风。

大太太一屁股滑下椅子，坐在地上伸着一只手，只知道在那里打哆嗦，胡淑珍无情地一笑，又开了一枪。子弹击穿了大太太的手掌后，钻进她的胸膛。

胡淑珍根本没听见丫鬟们的尖叫，更不在乎她们跑向何处。她呆呆地站了会，忽然一屁股跌坐在地上，才想起倒在一旁的亲生儿子，使劲地把他抱进怀里，拼命地去亲他那张血肉模糊的小脸。

等到胡总管跟卫兵一起冲进来时，胡淑珍一下子醒过神来。她张开沾满红色血液与白色脑浆的嘴，发出一声尖叫后，一枪击穿了自己的太阳穴。

父亲在前线接到家里的电报时，当即就下令解除了宝珩的指挥权。同时，让马万全带着警卫排火速赶往山炮团阵地，直接把他送回乌尤城。忙完这一切，父亲才松了口气，神情悲伤地对他的参谋长说，纸包不住火，这回，可真叫是家丑外扬了。

庄希岑劝慰道：大帅节哀，您得保重身体啊。

据说，我的长兄宝珩在被押解回家的途中已经露出疯癫的迹象，等他踏进灵堂后疯癫之症达到了高潮。他就像只老母鸡那样咯咯地怪笑着，一直笑到鼻涕与眼泪都挂满了脸颊，还是停不下来。他伸着脖子把灵堂上的每个人都辨认了一遍后，迷迷糊糊地说，你们怎么都出来了？你们怎么不在下面陪我儿子？

胡总管走到姨太太们跟前，说，各位太太，这可怎么是好？

三太太用手帕捂着嘴巴，说，你还是快去请个大夫来吧。

可是，不等大夫赶到，宝珩就一头栽倒在地，昏厥过去。他醒来已是第二天的黄昏，等睁开眼睛时，疯癫之症也像是随之消失了。宝珩长长地发出一声悲鸣后，自己下床，穿上孝服，轻轻地推开上前搀扶的用人，一个人走到灵堂前。

宝珩看了会他母亲的遗像，又看了会他儿子与妻子的，扭头对胡总管说，出殡吧，我们不等了。

哪有晚上出殡的？胡总管嘴上不说，心里却一下明白了，大少爷是真的疯了。

你听见没有？宝珩忽然发出一声怒吼：出殡！

悲惨死亡的祖孙三代，他们的棺椁被悄无声息地抬出孙府，抬出乌尤城，埋在了乌尤江边的一个山坡上。那是父亲为我们孙家开辟的墓地，就在甘露寺的后面，一片青松与翠柏之间。

可是，下葬没几天，甘露寺里的和尚就发现新堆起来的三座坟都被人挖开了。

宝珩在一天深夜，偷偷地溜出家门，溜出乌尤城。他把母亲、妻子与儿子的早已发臭的尸体重新刨出来，浇上汽油，烧成灰烬后，再把温热骨灰分别装进三个罐子，背在身上，独自进了乌尤山，此生再也没回过我们在乌尤城里的那个家。

可以说，我长兄宝珩轰轰烈烈的一生，就是从他背着骨灰踏入乌尤山那一刻起步的。

几个月后，星火燎原般的护国战争以洪宪皇帝在忧愤交加中的一命呜呼而宣告结束。父亲率领他的军队回到乌尤城时，新任的黎大总统为表彰他在战争中的功绩，不仅重新任命他为一省的督军，并且还兼任了省长。

站在结发之妻的衣冠冢前，父亲百思不得其解。他瞪着墓碑上大太太的名字，说，你说，你给我生的是个什么儿子？

这天，我的二哥宝珊漂洋过海回到乌尤城。他低头站在父亲跟前，一脸悔恨地说，我真不该去日本，要是我待在家里，这种事就不会发生了。

父亲冷冷地看着他，说，你要是回来奔丧，那你就来晚了。

我不走了。宝珊说，我留下或许能帮上点忙。

父亲说，那你在日本娶的老婆呢？还有你们生的那个崽子？

宝珊暗自心惊，原来自己在东京的一举一动都没有逃过父亲的眼睛。他慌忙又低下头，说，我听爸的，你说怎么办，我就怎么办。

既然回来了，就在家里多住几天吧。父亲从来没把这个瘦弱的次子放在眼里过。以前没有，现在更加不会。我的大哥宝珩早已经伤透了他那颗铁石般的心。

宝珊犹如一只从空中坠落的大雁。他的人站在父亲面前，心却一下沉到了脚底板。

而我母亲就是善于在这种时候充当好人。她在父亲走后，一脸宽慰地对宝珊说，一切都会好起来的，二少爷要耐得住性子。

我有什么好急的。宝珊无所谓地一笑，说，民国的天变了，家里这片天也该变变了吧？

天是永远不会变的。母亲温婉地提醒他，说，二少爷，就算你回了日本，你头上顶的还是大帅那片天。说完，她觉得还是没有把话讲透，又补充了一句，说，二少爷，我们的头上，只有大帅一片天。

自从母亲离开北京回到乌尤城，她就接替已故的大太太，开始当起了这个庞大的家。这是父亲对她半年圈禁生活的补偿。

我母亲在丈夫逃出北京城的第二天，就被囚禁在贝勒府的后院里。她对每个前来盘问她的人说，我真不知道他去哪里了，我怎么会知道呢？督办干什么事，我从来都是不管不问的，管不了，也轮不到我管。说着说着，她又哀求那些盘问她的人，说，你们能不能行行好，帮我去把我儿子找回来，他马上要跟韩家成亲，那可是袁大公子做的媒，你们总得让我跟两边都有个交代不是？

母亲每天每夜都对这些人说着同样的话，直到他们把一张报纸扔在她面前，上面登载的是父亲在乌尤城里发表的《讨袁檄文》。母亲总算松了一口气，慢慢地起身，离开她整天坐着的那把椅子，俯视着来人，说，那你们总得放我去趟韩府吧？至少得让我把婚去退了。

但我母亲哪都去不了。亲自前来登门拜访她的是韩家的老太爷。韩老学士捻着他颌下那缕雪白的胡须，说，父母之命，媒妁之言，讲的就是个礼，就是一个信字。他说，日月有交替，王朝也有更迭，这些说穿了都是平常事，但礼信不能变。说完，老学士颤颤巍巍地站起来，仰望着贝勒府中堂上挂着的那块匾额，请我母亲放心，他的孙女会在闺阁中等待我回来。

母亲的心潮一下起伏了，忙起身搀扶住老学士，说，韩老太爷快请坐，我们一定去把这个不懂事的孩子找回来。

韩老学士摆了摆手，说，不急，不急，等他回来就懂事了。

母亲这时又担心起来，说，我家大帅正在外头起兵反皇帝呢，我们是害怕连累了老夫子一家。

韩老学士说，当年老佛爷慈禧太后都会给他们韩家三分薄面，何况今天的皇帝陛下？说着，他又站起来，抬头又望着中堂上的那块匾额，感慨地说，家事、国事、天下事，现在，我们只能顾全小头了。

几天后，奶妈乘坐韩家的马车来把这些消息告诉我时，还带来了我母亲的两句话：让我要么就在这小屋里待着，等着北京城里的警察把我找出来，跟她一起被关在贝勒府里；要么现在就上马车，去天津的租界里等着跟韩家大小姐成亲。

没有第三条路吗？我问奶妈。

奶妈摇了摇头。我看了会腊月，说，我妈也真是的，尽干这些皇帝不急太监急的事。

太太怎么能不急呢？奶妈说，她这是在给少爷找出路呢。

那好吧。我对腊月说，你去给我收拾一下，陪我上天津成亲去。

奶妈看着腊月转身进去后，又打量着我，心疼地说，少爷，才几天啊，你瘦了。

我笑嘻嘻的，也打量着她，说，那是因为这几天没喝你的奶嘛。

奶妈叹了口气，站了会后，说，我还是进去帮着收拾吧。说完，她不等我答应就自说自话地进了内房。等到我们出门时，她拉住腊月，一边走，一边像她妈似的叮嘱道：你得尽心地照料少爷，要跟在家里时一个样，别整天没大没小的。

腊月说，我哪里没大没小了？

奶妈在马车边站住，又拉住她，说，我的话，就是太太的话，你别把太太的话都当成了耳边风。

我在车上问腊月：她还跟你说什么了？腊月低着头不出声。我等了会，就把脑袋凑到她胸前，手也跟着伸了进去。我使劲地捏了一把，看着她的眼睛，说，你老实说，她都跟你说什么了？

腊月脸涨得通红，憋了很久，才说，少爷，我们不能再那个了。说完，她又说，太太盼着少爷给她抱孙子呢。

我第一次发出像父亲那样哈哈的笑声，就在这颠簸的马车厢里，我一路睡着腊月进入天津卫，开启了我的婚姻生活。

这场有点奇特的婚礼在韩家的一幢洋房里举行，弄得我就像倒插门的女婿那样。我们偌大的孙家既没有父母在场，也没有亲朋好友与兄弟姐妹光临，只有巴斯蒂安勉强作为我的家人站在我一侧。他穿着笔挺的燕尾礼服，打着白色的领结，像个西洋侍者。我孤零零地垂手站在大堂里，孤零零地站在韩家那些陌生人中间，远远地看着我初次谋面的岳父与岳母。他们专程从北京赶来。他们将接受新人的跪拜。

我的婚礼就这样开始了。

证婚人原本该是袁家的太子爷，现在改成了他们家的二公子。这是韩老学士的主意,用以防范某些受人指使之徒前来捣乱。

风流倜傥的袁二公子在祝词的最后忽然吟诵了一首诗——乍着微棉强自胜,阴晴向晚未分明。南回寒雁掩孤月,东去骄风黯九城。隙驹留身争一瞬,蛩声催梦欲三更。绝怜高处多风雨,莫到琼楼最上层。

我扭头问巴斯蒂安:他说的是什么意思?

巴斯蒂安摇了摇头,说,大概在说他自己吧。

我的新婚之夜是我记忆里最索然无味的一夜。揭开盖头后,我仔细打量新娘的脸。可是,那张胖乎乎的脸竟然丝毫没有新娘该有的羞涩。就像已经当过了无数次新娘那样,韩冶频低垂着眼帘,坐得纹丝不动,就像寺庙里的送子观音。

我在她旁边的床沿上坐了会,忍不住说,这算什么呀?我到底是娶了你,还是算入赘了你们韩家?

这个比我年长两岁的新娘,她的沉默让我说的每句话都显得那么的稚嫩与不着调。

我使劲地咂了下舌头,又说,你干吗不出声呢?说着,我脸上挂起无赖般的笑容,把脸凑到她涂着厚厚脂粉的脸前,说,我娶的不会是个哑巴吧?

这时,新房的门被轻轻地叩响。我的新娘,韩家的大小姐终于轻轻地吐出两个字:进来。

韩家的四名丫头端着热水进来,在喜娘的指导下伺候我们洗漱与梳理。换掉婚服后,喜娘笑着说,姑爷,该您出去敬酒了。

我从来都讨厌有人对我指手画脚的。我瞪了她一眼,说,我累了,我要睡了。

韩冶频这才第一次看了我一眼,但马上又垂下眼帘。她抿了抿鲜红的嘴唇后,轻声细语地说,还是出去招呼一下吧,不然会让人笑话的。说完,不等我有所反应,就朝那名喜娘微微一抬手,说,你先出去,就说姑爷马上就来。

七

我又回到了乌尤城，回到了这个我出生与成长的地方，可我都快认不出它来了。在一江之隔的北上城里，大量的陈旧建筑被无情地推倒，西式水泥楼宇在乌尤江沿岸拔地而起。

持续的战争终于结束，新的战争还没有开始，那些曾经鸟儿一样惊慌逃离的公司与商社，这会又扇着翅膀重回到乌尤江两岸。无数的货轮与航船在江流中往复来回。它们带来了改建这座城市所需的一切人才与原料，也带来了远方城市里流行的汽水、电影与玻璃丝袜，以及那些穿着玻璃丝袜与洋布长裙的白俄妓女。当然，还有踩着木屐的日本歌舞伎与寡淡无味的清酒。

丰乳肥臀的女人们日夜不停地招摇过市。她们就像这座热气腾腾的城市里蒸出来的白馒头，热气腾腾地散发着诱人的气息。

父亲兴致勃勃地带着大队随从陪同他的亲家登上城楼。他大手一挥，对我岳父说，不出十年，这里就是一座天津卫，再过二十年，这里就是一座上海滩。

为了实现这一远大目标，他已经着手准备在全省兴修铁路，并且从法国、英国与美国请来大量的工程师、地质勘探家，正在对我们全省的地貌进行一次全面的勘察。他要让从乌尤城里出发的每列火车都能经过他所辖的每座城市，同时又担心战争一旦再次爆发，敌人的军列也会在我们全省横行无阻。我的父亲孙圭钧突发奇想，他让那些工程师在设计时把两条铁轨间的轨距缩短了一寸。他坚定而自信地说，我的境内，只能行驶我的列车。

我那见识过大世面的岳父在听完这些后,频频点头。他在我岳母耳边由衷地说,还是老爷子说得对,谁说草莽英雄不是英雄了?

三天后,从全省各地赶来的军政要员云集乌尤城,还有闻风而动的各大公司的买办与经理,还有那些想在城里设立领事馆的各国外交官们。他们为我带来了各式各样的特产与精巧之器,前来祝贺我早在一年前就已举行过的婚礼。当然,这些都是在我父亲的授意之下。他要为我与我的妻子补办一场乌尤城有史以来最为盛大的婚宴,用以报答母亲与我在北京城里为他脱险所做的牺牲,更是为了感谢韩家对他儿子的不离不弃,顺便也昭告世人,他孙圭钧重掌了大权。

一切尽在不言中。盛宴开始时,父亲举杯只说了一个字:喝。

整座乌尤城里,唯一怅然若失的人只有我的二哥宝珊。宴会之后,他决定重回日本东京,回到他的妻儿身边。可是,让我没有想到的是临行前夕,他竟然破天荒地来向我道别,说他虽然学的是政治与经济,但从内心里喜欢日本的文化与艺术,他要好好地去潜心钻研它们。

我当然知道他说的是假话。在我的记忆里,他跟我说过为数不多的话里,我从来没有感觉到有哪句是出于真心的,但我还是对他说了句真话。我说,你喜欢的是日本的女人吧。

宝珊的脸竟然红了。他看了眼陪坐在一侧的韩冶频,诚恳地说,弟妹,老三他是太得意了,他都忘了福兮祸所伏这句古训了。

韩冶频说,二哥说得是。

我却笑了,说,二哥,你就别文绉绉的了,我都成家大半年了,你还没给我送过一件贺礼呢。

这话像是提醒他了。他马上起身告辞,并说这就回去给我补过来。

很快,大房院里的仆人给我送来了一个漆盒,里面装的是一册日本的浮世绘。仆人说二少爷再三关照了,这是日本江户时代的孤本,是件古董。我随手翻了翻,不就是彩绘的日本春宫画嘛。

我又把里面的彩图仔细地看了一遍后,交给韩冶频,说,难怪他要回日本了。

韩冶频只翻看了一页，就随手放在一边，说，你这个二哥真有意思。

我的太太韩冶频就是这样的一个女人。她从来不会把心里的好恶说出来，更不会摆上脸。书香门第与官宦世家共同孕育出来的女人就是与众不同，这也是我母亲特别喜欢这个儿媳妇的原因。她经常把韩冶频带在身边，出入乌尤城里的各种场合，就像又多了个贴心女儿那样，很快地把她培养成为一个戏迷，却从来不去细想，听话就是媳妇巴结婆婆最好的一种方法。她还经常在我耳边提醒我：儿子，你娶到了一个贤惠的好媳妇。

可我从来没觉得韩冶频好在哪里。论相貌，她比不上腊月，就算到了床上，也不如这个丫头来得乖巧与灵活。韩冶频做什么事都是大大方方的，四平八稳的。她总是用一种平静的眼神看着你，让你在兴致盎然时常常一下子变得索然无味。

有一次，我在床上对她说，你就不能浪一点吗？就像她们一样。

她第一次吃惊地看着我，说，你怎么能跟我说这种话？

有什么不能的？你是我老婆，我想对你说什么，就说什么，我想对你做什么，就做什么。我说，我们夫妻之间用不着客套。

韩冶频的眼睛里又恢复了平静的目光，仍然一动不动地躺着，任由我像一叶孤舟徜徉在她温软的海洋里。

第二年开春的时候，我对这具白嫩且多肉的身体已无半点兴趣。韩冶频就是一条搁在床上的死鱼。这是我在心里对她下的定论。我还是更喜欢腊月她们，尽管每次跟她们在一起的欢愉时光总是那么短暂与匆忙，每次都像在偷情，但我乐此不疲，还有督军府后院里的那些丫鬟与女佣们。她们每一个人都让我觉得自己是只穿梭在花丛中的小蜜蜂。

为此，我的母亲又开始忧心忡忡起来。她曾毫不避讳地对我说，你得悠着点，得让冶频先怀上了。

你管得也太宽了。我说，妈，你儿子现在都是有老婆的人了。

就算你当了爹，我也是你的妈。母亲说，我这都是为了你好。

但要让一个女人怀孕，可不是由谁说了就算的，哪怕她管着督军府后院里的每个人。

另一个关心韩冶频肚子的人是我奶妈。为了让我早日成为父亲，她在给我讲解各种最能让女人受孕的姿势后，苦口婆心地说，少爷，你得听我的，你们睡的时候，一定要少奶奶这样子。

看着她忧心的样子，我又好气，又好笑。

我越来越厌倦每天待在督军府后院里的日子。我又开始一个人爬上那座水塔，一个人孤独地远眺乌尤江尽头绵延不绝的乌尤山脉。我就是在这山重水复的凝望中发现，只有苍茫的乌尤山才是这个世界上唯一不变的东西。有时候，我还会在迷迷糊糊中看到大哥宝珩。他背着三个骨灰坛钻进山林的身影总是在我的印象里时隐时现。

这个英武挺拔的可怜人是个真正的傻瓜。

清明祭祖那天，父亲的卫队又开始了全程警戒。从督军府的大门口一直到我们孙家的墓地，一路上三步一岗，五步一哨，到处站满了荷枪实弹的士兵。这就是一名督军出行时必需的排场。自从在北京待过后，父亲变得越发注重仪式感，就连上登云楼赴个宴，他都会让马万全带队提前赶去清场，再对整条街道执行戒严。

我想，我躺在坟墓里的祖母看到这些一定会为她的儿子感到骄傲的。

祭拜仪式结束后，父亲站在他父母的坟墓前沉吟了一下，扭头对我母亲说，你请汪先生再来看看，能扩就再扩一扩。说着，他的大手在面前画了半个圈，接着说，让他们也住得宽敞点。

母亲点点头，说，知道了。

甘露寺的住持这时小心翼翼地上前，躬身说，大帅，斋菜都已备好了。

这是我们孙家每年扫墓都必不可少的一道程序——在甘露寺里吃素斋，品新茶，听《心经》。然后，男男女女，大队人马，浩浩荡荡地回城。

我就是在前往甘露寺的路上远远地望见胡淑仪的。她站在江边渡口的阳光下，穿着一袭月白色的旗袍，手里提了个食盒，跟那些个出城扫墓的男人与女人们站在一起，看上去是那么的与众不同，那么的鹤立鸡群，让我顿时充满了好奇心。我就想她能转过身来，让我看清楚有着这样窈窕身材的女人会长着一张怎样的脸。

斋饭吃到一半，我再没心思跟家里那些人坐下去了，就偷偷地溜出甘露寺，见那女人还站在那里，而刚才与她一起等在渡口的男人与女人都已上船，都已渡过了乌尤江。

我长长地松了口气，朝跟着我的卫兵摆了摆手，一个人背着手，像游山玩水般地逛到江边。一见到她的脸，我马上认出来了，就笑嘻嘻地说，我都快认不出你来了，你是我大哥的小姨子。

我父亲的亲家兼袍泽兄弟胡琛此生一共生了三个女儿。大女儿嫁给了我大哥，二女儿远嫁去了北京，丈夫是交通部的一名文官。那个男人前来乌尤城迎亲时，我还充当过他的小舅子。

可是，胡淑仪根本没有理我。她连眼皮都没抬一下，就转身背对着我。

我只好绕到她面前，继续笑着，说，亲里亲戚的，你别装作不认识我呀。

谁是你亲戚。胡淑仪还是没有看我，说，你走开。

你不是胡家的老二嘛。我说，你不是嫁到北京去了吗？

胡淑仪又转了回去，还是背对着我。

我只好在一块江岩上坐下来，盯着她滚圆的臀部，说，胡淑仪，你别忘了，你出嫁那天，我可是送过你上花轿的。

这个表情冷漠的女人不知何时眼里已经噙满泪水。她的丈夫在黎大总统上台后就被革职查办，出狱后，带着两位新娶的姨太太躲进了天津的租界，过早地当起了年轻的寓公。胡淑仪不远千里回到乌尤城，说是来给父母亲人扫墓的，却被父亲的卫兵们挡在胡淑珍的墓地之外。

别怪那些当兵的，他们又不知道我们是亲戚。我拍了拍屁股站起身，说，走，我带你去我嫂子的坟头。

原来，漂亮的女人哭起来更加的楚楚动人。

我又开始于心不忍起来，站在大嫂的墓前对她说了实话：你别哭成这样子，你姐姐的棺材里只有一条旗袍。胡淑仪哭得更伤心了。我想了想，又对她说，不光你姐姐，你的外甥，还有你姐夫的妈，他们的尸体都没在棺材里，他们都让我大哥背进了乌尤山。

胡淑仪止住哭声，抬起泪眼，望着她姐姐的墓碑，说，你们全家都不是人。

这话，她说得一点都没错。很多时候，我也是这么认为的。特别是我父亲，他穿着制服是督军，脱掉裤子就是禽兽。他在凯旋的当晚，带着卫队亲自登门，拜访与安抚了胡琛家的遗孀们，陪着他的亲家母与胡琛另外几位姨太太在烛光里一起缅怀死者。

就在那些女人们战战兢兢，不知道大帅的葫芦里卖什么药时，他乘着胡琛的三姨太出去上厕所，在马桶边上一把从后面按住了她。

做到一半时，父亲有点意犹未尽，就一拍三姨太的屁股，说，去，把你家二太太叫过来吧。

胡琛的三姨太扒着马桶架子，扭过头泪流满面地说，大帅，你就饶了我们吧。

父亲光着两条大腿，不耐烦地说，快点，你别让我等急了。

我的父亲孙圭钧就是在胡家的马桶边，当着三姨太的面又强占了他家的二姨太。就在这两个女人提上裤子以为总算可以平平安安地把日子过下去时，过了没几天，乌尤城里的流氓就找上门来，手里拿的都是胡琛生前写下的一沓欠条。

胡家大太太走投无路，在找遍了丈夫生前的门生故吏与亲朋好友后，她硬着头皮闯进督军的办公室。

父亲听完亲家母的哭诉后，长长地发出一声叹息，说，你男人真是个混蛋，他不光掏空了我的银库，他把自己的家也掏空了。

胡家大太太扑通一声跪倒在我父亲跟前，说，大帅，你就放我们一条生路吧。

父亲点了点头，双手扶起这个已经年逾不惑的妇人，看着她湿润脸颊上那些细密的皱纹,顺势就把她摁进了沙发里。可是,等他提着裤子起身,马上就后悔了,在心里骂了自己一句后,走到窗边,沉吟半晌,说,虽说我是个督军,可也不能一手遮天啊。说着,他指了指远处法院那个灰色的穹顶,回过头来看着沙发里还衣衫不整的亲家母,厌恶之心尤甚。父亲和颜悦色地说,我劝你还是上法院,你要相信我们的法律。

当晚,胡家大太太回到家里就悬梁自尽了。她仰望着那根漆黑的房梁,最后对着亡夫哭诉道:老爷哪,他这是要我们家破人亡哪。

我父亲就是这样的人。无情地掠夺敌人的财产与占有他们的女人,是他最为乐此不疲的两件事。他用行动又一次告诫了所有心怀不轨的人——背叛者的结局就是人财两空。

让我没想到的是胡淑仪。她用一块手帕擦干净脸上的泪水后,蹲下身,从食盒的底层摸出一支手枪,起身直指我的胸膛。

原来,她是来复仇的。我的心都快要跳出胸腔了,慌忙说,你要是杀了我,就再也没机会杀他了。说完,我觉得还不够,光凭一句话是阻止不了一把手枪的。我不停地对她说,反反复复地说,我只是孙圭钧的一个庶子,像我这样的儿子他已经生了七个,女儿生了十一个,将来还会生更多的,只要他还活着,他就会不停地娶,不停地生,而我死了,最多是在孙家这块坟地里添上一块墓碑。我终于把脑袋里能想到的话都说完了,等了会,竟然没有听到枪响。我长长吐出一口气,闭上眼睛,最后说,胡淑仪,你还是开枪吧,你杀了我,除了我妈,谁也不会为我伤心的。

胡淑仪手里的枪最终没有响。

后来我发现,其实我已经越来越像我的父亲。我们在心仪的女人面前都是那么的色胆包天,那么的急不可耐。当我小心翼翼地睁开眼睛,隔着黑洞洞的枪口一眼见到的是她的两个鼓鼓囊囊的胸脯。它们在月白色的旗袍里面,一起一伏。

我又长长地吸了一口气。

事实上,胡淑仪回到乌尤城已近半年。她一直住在东城门外胡家那幢破落的旧宅里,每次进城都是为了寻找行刺我父亲的机会,却从来都没有找到过。可以说,正是我们在乌尤江边的这次相遇,让她在无望的窘境里又看到了刺杀我父亲的机会,男女之事也因此变得不请自来。胡家的女人都是疯子,所以才会那么的疯狂。她在床上毫无廉耻地巴结我,就是希望有朝一日在我色迷心窍的时候,把她带到能靠近我父亲的地方。为了这一天,她一有机会就给我灌迷魂汤,说我大哥活不见人、死不见尸,二哥远在日本的东京,如果我的父亲真的遇到了不测,我就会顺理成章地成为孙圭钧的继承人,成为全国最年轻的督军。她还自说自话地说要是真到了那时候,我跟我母亲都会感激她的。

可我怎么会让人去行刺我的亲生父亲?这种异想天开的故事只有在戏里面才会发生。胡淑仪每次说完这些,我都会深情地把她搂进怀里,就像演戏那样,在她耳边说,杀了他,你就活不成了,我怎么舍得让你离开我呢?

胡淑仪又开始落泪了。她回应我说,那我们就来生再在一起。

只有快要死的人才会以为人生还有来世。这个女人看来真的无药可救了,但我还是喜欢她在床上那股癫狂的劲头。她常常会在高潮迭起时哭到痛不欲生,就像要把我淹没在她的泪水中,让我越来越深地陷入她疯子般的情欲中,不能自拔。

这天,我刚从胡淑仪的床上起来,父亲的卫兵一脚踹开了房门。

我瞪着带队进来的马万全,说,你们干什么?

马万全有点不好意思地低下头,说,琨少爷也在哪。

放屁。我指着洞开的房门,说,出去,你们都给我出去。见马万全站着没动,我就大声地问他:你聋了吗?

马万全还是站得笔直。他只递了一个眼神,那群粗鲁的卫兵就一拥齐上,连衣服都没容胡淑仪穿上,用床单裹了裹,便七手八脚地把她扛到肩上,任凭她拼命地挣扎与叫喊。

胡淑仪在被扛到门口时忽然静止了。她在一名卫兵的肩头醒目地瞪着我。显然,到了这时,我们都已经明白发生了什么。我哀求马万全，你先放了她，有话我们慢慢说。

这是大帅的命令。马万全说，少爷，您就不要为难我们了。

你也敢拿着鸡毛当令箭了。我是多么的伤心与失望，看着马万全那张青皮脸，我真想给他一个耳光，但我不敢。他是督军府的卫队长，我的父亲与我们全家的安危都系于他一身。

胡淑仪就是在我眼睁睁的注视中被扛走的，赤条条的，全身上下只裹着一层床单。我在原地呆立了很久，才退回到床边，一屁股坐下，看着那些卫兵还在屋里翻箱倒柜地搜查。

马万全叹了口气，上前劝慰我，说，少爷，您就当做了场梦吧。

这时，卫兵从一个柜子里搜出了手枪、匕首与一个应该是装着毒药的小瓶子。

马万全朝他们挥了挥手，等到他们全部退出后，他弯下腰，提醒我，说，琨少爷，到时候胡家这位二小姐会泼你一身脏水的。

我此刻关心的不是这些。我问他：你们会把她怎么样？

马万全想了想，说，大帅想要把她怎么样，我们就把她怎么样。

这天快到黄昏时，胡管家在我回家的路上堵住我，急匆匆地说，四太太跟少奶奶都在码头上等着琨少爷呢。

她们这是要去哪？我问他。

胡管家支支吾吾的，上了车才勉强道出实情。原来，乌尤城的警察几天前抓了一名军火贩子，从他那里顺藤摸瓜抓获了一个企图行刺督军的团伙。这帮人由遭父亲枪毙的那些军官家眷们组成，他们很快地供出了胡淑仪。警察厅长不敢怠慢，连夜上报到督军府。胡管家婉转地说，这可是起大窝案，大帅这会正在气头上呢。

原来，我这场自以为隐秘的狂欢连个管家的眼睛都没躲过。

车到码头后，母亲站在廊棚的一处阴影里，冷冷地看了我一眼，说，好了，上船吧。

她的态度让我一下子觉得很没面子。我犟着脖子，说，上什么船？我哪都不去。

母亲没有理我，反身拉起韩冶频的手，说，到了上海给我来个信。

我为什么要去上海？我还有事情呢。说完，我转身就走。

你还是先顾你自己吧。母亲冷冷的一句话就把我拉了回来。她松开拉着儿媳妇的手，居高临下地对我说，你要胡闹到什么时候？

这怎么是胡闹呢？我大声说，这是人命关天的大事，我得找他把事情说清楚。

你这是要逼着大帅把你也关起来吗？母亲轻轻的一句话，让我一下回想起父亲手里那根漆黑的马鞭。

韩冶频这时显现出了一个妻子少有的贤淑与大度，就像我从来没给她戴过绿帽子那样。她平静地对我说，小杖受，大杖跑，我们还是听妈的吧。

看来，我才是这个家里真正的傻瓜。韩冶频在督军府才当了几天的儿媳妇，她都看出了我父亲六亲不认的那一面，而我还在一门心思地以为，他会看在我是他儿子的分上饶恕这个向他索命的女人。

站在这个人声嘈杂的码头上，我悲从中来。

更让人想不到的是轮船在黄浦江边靠岸后，我一下栈桥，就被蜂拥而至的记者包围。离开乌尤城的几天里，我已经成为万众瞩目的焦点。上海滩右派的报纸上说我是名失败的弑父者，年纪轻轻，却野心勃勃。而左派的报纸又把我描绘成了一个浪漫的血色情人，在他们的笔下，我成了反抗强权、不惜大义灭亲的英雄。

看来，马万全说得一点没错，胡淑仪把整盆脏水都泼在了我身上。她的供词足足有几十页之多，许多都是我们狂热偷情的鉴证，但她最终还是被栽了赃。她的所作所为被说成是受到了北方政治势力的指使。这个可怜的女人把对我全部的激情都转化成了恨。她至死都想着要拉我去陪葬。在这个活人的世界里，除了死亡已经没有什么可以消解她心中的仇恨。

等我伤透的心开始不治自愈，有一天我对韩冶频说，你别听报纸上的，他们都是在放屁。

韩冶频以一种与她年纪不符的目光望着窗外，摇了摇头，说，上海滩本身就是个大漩涡，无风都会卷出三尺浪来。

八

在此后漫长的人生里，很多人把我的这次欧洲之行说成是流亡，可这完全是韩冶频的主意。我这位相貌平凡、气质娴静的妻子，她的胸膛里长着一颗比谁都要坚韧与果敢的心。

勃艮第号邮轮从上海起航，在海上足足漂行了五个星期，一路途经中国香港、新加坡、科伦坡，最后在法国的马赛港靠岸。我的婚姻生活也由此开启了一段崭新历程，就像一对蜜月中的爱侣，除了吃饭与凭栏远眺，我们的大部分时光都是在舱房里的床上度过。因为除此之外，我们谁都想不出还有什么别的事情可做。

那个时候，席卷了欧洲四年的战争刚刚结束。法国聚集着来自全世界的各色人种，到处乱哄哄的，到处都充满着欣欣向荣的景象，就像我的家乡乌尤城，日夜不知停歇。可是，到达巴黎不久，我们就以里昂车站为起点，先后游历了比利时、荷兰、丹麦，然后横穿德国，在进入奥地利时，韩冶频忽然告诉我说她怀孕了。

那天的夕阳正贴着阿尔卑斯山脊的积雪透过窗户斜照进来，投射在客房的地毯上，显得浓烈而静谧。韩冶频刚刚洗完澡，裹着浴袍坐在壁炉前，一边烘烤着湿漉漉的头发。

那我们回家吧。但是，说完我就发现那是一句屁话。我们能回的只有巴黎那套位于塞纳河边的寓所。至少在以后的很长一段时间里我都回不了国了。北京的中央政府急于替自己洗白，再三督令父亲公开审判胡淑仪，还有他们那个所谓的刺客团伙。这就是中国近代野史里广为流传的"烈女子舍身刺孙案"。京城里的政客们为了向国人彰显法律的尊严与平等，以及中央和地方政府的一致性，内务部还在事后对我发出了一份通缉令，把我说成是这起阴谋案件中唯一的漏网之鱼。这无疑是将了我父亲一军，在他捅了北京一刀之后，这把刀子又深深地扎回到他背上。

这些都是由巴斯蒂安写信告诉我的。当然，指使他的人是我母亲。巴斯蒂安的每封书信都通过外交邮件先寄给他在巴黎的朋友，再由那位朋友用电报转达给安先生，直译成中文后交到我手里。我猜不透母亲这么做的目的，但她的手却伸过辽阔的海洋与陆地，在这里为我们安排好了一切。

我们的邮轮刚在马赛靠岸，安先生早已迎候在码头。这名三十来岁的男子，衣着讲究，梳着分头，戴着金丝边眼镜。他曾是驻法公使馆的文书，现在却受雇于我母亲，成了我跟韩冶频的翻译兼向导，在引领我们游遍了整座马赛城后，他热情而不失风度地建议我们前往巴黎，先去看看为我们精心挑选的住宅，然后再从那里坐火车一路向北，穿过边境就能到达布鲁塞尔了。

安先生显然为我们的行程规划好了一切。他说，这么一圈下来，我们再回到巴黎时，应该是秋天了。

可我为什么非要住在巴黎？我毫不客气地问他：巴黎有什么好的？

安先生合上那个随身携带的记事本，想了想后，认真地说，巴黎是自由之都。

说心里话，我内心里并不喜欢这个有点自以为是的人。我始终认为，他怂恿我们，说读万卷书不如行万里路，他还说人一旦离开了自己的家国就成了无根的浮萍。他说了这么多，无非就是想蹭一场免费的旅行。

韩冶频却不这么认为。她对安先生不仅言听计从，还显得特别尊重，到后来简直把他当成了一名导师。韩冶频每天通过交谈跟他学习法语、英语与德语，每到一地，她还会向当地人讨教他们的方言与谚语。其实，我早就看出来了，在这个谦逊好学的女人身上，不仅有着超越常人的语言天赋，还有着一般女人没有的学习热情。

看来，她是真的想在这块异国的土地上安顿下来。我心里越这么想，就越觉得韩冶频像变了个人。她在意大利不仅找来皮匠定做了许多我们的皮鞋，还剪掉一头长发，烫了个欧洲大陆最为流行的发式。有时候，我们三人还会一起坐在街边小店里，如同自己也成了那些白人中的一员，喝杯咖啡或是白葡萄酒，她跟安先生就在我的面前用法语不停地交谈，让我无从适应，也备感冷落。好像我反倒成了他们两个的跟班。从未有过的思乡之情就是在这种时刻油然而生，望着那些以前只在油画与水彩画中才得以见识到的街景，我开始想念我的家乡——那个生机勃勃而又杂乱无章的乌尤城，开始想念我的母亲，还有生死不明的胡淑仪与督军府里那些跟我有染或无染的女仆们。

不过说到底，韩冶频终究是个通达的好女人，一个聪慧的好妻子。她一眼看透了我的思乡之情，所以每到一个地方都会亲自去菜市场，挑选那些适合做中餐的鱼禽与蔬菜，然后借旅馆的厨房为我烹制。韩冶频的厨艺日渐精进，可随着肚子一天天隆起，她系上围裙后的背影活像个臃肿的意大利厨娘。

我的兴趣终于又回到了女人们身上。不管金发碧眼的希腊姑娘，还是皮肤黝黑的西班牙女郎，她们的热情足以融化任何一颗漂泊男人的心。可是，每次从那些烟花女子的床头离开，我难免有一种失魂落魄之感。穿行在异国他乡纷繁的街头，我是那么的孤独，那么地想念那些远在天边的人们。

一天深夜，我在旅馆的床上惊醒，发现韩冶频正在枕头另一边看着我。她的眼睛在黑暗中闪闪发亮。

你把眼睛闭上。我说，你吓着我了。

韩冶频就像睁眼睡着了那样，过了很久才笨拙地翻了个身，背对着我，一直到天亮都保持着这个睡姿。

我们这场环绕法国的散漫之旅最终在韩冶频的噩梦中提前结束。她一开始是整晚整晚地失眠，致使她已经发胖的身躯迅速地消瘦。等我们回到巴黎，她的脸上已经没有一点血色，整个人也像条风干的咸鱼，只有肚子高高地隆起着，浑身上下散发着一股异味，但她仍然坚持每天沿着塞纳河,从我们的公寓一直步行到巴黎圣母院,风雨无阻。因为,她深信运动是让孕妇顺产的唯一方法。

事实上,韩冶频得的是产前抑郁症。这种病症还极有可能会延续到产后,让一个神志正常的人慢慢地演变成一个精神病人,但也可能随着孩子的出生烟消云散,就像什么都没发生过。这是很多医生诊断后给出的结果。韩冶频将信将疑,因为她每天任何时候只要脑袋一挨枕头就做各色各样的梦,可每个梦的结局都是相同的,都是我们的儿子卡在她的两腿间,血肉模糊地呼叫着妈妈。

只是,韩冶频从来没想过她的第一胎生的会是女儿,而且就生在她每天走向圣母院的途中。巴黎深秋的清晨薄雾如纱,韩冶频走到一半时,回头对跟在身后的女佣说,素珍,我怕是要生了。

素珍是个缠着小脚的过来人,被贩卖来法国已近二十年。她把韩冶频扶到河边的长椅上坐下,伸手往她湿漉漉的裙子里掏了把,说,太太,脑袋都出来了。

我的女儿迎着塞纳河上的晨光降临人世,两天后才在医院里发出第一声啼哭。我长长地松了口气,对躺在病床上的韩冶频说,现在好了,你们娘俩都没事了。

韩冶频转眼就恢复到她怀孕前的表情,波澜不惊地看着我,然后,平静地合上眼睛,用法语吟诵了句:万能的主啊。

她坚信是万能的主保佑了她与我们的女儿,她还坚信自己绝不会成为一个精神病人。因为,万能的主是无处不在的,并且时时刻刻地庇护着我们,但这并不是她信奉天主教的理由。韩冶频信奉天主,完全是受到了主的光芒照耀,就在塞纳河边的长椅上,在女儿脱离母体的那一刻,她在晨光中见到主踏着彩云站在河面上,披一袭白色的长袍,留着闪光的胡须。他在光芒中凝望着韩冶频的眼神,就像她慈祥而睿智的祖父。

所以,韩冶频自作主张给我们的女儿取了个法国名字——玛丽。

等到这对母女一起受完洗礼那天,我站在那些观光客中间,长久地仰望着圣母院大殿里的天主与他的圣徒们。这时,韩冶频抱着女儿悄无声息地来到我身后，说，你在他们脸上看到了什么？

我想了想，说，他们都像得了白内障。

那是悲悯。韩冶频在胸前画了个十字，说，主叫我们都要有颗悲悯之心。

当然，我是绝不会跟随她们母女俩入教的。我宁可成为这个家中的异类，一个在欧洲大陆上游荡的幽灵。这是安先生说过的一句话。他不仅是我们的翻译与语言教师，现在还成了我们这个家里最可信赖的朋友。我要过了很久才知道，原来他还是位哲学爱好者，一直在研读卡尔·马克思与黑格尔的著作，为此才自学的德语。安先生不停地参加各种各样的集会，在咖啡馆里谈论苏俄的外交问题、中东问题、西西里问题与英法的分歧。那些地方每晚都聚集着巴黎最时尚与最激情澎湃的一群人，不管你是艺术家、商人，还是来自贫民区的侍者与工匠，不管你来自世界上的哪个角落，夜色下的城市里就像有一团燃烧不尽的火焰，撩拨着每个想入非非的人。

一天晚上，安先生挽着我从啤酒馆里出来。走在深夜空旷的街头，我醉醺醺地对他说，现在，是两个幽灵在游荡了。

安先生笑了笑，又旧话重提，建议我去上学。他说，像你这样的年轻人没进过大学的校门是有点遗憾的。

我的遗憾多了去了。说完，我还想对他说，我最遗憾的是连一场真正的恋爱都没有谈过。可话还没能说出口，就有一股莫名的感伤就着酒劲涌上喉咙。

两年后，韩冶频为我产下了一个儿子时，我已经完全适应了巴黎的一切，它的日常生活与寻欢作乐的方式。我比法国人都要酷爱他们产自波尔多地区的红酒、香槟与白兰地，整天不分昼夜地混迹于咖啡馆、酒吧与夜总会，为此还专门供养了一名在红磨坊跳舞的金发女郎，与她众多的情人们一起分享她的爱情。

有时候，为了与这名多情的舞女幽会，我不得不等候在她楼下，一直要等到她某位先我而来的情人离去，才能上去。这是一名绅士的风度，而我更享受的是那些等待中流逝的时光。它们会让我感到自己就像一名中世纪的骑士,风度翩翩地守望着自己的爱情。我曾无数次站在她鞋帽间的那面穿衣镜前,觉得如果不是肤色与眼睛,连我自己都会把自己当成是一名巴黎声色圈里的浪荡绅士。

这天,从舞女的香闺回到家里,我发现母亲又来信了。她的每封信都是寄给韩冶频,可里面的话大多是对我说的,每次都能看出里面尽是一个母亲对儿子的思念。这种思念随着日子越发地强烈,母亲的书信也变得越发频繁。但是这一次,她在信里说的却是我父亲,说他又娶了房姨太太,跟上一个一样,仍然是巾帼女中里的学生。现在,那所由她筹办的女校都快成了父亲选妃的后宫。然而,我的母亲并不在意这些,她已经越来越不像孙圭钧众多妻妾中的一位。她更像是父亲的买办与合伙人,她的眼睛更多盯在上海的租界里,盯在那条越来越为人所知的乌尤路上。因为,当一家家全新的公司在这条路上落成,里面许多的董事与董事长的头衔下都挂着我母亲的名字。为了区别租界里另一位更为著名的孙夫人,母亲每次莅临上海滩,各大报纸都会把她写成孙钱玉兰夫人,而当面则称呼她为钱夫人。

虽然,大太太死后,父亲从没想要把她扶正过,可她却自己把自己扶正了。这就是我母亲的精明之处。她先以重金收买各家报馆——每当有她名字要见诸报端时必须以孙钱夫人相称。而后,又在后院里立下规矩——所有孙家的姨太太不管先来后到,只要进了督军府这扇门,就一律以各自的姓氏冠称为太太。

这就是政府提倡的平等。她对后院里那些各怀肚肠的女人们说,往后,我们姐妹再没有大小之分了。

当然,我母亲绝不会让自己再成为这群人中的一员,以至于每次出现在后院里,她的眼神里都藏着一种鹤立鸡群的笑容。而且,为了起到杀鸡儆猴的效果,她曾让两个一时失口仍称她为四太太的用人当场卷了铺盖。

母亲唯一没变的是对儿子的态度。她在这封信快到结尾时,写下了一句对我与她而言都是极为重要的话——昨日大帅依家谱为汝儿子起名文道,取其文以载道之意。那就意味着父亲又把我当成了儿子,在我离开乌尤城、离开故国家园将近四年之后，我又可以回到他们的怀抱了，可我现在哪都不想去。我早已经把塞纳河畔的这所顶层公寓当成了自己真正的家。

事实上，我此生再也没有见过父亲——这个给予我生命，又强加了我命运的人。可是，他的消息却不断地传来，通过邮轮上水手带来的过期报纸，通过巴斯蒂安的来信，还有安先生每次都要谈论的发生在国内的混战。

除了一个一个地娶姨太太与建造乌尤城，我父亲孙圭钧的大部分时间都是在纷繁的战事中度过。他策应吴佩孚把皖系军阀段祺瑞赶下台，然后趁着撤军之际，马上掉转枪口，进兵赣南。孙圭钧仍对那些茂密山林中蕴藏的矿产念念不忘，可就在长驱直入，眼看这块肥肉唾手可得时，背后却遭川贵方面的地方联军突袭，使他不得不两线作战，节节败退，眼睁睁地看着联军兵临乌尤城下。

为此，孙圭钧每天发报向北京求援，曾经并肩作战的友军却一步三退，迟迟都没能赶来。

拯救了我父亲与乌尤城的是亚力士神父。他说服上海的万国商团，出资临时组建了一支万国雇佣军，还租借了两条军舰沿着乌尤江驶进了乌尤城。在隆隆的舰炮声里，曾经不可一世的联军很快溃不成军，成了一群乌合之众。但是，当父亲骑着一匹高头大白马进城时，他的脸上丝毫没有劫后余生的庆幸之感。

庆功宴后，他用那双通红的眼睛瞪着亚力士神父，问他：你到底是我的经济顾问，还是上海那帮帝国主义的军事顾问？

我是上帝的仆人。亚力士神父从容不迫地说，保护大帅是上帝赋予我的使命，但我也有责任维护各国在乌尤城的利益。

父亲冷冷地说，你的上帝不知道请神容易送神难吗？

亚力士神父终于垂下他那颗花白的头颅，说，大帅，至少他们为您赶跑了敌人。

为了乌尤城的女人们尽可能地免遭雇佣兵的糟蹋，父亲下令在停靠军舰的江边替他们搭建了营房，并在门口开设了一排专为洋人服务的妓院。他还让民政厅张贴告示，招募与鼓励更多的妓女投身到这些妓院里，并且明文规定除了嫖资之外，政府每周会给这些勇于献身的女性发放津贴，到了月底再进行一次评选，由民政厅长亲自为勤勉的妓女们颁发奖章。

那你们叫我怎么办？为此，父亲在省参议院里回答质询时，对着正襟危坐的议员们，他说，至少，我保全了你们的老婆与女儿的贞洁。

就在全国的报纸纷纷发文谴责孙圭钧的荒唐与无耻时，乌尤城的雨季来临了。

在一个风雨之夜，父亲再次密令他的工兵营潜入乌尤山里，冒着狂风骤雨扒开堤坝，让洪水沿着乌尤江再淹了一次乌尤城。

汹涌的波涛冲毁了沿岸许多正在建造的楼房的同时，也冲垮了雇佣兵们的营房与妓院。巨大的条石与木料砸在军舰的舰体上，发出雷鸣般的隆隆之声。许多雇佣兵还在睡梦中就被卷入洪流，赤条条地与他们枕畔的妓女一起，尸骨无存。

第二天，父亲爬上我经常远眺的那个水塔，长久地望着那两艘在泛滥洪水中远去的军舰。他回头对马万全说，现在好了，现在总算干净了。

九

爱情终于来临的时候，我已是巴黎美术学院建筑设计系的学生。

这完全是韩冶频循循善诱的结果。当一名天主教徒成了两个孩子的母亲，说起话来时常会变得忧心忡忡。她常常在我耳边说，人无近忧，必有远虑。说完，用一种虚无眼神看着别处，仿佛受难的耶稣在十字架上凝望他的众生。韩冶频有时还会对我说，天有不测风云，人在这世上总要有一技傍身。

可我实在想不出这个世界上还有需要我去学习的技能。这个问题在韩冶频的不断提醒中困扰了我大半年，我想到了当年站在水塔顶端俯瞰的家乡。那时候我就曾想过，如果我是父亲，就绝不会按照亚力士神父的蓝图来建造乌尤城。

巴黎美术学院同样位于塞纳河畔，里面汇聚着许多来自东方的留学生。他们中有不少是我的故国同胞，后来大都成为著名的画家。但我从不喜欢这些刻苦学习的校友，就像他们也不喜欢我一样。我喜欢的是上写生课时的人体模特，尤其是那个举止优雅，却已经青春不再的俄罗斯女人。她的皮肤还像奶油一样光洁，身体却已如母牛一般肥硕。这个自称是伯爵夫人的女人，据说当年是莫斯科社交圈里有名的美人，逃到巴黎就沦落成了最末等的妓女，有时只能靠脱光衣服供学生们习绘度日。她却让我想起了我的奶妈。

我通常都是在酒后，在喧哗散尽，精疲力竭时才会去找她。枕在她松弛的怀里，让她一首一首地哼唱她家乡的歌谣，然后什么都不做，闭着眼睛就像个孩子那样在她喷洒了香水的床上沉沉睡去。

事实上,第一次见到秀澜的那天早晨,我正从"伯爵夫人"的阁楼下到门厅的楼梯口。她慌不择路地闯进来,气喘吁吁的,却在发现我的瞬间变得镇定,轻轻地合上门后,径直穿过门厅,目不斜视地从我身边经过。

这个穿着一条吉卜赛人才穿的粗呢长裙的姑娘,上楼的仪态竟然如此端庄。每一步都踩得小心翼翼,一手提着长裙,一手扶着楼梯的栏杆,就像新娘提着婚纱踏在教堂的台阶上。

你是谁?我几乎是脱口而出的,说完又忍不住改用汉语追问:你是中国人吗?

然而,她充耳不闻,直到上到楼梯的拐角处才回过身来,面色平淡地俯视着我。我从没在一个女人的眼睛里见到过如此刺眼的目光,如同从冰面上折射而来的阳光,让我一下就听到了自己的心跳声。

后来,我频繁地光顾俄罗斯妇人的阁楼,其实就是为了再次邂逅这个女子。我曾像个冒失的少年,鲁莽地敲开这幢楼房里的每户房门,向他们打听这个长着一双乌黑眼睛的东方姑娘。为了更加清楚地表达出她的相貌,我甚至找来美术系的同胞作了一幅模拟肖像。我对他描述道,你见过黑色的宝石吗?那就是她的眼睛。

年轻而清贫的画家一脸茫然地摇了摇头。

那你一定见过划破夜空的流星。我又说,那就是她眼睛里的光芒。

年轻的画家还是摇了摇头,说,情人眼里出西施,我看你是疯了。

只有"伯爵夫人"是唯一给予我帮助的人。她不断地从街头找来长着黑色眼睛与黑色头发的女人,带到她的阁楼让我辨认。她像母亲一样把我揽进宽广的怀里,说这个世界上只有堂吉诃德与真正的诗人才会如我般疯狂,为了一个只见过一眼的姑娘,就会这么长久地牵肠挂肚。她还说但丁只见过贝特丽丝两面,就迷恋了她一辈子。可是一天深夜,这个喝多了的妇人终于说了心里话。她指着阁楼上那扇小窗户,满嘴酒气地说,你这个古怪的白痴,你来看看下面,你来看看这是什么地方。

我当然知道,这里是巴黎有名的声色之地。除了妓女与嫖客,这里小偷遍地，还有各式各样的罪犯。我怎么会不知道呢？这里绝不是一个淑女该出没的地方，但我不在乎。我在乎的是终于有一个人可以存于我干枯的内心，可以让我朝思暮想，让我寝食难安。哪怕这个人只是我在白日梦中所见，我都在所不惜。

另一个对我说出心里话的人是韩冶频，就在我浪荡了多日后回家的那天。她一声不响地在浴缸里放满水，把我脱下来的衣服全部抱出去交给仆人后，重新回到浴室。韩冶频一边为我搓澡，一边劝导我：你不能这么下去了，既然进了学堂，就要像个留学生的样子。

我怎么了？我闭着眼睛，说，我都是两个孩子的爹了，我当然不能像个留学生的样子。

过了很久，韩冶频忍不住又说，那你也不该把妓院当成自己家。

为什么不能？我睁开眼睛，不假思索地说，你把家里当成了修道院，我为什么不能把妓院当成家？

柔弱的女人通常会在这种时候落下眼泪，可韩冶频不是。她只是闭上了嘴巴，认真地用浴刷搓干净我后背的每一寸肌肤，然后起身，擦干双手，悄无声息地离去。

巴黎迎来了盛夏里的第一场雨时，我在家里也迎来了一位意想不到的远客。巴斯蒂安以捐客的身份陪同一个政府代表团访法，一到巴黎就来看望我们，给我们带来了许多母亲的礼物，其中有一份竟然是要我转交给安先生的。

你跟他有这么熟吗？不等巴斯蒂安回答，我就肯定地说，他不会喜欢你送的东西。

那他喜欢什么？巴斯蒂安饶有兴趣地问。

安先生喜欢的是革命，还有他们的新三民主义。如今，他已是国民党巴黎分部的代表。我对巴斯蒂安说，你既然这么着急，为什么不自己去给他呢？

多有不便。巴斯蒂安轻描淡写地说，我只是受人之托。

我问他，受谁之托？巴斯蒂安没有回答，话题一转说起了乌尤城。他说春天的一场暴雨又把城市淹了整整一个月。我的父亲为此从全省调集士兵,正夜以继日地翻修乌尤江的堤坝,但我对此毫无兴趣。现在,还能让我稍感兴趣的是督军府里那些曾跟我睡过觉的女人们。我只想知道她们现在都怎么样了。巴斯蒂安摇了摇头,说这些人他一个都不认识,身为我父亲的军事顾问,他从未进入过孙府的后院。

你撒谎。我毫不客气地说,我在这里都听说了,你是我妈的面首。说完,看着他那双灰蓝色的眼睛,我又说,只有我的父亲还蒙在鼓里。

这就是你们中国人常说的人言可畏。巴斯蒂安坦然地微笑着,忽然改用法语说,明智的人是绝不会听信流言蜚语的,比如您的父亲。

他这是在委婉地骂我是个混蛋,一个傻瓜,但我不会跟他计较。在我心里,很多事情都只不过是过眼的烟云。

当晚,在圣日耳曼大街上的一家咖啡馆里,我把那盒礼物交到安先生手里时,他将信将疑地看着我,说,他说受人之托?他受了谁人之托?

我说,那你得问他去。

安先生又把礼盒翻来覆去地看了一遍,才小心翼翼地拆开,从中捡出一个牛皮纸信封,当着我的面撕开火漆的封口,抽出一份文件看了会,脸色就有点变了。

我是事后才知道,巴斯蒂安让我转交的是一份军火采购名录的副本。原来,政府派代表团来法国借贷,名义上为了国内救灾,其实是将这笔款项用以采购军火,而指使他泄密的人就是我父亲。时不时地让北洋政府出点丑,给他们制造点麻烦,是我父亲最乐于干的事。这不仅是一名地方军阀的姿态,也是他从舆论上打击中央政权的方法。

如果让这次借款得逞,那就是对民族的犯罪,对我们同胞的犯罪。第二天,安先生在一个公开集会上发表演讲时,挥舞着拳头,脖子里青筋突显。他再也不是那个温文尔雅的公使馆前雇员与哲学爱好者,愤怒使他全身都洋溢着革命的激情。最后,他跳上桌子,说,我们要示威,要抗议,我们要把全法国的留学生号召起来,还有华工大众们,我们要让代表团明白,只要他们敢在协议上签字,我们定会让他们有来无回。

两天后，法国各地的留学生与华工汇聚到巴黎，他们举着横幅与标语，高喊着口号包围了中国公使馆。这是我最为乐见的场面，平淡的日子里哪怕掀起的点滴波澜都会让我这样的人浮想联翩。安先生就曾当面对我说过——我身上有着革命者天生的秉性。他还不止一次地劝说与鼓动我，让我忘掉家庭与出身，投身到一场即将来临的洪流之中去。他说，一个人错过了今天，就等同于与历史失之交臂。

但我从不在乎历史，也不在乎今天。我在乎的是只有在这种场合才能在巴黎一次性见到那么多的来自故国的女学生。她们的黑色头发与黑色眼睛，她们用汉语喊出来的每一句口号，都是那么的亲切，充满了久违之感。

可是，这场公使馆门前的示威与抗议很快就演变成了冲突。夜晚降临时，学生们点起火把，高呼着要用火光照亮漆黑遥远的祖国时，巴黎的警察与便衣冲进人群，勒令他们熄灭火种。当增援的警车呼啸而来，更多的警察举着警棍冲进人群，我的眼睛也一下子亮了。我又见到了那个曾让我朝思暮想的女子，就在我快要把她淡忘之时。她穿着一条浅淡的裙子，披头散发，在乱成一片的人群中挥动着手臂，呼喊着她的同伴。只是，她的声音与整个人很快就被淹没在了人潮中。

我是在跑向她的途中挨了一记警棍的。打我的那名警察怕我反抗，接着又狠狠打了我几下，直到把我打倒在地，再被拖上一辆警用囚车，我却一点都不记恨他。

在那间光线阴暗的羁押室里，大部分人都靠墙蹲着或者干脆坐在地上，就像一群舔舐伤口的牲口。只有她还是与众不同，她在狭小的空间里来回走动，脸上的表情是那样的愤怒与激昂。她让那些人都站起来。

我们不是囚犯，我们有集会与抗议的自由，这是法律赋予我们的权利。她大声地说，你们为什么害怕了？我们要抗争，我们要让法国当局立即释放我们，我们要他们作出解释。

我站着看了会，走过去对她说，你说什么都没用的，他们不会听你的，外面的警察更不会听我们的。

她一下子扭过脸来，黑白分明的目光又像箭一样射中了我。

夜深以后，警察从外面关灭了羁押室里的电灯。借着透过铁栅栏的光线，我再次走到她面前，故作轻松地说，这时候要是有杯冰水就好了。可是，她靠墙站着，就像是睡着了。我看着她脸上那些细密的汗珠，又说，其实我们见过，在布兰奇大街的那幢小楼里，那天早晨，你忘了吗？就在大半年前。她这才抬了下眼皮，那眼神在闷热的屋子里就像一缕掠过的凉风。我微笑着，伸出手掌，说，认识一下，我叫钱锡安，巴黎美院的。

那是我护照上的名字。离开上海时，为了这个名字我花掉了两根小黄鱼。可是，她在看了一眼我的手掌后，扭过脸去，又闭上了眼睛。

次日，天还没有大亮，我们就被分别赶上几辆囚车。在转往看守所的途中，我总算从同车的学生嘴里得知，她叫董秀澜，就读于巴黎医学院。

我长长地吐出一口气，一路上都在心底玩味那个名字。

这天到了傍晚，公使馆的秘书在狱警的陪同下找到我。跟随他俩走到这幢水泥大楼的门口，我就见到了韩冶频。看来，她是去找了赵颂南。这位驻巴黎的公使是她祖父的学生。

我对那位秘书说，我不能这么走了，我朋友还在里面呢。

秘书面露难色，看了眼韩冶频后说，赵大使这次是亲自去拜访了巴黎的警务总监……

我说，那就请大使阁下再去拜访一趟嘛。

此事没我们想的那么简单。秘书又看了眼韩冶频后，认真地说，这已经不是巴黎的警察部门放不放人的问题了，而是法国当局在考虑要不要驱逐这批学生的问题。

那我就更不能走了。说完，我也看了眼韩冶频，转身用法语对那名狱警说，把我关回去吧。

她是谁？韩冶频终于开口了，声音一如既往的平静：你那位朋友。

董秀澜，女。我回过身，以一种挑衅的目光望着她，说，巴黎医学院三年级学生。

原来是董小姐，她怎么也会跟着去胡闹呢？韩冶频说话的语气就像她们两个是老熟人。说完，她上前挽住我的一条胳膊，又说，这样吧，我们先回去，一起去求赵叔叔再想想办法。

你回去吧。拿开她的手后，我面带笑容地说，我还是去里面等着你再来接我们吧。

也好。韩冶频居然还能忍。她若无其事地说，那你好自为之。

重回牢房后，我忽然想放声大笑。我被迫离开上海，现在眼看又要被驱逐出境，我是那么的高兴，发自肺腑地感到兴奋，至少我有的是时间来追索我心中的爱人，让她成为我的女人。这个念头如同火苗般照亮了牢房，可我用了整夜的时间依然没能想明白——这个叫董秀澜的女人让我如痴如醉的缘由。

没想到的是我再次被释放时，韩冶频没来，公使馆的那位秘书也没有出现，但他们又无处不在。高大的狱警一把将我推出去后，咣的一声就关上了大门。我当场就恼羞成怒了，用拳头拼命捶打那扇铁门，对着它大喊大叫：让我进去，谁让你们放了我的？我不要释放，我要回去坐牢。

铁门果然应声而开，从里面出来的人是董秀澜。我的情绪一下子转变了，笑嘻嘻地对她说，看来，我们要走着回城了。

董秀澜还是那样冷若冰霜，我却毫不在意。回城的路上，我没话找话，不停地跟她说话，几乎把我这辈子听过的笑话都快说完了，她才忽然站定，目光冷峻地看着我，说，孙宝琨，我劝你就不要枉费心机了。

我一下就惊呆了。原来，她不光看透了我那点心思，其实早在上海的乌尤路上她就曾无数次地见过我。那时的我年少得意，每天乘坐敞篷马车从她叔父开的店铺门前经过，董秀澜却正过着寄人篱下的生活。她父母早亡，直到叔父病逝，婶娘准备把她嫁给乌尤路上一家皮货行的少掌柜，才逃婚来到法国，跟随着她的恋人与导师。

那个在董秀澜心里神一样的男人是职业革命者，是旅欧共产主义青年团的成员，每天提着一个皮包出没于法国的各大校区、工厂与留学生驻地。一边宣传他的革命，一边应付警察各式各样的盘查。可惜，这个执着的男人死于一场车祸，就在他搭车从德国赶回来想给爱人一个惊喜时，那辆汽车失控冲下积雪的路面，一头扎进了一条冰河之中。

董秀澜告诉我这些的那天是她的生日，也是那个男人的忌日。巴黎的街头雪花飞舞，她隔着戈德弗卢瓦餐厅里一扇巨大的玻璃窗，出神地望着意大利广场对面那家旅社。那里留有她对那个男人永恒的回忆，可我只是觉得庆幸——那个男人早已不在，至少到目前为止，她已经接纳我成为她的朋友。为此，我已花去整整半年的时间。就像那些多情而可怜的求爱者，只要一有机会我就会陪伴在她身边，去她的学校里无事献殷勤，跟她一起参加集会、辩论与各种街头抗议，不仅出力，有时候还出钱成为他们的捐助者。

你不需要这么做。董秀澜曾毫不留情地对我说，为了我，更没有这个必要。

我愿意。我以一种不加掩饰的眼神直视着她那双眼睛，说，认识你的这些日子是我在巴黎过得最充实的日子，是你点燃了我青春的焰火，让我发现自己还是个朝气蓬勃的年轻人。

董秀澜忽然笑了。这是她第一次对我笑。她的牙齿是那样的洁白，眼睛是那样的明亮，让我心花怒放。

一天夜里，在结束了一场集会的归途中，我兴奋地对她说，你放心，我会成为跟他一样的人。

董秀澜一下就明白了我指的是谁，她的脸色瞬间变得沉静。她摇了摇头，说，你永远也成不了他那样的人。

我一定能成的。我确定地说，只要你给我这个机会。

她沿着大街往前走了会，扭头看看我，又摇了摇头，说，你的出身注定了你成不了他那样的人。

我的出身怎么了？我让她尽管放心，我早已不姓孙了，我现在姓的是钱，这是一个草台戏班班主的姓氏。我早就脱离了孙圭钧的那个阶级，虽然他也是靠革命起的家。我还对她说，我来法国之前就革过一次命了，国民政府对我的通缉令至今还没撤销呢。

董秀澜站住，认真地看着我，说，可你的动机不纯。

我说，那是为了爱情。

董秀澜低下头去，默默地继续往前走着。她忽然说，我是不会跟一个有妇之夫恋爱的。

那就不谈恋爱。我说，我们做一对革命的伴侣。

董秀澜又笑了，说，我更不可能嫁给一个有妇之夫。

复活节那天，韩冶频下厨给孩子们烤了一个巧克力蛋糕，又为我煎了一大块黑椒羊排，可我仍然要老话重提。在响彻巴黎的钟声里，我恳切地说，就算我求你了，好不好？放我一条生路，也放自己一条生路。

当着孩子的面，我们不说这个好不好？韩冶频的平静与淡定有时就像她手里那把切肉的餐刀，能把人拉出血来。

我说，可是你拖着也不是个事嘛。

那位董小姐真有这么着急吗？韩冶频继续切着她盘里的肉，脸上竟然还挂着一丝微笑。

谁是董小姐？玛丽这时抬头看着她的母亲，说，是你新请的中文老师吗？

你替妈妈喂弟弟，吃完了，我们去教堂迎圣烛。韩冶频摸了一下女儿的脑袋后，起身离开餐桌。等我跟着她走上阳台，眼望塞纳河，她语气缓慢地说，你跟谁在一起，要娶谁，那都是你的事，你根本不用告诉我。

我不是要娶谁。我说，我是要跟你离婚。

主是不会允许的，我们的婚姻就是上天对我的惩罚。韩冶频说着，在胸前画了个十字，又说，我也不会让两个孩子失去父亲。

我一把将她推下阳台的心都有。我说，我是跟你离婚，又不是去死。

韩冶频只是轻轻地吐出一口气，背对着我在胸口又画了个十字。

最后，还是美院里的同学给我出了个主意，让我去报纸上刊登了一则单方面解除婚姻的声明，那也是九太太用过的方法。我用法文向世人宣告：鄙人自即日起与韩冶频女士脱离婚姻关系，净身出户，一别两宽，兹恐社会未尽深知，特此声明。

可是，当我干完这一切，我心爱的女人却凭空消失了。我找遍了巴黎医学院，找遍了她曾租住过的那些街区，还有经常出没的地方。有人告诉我董秀澜渡过海峡去了英国，也有人说她去的是德国，但我可以确定的是她走得十分匆忙。她的公寓里仍留有她的气息，以及许多用过的日常物品。几天后，我重新回到那间公寓，毫不犹豫地租下了它，就像已经跟她日夜相伴那样。我总觉得她会在某一个夜里忽然开门进来，站在我面前，用她黑白分明的眼睛看着我。

我在法国最为艰难的岁月就这么开始了。为了支付房租，我很快变卖了身上可以变卖的一切。最后，不得不搬进终日弥漫着下水道气味的拉丁区，带着她留下的那些日常用品，住在一间连水龙头都没有的小屋里，有时只能靠从教堂里领来的黑面包度日。但是，我始终相信那是爱情对我的考验。我的诚心终将感动上天，感动我铁石心肠的爱人。

安先生也是这么认为的。我们偶然会在一些外围的学生集会上碰面。我狂热地投身于这些活动，就是要向我不知身在何处的爱人证明，我迟早可以成为像她死去的恋人一样的男人，只要我没像他那样意外地丧命。

那天，安先生穿着一身工装发表完演说后，请我在路边喝了杯咖啡。他要我相信路遥知马力，日久见人心这句话。他说，我都快被你感动了。

那你请我吃顿牛排吧。我说，我已经很久没闻到肉腥味了。

于是，安先生就近又请我吃了份牛排。他隔着餐桌长久地审视着我，说，当一个人放弃了物质后，精神就会变得富有。

我说，我过得比修道院里的僧侣还苦。

这还不够。安先生说,锡安,你需要的是脱胎换骨。

我需要你告诉我董小姐的去向。我说,你们国共是同志,你一定知道她在哪里。

安先生摇了摇头,说这个忙他可帮不上,但要是真有这么一天,他倒是愿意当我们的证婚人。

可我们谁都没能等来那一天。法国政府决定驱逐中国的留学生时,我终于从泄露在报纸上的名单里见到了董秀澜的名字。原来,她一直都在里昂,因为参与抗议活动而遭扣押。他们先被强行押上火车,到达马赛后随即又被赶进了开往中国的轮船。

我就是这么回国的,追逐着我的爱情,毫不犹豫地回到了阔别七年之久的上海。

十

民国一十五年夏天从一开始便注定了是个烽火连天的季节。

南方的国民革命军在广州誓师后，就兵分三路，开始了轰轰烈烈的北伐征程。当西进的军队忽然中途转向直逼乌尤城时，我的父亲孙圭钧一开始并没有放在心上。他摇着一把折扇对前来汇报军情的庄希岑说，兵来将挡，水来土掩。

当了父亲这么多年的参谋长，庄希岑一向是以缜密稳重而著称。他把我父亲请到作战室里，指着沙盘里插的各色军旗，说这一次前面集结着南方两个军的兵力，身后是整个吴佩孚直系的二十万大军。庄希岑不无忧虑地说，大帅，我们现在就像个肉夹馍。

打不过就独立嘛。父亲说，大不了我们再革命一回。

只怕吴大帅不会买账，他会以平叛之名出兵讨伐我们的。庄希岑指着沙盘里的军旗，说，直系一旦进兵，我省境内势必会成为他们与革命军的决战之地。

父亲这才仔细地看了会沙盘，沉吟半晌，说，那我们就民主一回，是战是和，听听大伙的意思。可是，在连夜召开的军政会议上，他刚一落座就给出了一条宗旨：我还是那句话，我们不给北边卖命，可也不能让南边革了自己命。

最后，父亲采纳了文官们的建议，一边调集全省的兵力，以拒来势凶猛的国民革命军，同时派出亚力士神父前往革命军的前线总指挥部谈判。临行前，他对亚力士神父说，你是洋人好说话，你要让那位蒋总司令明白，你们洋人在我乌尤城里的利益。

这天到了深夜后,他又派人把省府的秘书长请进书房,取出一封亲笔书写的信函交到他手里,让他作为自己的全权代表去见吴佩孚。

见了吴大帅,我们不用太客气。父亲说,你就替我问问他,他愿出多少军饷,让我们跟国民革命军开战。

秘书长捧着信,惊得半天都没合拢嘴巴。

商场如战场,战场也是个生意场嘛。父亲拍着他的肩膀说,机会难得,我们总得让吴秀才破费一回。

这就是父亲一贯的应战策略。他不仅把战场当成了生意场,还拿它当成了赌场,而军队与地盘就是他的砝码。谁下的赌注大,他就会把这枚砝码放进谁的秤盘里。这也是他在这么多年的混乱战争里立于不败之地的诀窍。可这一次,他总觉得不踏实,就在目送秘书长离开后,背着手踱进了我母亲的房里。

母亲刚从上海回来,正让用人们把箱子里的礼品分拣出来送人。她的处世之道就是对每房的姨太太亲如姐妹,一视同仁。

明天再收拾吧。母亲朝那些用人一挥手,说,快,赶紧给大帅放洗澡水去。

上海那边的行情怎么样?父亲坐下后,端过母亲喝剩的半碗酸梅汤一饮而尽。

都在观望。母亲站在他身边,说,生意人嘛,两边都不会得罪。

父亲抬眼看着她,说,这种时候,你何必回来呢?

母亲接过他手里的那只空碗,说,这种时候,我就应该在大帅身边。

父亲高兴了,在洗澡的时候随口说起了巴斯蒂安,说这个花大价钱请来的军事顾问,现在到了派他用场的时候了。母亲却说洋人都靠不住,他们的眼睛里除了钱,还是钱。父亲哈哈一笑,伸手在她脸颊上重重地捏了一把,说,你是把洋人都吃透了。

母亲的心莫名地蹿到了嗓子眼里,整个晚上都闭着眼睛蜷缩在父亲身边,浑身汗津津的,整晚都没法入睡。

几天后,与国民革命军的攻守之战在距乌尤城一百多公里的山地间打响。父亲一反常态,下令集中兵力主动出击。只有打得狠,打得越发惨烈,他的秘书长才能从吴佩孚处争取到更多的军饷,而亚力士神父与国民革命军的谈判也会变得越发顺利。这是军事顾问巴斯蒂安给他的建议,和平从来都是靠战场上打出来的。为此,他让马万全把整箱的银圆抬到前线,堆在前沿指挥部的帐篷外,并且在喇叭里宣布,不管哪支部队,只要从革命军手里夺回一块阵地,他就赏金一万大洋。这个数目随着战事的反复,很快就追加到了十万。

直系的吴佩孚把军饷如数送达时,还派来他的军事联络官,双手捧上一幅他亲笔书写的四个大字:"同心协力"。

父亲哈哈一笑,对联络官说,看来,你们吴大帅是信不过兄弟啊。

联络官直言不讳地说,吴大帅是信不过钧帅派去和谈的那位洋神父。

以和为贵嘛,和气生财。当天晚宴过后,陪着联络官打麻将时,父亲捻着骨牌,一语双关地又说,联络官,能平和,我们何必要去放炮呢?

可是,当乌尤城里到处都能听到隆隆的炮声时,父亲再也淡定不下去了,他带着军事顾问调兵遣将,亲自组织了一次疯狂的反扑,硬是把国民革命军第四军的先遣部队逼退到二十里外的顾家坪。站在硝烟尚未散尽的战场上,他由衷地对巴斯蒂安说,要是每仗都打成这样子,亚力士神父就能在谈判桌上签字了。

巴斯蒂安的建议是趁着这次胜利就地组织防御,与对面的国民革命军展开拉锯战。他说,只要能形成僵持的态势,就是我们的胜利。

那我不成了给吴秀才看大门的了?父亲一下变得患得患失,心事重重地回到指挥所里后,随即命令参谋把战况电告吴佩孚,并说,你就以我的名义发,告诉他,这场仗我已打到弹尽粮绝,再下去只怕只能是弃守阵地了。

几天后的傍晚,年轻的胡荃从乌尤江的码头上岸,领着一名身穿府绸长衫、头戴凉帽的男子匆匆拜访了我母亲。胡管家的这位侄子是乌尤会馆里的管事,也是母亲培养了多年的亲信,一直留在上海充当她的眼线。

胡荃弯着腰,小心翼翼地介绍来人,说,夫人,这位是陈先生的朋友。

哪位陈先生?母亲端坐着,等到上茶的用人退出后才问道。

北伐军的总司令部里只有一位陈先生。来人用三根指头拈着帽子,躬身说,陈先生向夫人问好,感谢夫人在黄埔建校之初的资助。

原来,陈立夫来上海为黄埔的军官生筹集冬装那年,母亲曾资助了他们半车皮的棉纱。

难为他还记得。母亲淡淡地说,现在你们是翅膀硬了,知道要来收拾我们了。

那是革命的需要。来人仍然站着,忽然有点突兀地说,夫人,机会稍纵即逝。

母亲的脸色变了,示意他坐下后,若无其事地朝胡荃一挥手,说,去看看你叔叔吧,陪他一起吃顿晚饭。然后,一直看着胡荃,直到他出了屋子,把门重新关上,才收回目光,对来人说,我该怎么称呼您呢?

在下姓贺。

当晚,胡荃从后门送走那位贺先生之前,母亲亲自去房里取出一包鸦片,郑重地交到他手里,说,记住,这是样品,而你是英美烟草公司莫里斯先生的私人代表。

第二天,巴斯蒂安在前沿的司令部见到这位贺先生时,我父亲正坐在一张桌子后面嗅着那包鸦片。

这可是上等货。父亲用赞赏的目光望着巴斯蒂安,说,没想到你会打仗,还会做买卖。

这是夫人跟黄太太合股的生意。巴斯蒂安说,我只是在中间帮忙牵线搭桥。

哪个黄太太?

上海法租界巡捕房的黄太太。

啪的一声，那包鸦片被重重地拍在桌上，父亲说，她倒好，三教九流，什么朋友都交。

夫人的朋友就是大帅的朋友。巴斯蒂安微笑着说，夫人的生意也是大帅的生意。

我从不做这种买卖。父亲曾亲口颁布法令，在他的地盘上贩毒与售毒都是砍头的死罪。

这批货是运往西康的，我们这边只是过境。巴斯蒂安说完，想了想，上前又说，大帅，上海滩黄先生的面子我们还是要给的。

黄金荣那根鸡毛，在我面前还当不了令箭。父亲说完，目光阴沉地看着他的军事顾问，又说，你们在背后还有多少事瞒着我？

都是些生意上的事。巴斯蒂安说，大帅，生意上的事还由夫人来说为好。

什么夫人？父亲冷笑一声，又拿起那包鸦片在手里掂量着，说，我的夫人埋在乌尤江边孙家的墓地里呢。

巴斯蒂安接过那包鸦片回到自己的营房后，仍有一种不寒而栗之感。他摊开地图，出神地在桌边站了很久，才让勤务兵把看押在外面的贺先生请进来。巴斯蒂安找出一瓶白兰地，启封后，亲手斟了两杯，说，这瓶酒我带在身边很多年了，是我离开法国时，我的军团长送给我的。

在下不是来喝酒的。贺先生看着桌上的酒杯，说，顾问官先生，夫人让在下带了一句话来……她说，她把性命交到了顾问官的手里。

巴斯蒂安只是笑了笑，优雅地拿起酒杯，轻轻地抿下一大口。夜深后，他亲自把贺先生送过最前沿的阵地，一把勒住缰绳，说，我不能再往前走了。说着，他掏出那包鸦片，像是跟心爱的人吻别那样，按在嘴边很久才交到对方手里，说，陌生人，现在我把性命也交到了你的手里。

请放心。贺先生说完，一松缰绳，战马一路碎跑着直奔对面的阵地而去。

可是，巴斯蒂安很快就听到了身后传来的几声枪响，不禁眼前一黑，险些一头栽下马来。

天快亮时，贺先生被带进国民革命军第四军的指挥部，已经换上了一身灰色的卡其布制服。邓参谋长是位标准的军人。他指着马灯旁那块油亮的鸦片膏，说，这些数字，前面的应该是坐标，后面是时间。

贺先生掏出怀表看了眼，说，那我们事不宜迟。可是，就在邓参谋长抓起桌上的电话时，他又说，这个任务请交由二营来执行吧。

邓参谋长一愣，目光随即变得锐利起来，说，什么意思？贺代表这是要越俎代庖吗？

参谋长言重了。贺先生慌忙解释，说，这是总司令部的意思。

那好，那就请出示总司令部的命令。邓参谋长啪地挂下电话，朝他伸出手掌。

参谋长是信不过在下？贺先生说，参谋长可以马上电询总司令部秘书处。

不必了。邓参谋长在一把椅子里坐下后，说，将在外，军令有所不受，我是不会下令让儿子去炮轰老子的。

这是战争，也是政治。贺先生俯身拿起电话上的听筒，隔着桌子递到他的面前，诚恳地说，演存兄，我们都是革命军人，我们不能感情用事。

邓参谋长冷冷地说，革命军人也是人，不是从石头缝里蹦出来的。

可革命道路是自己选的。贺先生说，他孙和尚既然选择这条道路，就得接受这份命运。

我大哥宝珩下令所辖的炮团二营朝着指定坐标覆盖性射击时，做梦都没想到悲剧会再次上演。直到第二天战报出来，他才知道自己炮击的是父亲所在的指挥部。只是这一次，宝珩显得出奇的平静，他仰天发出一串古怪的笑声后，一个人如梦游般地离开炮营，直到傍晚才返回驻地。

入夜时分，邓参谋长特意从军部赶来，打开一瓶酒，说，喝吧，喝完了睡一觉。

你不是来为我庆功的？看着这位保定军校里的学长，宝珩的语气里充满了嘲讽。

军人的天职就是服从命令。参谋长把酒碗递到宝珩面前，见他无动于衷，就收回来自己一口喝干后，一甩手，碗在地上摔得粉碎，说，乌尤城距这里不到五十里，我可以批准你脱下军服，回你的老家去。

我没有家。宝珩毫不示弱地逼视着他的长官与学长，一字一句地说，我想我跟你说过的，军营就是我的家。

当年，背负着母亲与妻儿的骨灰走进乌尤山时，宝珩就已经无家可归。那时候，他只想着要把母亲与妻儿埋葬在一块人迹不至的土地里，然后让自己也葬送在这片深山里。于是，他日夜不歇地朝着山林的最深处攀行，直到有一天从悬崖的绝壁下走出乌尤山脉时，他蓬头垢面、衣不掩体，像个野人一样乞讨为生，跟着南来北往的流民，几乎走遍了中国的大江南北，最后才在河南的一座山野小庙里落发成了一名和尚。

住持是位不怎么会念经的老和尚，一眼看出了宝珩是个读书人，就规劝他，乱世出英雄，年轻人不该躲在菩萨的屋檐下偷生。

宝珩说，我的心死了。

那好吧，你就权当在这里养心吧。老和尚说，你的心什么时候活过来了，我就什么时候送你还俗去。

然而，老和尚没有等到那一天就死在了乱枪之下。冯玉祥的西北军出潼关打败河南督军赵倜时，溃退的豫军一路上烧杀抢掠，沿途无数的女人被蹂躏与拐卖，男人被强行套上军服成了他们的替死鬼。宝珩就是这样重新成为军人的，穿着豫军的制服跟着跑了没几天就被俘，换身棉衣又成了西北军的一名列兵。第二次直奉大战时，还没等冯玉祥发动北京政变，他所属的连队又被奉军所俘，戴上狗皮帽子，成了东北军的一名排长。

只是这一次，宝珩没那么幸运。他在值勤时被军部的一名作战参谋认出。那人是他在保定军校里的同窗。几个月后，宝珩被带进北京城,刚刚当上十五省安国军总司令的张作霖在戏院的包厢里召见了他。

你不会是圭钧派来当奸细的吧?张总司令捻着那抹八字胡须,一见面就开玩笑似的说,你那个爹哪,就是下手太黑,哪有让儿子炮轰老丈人的。

这时,戏院的老板进来请示,说,戏是不是可以开演了?

张总司令点头,说,这样吧,当个排长确实有点委屈你了,我提你当团长,你明天就去小六子那里报到。

我不想当兵。宝珩终于开口说话:我不想稀里糊涂地就死了。

也是,哪有帮人家打仗的儿子?张总司令想了想,说,那我派人送你回乌尤城。

我哪也不去。宝珩说,总司令还是让我做回我的和尚吧。

小尼姑都在思凡了,你这和尚倒是当上了瘾。张总司令哈哈大笑,指着幕布渐起的戏台,说,听戏,听戏,你看,小尼姑出场了。可是,一出戏还没有听完,他忽然一拍大腿,扭头对宝珩说,也好,这十五个省里你去挑座庙,我派人送你去当和尚。

孙和尚这个绰号就是在那时被叫开的,但我大哥宝珩再也没当过一天和尚。他离开北京直接去了广州,这座如火如荼的革命之城。

我想进黄埔,请老学长给我一个重新开始的机会。宝珩站得笔直,说完像个学生那样,深深地一躬鞠下去,很久都没有直起身来。

邓演存曾是保定军官学校炮科第一期的毕业生,现在刚刚出任第四军参谋长。他伸手扶起这位饱受沧桑的学弟,说,宝珩,我们的军队是革命的军队,它跟你待过的任何一支队伍都不一样。

我知道。宝珩说,所以我来当学生,我要从头开始。

从头开始就没必要再走老路了。邓参谋长正在组建第四军的炮兵部队,求贤若渴。他推荐宝珩出任山炮团第二营的营长那天,忽然问他:如果有一天,你在战场上与令尊狭路相逢,你怎么办?

我做梦都在等着这一天。宝珩啪地站正,眼前又重叠着浮现出母亲与妻儿的面容。他凝神聚精地说,打倒一切军阀,建立统一政府,这个军阀就包括了孙圭钧。

这天傍晚，邓参谋长在宝珩的营部旧话重提。他说，打倒一切军阀，建立统一政府，这个军阀就包括了孙圭钧……这句话是你亲口对我说的。

是。宝珩坐直身体，说，我从来没忘记过，也从不曾后悔过。

那就好。邓参谋长起身，一指桌上喝剩的那半瓶酒，说，那你就留着它，等我们进了乌尤城再喝。

宝珩跟着起立，说，我宁可用大炮把它轰烂了，也决不进乌尤城。

那就证明你还放不下。邓参谋长走到营房门口，回身看着这位学弟，又说，据对面传过来的情报，孙圭钧并没有死，受的伤也不算重。

宝珩面无表情地说，参谋长，跟作战无关的情报，你不该让一名营长知道。

孙和尚，你真把自己的脑袋当成木鱼来敲了吗？邓参谋长看着他站得笔直的背影，说，你就没想过为什么由你来执行这次炮击任务？

不该想的不想。宝珩转过身来，啪地双脚一并，说，报告参谋长，军人的天职就是服从。

事实上，那个时候我父亲孙圭钧已经不在人世。宝珩下令发射的炮弹中有两发命中了他住的营房。当马万全从弹坑里刨出他的主人时，我父亲的半边身体里嵌满了弹片，血肉模糊的，一张嘴就咕噜咕噜地冒血泡。

巴斯蒂安当机立断，要求马万全下令卫队封锁现场的同时，严禁走漏任何消息。他说，现在要防止临阵哗变，如果你还是大帅的侍卫长，就照我的话去做。

马万全的眼里含着泪，点头，说，我明白。

那你就把眼泪擦干，去传达大帅的作战命令，全线进攻。巴斯蒂安说，你要让战壕里的每个士兵都知道，大帅这回是被彻底激怒了。

马万全使劲抹了一把脸，说，是。

十一

一代枭雄孙圭钧的死讯一直要到我重返乌尤城后才得以公之于世。

在此之前,母亲早已经为这天筹划好了一切。她比任何一个伟大的阴谋家都要懂得忍耐与谨慎。为了这一天,她整整蛰伏了七年。从我背井离乡、远渡重洋那刻起,她就开始酝酿并且实施这一雄心勃勃的计划,以她的温婉慷慨,长袖善舞,她把乌尤城与上海滩都当成了她的戏台。

为了让这场戏看上去更为逼真,她把丈夫因炎热而开始腐烂的尸体草草埋在后花园里,还让胡总管每天按时向新闻界公布他的伤愈情况。当然,这些都是在她以大帅的名义调兵遣将之后。我的母亲从来没对男人发号施令过,但她天生就是位发号施令者。在父亲的书房里长久地默哀后,她请庄希岑重返战场,以参谋长的身份代理前线总指挥,同时抽调两个混成旅退守乌尤城。

庄希岑迟疑不决,说,夫人,让两个混成旅开进城里,万一大帅去世的消息走漏了呢?

叫我嫂子吧。母亲缓步走到他面前,说,你是大帅生前最信赖的人,我想,两位旅长也是。

那两位旅长都是父亲一手提拔起来的亲信,也是我母亲上海那些公司里的股东。只是,她没有往下说,之所以让这两个旅一并进城,就是为了让他们相互牵制,彼此顾忌。

庄希岑点了点头,戴上军帽后,平生第一次向我母亲行了个军礼。可是，走了没几步，又回过身来，才叫了一声嫂子，就被我母亲伸手制止了。

那些部队不是你的，也不是我的，他们都是大帅的子弟兵。母亲面色沉痛、表情凝重，却语调轻柔地说，希岑，我们两大家子都在这城里面，大帅尸骨未寒，我们要是有半点差错，我们的家人就会死无葬身之地。

说完，她走到门边，轻轻地拉开门。

庄希岑这才恍若初醒般地转身，毕恭毕敬地又行个了军礼后，大步走出书房。

关上门后，母亲对胡荃说话就没那么多顾虑了。她在书房里来回地走动，一边走，一边命令他立刻联系陈先生，请求他们的第四军持续地、不间断地发起进攻，请第四军务必要拖住这些兵力，不能让他们有喘息的机会。母亲不怕庄希岑会耍滑头。他是个懂得权衡的人，况且前线的指挥所里还有她的巴斯蒂安。她担心的是战壕里那些鲁莽的中下层军官。

我不能让这些人回过神来造我们的反。一口气说完这些后，母亲一屁股坐进父亲的那张皮椅里，歇了一会，才接着又说，你请陈先生转告蒋总司令，请他们立刻派代表来乌尤城协商停战与改编事宜，你要明确地告诉他们，我们愿意拥护国民革命，我们愿意拥护中山先生提倡的三民主义。

胡荃不停地说是。说完最后一个是，他站着等了会，躬身告退。

母亲却叫住了他，说，上海那边呢？

胡荃转过身来，说，一切都在掌控之中。

好。母亲说，你去把马万全叫进来。

这一回，胡荃没有应声，而是用一种疑惑的眼神望着他的主人。

母亲靠进皮椅里，无助地说，阿荃，我们的生死存亡就在这几天。

几天后，父亲的侍卫长带人忽然出现在我面前时，我正蹲在董秀澜租住的小屋门前生炉子。那是我有生以来最美好的一段时光，几乎让人难以置信。我漂洋过海终于找到了我心爱的女人，并且跟她生活在了一起。我们每天晚上都在这间小屋里尽情相爱，每次都像人生中的第一次，又像最后一次，但我还是要固执地问她为什么，你为什么要让我等那么久？

那是对你的考验。浸润在爱情之中的娇小女人既俏皮，有时却又充满感伤。她曾在床上断言，我成不了一个真正的革命者，因为像我这样的人，所有的热烈之情都是盲目的迷恋，它们迟早会在时间与骤起的狂风暴雨中消散。

不会的。我信誓旦旦地说，你看着好了。

董秀澜只是莞尔一笑。那天，我们乘坐黄包车正从乌尤路上经过。那里仍然开着伴着她成长的小店铺，再往前就是乌尤会馆，只是这些对于我们俩来说都已成为往事。她说她在躲避我的那些日子里想明白了一件事——不是每个革命者都会有一个革命的家庭，也不是每个革命者都必须要有一个干革命的家属。

她在黄包车上看着我，又俏皮地说，你就安安心心地当个革命者的家属吧。

我可并不甘心。我的每个白天都在为我们的晚上做准备，为了做出更加可口的饭菜，我去书店里买来各系的菜谱，从上午就开始在炉子前一遍一遍地试验。口袋里的钱因此很快被花光，但我一点都不着急。上海不是巴黎，上海有我那么多身系豪门的同学，我每次都会旁若无人地闯进他们家里。这些人除了慷慨解囊与规劝之外，还会为我唉声叹气，他们无知的眼神让我觉得如此可笑。这些衣食无忧的人们永远都不会明白革命的意义，就像他们根本不懂得什么是爱情。

只有一个人是例外。这么多年过去后，伊藤昭男已经子承父业成为一名驻沪的外交官。他用那双狭长的眼睛看着我，说，你已经不是孙宝琨了，我为什么还要借钱给你？

我说，可你还是伊藤家的儿子。

伊藤昭男愣了愣后，马上笑了。这是多年不见后他最为显著的变化。他白净的脸上的笑容竟然已变得如阳光般灿烂，而且充满了同窗之谊。为了这次相逢，我们一边喝着清酒，从男欢女爱一直聊到眼下这场由南方席卷而来的战争。

我告诉他，将来主宰这个世界的一定是工人与农民。我说，这场革命最终会把你们这些帝国主义赶回老家。

你还是那个天真的傻瓜。伊藤笑得像个放荡的日本醉鬼，脸上泛着桃花般的红晕。末了，他失望地看着我，说，你还是回家给你的女人做饭去吧。

事实上，在做饭与做爱以外，我还有第三件事可做，就是到工人中去，把他们组织起来，当然是跟着董秀澜与她的同伴们。我们趁着夜色进入工厂，站在高处向他们大声宣告——这是黎明前的黑暗，曙光已经在南方出现。我们请他们静下心倾听，春天的脚步正在隆隆逼近。为此，董秀澜有一回还跳上一台机床，向他们朗诵了高尔基的《海燕》——在怒吼的大海上，在闪电中间，高傲地飞翔，这是胜利的预言家在叫喊：让暴风雨来得更猛烈些吧！

她娇小身体里昂扬的激情让我一想起来就如痴如醉。

可是，马万全根本没有耐心听我说完这些。他在地板上狠狠地一跺脚打断我，说，少爷，大帅走了。

那是他的事。我说，你跟着他就对了。

马万全的眼泪都快掉下来了，说，大帅没了。

我这才明白过来，说，怎么可能呢？我昨天还在报纸上见过他。

报纸上的屁话能信吗？马万全说，少爷，你得回家奔丧去。

我不回去。我说，他有的是儿子为他送终。

马万全说，少爷，现在不是赌气的时候。

我说，你们走吧，我哪也不去。

最后，我竟然是被这帮奴才绑着离开的。为了阻止我大喊大叫，他们还用毛巾堵住了我的嘴，一直到下了船才给我松绑。马万全哭丧着脸，说，少爷，你可不能怨我，你妈这样做都是为了你好。

母亲当然会为了儿子好。她一见到我就流下了眼泪，好像有一肚子的话要对我说，却又一时不知从何处启口，一会摸我的脸，一会拉我的手，最后捂住自己的脸，哇的一声哭了出来。

妈，你别哭了。这是阔别了七年之后，儿子见到母亲说的第一句话。说完，我在一张椅子里坐下，看着她，又说，妈，你把我这个人捆来了，可我的心还留在上海。

母亲一下止住了哭声，也回到她的座位里，抽出手帕仔细地擦干眼泪后，平淡地说，是你的总归是你的，你放心，董小姐很快会来乌尤城的。

原来，她什么都知道，但我一点都不感到吃惊。早在马万全出现的那一刻我就明白了，我一回国就等于孙悟空又跳进了如来佛的掌心里。我只是觉得有点担心，不由得说，你们也要把她绑来吗？

别这样跟妈说话，哪个当妈的不是为了儿子好？母亲说着，朝我伸出手，一直等到我起身走近，抓住那只手。她又说，这位董小姐若真是你的女人，就该明白夫唱妇随这个道理。

我们的事，你不懂。我说，我还是给她去封信吧。

用不着。母亲的语气变了，黯然的脸上也一下有了神采。她说，你放心，不出明天，整个民国都会知道，我的儿子回到了乌尤城。说完，她起身，牵起我的手，拉着我一起走出父亲的小楼。院子里不知何时已站满了人。母亲朝着那些人点了点头后，仰面望着烈日炎炎的天空，忽然像唱戏那样，凄声叫道：大帅啊，你见着了吗？你的儿子宝琨回来了。

我父亲孙圭钧的遗体终于从后花园里被挖出来，安放进了设在议会大厦里的灵堂，以至于整个乌尤城里都弥漫着一股奇怪的尸臭，若有若无，日夜不散。前来祭拜的除了他治下的各级军政官员、乡绅商贾外，还有各国使馆里的领事们，而最引人注目的是北伐军总司令部派来的代表，以蒋总司令的名义敬献的巨大花圈被放在最显眼的位置。

七天后的出殡之日也是父亲的军队改弦易辙之时。乌尤城里挂满了白帏，天空中却飘扬着青天白日的旗帜。但是，所有的街道上都空无一人，店铺都已关张，居民们被迫自囚于家中。军队还颁布了临时的全城戒严令以防不测，摘掉帽徽的士兵与警察日夜不歇地在大街小巷里巡逻，见到可疑人等就先逮捕了再说。

这是哀乐与礼炮齐鸣的一天。中午时分，在新起的坟头上完最后一炷香，我离开孙家的墓地就被无数人簇拥着进入甘露寺，在那里稍事休息后，我将脱去孝服，换上崭新的大将军礼服，再骑着父亲那匹高头大白马前往校场就职。这就是母亲跟革命军达成的协议。我会在那里登台成为父亲的继承人，并由此踏上国民革命的征程，而这一切就像凭空掉下来的一个梦。

为了让这个梦看上去更加让人信服，母亲篡改了我在法国的全部履历。一回乌尤城，我就成了圣西尔军事学院毕业的优等生，那里也是巴斯蒂安的母校，证书由他亲自伪造。这个法兰西的破落贵族、虔诚的基督徒，为了对我母亲的爱情什么事情都做得出来。他还为我虚构了一份在法国骑兵部队服役的辉煌经历，并且让我穿着他的骑兵军官礼服，胸前挂着十字勋章，挂着他的军刀在屋里拍了好几张照片。这些都将成为我在法国的历史，并且永远被人铭记。

现在，我马上将统率一支真正的军队，为此所有的人都劝我要好好休息，可我回到府里，躺在床上就是无法入睡。越清醒，就越觉得自己置身于梦中。于是，我起床给秀澜写了封信，把这一切都告诉她后，沿着花园的小径摸黑走进涤轩旁的那个院子里。我又像当年那样爬到水塔的顶端，但它已经不是乌尤城里最高的建筑。如今，乌尤城里最高的建筑是一幢六层楼的旅馆，完全模仿上海滩的礼查饭店而建，矗立在乌尤江畔，它的屋顶塔楼里的灯光倒映在江面上，看上去宁静又祥和，又有着死一般的沉寂。那些夜不能寐的人心里清楚，今晚的乌尤城就是一个随时可以引爆的炸药桶。它随时可以让一切灰飞烟灭。

天快亮时，我爬下水塔，发现母亲在树下的石凳上已经坐了很久，露水打湿了她身上的孝服。我只是看了她一眼，就默默地朝洞开的院门走去。

你回来。母亲看着我走到她跟前后，继续仰脸看了我许久，才说，儿子，过了今天，这里才真正是我们的家。

是你的家。我冷冷地说，过了今天，你就是这个家里的慈禧太后了。

谁跟你说的？母亲突然站起来，脸色吓人地瞪着我说，谁在你跟前胡说八道了？

这还用人说吗？我说，妈，我都二十七岁了，我没吃过猪肉，我还没见过猪跑吗？

你当然见过猪跑，你就是忘了是谁生养了你。母亲脸上的表情失望中带着落寞。她在短暂的呆滞后，摇了摇头，说，我怎么会是慈禧太后呢？我倒要劝你别成了光绪皇帝。

一下子，我就想到了秀澜，心头瞬间充满着不祥之感。

母亲像是看到了我的心里。她挽起我的手臂，宽慰我说，放心吧，我的儿子，你不当光绪，就没人成得了珍妃。

我只想成为董秀澜的丈夫，跟她结婚生子，每天在家里为她做菜烧饭。虽然，广州的国民政府已委任了我一省的保安司令之职，他们派来的代表还带来了中央执行委员会的许诺，说待到北伐胜利之时，还会让我当上省长，增补为中央委员，尽管目前我还不算是他们的党员。

作为回报，母亲在那天当场表示，为了这一天早日到来，她的儿子会率领作战部队加入北伐的征程中去。她说，革命不分先后，该出力时就得出力，该流血的时候就得流血。

那位代表用赞赏的目光望着我母亲，连连点头，说，夫人真是巾帼不让须眉啊。

我在会后把她拉到一边，说，妈，你是不是糊涂了？我仗都没打过，我怎么可以去带兵呢？

当司令是不需要开枪的。母亲说，司令只需要下命令就行了。

那可是打仗。我说，我连地图都不会看。

这都是参谋干的事。母亲让我尽管放心，她说庄希岑跟巴斯蒂安会在指挥部里陪着我的，行军与作战他们两个都是行家。最后，她眼神爱怜地看着我，说，傻瓜，打仗就是建功立业，你不去杀人，怎么会有人服你呢？

可是，我从没想过要谁服我。当我穿上大将军礼服，挎着手柄镀金的佩剑走出甘露寺的那一刻，我还是忍不住回头，由衷地对她说，妈，这身行头应该穿在你身上才是。

别说胡话了。母亲不动声色地走上前来，陪着我一直走到山门外才止住步伐。她举目远眺着层峦叠嶂的乌尤山脉，意味深长地说，儿子，妈的路走到这步也就走到头了……往后的路得由你来往深里走了。

忽然，我有种热泪盈眶的冲动，就算看着父亲的棺椁入土时我都没这么地想哭过。但是，我忍住了，沿着花岗岩的台阶而下，我听到了剑鞘撞在石阶上的声音，就像我的心跳。

司令请上马。孙炳炎低声地提醒了我一句后，随即单膝跪下。他是我家的亲戚，是母亲亲自为我挑选的副官兼卫队长。

踩着他的大腿，我跨上那匹高头大白马，走了没几步，勒住缰绳扭头回望，母亲还站在甘露寺的山门外。她的身后是父亲遗留下来的那些女人们，还有我众多的兄弟姊妹。

我的母亲活了整整九十岁。后来，许多研究民国史的学者都一致认为，她完全有可能成为那个时代里最杰出的风云女性，却偏偏止步在了甘露寺的山门外，而使这场精心策划的谋杀与政变成为逸史，最终隐蔽在了动荡历史的阴暗角落里。很多年过去之后，当垂暮之年的母亲坐在美国家中的花园里，对着一家华文电视台的摄像机，长久的沉默后，她曾喃喃自语般地说，机会稍纵即逝，谁都别无选择。

十二

作为北伐大军里的一支预备部队,我们仍然暂用了原有的番号。总司令部派出的政治部主任专门作出说明——这是军事委员会的决定,完全是出于对我父亲孙圭钧的纪念与缅怀。事实上,谁都不傻,大家都心知肚明——在国民革命的队伍里,我们只不过是一支还没能获得信任的杂牌军队,每次奔走在战场上除了运送弹药,就是负责撤离伤员,最后打扫战场。直到攻打武昌城时,日夜不停的激战使战斗部队严重减员,我们的部分人马才被补充到一线战场。

一天夜里,庄希岑在我的营帐聊了会战况后,问我:司令对战事有何高见?

我哪有什么高见?我说,庄叔,没人的时候你还是叫我宝琨吧。

庄希岑叫了一声宝琨后,说他是真的不忍心看着乌尤城的子弟都战死在武昌城下。

那不至于。我说,死的还是他们第四军与第七军的人多。

庄希岑点了点头,看着我,忽然说,宝琨,要是大帅还在,你说他会怎么做?

父亲活着会怎么做我不知道,但他是绝不会让自己的看家部队去替别人卖命的。胜者为王,败者为寇,从来都是他的座右铭。我笑呵呵地说,庄叔,那你得问他去。

庄希岑愣了愣,说,司令,本钱都拼光了,我们是要被赶出赌场的。

庄叔,你又叫我司令了。我还是笑呵呵的,让他去找巴斯蒂安,打仗这种事还是由他俩商量着办为好。我说，关起门来，你们两位才是我的司令。

可是，庄希岑从来都没相信过这位军事顾问。父亲活着的时候是这样，现在越发如此，但在决定生死与荣辱的问题上，我更愿意听信一个外国人。这话是我妈说的。她常说发生在中国的许多事情，有时候也得听听外国人的意见。外人的好处就在于他们少了那份私心。

巴斯蒂安坚决反对临阵倒戈。第二天，一向以斯文与克制著称的军事顾问脸色铁青，在指挥部里大声地说，耻辱，这是军人的耻辱。

兵者诡道，这有什么可耻的？庄希岑冷冷一笑，随即说出了一句他这辈子最为后悔的话：顾问官是忘了顾家坪之战了吧。

我的父亲孙圭钧就是在那里被谋杀，他的军队因此改头换面，走上了国民革命的道路。庄希岑说完就意识到失言了，扭头看着我。我却毫不在意，只朝副官孙炳炎抬了抬下巴，他已经掏出手枪，指向庄希岑的同时，大叫一声：卫兵。

庄希岑就是这样被拿下的。在反绑双手的过程中，他睁圆眼睛瞪着我，说，三少爷，你要卸磨杀驴还早了点。

我假装没听见，扭头对孙炳炎说，送政治部去吧，还是交由徐主任处置。

徐鸿生是只老狐狸。他很快又把庄希岑押了回来，对我说，这是司令的家事，政治部不便插手。

国民革命军里哪来的家事？我说，徐主任就别推辞了。

徐鸿生笑了笑，把嘴凑到我耳边，说，司令的当务之急是立威，政治部怎么能掠人之美呢？

枪毙庄希岑的枪声传来时，我故作轻松地说，临阵投敌，他是罪有应得。说完，我见到整个指挥部里的人都像聋了一样，各忙各的，就伸手把孙炳炎招到跟前，对他说，你发个电报，跟家里知会一声吧。

孙炳炎还是有点发呆，毕恭毕敬地说，司令，属下该怎么说？

这还用我教你吗？我心平气和地看着他说。

一个多月后，武昌城内弹尽粮绝，战斗终因困守的军官兵打开城门而告结束。骑马进城的一路上，我看到敌军守将被反绑着双手站在道旁示众。此人后来成了史上首个以反革命罪名接受刑事审判的倒霉蛋。

我扭头对巴斯蒂安说，幸亏你没听庄希岑的，不然捆在这里的就是你了。

巴斯蒂安微笑着说，但愿司令下一个要枪毙的人不是我。

你怎么会这么想呢？我看着他，说，枪毙你，那可是桩外交事件。

巴斯蒂安脸上的笑容没有了，他坐在马上看着我，好一会才说，你变了，琨少爷，变得我都快不认识你了。

这不就是你们想要的吗？我在自己的笑声中，一抖缰绳，大白马就小跑起来，在武昌城的石板路上留下一路声碎的马蹄声。

然而，让我真正感到欣喜的是我终于收到了秀澜的来信。很显然，分别的这些日子里她给我写过许多信，这是唯一没有因为战事而遗失的一封。尽管戎马倥偬，只要一想起她，我都会电令乌尤会馆派人在上海四处寻找，然而得到的结果却令人恼怒。我们住过的那间小屋早已人去楼空，这帮饭桶竟然连个大活人都找不到。后来，我很快醒悟过来，这肯定是我母亲在从中捣鬼。她至今都认为韩冶频最适合担当一方统治者的夫人。

这天夜深以后，我又开始想念我心爱的女人，就掏出那封信，在灯下看了又看，真的有种见字如面的缠绵之感。董秀澜在字里行间，既感慨命运善变，又替我们彼此欢欣。她以身相许的男人终于真正地走上了革命道路，而且还走得那么深远，一步就跨进了北伐的战火中。只是，鸿雁无踪让她的思念变得有点忐忑，好在董秀澜不是个顾影自怜的女人。她告诉我，为了配合这场轰轰烈烈的大革命，他们在上海发动的武装起义，虽然因为种种原因失败了，她的许多同志遭到抓捕与枪杀，但挫折与失败都是暂时的，她不会因此感到害怕，更不会放弃。革命就是流血与牺牲，她已经做好了准备，她让我也要有这样的准备，即便相隔天涯，我们的心都会在一起。在信的结尾处，她写道：盼君凯旋，勿忘初心。

我是后来才得知，她接着又参加了上海工人的第二次大暴动，就在我们彻底打败吴佩孚，回过头来东进追击孙传芳军队的途中，他们的暴动失败了，又遭到了血腥的镇压。

在上海工人发动第三次武装起义前，我驻军在江西的南昌附近，而我们的北伐大军却已对上海形成了合围之势。董秀澜每天都奔走于虹口与南市之间。现在，她是上海总工会的联络员。他们的工人大罢工与武装起义同时开始，第二天就占领了全城。她在给我的最后一封信中兴奋地写道：你听到了吗？我想，你一定能听到，窗外就是我们胜利的欢呼，上海是属于我们的，我会在这里等你……

可是，我等来的却是由南京发出的清党密令。次日凌晨，上海的帮会与工人纠察队在街头发生激战，很快军队与警察蜂拥而至。他们冲进上海总工会，解除了里面所有人的武装。

如果董小姐没有遇难，应该就在这些被捕的人员中间。这是我的情报部门给出的分析结果。

放屁，她怎么会遇难？我一把将那页报告扔在我的情报官脸上，转头命令孙炳炎：马上集合卫队，随我去上海。

巴斯蒂安赶紧上前劝阻我，说私离驻地是要受到军法制裁的。我哪管得了这些。我瞪着指挥部里那些还想劝说我的人，说，那就传令下去，集合部队，开赴上海滩。

马万全吓坏了。这位新晋的旅长声音都发颤了，一把拉住我，说，少爷，您可要三思哪，您可不能当吴三桂哪。

冲冠一怒为红颜，我就想当一回吴三桂又怎么了？我对他说，你把手松开。说完，环视着屋里的众人，我问他们：你们还是不是我孙家的人？

最后，巴斯蒂安给我出了个两全的主意，让我以私人名义连夜致电上海戒严司令部，请求他们代为查找董秀澜并加以保护。同时，致电国民革命军的总司令部，要求前往南京晋见蒋总司令。他说，你们的总司令现在最需要的是人心，你绕道经上海去见他就名正言顺了。

可是，当我带着卫队赶到上海，大街上的血迹已被冲得干干净净，除了严阵以待的士兵，几乎看不到半点屠杀的迹象。我直奔戒严司令部，那里也是二十六军的军部。军长兼戒严副司令周凤岐一向以我的长辈自居，这次见了面却一连说了三遍有辱使命。说着，他把几大本花名册一股脑地放在我面前，又说共党分子大多用的是化名，问他们又没人肯开口。

那你派人带我去监狱。我说，我自己去找。

晚了。周凤岐摇了摇头，说，都执行了。

我一下站起来，却又像在瞬间被抽干了那样，一屁股跌坐回了沙发里。

我掏枪的心思都有了，周凤岐还在摇晃他那颗硕大的脑袋，一口一个贤侄地向我解释，说他的二十六军跟我的部队一样，都是临阵投奔的国民革命，不是亲生的就没人拿你当人看。他摊着双手，一脸哭丧地说，我也是没法子，他们要拿我当枪使，你说，我们有什么法子呢？等他起身送我到门口时，他的语气变了。我成了他口中的老弟。他一口一个老弟地向我保证，只要革命成功了，太太有的是。他拍着胸脯说，老弟你放心，这事包在哥哥身上，只要你看得中，不管她是哪个党，不管她是谁家的小姐，老哥哥都给你去娶过来。

看着他那张宽阔的脸，我又想掏枪，但再次忍住了。我摇了摇头，说我什么都不要，我只要我的女人。

他一把拉住我，说，老弟你可别干傻事，这里是上海。说完，他又说，你可别忘了，我们都是后妈生的。

我可管不了这么多。一进乌尤会馆的大门，我就让胡荃把所有的手下都派出去，并且联络上海的帮会，串街走巷给我挨家挨户地找。同时，我还命令卫队带上家伙，跟我去龙华的墓地。我要挖开所有的无名新坟寻找我的爱人。我对他们说，我活要见人，死要见尸。

这件事不仅惊动了上海滩，也惊动了我远在乌尤城的母亲与南京的军事委员会。就在我掘地三尺，把那些惨遭枪杀的尸体一具具地抬出辨认时，司令部派兵包围了我们。

这是我生平亲历的第一场战斗。我的卫兵们以坟岗为掩体，用短枪射击，一时间枪声四起，子弹横飞，好几次都是擦着我的身体呼啸而过。这时，二十六军的一名副官举着白手帕前来求见，行完军礼后，他双手捧上一份电报，说，蒋总司令请孙长官速往南京一叙。

我没空。我把电报撕得粉碎，说，我是来找我女人的。

可是，母亲为我挑选的卫兵们真是让人丢脸。这群贪生怕死之徒这时都已经垂下枪口，可怜巴巴地看着我。

我的眼泪一下夺眶而出。我背起双手，说，绑吧，你们还愣着干什么？你们绑了我，去换你们的命吧。

孙炳炎扑通一下跪倒在地，抱住我的两条腿，说，少爷，我们这都是为了您着想，我们人在屋檐下，不得不低头啊。

当晚，运送我去南京的专列一到站，我就被客客气气地请进了雨花台附近的一幢宅院里。很多天过去了，蒋总司令迟迟没有召见我。我在悲痛与思念中度日如年，等来的却是我的母亲。

她一进门，就用一种哀怨的眼神望着我，说，你知道我们将失去什么吗？

我只知道我已经永远失去了我心爱的女人。我木然地说，那些都是身外之物。

你真是个扶不起的阿斗。

极度失望的母亲为了让我安然离开南京城，不得不请英国的总领事出面斡旋，以我们在上海的许多产业与股权作为交换。这些产业与股权日后都成了国民党的党产。

蒋总司令与他的军事委员会因此显示出少有的大度，不仅既往不咎，让我重返部队，还正式下文分别任命了我与左家骥为军长。老左是父亲最忠实的部下，也是军中最资深的师长，他的忽然晋升无疑是为了削弱我的职权，把我的兵力一分为二，以相互钳制。好在武汉的国民政府闻讯后，在几天后也兑现了当初的承诺，派人送来了一省之长的委任奖。为此，南京的国民党中央执行委员会专门召开政治会议，就像做梦那样，我一下成了军委会里最年轻的委员。可是，我却连自己心爱女人的遗体都没能找着。

母亲为此百感交集。给我送行那天，她的眼中充满了自责，拉着我的手，说，儿子，这就是前车之鉴，你要记住这个日子。

我当然会记住，而且永生不忘——我不仅失去了秀澜，同时在一夜间被掳夺了近半的财产与军队。

有一天，我让人把巴斯蒂安请来。站在作战室那幅巨大的地图前，我对他说，他姓蒋的能发动政变，我们为什么不能搞兵变？

巴斯蒂安吃惊地看着我，说，军长这些日子都在想这个？

我郑重地点了点头，说，现在，轮到你替我想了。

巴斯蒂安低头想了会，说，军长真是个有雄心壮志的人。

别说没用的，你得给我拿出一套方案来。我说，你是我唯一信任的人。

巴斯蒂安笑了，他在我的对面坐下，看着我，说，军长难道不信任你手下的师长与旅长们？

他们都是我的叔伯大爷。我叹了口气，说，我信任他们有什么用？是他们信不过我。

巴斯蒂安又笑了，说，那你觉得他们会跟一个信不过的人发动兵变吗？

所以请你想个法子嘛。我说，我也要发动一场革命。

巴斯蒂安摇了摇头，坦率地说，即便我有这个实力，也有这个能力，南京方面要是没有充分的准备，他们是不会放虎归山的。说着，他站起身，拿过一根藤条在地图上一一指点给我看，武汉政府第三军的主力集结在樟树、吉安与万安一带，第九军在进贤与临川地区，第六军在萍乡，我的一侧还有左家骥的一个师。巴斯蒂安放下藤条，说，军长还是忘了刚才说的话吧，以后跟谁都不要再提起了。

我瞪着他，说，你要我打掉牙齿往肚子里咽吗？

牙齿不算什么。巴斯蒂安淡淡地说，要紧的是脑袋。

我不怕死。我反倒觉得死了更好。死了我就可以去跟我心爱的女人团聚了。当然，这种话我是决不会在任何人面前说出来的。一下子,我的心里有种凭空坠落般的无助与失重感。

巴斯蒂安就像看穿了我的心思。他微微一笑,忽然用法语吟诵般地说道:在千百万人的性命与前途面前,个人的荣辱得失都算不了什么。

可我就是不死心。第二天,我骑马去了马万全的旅部,一见面就问他:我是不是你的军长?

当然是。马万全用力一点头,说,少爷不光是我的长官,少爷还是我马万全的主子。

那我要你去死呢?我说,你会去死吗?

怎么不会?我生是孙家的人,死是孙家的鬼。马万全又用力地一点头后,看着我,说,少爷是要我去做掉什么人吧?

我一下有了兴趣,问他:你说,我想让你去做掉谁?

马万全想了想,反身关上门后,小心翼翼地回到我面前说:左?说完这个字后,他确信无疑地又说,姓庄的走了,也该送他上路了。

庄希岑与左家骥一向被视为父亲生前在军中的左膀右臂,但我不能派人去干掉一位新任的军长,那无异于给了南京与武汉铲除我的借口。相反,我还得千方百计地拉拢他,讨好他,不能让他对我离了心又离德。我哈哈一笑,把手按在他的肩头,说,老马,你真是个有心人。

马万全也跟着我笑了,可我只想哭。我是一军之长,我在两三万之众的部下里面竟然找不出一个可用之人。

好在老天爷还是长眼睛的。我等待的那一天终于来临。随着南昌城里传来的枪声,接到报告当晚,我几乎是从床上蹦下来的,但我忍住了。我卧房的墙头挂着一幅字,是汪先生专程让人从乌尤城送过来的,上面写着——每临大事有静气。

天快亮时,我让马万全制造了一起炮击,趁机炸了徐鸿生的政治部。先把南京的这双眼睛打瞎了再说。这一招我父亲干过,我母亲也干过。负伤后的徐主任惊魂未定,在医院拉着我的手,说,反了,反了,这是犯上作乱。

我说，徐主任安心养伤，他们一个都跑不了。

直到第二天的下午，我把我的作战指挥官们召集到了军部。会议桌上，我的左手边放着南昌起义大军的邀请电，右手边是武汉发来的清剿命令。我平静地看着这些人，说，现在摆在我们面前的是两条路，何去何从，我想先听听你们的。

我的师长与旅长们开始交头接耳，就是没有人挺身而出。最后，一名师长站出来，提出了第三条路，就是回乌尤城。他说，兄弟们都想家了，我们哪边都不沾，就想带着兄弟们回家去。

回去自立吗？我故意这样问。

一下子，整个会议室变得鸦雀无声。看来，我的这些叔伯大爷，这群平日里骄横跋扈的将军们，一到关键时刻都成了软蛋。最后，竟然是一名作着会议记录的参谋给出了一个大家都认为可行的提议，就是以追击叛军为名，收缩部队，朝着乌尤城的方向靠拢。

你懂个屁，南京与武汉都不是傻子。我瞪着他，说，他们会派兵在途中拦截的。

这名叫汪家窑的年轻参谋脸涨得通红，结结巴巴早已经说不出话来，却率先得到了军事顾问的支持。

应该不会，他们顾不上。巴斯蒂安一手架在椅背上，一手支着会议桌，说，武汉现在最担心的是把军长也逼反了。

瞒天过海与浑水摸鱼都是我的那些叔伯大爷最为擅长的。行动方案很快形成，一旦全军离开江西境内，我就以部队需要修整与防止暴动军队进犯之名退守乌尤城。只是，我们谁也没想到会在行军途中兄弟相逢。

当我亲临马万全的旅部见到大哥宝珩时，宝珩的脖子上还系着起义时的红色领巾。国民革命第四军的这一小股起义部队在撤出南昌后，一路南下，却因炮车与弹药等辎重被阻挡在江边，遭到了马万全所部的合围。

大少爷幸亏遇见的是我们。马万全在离开前搓着双手，说，你们聊，你们兄弟俩聊。

阔别那么多年，我从未想到还会遇见这位同父异母的长兄，因此有些该说的话不得不说，当然是以一方军政长官的语气。于是我说，你不用担心，我不会杀你的。

杀我也没关系，我本来就是你砧板上的一块肉。宝珩显得很轻松。他拉开一张行军椅躺下后，又淡淡地补充了一句：你捉到了弑父的凶手了嘛。

我们不提这个。我反倒像个副官那样站着，说，生在这样的家庭是我们的不幸。

我们也不必这么假惺惺的了。宝珩闭上眼睛后，喃喃地说，我累了，我想睡觉了。

我现在就放了你。我的话一出口，宝珩马上睁开了眼睛。这让我感到高兴，我就是喜欢有人用这样的眼神看着我，特别是那些曾经高高在上的。我希望他们在我脸上看到我手握的生杀大权。我把半个屁股搁在桌沿，晃荡着一条腿，接着说，我会让你带着你的营离开。

当然，这也是有条件的。我要宝珩留下他们所有的武器与辎重。

丢了武器，我们还是军人吗？他从鼻腔里发出一声冷笑。

拉着那些山炮，你们能跑多远？我说，落在别人手里，你就没那么好的运气了。

为了显示我的大度，我当场把马万全叫进来，让他去为他们每个人准备一份单兵装备。

就当我跟你换。我说，这是为了你们跑得更快。

宝珩显然是有点被感动了。他从行军椅上站起来，他说整个北伐的部队都听说了我在上海与南京发生的故事。他还问我：这样一个反动政府你还跟着它干什么？

所以你干到现在还只是营长。我笑呵呵地，躺进了那张行军椅里，轻轻地拍着两边的扶手，说，放着一把好端端的椅子，干吗不坐呢？

这把椅子是会夹屁股的。

夹不夹的，要坐久了才知道。

坐得再久,你也只是个傀儡。

宝珩终于还是把我激怒了。我冷笑着说,那也好过一只丧家之犬。

但是,我们的怒火很快被压制,又烟消云散。在许多人眼里,我们一个是弑父者,一个是篡位者,只有我们自己知道,我们是一对真正的难兄难弟。我们都被命运与父母玩弄于股掌。

分别之时,我让他把我的卫队长带走。我说,有炳炎陪着,这一路上你们就能打着我的旗号了。

我不需要。宝珩断然拒绝:你的卫队长保护不了我。

问题是我需要,就当帮我个忙。我坦率地说,我再也不想见到这个亲戚了。

宝珩吃惊地看着我,忽然笑起来,说,看来,你妈借刀杀人那一套,你也学会了。

十三

我二哥宝珊重回乌尤城的姿态异常谦卑。他先是在上海与奉天的报纸刊发了些怀念文章,说的是得知父亲阵亡的消息后,归心似箭,奈何身在东瀛。后来,他又给我来了封书信,说了很多情真意切的话,言下之意就是试探我,问我,他可不可以拖家带口地回来。他这个漂泊的游子要落叶归根了。

他们兄弟两个就是改不了装腔作势的臭脾气。我把那封信给母亲看时,她不以为然地说,他这是在跟自己买保险呢。说着,就随手把信扭成一团,丢进荷花池里,并且提醒我:你可不能把一条眼镜蛇养在身边。

可我不这么想。我不光汇去了大笔的路费,当他们一家乘坐的轮船到达码头时,还安排了盛大的欢迎仪式,在鼓乐齐鸣中,我要整个乌尤城的人都看到,我与同父异母的二哥是何等的亲密无间,我们是多么和睦的一家人。

我在码头一把抱住宝珊,拍着他的脊背,说,二哥,总算把你盼来了。

宝珊有点惊讶,不过很快就跟着入戏,他摘掉眼镜,抹了两下眼睛后说,得知父亲的死讯时他就该马上回来,正巧海上刮台风,后来在报纸上看到我领兵去了北伐,他就放心了,父亲总算是后继有人了。

再大的风浪你也应该回来。我说,你要是早点回来,这个位置就是你的。

那怎么成？书生只会误国。宝珊连连摆手，诚惶诚恐地说，三弟，往后可不能再开这种玩笑了。

知识与学问让一个人的变化是惊人的。当年，这个喜欢穿一袭白衣的孤傲青年，如今已经成了一位温顺的教授。他一直留在东京的大学里教书，娶的也是导师的女儿。这个逢人就知道鞠躬的日本女人给他生了一儿一女，并且让他们都随了她娘家的姓氏。

父亲不认这个日本儿媳，我能怎么办？说起往事，宝珊一脸的无奈与无辜，看着儿女的眼神里却充满了父爱，这让我不由得想起了我那对远在法国的儿女。

在家宴开始后不久，我就当着众多亲朋的面，说，你的儿女怎么能姓鹿野呢？他们是林子里的野兽，那我们成什么了？

众人哈哈大笑，笑到一半就感觉到了气氛不同寻常，大厅里一下变得鸦雀无声。

三弟说得是，既然回了家，就得有个家里的名字。宝珊不慌不忙地端起酒杯，认真地说，三弟，那你说叫什么好呢？

名字我早替他这个当父亲的想好了。我不假思索地说，我的儿子叫文道，那你的儿子就该叫文远，女儿嘛，叫文凤，都是文字辈的。

文远好！文远好！宝珊一下激动了，脸涨得绯红，把杯中的酒一饮而尽后，眼睛都有点湿润了。他拉住我的手，说，我替两个孩子谢他三叔赐名……三弟啊，父亲在世时没认他们俩，你这可是让他俩认祖归宗了。

一笔写不出两个孙来嘛。我笑呵呵地抽出手，顺势一挥，说，既然是一家人，我们就不说两家话了。

几天后，宝珊带着妻子美智子与儿女来拜访我，感谢我对他们一家的安排与照顾，同时向我表明心迹，他愿意出来为这个家、为我这个一方的军政长官做点力所能及的事。这让我感到十分高兴。知识分子就是不值钱，几个路费，一场欢迎宴会就能让他感激涕零了。

想干什么你尽管说。我笑着对他说，你是我二哥，太委屈的职位我可不答应。

宝珊说他这些年在日本一直从事的是教育，所以他还是想去学校教书。

那不是大材小用嘛。我说，这里不是日本，我怎么能让你还去当个教书匠呢？

我就是个书呆子。宝珊低声下气地说，我只会教书，也只想教书。

问题是当个教书匠根本不需要一省之长的首肯，随便找个学校去应聘就成了，而更大的问题在于，乌尤城里除了一所师范学校，压根就没有可以聘他当教授的大学。宝珊想干的是办学，创建我们全省的第一所大学。他连地方都打算好了，就是父亲当年练兵的校场。他对我说，只有教育才可以强民，只有科学才可以改变这个贫弱的国家。

这些话，汪家窑都对我说过。如今，这名幸运的年轻军官已成为我最为倚重的心腹。他还郑重地告诉我：办学为的是培养干部，学校就是选拔人才的摇篮。

创办一所大学，培养一批年轻的干部，这是我主政以来最想干成的一件事。我连大学的名字都想好了，就叫省立秀澜大学堂。简称秀澜大学。我要以此来纪念我心爱的女人。只是，所有忠于我的人都反对由宝珊去负责筹建。母亲把话说得最为直接。她说，那就等于你把自己的未来放进了别人的手里。

我现在谁的话都听不进去。现在，我彻底明白了一意孤行这四个字的含意。所有人都反对的，就是我要去实现的。这就是权力。

你想怎么办，就去怎么办。我不光让宝珊负责大学的筹建，还给了他更大的权力，让他兼任建校筹款委员会的专员。我对他说，现在就看你的了，想干多大的事，你就去筹多大的钱。

宝珊果然不负所望，他是我见过的最能干的人。第二年，我们的大学已经初见雏形，等到围墙快砌起来时，他已经开始在全国招募教师，并且致电日本同学，聘请他们前来任教。

我总算等到了再次让我二哥见识权力的那一天，就在视察完新落成的教工大楼后，还没听完他的汇报，我打断他，说，日本人不行，他们会把学生教坏的。

怎么会呢？宝珊说日本有亚洲最好与最全面的教育体制，他就是其中的一个受益者。

你的眼睛看得还不够远，地球上不光只有一个亚洲。不等他把话说完，我再次打断他，说，这样吧，这个校长还是由我来兼着吧，我在欧洲待过七年，有的是留洋的同学。说完，我语重心长地叫了声二哥后，用长官的语气对他说，教学生是件大事情，还是用我们中国人靠得住。

我以为这个书呆子会气得脸色发白、嘴唇发抖，但是没有。宝珊温顺得就像头绵羊。他连连点头称是，还说，三弟说得是，还是三弟看得远，想得远。

我高兴极了，发出父亲生前才有的那种爽朗的笑声，可我也不能亏待了老实人。我说，你心里不要不高兴，我让你腾出身来是有更要紧的事情交给你去办。

我已经越来越像我的父亲，就连在想法上也无限地接近于他。为此，我专程去请教了当年的授业恩师。汪老先生沉思良久，捋着花白的胡须只吟了两句诗：万里长城今犹在，不见当年秦始皇。

高人的高明之处就在于顾左右而言他。我当然明白他老人家的意思，要把名字留存于天地之间，还有什么比建造一座城市更惊天动地的？我只能循着父亲的老路建设乌尤城，只是我的目标更为远大。我要把它作为城市的样板推广到全省，然后，再让我们这个省成为全国的样板。

宝珊听完我宏大而长远的规划后，扶着眼镜看了我良久，说，三弟，父亲选你接他的班，真是选对了。

我博学多才的二哥到了这时总算跟我掏了心窝。他说他在一开始的时候还很不服气，不明白父亲为什么会选我当他的接班人。现在，他终于明白了，一个人念再多的书是没有用的，会打再大的胜仗也一样没有用。领导者都是天生的，都是上天注定的。

宝珊不仅会办事，还变得越来越会说话。虽然，我知道他说的不是大实话，那是在给我面子。现在，人人都得给足我十分的面子，就是不愿说实话。事实上，他们每个人的心里都藏着一句不敢说的话，那就是——我只是一个篡位得来的新军阀。也许，还会有人说我是个不学无术的大草包，但这都没关系。至少，我跟宝珊、跟我的大哥宝珩有一点是共同的。我们都憎恨父亲，从来没有以他为荣过。虽然，他给予了我们生命，还有生命中的一切。

其实，我跟宝珊之间还有一点共同之处，尽管我们嘴上从来不说，心里却比谁都明白。我们现在所要做的，就是要磨灭父亲残留在这个世上的一切，而唯一的遗憾就是不能把他新建的北上城拆了重建。我只能从乌尤江南岸的下南城入手，开始我的执政之路。

那天，我带着大队的随从与幕僚们登船，沿着乌尤江逆流而上的途中，指着南岸的江堤，我对宝珊说，就从这里开始，我要把这条江建成巴黎的塞纳河。

一提及巴黎，我又想到了我心爱的女人。迎风站立于船头，我不假思索地告诉他们，我要把乌尤城的名字也改了，我觉得它叫秀澜城更合适。

就像一粒小石子投进了乌尤江里，我的幕僚们没有一点反应，掀起巨大波澜的是乌尤城里的老百姓。反对之声最先从议会里传来，几乎所有的议员都反对我的提议。他们说秀澜大学是由我们孙家筹建的，叫什么名字他们没有意见，但乌尤城不是孙家的乌尤城，它是乌尤市民们的乌尤城。我每个月花那么多大洋养着这帮饭桶，到了这个时候竟然没有一个支持我的，一下就把我惹火了。为此，我特意穿上挂着金灿灿将星与勋章的制服，佩着手枪，带着我的卫队专程赶到议会。我毫不客气地对他们说，我不是来跟你们商量的，这是省府与军部作出的决定。

谁知，话音未落，议会的大厅就成了捅开的马蜂窝。一名年迈的老议员挂着拐棍，颤颤巍巍地走到我跟前，指着我的鼻子叫我孙老三，说他们胡家世代住在这条乌尤江边，从乌尤屯经营到乌尤城已是三十六代，那么多的王朝更迭都没改过乌尤城的名字，凭我一个孙老三就想把名字改了？老议员越说越气，最后连着说了三个荒唐后，一口气没喘上来,当场就昏厥了过去。

第二天,乌尤城里谣言四起,都说我兵谏省议会,气死了德高望重的胡老夫子。报纸也跟着添乱,每天都在上面刊登民众致我的公开信与请愿书,还有人鼓动市民举着横幅围在我们孙家的大门前,抬着胡老爷子的棺材,要跟我对话,要我收回成命。

我的老师汪老先生这时挺身而出,也在报上发表了一篇万言长文来回击这些人。他把这场改名风波说成了是我对革命的又一次践行,还以苏俄的列宁格勒与斯大林格勒作为例子,它们在十月革命前分别叫圣彼得堡与伏尔加格勒。他用白话文写道:旧的不去,新的怎么会来到?他还奉劝全城的市民们,面对新事物要学会接受,学会适应。

二哥宝珊也为此动足了脑筋。他借用了袁世凯登基前的做法,派人花钱雇了一大批乞丐、妓女与江湖混子,每天也围在省府门前,手里托着万人签名的请愿书,要求把乌尤城改成秀澜城。

这让我真有点担心两拨人会因此爆发冲突。宝珊却笃定地说,真要打起来也不是坏事,三弟就可以派兵镇压了。

只要枪声一响,一切的闲杂声音都会自动平息。当我下令马万全调集一个团荷枪实弹地跑步进城,士兵还没赶到我家的街口,围堵的市民就已经一哄而散。看来武力是解决一切纷争的最好办法。群龙无首的市民都是一群乌合之众。

当然,作为这一省最高的军政长官,我也必须拿出一点姿态来。我与议会握手言欢,共同接受了汪老先生的建议,大家都各退一步,在乌尤城与秀澜城里面,我们各选一个字作为城市的新名字。汪先生说,这就是民主与平等的集中体现嘛。

因此,我在秀澜城这三个字里面挑出个"秀"字后,议员们商议了半天,觉得"乌"字不合适,"尤"字更不合适,都觉得上了汪先生的当,最后只能选了个"城"字,但还是觉着念着不顺口。就有议员又提出来,要在"秀城"的中间再加上一个"洲"字。

我是看出来了,那些议员们都是些得寸进尺的家伙。他们跟我纠缠不休,为的就是要让我明白他们存在的意义。我大度地说,秀洲就秀洲吧，我听你们的，就叫秀洲城。

一回到府里，我马上把汪家窑叫来，让他替我想个法子，我要把这些议员们的薪水都停了。拿着我的钱，就得替我说话与办事。

汪家窑劝我不值得为这些耍嘴皮子的家伙动气。他还劝我说，要纪念一个人，最好的方法是把她放在心里面。

放肆。我当场就斥责他，说，你是在跟谁说话？

汪家窑的脸一下就变红了，赶紧立正，垂下头，说，属下知错了。

这就是我妈教我的，驾驭部下的时候要把他们都当成猴子来耍，要打他一巴掌，再给他一颗糖吃。我说，不管你用什么法子，我要的是让他们听话。

汪家窑用的法子很简单，先是指使商人们去贿赂议员，给他们送钱、送古董、送女人，然后举报他们，把他们的丑闻登在报纸上，再把他们送上法庭。等杀了鸡，儆完猴，就由我出面来赦免他们，让他们每个人都对我感恩戴德，都对我战战兢兢。

我感觉自己就是个马戏团里驯猴的，一手高举皮鞭，一手拿着糖。我在汪家窑的方法上又进行了延伸，命令二哥宝珊回过头来去查那些商人们，尤其是那些替父亲把北上城建设成外滩的建筑商们，把他们官商勾结、欺压百姓、逃税漏税的罪行都罗列起来，先冻结他们的账户，查封他们的家产，再把他们送上法庭。当然，结果还是杀鸡儆猴，再由我来对大部分人网开一面。

这也是宝珊乐干之事。他终于有机会让秀洲城的人们见识到了孙家这位老二的手段。后来，我母亲实在看不下去了。当然，另外一个原因是那些商人里面有许多都是她的朋友，是我们利益的共同体。她特意找我过去，说，你们再这么干下去，将来有什么面目去见你们的父亲。

你都不怕去见他，我们怕什么？我微笑着说。

母亲气得脸色铁青，点了点头，说，你的翅膀硬了，你现在用不着我这个妈了。

我的心还是软了下去，像所有孝顺的儿子那样，上前搂住她的肩膀，诚恳地说，妈，你应该去上海，那边的生意没人看着，我还真有点不放心。

你是嫌我碍你的手脚了。母亲仰起脸来，望着那只南洋侨领赠送的鹦鹉，一字一句地说，我哪都不去，哪怕是死，我也要死在这乌尤城里。

现在它是秀洲城了。我笑着提醒她，说完，想了想，又说，你不去也好，那就让老巴蒂去，他帮过我们那么多，也该让他去散散心，发点财了。

母亲一下扭过头来。我曾无数次在她面前故意提及巴斯蒂安的名字，但她看我的目光从没像今天这样醒目过。我的母亲虽然已年近半百，可看上去还是那么的年轻漂亮，似乎岁月在她身上增添的只是丰腴与绰约的风姿。我一想到是巴斯蒂安的爱情默默地滋润了她，用他那具苍白而硕大的西洋阴茎，我的想法一下变得恶毒。我温柔地说，妈，我这可都是为你们好。

母亲一言不发，等我离开后才气到浑身发抖，抓过桌上的茶盏砸向那只鹦鹉。从不骂人的她狠狠地叫了一嗓子：畜牲。鹦鹉扑棱了翅膀在屋里飞了一圈后，叫出一连串的畜牲，又落回它那个紫檀的架子上。我母亲是绝不会想到的，完全出于好奇之心，我曾在一次行军途中把巴斯蒂安拉进一家澡堂，让他脱光衣服，跟我一起躺在那个臭烘烘的浴池里。当时，面对他裤裆里的玩意我就已经想过，有朝一日我要把他像嫪毐那样五马分尸，可我不是秦始皇，而且我还知道，让他活着是我对母亲最好的回馈。我曾向董秀澜的在天之灵起过誓，我会让这个法国人成为母亲终生的陪伴，不管世人的流言蜚语说得多么的肮脏与下流，只要他们不在乎，我就不会在乎。这是儿子必须为母亲做的事。

目送母亲登船前往上海那天，我在心里想，她一定后悔为了我所做的这一切，但她最终会感激我这个儿子。我对站在身边的巴斯蒂安文绉绉地吟了句李义山的诗——相见时难别亦难。

巴斯蒂安却深感欣慰地说他该回国了，他为自己的一生没有虚度而感到高兴。他由衷地说，琨少爷长大了，你将成为我一生的骄傲与荣耀。

我显示出当权者应有的宽容与大度，笑呵呵地说，让你回去，我不成过河拆桥的了吗？

你还想要我怎么样？巴斯蒂安眯起他那双灰蓝色的眼睛。

我只是笑了笑，伸手拍了拍他那宽阔的肩膀，以示我的信任与倚重。

现在，我身边的每个人都强烈地感受到了我强加于他们的压力，尤其是秀洲城里的那些文官，我随时可以让他们在早上醒来时变得噩梦缠身。我用武力压制文官们，让他们服服帖帖，一心一意地为我聚敛财富，再用这些资金来充实军队。我要让每个将士都能体会到我爱兵如子的心情，让他们死心塌地效忠于我。许多深夜，我在床上睁着眼睛，越想就越觉得自己就是个无师自通的天才。我怎么会这么的聪明与能干呢？我觉得自己天生就是一个领导者。而且，还日益地受到底层百姓们的拥护。他们就像星星盼月亮一样，每天都在盼着我一道接着一道地签发政令，去查抄那些不法的奸商们。看看有钱人一个接一个地倒霉下去，他们是那么欢欣鼓舞。

我们何乐而不为呢？我对宝珊说，这是什么？这就是民意。

宝珊认真地顺应我，说，这也是一场革命。

知识分子就是善于把不上台面的事情说得光明正大，说得轰轰烈烈。然而，宝珊还是感到了不安。有一天，他终于鼓起勇气对我说，他们已经快把秀洲城里的奸商都抓光了，再抓下去就只能去街上抓小贩了。

那你就去做全省的清查专员。我说，奸商怎么可能抓得光呢？

宝珊摇了摇头，说，上行下效，各地监狱里都已经塞满了奸商。

我一下就有了种怅然若失之感，愣了半晌后，说，那就剩下最后一个了。

可是，我们谁都知道，此人是秀洲城里最两袖清风的一个，既没有产业，更无妻儿，每天都过着清心寡欲的日子。亚力士神父不光是父亲生前最信赖的人，在许多方面，他还是我们那么多兄弟姐妹的启蒙者，是他第一个让我从影像里见识到了外面的世界。更为重要的是，他一手缔造了我们的对外关系，秀洲城里许多的领事馆与洋行都是在他的奔走下设立的。有时候，我甚至觉得他就是父亲在这个世界上的另一种存在。于是，我对宝珊下令说，这件事，你去把它办妥。

大半年过去了，宝珊却迟迟没有作为，眼看着乌尤江南岸的建设就要动工，各国的商人一批批被亚力士神父召集而来，各式各样的建筑方案最终汇聚到我这里。为此，我让人专门腾出一间办公室来堆放这些蓝图与模型。

这天，趁着再次沿江视察时，我叹息着对宝珊说，看来，你是不想帮我重建下南城了。

宝珊显然早有准备，唠唠叨叨地说了亚力士神父一大堆的好话，说他用十年时间，从无到有，把北上城建成了乌尤江边的外滩。如今，这里已是除了上海滩之外的又一个万国建筑博览会，它的照片还两次登上了《远东画报》的封面，更为重要的是神父没有从中贪腐过一文钱。这个外国人把秀洲城当成了自己的家乡。最后，宝珊低下头，说，于公于私，我们都不能去对付一个受人尊敬的人。

我不是要你去把他怎么了。我松口，说，他老了，我是要你去接替他。

宝珊说，平心而论，他是修建下南城最合适的人选。

这是二哥重返家园之后第一次有违我的意愿。我不悦地说，看来，这一次你是要替我做主了？

宝珊没有再吭声，在我的逼视下再次低下头去。可是，即便他不开口，我们的心里都清楚，我就是要他把所有的权贵都得罪光，让他成为众矢之的，成为人人都厌恶与仇恨之人。既然，他选择在我这个弟弟门下委曲求全，那就得学会忍辱与负重，直到一无所有，成为我豢养的一条狗。我很快又高兴起来，文人终究是文人，他下不了这个狠心，就足以证明他还没有足够的野心。

我宽容地拍了拍他的肩膀，说，那就从长计议吧。

亚力士神父又来求见我时，让助手在会议室的条桌上摊开一卷长长的蓝图。他说，少帅，如果您没有意见，这就应该是定稿了。

不要叫我少帅。我已经不止一次地当面向他指出，你可以叫我省长、省主席，叫我军长或者司令官，哪怕你像以前一样就叫我琨少爷、小琨子，都不要叫我少帅。我不是什么人的少帅。我严肃地说，神父，你怎么又忘了？

看来，亚力士神父真的老了。他慌忙在胸前画了个十字，说，抱歉，一见到省长，我就想起了大帅。

这个耿直的老头真是让人又气又恨，又毫无办法。他的手指就像上帝之手，指着蓝图一说起沿岸的那些建筑，从形制、风格、色彩与用料开始就没完没了，很快让我重回到了塞纳河畔，那可能是我此生中最为自由自在的七年时光。宝珊说得一点没错，神父是重建下南城最合适的人选。

我指着远处乌尤江的拐弯处，说，这块地方是什么？

广场。亚力士神父说，就像巴黎的战神广场。

哪来的什么战神？我说，这里应该有一座教堂。

亚力士神父俯视着蓝图，点头问我要建成什么样的，罗马式、哥特式或巴洛克风格的。

我说，你想要什么风格，就建什么风格。

神父愣了愣后，马上就明白了，向我躬身施礼，说，省长大人真是太慷慨了。

我说，这是你应得的。

让助手离开后，亚力士神父喝着我亲手为他沏的绿茶，终于说起了建造下南城所需的资金，光靠秀洲的财政与抄没的那些奸商的所得远远不够。他缓缓地对我说了句中国的谚语，现在万事俱备，只欠东风了。

我笑着说，东风还得由你去借。

省长大人不是要走自己的路吗？亚力士神父的语气里流露着讥讽之意，但向我提出的方案却是最切实可行的。他建议我创立银行，然后用提高存款利率的方法来吸引资金,再把这些钱借贷给房产与建筑商们,当然是以他们的土地与上面的房产作为抵押。他说,大帅已经走完了第一步,接下来的第二步就由省长去完成它。

亚力士神父一边喝着绿茶,就像当年说服我的父亲那样,一边给我规划出一幅长达二十年的宏伟蓝图。我却发出一声冷笑,说,用不了二十年,你的这第二步就会把我搞破产的。

省长没有产业,怎么会破产呢?省长拥有的是权力。亚力士神父笃定地说,破产的将是那些建造了秀洲城的地产商人。他们买地的钱是向银行借的,在上面建造房产的钱也是向银行借的,他们只知道让钱生出更多的钱来,就会用别人口袋里的钱拼命地去为自己扩张,等到银行回收贷款时,他们能交出来的只剩下土地与房产。亚力士神父看着我,说,所以时机很重要,省长大人要做的就是等待最合适的时机,下令银行断贷。

我说,只怕到了那时,他们已经榨干了秀洲城里的每一个铜板。

但秀洲城还在。亚力士神父让我尽管放心,那已经是二十年后的事情了,到了那个时候,只要通过政令把土地的价格从终点降到起点,就会让每个人都困在这座城里面。说着,他起身走到窗边,望着波光粼粼的乌尤江,说他都已经可以看到即将来临的那个时代,四面八方的资金、产业与人才汇聚而来,秀洲城将会成为一座最欣欣向荣的城市,它会超越东京,超越上海,甚至超越美国纽约,它会让每个人都以居住在这里而引以为荣。

你不是神父,你是个赌徒。我望着他的背影,说,而且你还是个拿我当作本钱的赌徒。

亚力士神父笑了,回过身来,看着我,说,省长大人难道不是吗?

我说,你会把我这个省输得精光的。

土地就是取之不尽的库帑。亚力士神父笑着坐回到我身旁,喝了口茶后,又说,钱会贬值,还会像水一样流走,而土地永远不会,它会永远在您脚下。

我知道,他的言下之意是土地还会在我脚下任我践踏。我的脸上总算有了笑容，开玩笑似的对他说，看来，你是要让我成为一名地主。

亚力士神父却意味深长地摇了摇头，说，亲爱的省长大人，任何帝国都是建立在土地之上的。

长久的沉默之后，我说，那我们首先要找到一名银行的董事长。

这个人选亚力士神父也早已替我想好，就是我的二哥宝珊。他的话一出口，让我不禁顿生疑窦，他们两个是不是早已串通好的？但是，除了宝珊，我还真找不出第二个更合适的人选。我总不能把钱袋子交到一个外人手里吧？

宝珊就是这么被任命为秀洲银行的董事长的。后来，他又接任了财政厅长的职务与多家银行的董事。

十四

　　左家骥率部在北方征战了三年，等回到秀洲城的那天，身边只跟着几名贴身的警卫。

　　曾经，他是那么的意气风发，跟随蒋总司令跨越长江一路北上，在山东境内与张宗昌的直鲁联军浴血奋战，打到最惨烈时，整个军已经不成建制。左家骥以为会血洒于这片陌生的鲁南大地，就趁战事的间歇致电于我，请我看在他跟随了孙家大半辈子的分上，在他战死之后，代为照料他的家人。他还希望我顾念着乌尤子弟之情，变卖他的家产用以抚恤阵亡的将士们。最后，他在电报的末尾留下了四个字——家骥绝笔。

　　一时间，我竟然有点悲伤，但很快就冲着汪家窑嚷道：他倒好，活着时替姓蒋的卖命，现在快要死了，才记起来让我们给他擦屁股。

　　汪家窑劝我不值得为这些小事生气。他把电文又看了一遍后，斟酌着说，左军长不管在哪里阵亡，他都是我们秀洲城出去的将领。

　　我瞪着眼睛，让他把话说明白了，别吐半句，咽半句的。

　　于是，汪家窑在说了很多道理后，建议我在秀洲城的报纸上全文刊登这封绝笔电报，再用重金抚恤全体阵亡在北伐途中的秀洲子弟，同时还号召全省进行募捐，在乌尤江边为他们建造一座纪念碑。他说，每一场统一国家的战争都会被人千古传颂，长官不应在半途缺席。

　　舆论与宣传有时要比战场上的武器更管用。很快，全国各地的报纸上都转载了左家骥的绝笔电文，使他一跃成为民众心中的北伐英雄，而由我一省发起的募捐运动，几乎一夜间就席卷了中国的整个南方。可以说，是我在千里之外迫使蒋总司令不得不改变初衷，不仅保留了左家骥这个军的番号，还通令嘉奖，命他率残部撤出战场，就地补充兵源。

可是，这个倒霉蛋终究摆脱不了命运的摆布。阎锡山通电讨蒋那年，他先是帮着中央军在黄河沿岸抵御晋军，转而又投靠了冯玉祥的西北军，成了一支反蒋的先锋部队，转战于河南、山东一带，直到张学良忽然宣布拥蒋，率领东北军大举入关。左家骥顿时傻眼了，等到阎、冯两位司令官被迫下野时，他进退两难，只能放下武器，接受南京军委会的改编。

昔日的英雄回到故里就像只铩羽的公鸡。左家骥闭门不出，我就三顾茅庐。他眼睛通红地看着我，说，我对不起大帅，更对不起贤侄。

你对不起的是全省的父老乡亲。我冷冷地说，你把他们的儿孙都葬送在了别人的土地上。

左家骥抬起他那个已经半秃的脑袋，吃惊地看了我半晌，说，家骥知罪，家骥听凭司令官的处置。

这话让人听着高兴。他总算在我面前不以长辈自居，还记起了我是一省的保安司令，但我依旧面容冷峻地看着他，说，你的司令长官在南京呢。

左家骥再也坐不住了，啪地站得笔直，垂首，说，家骥的司令官只有一个，就是你，琨少爷。

这怎么使得？我赶紧起身，伸出双手将父亲的这位袍泽按回座位里，亲切地问他今后有什么打算。

左家骥认真地回答，说他打算去上海的租界，在那里买幢小洋房，度过他的余生。

上海离南京太近了。我摇了摇头，说，你哪都不能去。

左家骥一下变得面如死灰，很久才点了点头，说，那就请司令官开恩，把我埋在大帅的身边，我生是他的部下，到了下面还做他的下属。

我的脸上露出了笑容，说，你当不成蒋总司令的军长，还可以当我的参谋长嘛。

南京的军事委员会里都是帮过河就拆桥的混蛋,张学良在东北一易帜,他们就急着通令各省减员与裁军,许多军长就这么重新又成了师长,师长就只能屈就到旅长或是团长的位置,而最可怜的还是那些士兵。他们当兵就是为了吃粮,现在脱下军装回到家里,既没有田地,更没有钱粮。他们能做的只有上山为匪。

汪家窑与亚力士神父共同给我出了个主意,让我把从野战部队裁下来的兵员扩充进保安部队,然后逼着宝珊进行全省税改,榨尽每个人身上的每一滴油水,用以豢养这些士兵与向海外采购武器。可我担心的是百姓们,把穷人逼急了是要造反的。亚力士神父却笃定地摇了摇头,说,省长大人不光要征穷人的税,更要征富人的税。

腿脚在他们身上。我说,重税会把富人都吓跑的。

他们哪都去不了。亚力士神父告诉我说,随着全省各地造城运动的掀起,不管是穷人还是富人,他们身家与性命都已经牢牢地被捆在了土地上。

这让我越发担心了。我说,那迟早会逼着富人跟穷人一起造反的。

这一老一少相视一笑后,亚力士神父接着向我提议,那就向富人征更重的税,用以缓解贫民们愤愤不平的情绪。他笑眯眯地张开双臂,说,省长大人,大幕已经拉开,每个人都会成为您的配角。

我可不是唱戏的。我不悦地说,我应该是他们的衣食父母。

他们要的是公平。亚力士神父合上他那双褐色的眼睛,像祈祷那样,轻轻地说,那我们就给他们公平。

为了让我这个优柔寡断的军政长官痛下决心,汪家窑与神父连同巴斯蒂安还有我的许多幕僚,他们共同起草了全省的十年发展纲要。其中最核心的一条并没有写在纸上,但都在我们的心中,那就是要树立一个敌人,以此来转移民众的视线。好在这么多年来,这个敌人早已是现存的,就是日本。很快,我们在全省各地兴起了一场又一场的反日游行,在全省推行改税期间,无数的学生、工人与无业游民走上街头。他们高举着标语与拳头,高喊着打倒日本帝国主义,高喊着抵制日货、发展民族工业、发展科学与经济。

我省的这一做法很快得到川陕云贵各省的效仿。因为，每个军阀的心里比谁都更明白，所有的表象之下只有一个真理，那就是钱。手里有了钱，我们就可以征更多的士兵，买更多的武器，而听从中央之命裁减部队那等于是自掘坟墓。这样的例子古往今来已经举不胜举。

等到春暖花开的时候，我属下的师长实际上都拥有了军长之实。他们上报南京的是一份清单，自己锁在保险柜里那份才是真正的花名册。他们跟我一样，每天睁开眼睛要想的第一件事就是怎样糊弄南京，怎样防微杜渐，小心翼翼地应对中央千方百计想伸进地方的爪子。

我生平唯一的一次全省巡阅就是在这种状况中开始的。带兵随护的马万全说，那就等于是乾隆皇帝下江南。这个马弁出身的旅长永远都不会明白那些最简明的道理——一个执政者除了可以尽情地享乐，一旦空下来还会想到肩负的职责与后世的评价。

沿着乌尤江逆流而上，我最先莅临的是嘉禾县。这块远离军政中心的僻远之地，同时与湘鄂两省交界，深藏在崇山峻岭之间。我们大队人马下船后还得赶整整两天的山路，可我就是要到那些人们都以为我不会去的地方，不光因为那里是我奶妈的老家。自从法国归来，我再没见过她。

可是，我的奶妈老了，隔着绸衣我都能看出她那对哺育过我的乳房已经萎缩。她的左边是县长，右边是她少了一条胳膊的儿子邹柿。

奶妈乐极而泣，一个劲对我说，这么大老远的路，怎么好让少爷来看我呢？该我们去看望少爷才是。

我不是专门来看你的，我是来看望汪县长的。嘉禾县的县长从我父亲时代起就多年被举荐为模范县长，却从未有人想过要提拔他。这让我感到好奇，同时又有点生气。他应该在两天前就赶到江边恭迎我，而不是等在这座破亭前。

汪县长这时伸着脖子说，他干妈知道省长要来视察，已经高兴得几个晚上没合眼了。

你叫她干妈？你才比她小多少？我笑嘻嘻地扭过头来，说，汪县长这是要跟我称兄道弟吗？

一句话，吓得县长一下把脖子缩进中山装里，再也不敢出声。现在，我已经越来越习惯于驾驭别人，权力与地位天生就会让人不怒而威、笑里藏刀。等到我登上城头检阅全县的警察与保安部队时已近正午，汪县长又伸着脖子开始汇报全县的人口、财政、民生与教育，但我对此毫无兴趣。我指了指下面列队的军警与县属的各级官员们，问他：汪县长，你看到了什么？

汪县长小心翼翼地说，卑职看到的是全体同仁对省长的景仰之心。

我转而又问身后的汪家窑：那你呢？你看到了什么？

汪家窑笑着说，属下看到了汪县长的一片良苦用心。

你也是个滑头。我瞪了他一眼。我是多么希望这时有人来问我看到了什么。我就会告诉他，我看到的是遍地奴才。只是，这些话我永远不会说出口，也根本找不到可以倾诉之人。这就是一位手握权柄之人的悲哀之处。在我治下的五万六千两百平方公里上面，我已经越来越成为一个孤家寡人。

接下来，就是对着这些人训话。秘书处为了事先起草我的训话稿已经整整忙了一个多月。我每到一地，他们都会为我准备一篇文稿，当地的历史与人文，时下的军政与经济，洋洋洒洒好几万字。而那些有资格聆听我训话的官吏，他们从一大早就列队站在那里，不吃不喝，仰着脖颈，等我讲完，有人已经把屎尿拉进了裤裆里，年老体弱一点的竟然当场晕倒，被人拖出会场。难怪我在对着麦克风慷慨陈词之际，总能闻到一股大便的气味。

我的心情在前往老县衙的途中豁然开朗。那里是我临时下榻的行辕，道路两旁栽种着粗壮的法国梧桐，中间还点缀有充满欧陆风情的铜质马灯，在暮色中树影婆娑，让我忽略了一路上所见的破败之相，有了一种亲切与温馨之感。

完全是一时兴起，我下车步行了一会后，把县长叫到跟前，问他:怎么这街上见不到行人呢?

汪县长忙躬身解释,说,卑职这是怕人冲撞了省长与老太太。

你是怕有人冲撞我,还是怕有人拦路告你的状?我说。

汪县长吓得脸都发青了,连声说,卑职不敢,卑职不敢。

又走了会,我再次把他叫到跟前,指着梧桐树下那些寸草不长的新鲜泥土,说,这些树你栽了多久了?

这回,汪县长诚实地说,刚栽了一个星期,那是全县市政改造的一部分,他们还拆掉了护城河边的土地庙,打算效仿省城,在那里造一个广场。

其实,就算他不作解释我也明白,这些都是下属为了迎合长官的喜好,是他们的一片媚上之心。这类事,我对南京的中央政府做过,就连亚力士神父这样的高人也为我做过。为了让我每天早上能骑马驰骋在巴黎的塞纳河畔,他特意修改了整个南下城的建设蓝图,专门辟出一条马道,从我官邸的后门,直插到乌尤江边。为了同样在沿途栽满我喜欢的法国梧桐,他派人几乎挖光了全省各地的法国梧桐,运来秀洲城。

我轻轻地拍着树干,对县长说,移植这样一棵树,得花多少钱?

县长显然早有准备,说钱是从全县的公务人员中募集而来,就是在运输与栽种上花了些工夫。为此,他们特意上省城聘请了两位植物学家。他接着还说,那个市民广场的建造经费也是由全县的各界人士自愿筹集,既然取之于民,就当用之于民。

看来,我也得嘉奖汪县长了。我愉快地说着,头也不回地踏上台阶,进了老县衙的大门。

事实上,早在离开秀洲城之前我已经决定,这一路上,我要奖几个,再杀几个。我要让每个地方的官员都对我噤若寒蝉,同时又感恩戴德。

到了晚上,我问奶妈:你是什么时候认的这个干儿子?

奶妈想了想,说得有六七年了吧。那个时候她刚离开督军府回到老家,邹柿还在我父亲的警卫营里当差。她像是看穿了我的心思,说，少爷，正道是个本分人，你就放他一马吧。

我的情绪一下跌落到脚底板。多少年过去了？我走了那么多的路，经了那么多的事，可我心里想的这些事连个奶妈的眼睛都没能逃过。我朝她摆了摆手，说，不早了，你去休息吧。

奶妈在我房里愣愣地站了会后，竟然擅自回了趟家里，把儿媳妇带来了。她一边拽着儿媳妇的衣袖，一边说，这有什么？让你伺候一下少爷，又不会掉你几斤肉。

我是你儿子的媳妇。儿媳妇说，你怎么能让我去干这个？

做人可不能忘本哪。奶妈失望地看着她，说，没有大帅的现大洋，你这会还在洪溪镇上卖呢。

儿媳妇当然不会忘记我父亲兵败仓皇经过洪溪镇的那晚，邹柿的一条胳膊炸没了，满身血污地被抬进来，扔在妓院的门厅里时已经奄奄一息。同样满身血污的一名军官说这是孙大帅的亲兵，谁把他救活了，大帅就用这大洋替谁赎身，跟着他回家当老婆去。

说着，他随手拉过一名年轻的妓女，把一卷大洋往她手里一塞。

年轻的妓女哆哆嗦嗦地问：要是救不过来咋办？

军官说，大帅还说了，死了就用这些大洋替他打口上好的棺材，找个地方埋了。

年轻的妓女后来成了独臂汉子的老婆，我奶妈的儿媳妇。我把邹柿叫进屋里，对他说，你妈也真是的，怎么可以让你媳妇来伺候我呢。

伺候少爷是应该的。邹柿讪笑着说，伺候少爷是她的荣幸。

往后，不要再叫我少爷了。我不悦地说，你看我像哪门子的少爷？

邹柿有点发愣，垂着一条胳膊站在那里，一副倒霉样，说，是，少爷现在是老爷了。

我笑了，摆手让他出去，去找我的秘书处长汪家窑。我说，你还是跟我回省城吧。

邹柿是个实在人。他不安地说他的一条胳膊没了，啥也干不成了。

我说，只要你那份心还在就行了。

邹柿从小就是我的玩伴，我的小跟班。那个时候，他是一个奶妈的儿子，而我也只不过是孙家最卑贱的私生子。现在，我终于可以回报他们母子了。

枪声就是在第二天一大早响起的。众目睽睽之下，在嘉禾县的护城河边，全县的官绅与名流摘下帽子躬身为我送行之际，一颗子弹贴着我的耳鬓擦过，击中了身后的一名随从。几乎同时，我训练有素的卫兵们已经围起一垛人墙，把我团团地圈护起来。

马万全伸手朝着城门洞的上方一指，一片拉枪栓的声音响过，无数的士兵蜂拥而上，很快包围了整座城楼。

我推开围着我的卫兵们，故作镇定地微笑着，对汪县长说，看来，我不办你都不成了。

汪县长刚从地上爬起来，黑色的中山装上沾满着灰色的泥土。他摇摇晃晃，已经说不出话来。

当整座嘉禾县城变得戒备森严时，连拂面而过的山风中都充满了肃杀之气。我重新回到重兵把守的行辕，换了身便服后，让人把邹柿找来。我像老朋友那样亲切地对他说，看来，我们还得在这县城里面待上几天了。

然而，没等我睡下，马万全就前来求见，连皮靴上的血都没擦干净。他激动地说，枪手招了，全招了。

招了就招了。我裹了件大氅出来，冷冷地说，你可是见过大世面的人。

马万全接着说出来的话，让我也吃了一惊。

原来，幕后指使枪手的是嘉禾县的警察局长。这人曾是个横行乡里的土匪，后来被收编，当上了保安团的队副，几年前才被任命为警察局长。这些，县府的档案里都有记录，而没有记载的是他原名叫耿焕生，是我父亲副手胡琛的勤务兵。当年，父亲命令我大哥炮击胡琛的指挥部时，他侥幸没被炸死，捡了一条命后，就逃离部队，流落到了嘉禾县城外的深山里，拉了一伙人占山为王，当了土匪。

为了这些口供，马万全一根根亲自砍掉了那名枪手的十根手指，还亲自带兵包围了保安团，抓捕了耿焕生当年从山上带下来的全部弟兄们，当场就击毙了好几个。

你是说……他是为了给他的旧主子报仇？我把那些口供逐一看完，半天才抬起头来，望着马万全，说，他真犯得着找人来杀我？

马万全翻开一份卷宗，从中抽出一张照片递到我面前，说，司令请看。

照片里是一对新婚男女，穿着中式礼服，男的就是那个原本叫耿焕生的警察局长，女的我一眼就认了出来，是胡家的三小姐淑勤。我们曾经青梅竹马，一起长大。我大哥宝珩是她的大姐夫，可我却一下想起了她的二姐淑仪……那么狂浪与美好的女人。

马万全接着说起了那段尘封的往事——在轰动全国的"烈女子舍身刺孙案"后，我父亲派他前往汉口，去除掉在那里求学的胡家三小姐，以绝后患。可是，等他到了那里，胡淑勤早已离去。她隐姓埋名，躲在嘉禾女中当了一名美术老师，直到有一天在大街上遇见她父亲的勤务兵。那时，耿焕生刚刚被招安，身上穿着崭新的保安团军官制服。

现在说得通了。我说，他们胡家的女人怎么都这么记仇呢？

马万全说，她们都是疯子。

那你还等什么？我说，你还不把他们给我带进来。

跑了。马万全说事发后，耿焕生就带着妻儿跑了，但他已派人去追。马万全派出五拨人，沿着五个方向去追赶那一家三口。说完，他想了想，又欲言又止。

我当然明白他想说什么。这一家三口能跑出戒备森严的嘉禾县城，肯定得到了暗中帮助。可这些人是谁？我不敢去想，此刻我更想知道的是他们胡家的那位二小姐后来怎么样了。

马万全说，听说是被勒死的。

我瞪着他，说，听说？

马万全用力一点头,说当时他奉命去了汉口,找遍了武汉三镇,都没能找着胡家的三小姐。回来后,也没在牢里再见过胡家二小姐。

然而,我始终觉得胡淑仪还活着。她就在夜色的最深处,眼神醒目地瞪着我。我永远都忘不了,那是她看我的最后一眼。

次日,汪家窑前来请示我什么时候启程,我想了想,说,我们还有一件事情没干完。

离开嘉禾县城前我干的最后一件事,就是下令处决县长汪正道。罪证当然是确凿无疑的,指使下属行刺长官。这就是一方军政长官的意志与决心,正如戏文中说的那样,君要臣死,臣不得不死。

我对试图为干儿子求情的奶妈说,你放心,我会再派个县长来当你的干儿子。说完,我想了想,问她:你还记不记得胡家的那位三小姐?

奶妈怯怯地说,哪个胡家?

我说,当年的乌尤城里还有几个胡家?

奶妈叹了口气,说记得,他们胡家三位小姐都是美人坯子。

我说,奶妈,要是这会让你在街上碰到,你会认出这位三小姐来吗?

奶妈愣愣地看了会我,扭头又看了看城门内的大街,说,少爷见着淑勤小姐了?

我笑嘻嘻地说,你在城里就没见过她?

奶妈一脸茫然地摇了摇头,说,淑勤小姐怎么会来这种地方呢。

十五

蒋总司令早在第一次围剿红军时就曾致信于我,语气谦卑,说得轻描淡写,就像是邀我去参加一场郊外的秋狝。他在电文的最后才稍稍打了打官腔,说,望吾弟以党国大业为重,不予推辞。

我推辞什么?我把信交给巴斯蒂安,说,他什么都没想给我,要我拿什么来推辞?

巴斯蒂安笑吟吟地说,他是希望你出兵。

那是在做梦。我说,我还得留着这些兵来防范他的中央军呢。

这一次对红军的围剿,中央调集了十万人马,最终以前敌总指挥张辉瓒被生擒而告终。第二次,蒋总司令增兵到二十万,以厚集兵力,严密包围为要旨,结果让红军横扫千军如卷席,在七百里的山林间丢下了三万多具尸体。第三次,他把兵力增加到三十万,并且亲自赶到南昌,带着他的英国、德国与日本的军事顾问们,一到就召我去晋见,美其名曰商讨军事,其实还是要逼我出兵。

左家骥几乎是脱口而出,说,那可是鸿门宴。

看来,这是个一朝被蛇咬,十年怕井绳的家伙,但我根本没打算要听他的,几天后就轻装简从地赶往南昌。临行前,我宽慰手下的师长与旅长们,说,我都不担心,你们有什么好担心的?说完,看着那些面色凝重的将军,我笑了,说,他要是把我扣下了,你们就带兵打到南昌去嘛。

事实上,蒋总司令对我特别的礼遇。他似乎早已忘记了当年我去南京见他的那一次,不仅在行营的西厅里与我共进午餐,还以军事委员会主席的名义，任命我为第二十三路军的总指挥。这个后来在国军军史里并未出现过的兵团编制，被他郑重其事地说出口时，我还真有点信以为真。我以军人的站姿啪地一并脚跟，干脆地说，总司令有什么吩咐，请尽管下令吧。

蒋总司令呵呵一笑，示意我放松后，用他浓重的江浙口音说，红军很快会被剿灭，希望我到时能随他去南京多盘桓几天。他说，修身齐家治国平天下，你也该成一个家了。

他又让我想起了我已逝的爱人。我笑着说，宝琨的私事不敢有劳总司令费心。

为你费心的是夫人。蒋总司令说他只是个带话的，是他的夫人要替我做媒，在上海与南京物色了好几位名门闺秀，只要我一点头，她们甚至可以飞到南昌来见面。

我在心里冷笑，这个溪口乡下来的土包子把宁沪两地的名媛当成野鸡也就算了，还把自己的夫人也当成了老鸨。我慌忙受宠若惊地说，夫人真是想得太周到了。

作为回报，同时也以示感激之情，我当晚就任命左家骥为前线指挥，调集两个师进入江西境内。我相信，他应该是我那些将军里面最懂得怎么替蒋总司令打仗的人了。我在电文里用明码对他说，你办事，我放心，我就在蒋总司令身边等着你的捷报。

南昌城里的夏天湿热难耐，却是我度过的最为风花雪月的一段时光。我在江西大旅社里包下了顶层的整个楼面，在那里接待由上海与南京空运而来的名媛。我对她们因人而异，也伺机而行，不是请吃饭，请跳舞，就是陪着游百花洲，登滕王阁。然后，想方设法地哄她们上床，再依依不舍地把她们送上飞机，翘首等待下一位佳人的光临。剿总司令部里战报如飞，我的绯闻更胜于战报，早已飞出南昌城，在南京与上海两地的小报上掀起了满城风雨，惹得蒋总司令在办公室里连着骂了两声：娘希匹。

当然，南昌剿总里的每个人心里都清楚，真正该骂的人是左家骥。不仅该骂，即便杀了他也不为过。这位昔日的北伐英雄，如今成了江西战场上的老滑头。他发往剿总的电报比谁都勤快，每次不是催粮、催饷，就是讨要弹药，可一旦遭遇到真正的阻击，他反倒没声音了，一直要到撤出战场，才致电剿总，请求派飞机支援。左家骥每次都声称，他遇到的就是红军主力。

为此，剿总的副官长专程来拜访我，闲扯一会后，说，打仗不是儿戏，左家骥要是再这么怠战下去的话，等待他的将是军事法庭。我斜眼看着这位身板笔挺的军人，说，老左打了半辈子的仗，他比你我更知道进退。

副官长说，总司令要的是乘胜追击。

我说，只进不退那是去送死。

其实，我还有一句话放在肚子里没有说，那就是——不是你们自己的部队，你们当然不顾他们的死活。我知道，我已经不光得罪了这位副官长，还得罪了行营里的蒋总司令。他又开始像在南京那样，对我避而不见。很快，往返宁沪的飞机上再没有送来给我相亲的女人，我毫不在乎。这一回，我显示出与我身份相符的从容与气度，命令手下四处派发请柬，遍邀城里的各界名流与摩登女郎们。

我摆在江西大旅社里的宴席，通常是从中午延续到子夜。有时候兴之所至，流水席会连着摆上好几天，直到每个客人都玩得筋疲力尽。江西大旅社里的琴瑟之声与彻夜不熄的灯光很快成了战时南昌城里最独特的一道风景，让许多烟花柳巷也较之黯然失色。

蒋总司令终于忍不住了，以军事领袖的姿态找我去谈了一次话。他站在沙盘前，一边比画一边说，战争到了最关键的时刻，朱、毛在江西的根据地已基本丧失，而他的九个师正从南、北、东三面对红军形成合围。蒋总司令要求我立即赶赴战场，督令左家骥所部，务必要配合前敌总司令何应钦完成包围圈。他用一种千钧重担系于我一身的目光看着我，说，这关系到战争的成败，请贤弟务必要不折不扣地执行剿总军令。

我就是这么被送上飞机空降到前线的。直到进驻左家骥的指挥所才发现，我们所属的两个师早已被蒋鼎文的第四军团分割开来，正由他们裹挟着向前推进。

望着桌上的行军路线图，我说，他姓蒋的到底是在围剿红军，还是借机对付我们？

他这是要我们捏着卵子跟他一起过桥。左家骥摇头叹息，说，总指挥，你真不该身涉险地啊。

不来成吗？我瞪着他说，我的卵子也攥在了人家的手心里。

左家骥闷声良久后，说，那就跟他们骑驴看唱本，走着瞧。

赣闽交界的深山里气温倒是宜人，不冷不热，就是湿气太重，常常让人有种骨头发霉的错觉，而更讨厌的是那些像苍蝇一样硕大的蚊子。它们不分昼夜地在你头顶盘旋，让我不得不终日躲在蚊帐里，仍把作战的指挥权交由左家骥。

这天，我的指挥部刚在一个荒村里扎下营，架起电台，天空就下起了骤雨。一时间，山林里风起云涌，白色的雾霭像瀑布一样，沿着两侧的山壁倾泻而下，在山沟里汇聚成流，很快把山林与村庄一起吞没。

第二天一早，我还没起床，就接到了蒋鼎文的求救电报。他的第九师在泰和城外的老营盘遭到袭击。左家骥像是唱戏那样说道：总指挥，此时不走，更待何时。

后来，每次回想起这场撤兵，我都觉得是左家骥在暗中与红军达成了协议。我们用一周的时间日夜兼程，横穿整个赣南地区的途中竟然没有遭到任何阻击，而他不说，我也不问。我们先后翻越梅岭古道，那是通往广东的必经之路。同时，由我致电广州的陈济棠，通报了所部的人员、装备与部队番号，请求粤军让出一条道路，容我撤出战场率部折回家乡。我想，任何给蒋总司令拆台的事，都是他们那个另立的广州国民政府所乐见的。

果然，我的先头部队刚到南雄城下就受到了热情的迎接。从广州专程飞来的专员在县衙内盛宴款待我的同时，旧话重提，再次邀我与他们携手并进，联合反蒋，并且愿意增补我为他们的国府委员。那位专员说，这是汪先生的意思，他希望与将军在羊城一晤。

早在几个月前,我就分别接到过陈济棠与李宗仁的来电,邀我与他们一起通电弹劾蒋介石,逼他下台。当时我婉拒了,因为在我眼里,他们跟我一样,都是些成不了气候的家伙,唯一不同的就是他们更加野心勃勃。只是现在我不好拒绝了。现在,人在屋檐下,不得不低头。

我趁着酒劲连连地点头,说,正合我意,正合我意。

可是,我是绝不会去广州的,那就等于出了龙潭又入虎穴。看来,广州政府还是太小瞧人了。第二天,我就下令拔营起寨,踏上了回乡之路。我在马上朝着那位广州派来的专员连连拱手,说,替我多多问候汪先生,兄弟再三思量,还是得加紧赶回秀洲城去,以防南京方面有所动作。

事实上,盛怒之下的蒋总司令撤销了二十三路军的番号,正准备以临阵叛逃之名追责我时,远在东北的日军突然发动了奉天事变。那天是民国二十年的九月十八日,关东军第二天就占领了奉天城,仅仅几个月,东三省就全境沦陷。

在全国掀起的一片救国声中,南京的行政院、中央党部里日夜挤满高喊口号的示威学生,各级政府部门相继瘫痪,各地的教育厅长纷纷请辞。当我回到秀洲城,大街上同样拥满了激愤的民众,他们高举的标语与拳头就像汹涌的乌尤江水。

我的二哥宝珊也在这场反日运动中被打了。学生与民众冲进他的家里,用花瓶砸破了他的脑袋。我见到他时,他的头上缠着很厚的绷带,连眼镜都没地方架了。

不等他开口,我就忍不住笑着调侃他说,现在,你更像个亲日派了。

宝珊都快要哭了。在我远离秀洲城的日子里,他始终小心翼翼的,把什么事情都处理得井井有条,除了外头这场浩荡的示威游行。我不相信像他这么能干的人,连民众的这点情绪都控制不了。宝珊却一改往日里的斯文,在我面前破口大骂张汉卿。他甚至还说,要是杨宇霆还活着,东北绝不会是今天这个局面。

他这话什么意思？宝珊一走，我就问汪家窑：他这是有所指吧？

长官多虑了。汪家窑说，即便二爷自诩杨宇霆，那长官也应该是张大帅才对。

我瞪了他一眼，说，这有区别吗？两个都是不得善终之人。

汪家窑吓得脸色发白，赶紧俯身给我出了一个一石二鸟之计。他说这是我摆脱眼下这些困境的最好的办法。

为此，我第二天就发布省主席令，号召全省工人罢工、学生罢课、商人罢市，光秀洲城里就组织了十万人的大游行，白天举着标语，晚上打着火把，抗日救亡之声直冲云霄，日夜不歇。但这还不够，我要让全中国的目光都集中到我身上。我放下了一省之长的架子，每天奔走于所辖的各个城市，到了哪里就在哪里登台，发表演说，鼓动与勉励我的民众们，在他们的满腔怒火中再添上一把柴火。既然南京仍要推行攘外必先安内的政策，我就提出了收复失地、对日宣战的口号，并且最先在学生中得到响应。许多同学当场咬破手指，写下血书，要求加入我的队伍中。在对日战争还没能全面爆发之际，我俨然成为了当时炙手可热的爱国将领。

我的头脑又发热了。在一次演说之余，当场宣布，为了支持这场爱国运动，省府将无偿向上街游行的学生提供餐饮与住宿。一片欢呼与掌声中，我的头脑更加热了，又说，本人愿意自掏腰包，为上南京请愿的代表们提供路费。

当晚，二哥宝珊就从秀洲城里来电，婉转地请求我更改或是收回成命。因为，无偿提供食宿将会使大量的流民拥入城市，最终导致治安混乱、城市瘫痪，而他最担心的是暴民趁火打劫，假借反日之名在各地抢掠商铺与民宅。

我随即回电，告诉他不必为此操心，那些都是民政厅长与警察厅长的事。我在电文中说，你们财政厅要做的就是先挪出这笔款子来，不能让我失信于民。

很快，民政厅长与警察厅长也相继给我来电，各诉各的苦衷，目的还是劝我趁着天还没亮收回成命。

我当场就火了，冲着汪家窑吼道：他们三个异口同声，这是要结党吗？

汪家窑劝我不必生气。他说，一切都已准备就绪。

两天后，我的车队回到秀洲城，刚行驶在乌尤江边的宽阔马路上，行人中忽然有人冲出来，朝我的座驾连发数枪。子弹击穿车门，击碎了车窗玻璃，坐在我位置上的副官当场毙命。

当晚消息传开，全省的民众被激怒了，秀洲城里的许多流言更是不胫而走。有人说，这些乱枪是日本人对我的警告，也有人说，这是南京方面派人干的。其实，这是汪家窑的杰作。他精心策划的这场刺杀，不仅在众目睽睽下断了方方面面许多人的念头，也让我站上了舆论的制高点，可我仍然觉得不够，就让人在传播的流言中又加了另一种猜测，把矛头直指我的二哥，说他就是刺客的幕后指使人。

为此，秀洲城内的几家报馆连夜刊印"号外"，把宝珊的日本背景深挖了一遍，当然是在我的授意之下。

第二天一早，南京与广州方面的慰问电纷纷来到时，宝珊就已经在门外求见了。他进了小客厅，头上仍旧缠着那条绷带，眼神凄苦地望着我，说，三弟，你信不过我了。

怎么会呢？我说，我不相信你还能相信谁？

宝珊双手捧上辞呈，请求我准他辞去所有职务。他说，既然他们都说我是亲日分子，那就请三弟准了我的请辞。

我哈哈大笑，随手就把那份辞呈撕得粉碎。曾经的孙宝珊是那么的孤傲不群，现在简直就像条在我面前摇尾乞怜的哈巴狗。我在劝慰他的同时，信誓旦旦地表达了对他的信任，亲自把他送出院子，我拉着他的手，说，二哥，我还是那句话，一笔写不出两个孙来。可是，望着他离去的背影，我再次提醒汪家窑：祸起萧墙，你们要盯紧一点。

我让汪家窑监视我手下的每个部门里的每个要员，也派人监视他的一举一动。现在，我已经越来越深刻地体会到"高处不胜寒"这五个字的含义。我常常提醒自己，像我这样的人就算睡觉也必须睁着一只眼睛。

这天，邹柿忽然来求见，说是为我带来了一个人。我问他是不是我奶妈回来了，他摇了摇头，说他妈还在老家的县城里。我调侃他，那一定是你又娶了房小的。

邹柿的脸都快红到了脖子里，费了很大的劲才把话说清楚。

我终于发现，这个讷言的独臂汉子一家对我的忠心真是日月可鉴。自从我在他的家乡第一次遇刺，他就开始为我默默地寻找替身，直到在乌尤山里见到了那个农夫。他说那人跟我就像是一个模子刻出来的。我说，那你还不把他带来。

当晚，他把人领到我跟前时，如同对着一面暗影里的镜子，除了比我黑一点与瘦一点外，来人简直就是我孪生的兄弟。我围着他上下前后打量了一圈，他也惊得张着嘴巴直愣愣地看着我。最后，我把目光停留在他那个鹰钩鼻子上，断定这是我流落在民间的骨肉兄弟。

我说，你叫什么？

赵白日。

白日？我笑了，说，可你一点都不白。

是我妈让人白日了。赵白日瓮声瓮气地说，村里人因为这才给他取了这么个名字，而长得黑那是因为在太阳底下干活。

那你妈呢？

早死了。

你爸呢？

赵白日摇了摇头，说，所以才让人白日了嘛。

我接着又问了问他认不认字，娶没娶媳妇。他不停摇晃着那张跟我如出一辙的脸。我说，那你知道来这里干什么吗？

知道。赵白日说，我是来给大人挡子弹的。

我就喜欢这种一根肠子通到底的人。我让邹柿去账房支两百块大洋，先给他找个先生认字，再带他上青楼、戏院、舞厅什么的多逛逛，既然扮我就得像我。我说，往后你就守着赵白日，多教教他，替我把他养白养胖了。

十六

我一向认为噩运都是有征兆的。

蒋委员长调集了将近百万军队与二百多架飞机,再次亲临南昌行营,对红军展开了第五次围剿。只是,与以往的四次都不同,这一次他改变了策略,先是对红军占领的苏区实行经济与交通上的封锁,然后兵分三路,步步为营。在长达一年之久的交战里面,为了避免再次参战,我采纳了马万全的建议,先让各地的保安部队脱下军装,进山充当土匪,再派正规军大张旗鼓地去围剿他们。我对两边的指挥官们说,你们就当是实弹演习,总比去给人家当炮灰强。而面对南京军事委员会的责问与调查,我每次都是先礼后兵,先向来人送以重礼,再振振有词地告诉他们:攘外必先安内,宝琨虽为一军之长,还肩负着一省的保安司令之职,我这是在尽保境安民的责任。

只是,谁也没想到这场假戏竟然成真了。那些假扮的土匪像谷子一样撒出去后,就开始遍地开花,同时也让我明白了一个道理——土匪是不需要假扮的,脱掉军装的士兵就是天生的土匪。他们白天骚扰乡里,到处奸淫掳掠,晚上就黑宿山林,那么的自由自在,就像脱缰的野马席卷了全省。为了制造匪患四起的假象,他们其中的一股甚至还攻下了一座县城,赶跑了县长与警察局长,引得周边几个山头上真正的土匪都慕名前来投奔。

但是,我这些乔装的士兵们还是有别于土匪的。他们不讲绿林规矩与江湖道义,而且更加的见钱眼开,不仅抢劫商人与平民,连真正的土匪也不放过。当各地的匪情报告汇总而来时,我欣慰地对手下的军官们说，这样也算是抛砖引玉了，那就顺便把真的也一块剿了吧。

由我一手策划的剿匪行动开始时，巴斯蒂安是唯一指摘我太过荒唐的人。他始终认为我应该去江西参战。这个头发日渐稀疏的法国人，固执起来就像个书呆子。他说，打仗不是演戏，军人要有军人的荣誉感。

可是跟性命比起来，荣誉感还不如一个屁。我问他听没听过搂草打兔子这句话。我说，我在江西已经被人当过一回兔子了，我不能再去当第二回。

此一时，彼一时。巴斯蒂安说，政治也是一场战争，有时候参战不是光为了打仗。

我摆了摆手，让他再也不要提这件事了。巴斯蒂安灰蓝的眼睛变得暗淡。他在我的花园里坐了会，又开始旧话重提，请求我放他离开秀洲城。他说如有需要，他可以向我推荐更为合适的军事顾问。

我说，你就是最合适的。

他摇了摇头，说他已经快六十岁了，他想过几天自己的日子。

那我也不能放他去上海跟我母亲团聚。男人心中的相思之苦，没人能比我体会更深。于是，我笑呵呵地往他心里又撒了把盐。我说，你需要的不是离开秀洲城，而是在这里找一个女人。

巴斯蒂安盯着远处的回廊看了很久，忽然用法语说，没有人可以让他忘记心中的女人。

你真是越来越糊涂了。我也改用法语说，你得为自己的名声着想。

我已经想了二十年。巴斯蒂安说，让我回家吧。

我说，那你帮我干完最后一件事。

这件事其实我也已经想了很多年，在我骑马进入武昌城时就开始在想——如果有朝一日我的城市遭受攻击，我该怎样去防守？我要巴斯蒂安做的就是大兵团作战中秀洲城的防御计划。

我对他说，在这件事上，你要把眼光放远了，放到十年、二十年，哪怕是三十年以后。

第二年的夏天很快来临，巴斯蒂安把一大本厚重的防御计划放到我面前时，我正整装待发，准备再次进山剿匪。我用一种略带伤感的眼神看着他，说，等我回来，恐怕你早已经走了。

巴斯蒂安笑了笑，说了句中国谚语：天下没有不散的筵席。

那我就不给你送行了。我戴上军帽，随即让副官去支一千块大洋。

不用了。巴斯蒂安说，琨少爷给我的已经够多了。

他已经很多年没叫过我琨少爷了，听上去怪怪的。我说，你不会是嫌少吧？

巴斯蒂安摇了摇头，说，我老了，再多的钱对我也已经没有用了。

说完，他合上那双灰蓝色的眼睛，以绅士的仪态朝我躬了躬身，算是告辞。巴斯蒂安沿着我司令部的走廊径直下楼，走下台阶，穿过烈日炎炎的操场。他的背影看上去是那么的瘦削与颀长，摇摇晃晃的，整个人就像是件挑在竹竿上的亚麻衬衫。

当晚，我在乌尤山的行军帐篷里用冰凉的山泉泡澡时，巴斯蒂安登上了民生公司的客轮。在此之前，汪家窑早已派出最精干的手下上了船。为了做到万无一失，他亲自拟订了行动方案，把五个人分作两组，并且再三强调，这是一起落水溺亡事件，一定要做到天衣无缝。这也是我对他再三强调的，我可不想引起外交纠纷，更不想授人以柄。可是，巴斯蒂安却在夜航的轮船上凭空消失了。

其实，事先我就该想到，这个世界上的任何谋杀都难逃我母亲的眼睛。她几周前便开始布控，每个环节与时间点都经过了反复的斟酌与计算，就在我离开秀洲城的当晚，不迟也不早。巴斯蒂安从客轮的左舷登船，进了船舱便由右舷下船，在胡荃的亲自接应下重新上岸，坐车直奔机场，搭乘邮政专机，天还没亮时就到了上海的虹桥机场。

我的母亲坐在车里，远远地望着她的异国情人在夜色中钻出机舱，又想起了二十多年前，他们在乌尤会馆里的第一次见面。一直到巴斯蒂安坐上车，驶离机场很久后，她忽然一笑，说，时间过得真快，二十几年就这么过去了。

巴斯蒂安的衬衫早已被汗浸透，他在黑暗中，用一种比空气更湿热的目光凝望着我母亲，说，它不光过得快，它还过得那么漫长。

我那平生最善于克制的母亲，这次却像着了魔，在来信中说她要再婚了，她要成为巴斯蒂安的妻子。我怒不可遏，却很快又气极而笑，只有儿子才能读懂母亲的心意，她这是要让巴斯蒂安成为我的继父，以此来杜绝我再次加害于他的念头。看来，在母亲心里我已经是个丧心病狂的儿子，但她看错了我。当晚，我提笔给她回信，毫不介意地告诉她待我剿匪归来，会亲赴上海前来参加她的婚礼。我就像所有的温顺与孝顺的儿子那样，半文半白地揶揄与嘲笑她说，能在华发之年，以半百之身再为他人妇，此乃家门之幸、子孙之福也。

可是，随着婚期临近，我忽然改变主意，临时从秀洲城调了飞机降落在最近的机场，连夜离开剿匪指挥部，直飞上海。天亮时分，当我带着卫兵闯进乌尤会馆，母亲并无半点讶异之色。她坐在早餐桌前对用人说，去，给长官拿副碗筷来。

我笑呵呵地坐下，看着桌上的白粥、油条与四色酱菜，笑呵呵地说，母亲还没习惯用西餐吗？

我的事，你可真上心啊。母亲同样笑呵呵看着我，挥手示意用人们都退下后，才收敛起笑容，说，不过看这架势，你是想让我把喜事办成丧事。

我给自己盛了碗粥，一口喝掉大半后，说，杀人是为了灭口，离开秀洲城他就必须得死。

孙家养着那么多幕僚。母亲说，你这么做，会让人寒心的。

我叫了声妈，说，我那都是为了你好。

我的儿子真是越来越孝顺、越来越懂事了。母亲就像在舞台上念白那样，说，可儿子，你为什么不怪这个家里的丑事太多了呢？

所以你要听我的。我说，儿子今天就接你回家。

这里就是我的家，很快还会是我的新房。母亲起身为我的碗里添满粥后，直直地站着，一字一句地说，宝琨，你看着妈成亲，总比逼死亲娘要来得光彩。

我又笑了，仰脸看着她，不得不作出妥协。我说，那好，那你取消婚礼，我就继续睁一只眼，闭一只眼。

我的母亲并无半点让步的意思。她重新坐下，说，那你还不如让我把眼睛永远闭上，但我会死不瞑目的。

我的母亲真是疯了。当着儿子的面，她自编自导了民国史上最大的一则花边新闻——她以孙圭钧遗孀与孙宝琨生母之名下嫁巴斯蒂安，在她年届五十二岁之际。考虑到新郎官的安全，他们的婚礼在法国总领事馆的草坪上举行，宁沪两地的各界名流几乎悉数到场。

我也是个豁得出去的人，穿着燕尾服在他们两人的婚礼上，像个嫁女儿的父亲那样把母亲的手交到了巴斯蒂安手里，然后以蒋总司令在南昌所作的《新生活运动发凡》演说为开端，祝词说，所谓革命者，即依据一种进步的新思想，以人力彻底改进各个人以至整个国家之生活形态之谓。简言之，革命即生活形态之改进也。家母与巴斯蒂安先生都是年过半百之人，两位一个丧偶，一个六十载未娶，你们的年龄加起都有一百一十岁了。你们的结合，就是对生活形态之改进，是对新生活运动之践行。我在这里提一个希望，虽然两位原本已近白首，我还是希望你们白首不离，福寿安康，为青年人作出表率，勿视婚姻为儿戏。

第二天，我的这段祝词被登在了许多报纸上，一时成为可以媲美梁启超在徐志摩婚礼上的证婚词。

然而，我还是不能让巴斯蒂安活着，不需要理由，也不在乎母亲是否再次沦为寡妇。这就是手握生杀大权之人的决心。临上飞机前，我招手把胡荃叫到跟前，说，好好想想吧，你能一辈子都当我母亲的总管吗？不等他回答，我拍着他的肩头，又说，你迟早还会成为我的大总管。

我想，这个聪明人一定已经明白了我的意思。只是，战事的变幻很快让我自顾不暇。蒋委员长总算在闽赣战场上取得胜利，红军开始撤离苏区，在向西转移途中，南昌行营在一天里发来好几份急电，勒令我调集全省兵力，务必歼灭流窜之寇。

问题是这支西撤的红军身后还跟着周浑元与万耀煌的两个军，让这近五万人马入界，我的师长与旅长们一致认为，那就等同于引狼入室，一旦他们掉转枪口，将被清剿的就是我们。最好的办法就是把红军礼送出界。这是我开了两天军事会议后得出的结果。

你跟红军打过交道，还是由你去担任这个前敌的总指挥吧。当晚，我把调兵手令交给左家骥时，嘱咐他要带足钱粮，该送的时候送，该打的时候打，只要把红军拒阻在省界之外，周浑元与万耀煌带的兵马就没有理由进入我的地盘。

左家骥心中很没底，他忧心忡忡地看着我，说，狗急跳墙，只怕红军不会卖我这个面子。

那就打嘛。我干脆地说，我们的兵也不是吃素的。

天下人谁都知道，我是个爱兵如子的好军阀。可我这些吃肉的士兵就是不争气，第一次跟红军主力交火，防线当天就被突破，我只能下令向前线增派兵力，当然是在军委会与剿总司令部的双重督促下。为了尽快迫使这支红军改变行进路线，我最终调出了驻守秀洲城的警备旅。那是我所有部队中最精锐的一支，是我最为倚重的近卫军。

临行前，旅长马万全不解地看着我，说，把这五千弟兄都拉上去，就没人看家了。

所以，你要速战速决。我说，早一天把他们赶跑，我就早一天安生。

这一次，马万全没有称呼我长官，而是叫了声少爷。他说，我们要对付的不是红军。

这我当然知道。同样的问题我已经问过自己一万遍，得出的结论却只有一个，那就是我最担心的这一天已经在来的路上。

委员长专机忽然飞临秀洲城这天，是个少有的好天气，天空中阳光明媚、万里无云。我调集城内的保安部队团团包围了西郊机场，以护卫委员长之名，随时应对我或将面临的不测。

在前往机场的车里，我还是有点不放心，就对汪家窑说，你一定要记住，没我的直接命令，千万不能让它起飞。

汪家窑点头，说，长官请放心。

我故作轻松地一笑，说，我有什么不放心的？

蒋委员长的侍卫官早已等候在飞机旁。他快步上前,向我敬了个军礼后,说,请孙长官登机一叙。

可是,蒋委员长并没有在他的专机上;起身相迎的是他的副官长。一下子我心里有点发堵了,这么性命攸关的时刻,我怎么就没想到让赵白日替我来这一趟呢?

副官长披着制服,笑嘻嘻地跟我握手寒暄,说,军务紧急,委员长临时飞贵阳了。

我看了看机舱里的参谋与侍卫们,说,副官长这是要押我去南昌吗?

宝琨兄说笑了。副官长望了眼机舱外,那里虽然空空荡荡的,但机场外,我的保安部队都已严阵以待,连高射机枪都调过来架了起来。他坐下后,又说,在下奉命而来,但求不辱使命吧。

我说,钦差大人那就宣旨吧。

副官长恭敬地请我入座后,摊开一张军用地图,像作战参谋那样拿过一支铅笔,在上面圈圈点点,说周浑元的三十六军目前正绕过平昌、南黎一带,由他亲率的第五师已经抵近乌尤江南岸的杨庙镇,而万耀煌的二十五军正屯兵干窑一线,随时可以渡过乌尤江。

这些我早就知道,我的两个旅已经与周浑元的第五师形成对峙之势,左家骥也正收拢部队,回师直逼万耀煌的二十五军,一旦撕破脸皮,我跟中央军的大战就会一触即发。我淡淡地说,这层窗户纸捅穿了也好,你们是摆明要把我跟红军一块剿了。

委员长是一手抓军事,一手抓政治。副官长的铅笔在地图的上方画了一个圈后,又说,宝琨兄有所不知,就在我登机前,湖南的何键已命李觉率第十九、十六与六十三师进驻洪溪、凤桥、石坪坝一带,他们随时可以东进,助兄一臂之力。

我早该知道,没有一个地方军阀是靠得住的,只是没想到何键这么快就在我背后捅了一刀。这个三天前还来电口口声声要与我共进退的湖南军政长官,竟然这么快就帮他们完成了对我的包围。我冷笑一声,说,蒋委员长真是用心良苦啊,他就不怕我争个鱼死网破吗?

宝琨兄误会了,眼下外敌环视、民贫国弱,仁兄当知重塑国威必须要政令统一、军令统一。副官长说着,打开公文包,取出一沓用以存档的电文,都是军委会下发给我那些师长旅长们的嘉奖令与晋升函。他看着我,语重心长地说,委员长都历经两次下野了,孙长官当知退一步海阔天空。

我就是这么在软硬兼施下被迫屈服的。在西郊机场的候机厅里,经过两昼夜的谈判,蒋委员长最终答应我在军政之间二选其一。三天后,当回到官邸通电请辞省主席职务的同时,我被重新任命为一军之长,还挂了个中路联军的副总指挥。他姓蒋的就是喜欢玩这套把戏,一边无情地割我的脉,放我的血,一边还要我替他卖命。可是,我的军队在哪里?我的手下,那些曾经追随我父亲,与他一起出生入死的叔伯大爷们,到了这时我才看清楚他们的面目,一个个都是吃里爬外、见利忘义的王八蛋,但他们并不是最可恨的。最让我痛恨的人是马万全。这个我像家人一样信赖之人,这个我们孙家两代人都将身家性命交付在他手上之人,当他晋见完蒋委员长,只身回到秀洲城时,已被破格拔擢为秀洲城的警备司令。

第二天,马万全登门求见。他穿着崭新的陆军将官常服,垂手站立在我面前,说,总指挥,马万全一天是孙家的人,一辈子都是孙家的人。

马司令言重了。我亲热地拉他坐下,说,什么姓马姓孙的,这一套现在吃不开了,我们的头顶上只有一个太阳,那就是青天白日。

马万全一脸有苦无处诉的委屈表情,看着我又站起来,双腿并立,说,马万全就是一个替总指挥看家护院的,马万全唯总指挥命是从。

我赶紧起身,重新把他摁回到椅子里,说,哪来的什么总指挥?往后可不能这么说了,我们都得唯中央的命令是从。

马万全都快哭了。他竭力想要我明白留得青山在,不怕没柴烧。可我花了那么多钱装备起来的一支机械化部队,被他拱手换成了领章上的一颗金星。后来,这个警备旅被几经拆分,分别编入了薛岳的第六军与陈诚的第十八军,再无半点我们孙家的印记。

这天傍晚,我特意留他一起吃了晚饭后,平生第一次把这个父亲曾经的马弁送出大门。看着他钻进轿车,我站在那里一边挥手,一边想,这个忘恩负义的家伙,原来比我还会演戏。

事实上,紧接着步我后尘的人是王家烈。这位贵州王的倒台就是我的翻版。那天,当我听说他登上张学良的飞机,在半空中被撸了军权,竟然有种说不出来的快感。我的失意并不孤单,现在总算有个垫背的了,以后还会有更多。我随即叫来值班秘书,让他给湖南的何键拟电。我幸灾乐祸地说,你告诉他,王家烈与我孙宝琦的今天就是他何键的明天。

十七

南京的中央政府到头来还是下了软蛋。

宝珊被正式任命为省主席那天,我丝毫都没觉得奇怪,甚至还有那么一丝欣慰。当然,所有人都认为那是我母亲奔走与斡旋的结果。我那与众不同的母亲,总是善于在关键时刻显示出远胜男子的胸怀与远见卓识,而我却将此看作是一个母亲对她亲生儿子的彻底失望。为了证明自己的正确,后来她曾多次对我说,你看我们有多蠢?我们从来都只知道为自己着想。

民国二十四年的春夏之交久旱未雨,当树上的叶子开始像秋天一样泛黄时,从乌尤山里刮来的风却带着冬天的凛冽之气,刮在皮肤上有种针扎的刺痛。宝珊拖家带口地来向我辞行,说我既然已经不是一省的主席,他也没必要再当这个财政厅长了。这话让我非常的感动。我像防贼一样防范的人,竟然与我共同进退,成了最长我志气的人。我看看他,又看看他的妻子与儿女,说,你不会是又要回日本吧?

还没想好。宝珊说趁着现在还算太平,他打算带妻儿去各地转一转,看一看。

我点了点头,说,你放心,等我东山再起时,你还来当我的财神爷。宝珊笑了笑,隔着镜片望着我,看得我自己都觉得有点心虚了,就哈哈一笑,说,你不相信有这一天吗?

信。宝珊说,我怎么会不信呢?

第二天,汪家窑一早就来报告,说我二哥变现了他母亲留下的全部遗产,一家四口登上了前往上海的客轮,但他此行的目的地应该是南京。汪家窑婉转地提醒我，说带着这么多钱去首都中枢，其用意就有点叵测了。

那又怎样？树倒猢狲散，我还能挡人家的前程不成？我看着他，又说，你要是有了好去处，我照样不会拦你。

汪家窑慌忙双脚一并，说，家窑哪都不会去，家窑誓死追随孙长官。

看来，他也是个笨蛋，白长了一张聪明人的脸，而我貌似忠良的二哥就不一样。他在前往南京游说与贿赂中央党部与行政院前，先到上海拜会了我的母亲。坐在乌尤会馆的一间内厅里，宝珊语气谦恭地说了很多话，但归根结底就是一句，就是在我遭此重挫后，应该有人出来分担家族的重任。他说，事在人为，现在还有回旋的余地。

我母亲淡然地说，二少爷是有大学问的人，难道还这么看不开吗？

宝珊摇了摇头，说他看重的不是省主席这个虚名，而是家族的前途与命运。他还说这些年替我办差明白了一个道理——如果一个人连立足之地都没了的话，那就只能由人牵着鼻子过日子了。他以下属与兄长的忧虑，接着又用一句大白话加以说明：有地盘才会有财政，口袋里没几个钱，怎么收得住当兵的心？

委员长要的不就是这个吗？我母亲还是神情淡淡的，说，他是不可能再把这顶帽子戴到孙家人的头上了。

所以，我们得去争。宝珊说南京不光只有委员长，南京还有行政院长。

那你来我这里就是浪费时间。我母亲说，二少爷应该去南京。

可是，南京的汪院长正忙于跟日本进行外交谈判，向他们的银行贷款以缓解政府捉襟见肘的经济局面。这位昔日著名的革命家、对日主战派与爱国领袖就像谜一样，一夜之间成了坚决的主和派，成了学生与民众口中的卖国贼。

我的二哥终于吐露心声，他希望我母亲能为他牵线引见伊藤大佐。这位日方的谈判代表是位资深外交官，也是母亲相交多年的老朋友。宝珊说蒋汪两派之间的政争,看似是老天爷留给孙家的一线转机,但还不足以扭转现在的局面。他是搞经济的,自从去年美国政府通过《购银法》导致全球银价飞涨,各省白银大量外流,中国的金融已经出现了严重危机,但若是地方上也能同时争取到日本的经济援助就不一样了,这无疑是一剂强心针,特别是对中央那些急需证明的亲日派而言。

宝珊平生第一次叫了我母亲一声四娘。他说,这个节骨眼上,资本不仅可以决定国家经济的走向,还能影响到政治上的决策。

我那见多识广的母亲这才吃惊地看着他,很久才说,二少爷这是要让东洋人帮你当上中国的省主席?

宝珊摇了摇头,说他只是审时度势,顺势而为。

二少爷可真豁得出去。母亲的脸上又有了笑容,用一种揶揄的语气说,你还真不怕东洋人的钱烫手。

国家策略也是逐年在调整的嘛。宝珊微笑着说,中央政府都不嫌烫手,我们怕什么?

我母亲又盯着他那张白净的脸看了会,忽然说,大帅当初就该选你当他的接班人。

宝珊一愣,慌忙站起来,低头说,身为孙家子嗣,宝珊这也是不得已而为之。

我的母亲再也没有看他,俯身端起茶几上的茶盏,那就是送客的意思。直到宝珊离开很久后,她才放下那只茶盏,起身走过去,拉开通向花园的那扇五色玻璃门,任凭刺眼的阳光照进屋里。

他总算是逮到机会了。我母亲头也不回地对推门进来的人说,他还想踩着我当他的跳板。

巴斯蒂安上前,将一把团扇递到她手里,说,那就愿上帝保佑他吧。

上帝为什么总是垂青那些野心勃勃的人呢?母亲抬头仰望,说,你就没看见他嘴巴里露出来的獠牙吗?

至少他跟你的儿子一样姓孙。巴斯蒂安微笑着,把嘴凑在她耳边，说，现在是形势逼着你去帮他。

我谁也不帮。我母亲猛然回头，瞪着她白发苍苍的爱人，说，他们两个都是混蛋，他们孙家满门都是混蛋。

别忘了，你也是那个家里的人。巴斯蒂安说，以前是，以后还会是。

两天后，我母亲在乌尤会馆里举办了一个小型的冷餐会，说是为继子一家接风，应邀而来的却都是她在沪上的朋友。大家在水晶灯下喝酒、跳舞，说着各国的语言。总管胡荃这时悄然走到宝珊身边，轻轻地叫了声二少爷后，恭敬地做了个请的手势。

宝珊端着半杯香槟，跟着他一路走进厨房，闻到了烤牛舌的独特香味。

伊藤昭男从炭炉上抬起头来，自言自语般地说当年母亲领着他第一次拜访乌尤会馆，带来的就是这道炭烤牛舌。好像往事就在昨天，他接着又说，那个时候，我与令弟还都是圣约翰学堂里的住校生。

说完，他把手中的刀铲交给厨师，仔细擦干净手后，正式地鞠躬，说，在下是驻沪领事馆伊藤昭男，家父是伊藤大佐。

两人握着手时，宝珊说，我希望能面见令尊。

家父尚在南京。伊藤昭男一脸都是日本式的谦卑，却如同是这间厨房里的主人，引导着宝珊从一扇门里走进花园。他说，我们只是有点好奇，孙厅长既然完全赞同汪先生的对日主张，何必要舍近求远呢？

宝珊想了想，一口喝掉杯中的香槟后，问他有没有进过赌场，但不等回答马上又说，口袋里没有足够的筹码，庄家是不会邀你入座的。

我当然进过赌场。伊藤昭男七岁随父亲派驻上海，在十里洋场生活了近三十年。他温和而尖锐地说，我还知道像孙厅长这样的赌客⋯⋯在上海滩一直被人叫作空心大少爷。

宝珊坦然一笑，说，政治有时候就是一场四两拨千斤的游戏。

那是你们中国人的政治。伊藤昭男说，在我们日本，那叫冒险与投机。

宝珊脸上仍然挂着平静的微笑，忽然问他：那伊藤君知道赌桌上最尴尬的是什么吗？这一回，他仍然不等对方回答，就一字一句地接着说，赌桌上最尴尬的是骰子摇好了，却迟迟没有人下注。

宝珊认为这就是中日外交谈判后将面临的窘境。他分析了中国派系纷繁的中央军政与各怀鬼胎的地方实力派后，言简意赅地表示，一旦中日间的外交谈判达成，他愿意率先在全省范围内停止煽动抗日，转而发动促进中日谅解的民众运动，他愿意聘用日方人员担任金融与经济方面的顾问，并且还将开放乌尤江上的沿岸码头，前提是日方需提供足够的经济支持。当然，这一切都是在他当上一省的主席之后。

伊藤昭男直视着他，好一会才说，孙厅长这是要与令弟之间也掀起一场蒋汪之争吗？

宝珊低下头，说，我人生中最好的年华都在贵国研究政治与经济……我为这天已经准备了半辈子。

说完，他一扬手臂，手中的水晶高脚杯应声落入莲花池，在黑暗中溅起无数的水花。

我的二哥就是这样踏上了他的省主席之路。任职典礼举行那天，秀洲城里刚刚经历了一场骤雨的洗礼，天空中乌云与彩霞相映生辉，显得无比的壮丽与凝重。他在议会大厅里的就职演说进行到最后，高高地举起一根手指，说，宝珊力争要做到的就是两个字——公平！宝珊认为，只有公平才是民生之根本。

这种时候按例会响起雷鸣般的掌声，可是没有。台下坐着的大都是我昔日的旧班底，还有就是每个月都收受我红包的省议员们。我坐在台下第一排的正中，他们看不到我的脸色，也能看明白我的后脑勺。一直到我站起来，高举着双手用力地鼓掌，议会大厅里的掌声才如潮般地响成一片。

我大声地说好，真是太好了。然后一步迈上主席台，用力握住他的双手，使劲地摇晃着。我热情洋溢地说，恭喜孙主席！祝贺孙主席！真是太好了，看来我的军饷不用去麻烦外人了。

尽管宝珊依旧笑得优雅与含蓄，我还是看到了他内心里的自负与骄傲，就像我们年少的时候。我想，我们兄弟间真正的争斗开始了。为此，我跟幕僚们不止一次地商讨过。我们一致认为作为一省之长，他绝不会也不敢在我们自筹的军饷上面耍手腕，因为那就等于是跟我们手里的枪过不去。当兵就是为了吃饱肚皮，士兵们随便找点理由就可以在他的辖地里闹事，甚至来一场哗变都不是没有可能。那可是能让无数人掉脑袋的大事。一想到这些，我忍不住哈哈大笑。我对我的部属们说，省长大人很快就会知道什么叫秀才遇到兵了。

然而，我的老师汪老先生却在背后对他赞赏有加，说他是辛亥以来最具远见与胆识的一省之长。南京与上海的报纸更不像话，竟然把他说成是一颗在混沌大地上冉冉升起的政治新星。事实上，他在上任伊始做的那些事我曾经都干过，几乎历朝历代每个新任的行政长官也都干过，不就是新官上任那三把火嘛，说穿了都是些换汤不换药的老把戏。

我当初一上任抓了那么多的奸商，抄没他们的公司与家产充实银库，让我一时成为比我父亲更为富有的新军阀。宝珊也差不多，他放的第一把火就是肃整全省的官场，一时间弄得人人自危，很多官员连辞呈都来不及递交，就连夜卷铺盖走人，躲进租界里当起了寓公。然后，他把那些空出来的职位安排给那些有留日背景的读书人，既讨好了日本方面，同时又树立了自己的不二威信。现在，再没有人敢在他发言之后不鼓掌了。他所到之处，哪怕是一言不发，都会响起雷鸣般的掌声与欢呼声。我有时候真的想不通，他手下那些新提拔的与勉强留任的官员们，大多家里面不缺钱，肚子里还装着满腹的学问，可是怎么就还是甘愿为这三斗米而折腰呢？

汪老先生的解释明显有点一厢情愿，说什么为官一任为的就是造福一方，还说那些不怕被肃整与坐牢的官员才是真正有担当的好官。

我却更愿意相信当官就是为了升官与发财。我那些曾经在武昌城下浴血奋战过的袍泽兄弟与叔伯大爷们，多少次在酒后拍着胸脯叫唤过：老子出生入死为了啥？不就是为了那一点特权嘛。

我更愿意相信，这才是心里的声音。

后来，我听说宝珊自己也作出了回答。在一次省府的例行训话中，他说因为他们都是心怀理想之人，跟所有的革命先驱们一样，他们的理想就是要改变这个贫弱的国家，他不怕得罪任何人，他奉劝他的下属们也不要害怕得罪人，人生长在天地间就是为了干一番事业出来，从而改变这个世界的。宝珊这一次说得有点激动了，白净的脸涨得通红，一指自己的身后，说他是背着棺材来当这个一省之长的，他早已抱定了为理想献身的决心。

当汪家窑把这些话转述到我耳朵里时，我当场就认定，他人站在省府办公大楼里，而话是说给我听的。他这是在向我示威，向我挑衅。

他才当了几天省长？我对汪家窑说，总有一天他会自食其言，也会自食其果的。

宝珊的第二把火同样没有出乎我的预料，同样是我想干却没能干成的，就是想方设法地磨灭前任留在这片土地上的印迹，最好的办法当然就是另起炉灶。他先试点性地叫停秀洲城里的所有建设，同时派人从上海与武汉采购机器，引进设备。他不光在各种场合，而且在报纸上也大肆宣称，只有工业才是城市的希望，民族的未来。

这谁不知道？问题是搞工业哪有土地买卖与造房子来钱快，挣到了足够的钱，将来想干什么不成？作为他的前任，好几次我都想闯进省府大楼，跟他摊开了把话说清楚——我还没死呢，我还住在这城里面呢，我颁布的政令怎么可以成为一页废纸？我真想好好教教他怎么做一个省长，裤子从来都是由下往上穿的，你孙宝珊就不能先把我的屁股擦干净了，再去拉自己的屎？但我最终还是忍住了。忍不住的是秀洲城里那些地产商与银行买办，这些当年由亚力士神父招揽来的商人们，纷纷来见我，堵在我的官邸里，有人甚至还扬言，再这么下去，他们只能去买根绳子集体吊死在我府邸门口。

死我这里有什么用？你让他们都死到省政府里去。我火冒三丈，手指着外面骂副官。可是，很快我就冷静下来，不仅派人把那些人一一劝走，还让汪家窑代表我去好言安抚。一定要跟他们讲清楚，我已经不是省主席了，军人不便干涉地方行政，让他们有什么委屈，有什么想不通的，去省政府请愿。虽然省主席是我的二哥，但事关民生与民意，我是绝不会派兵加以干涉的，那么多人的身家性命眼看要在秀洲城里打水漂，即便告到南京去，也是在情理之中的。我同时还提醒汪家窑，别忘了告诉他们，秀洲城的建设工地上还有那么多工人呢，打碎他们的饭碗，这不是要逼人造反的吗？

第二天，我的暗示就起了作用。当省府大楼被人们围得水泄不通时，我去教堂拜访了亚力士神父，当穿着黑袍的助手把我引进书房时，他正支着画板在窗边写生。我看了看画布上白雪皑皑的群山，又望了望窗外的乌尤江，说，你画的都是些什么呀？

那是我记忆中的高加索山脉。亚力士神父起身，吩咐助手去为我煮咖啡。

神父原来也会想家。我笑着说，你可不能走，你还要为省长出谋划策呢。

亚力士神父说他哪都不会去的，这里就是他最终的故乡。在建造这座教堂时，他已经在花园里为自己留好了墓穴。看来，这个自称是来自英国教会的高加索老头比巴斯蒂安聪明多了。他接着说，省政府现在根本用不着他这样的顾问，因为省长大人自己就是一位出色的经济学家。

上帝可不是让你来看热闹的。我对他说，现在围堵在省政府门口的那些人里，有许多都是他的朋友，都是由他从各地招揽来的。我说，你就看着这些人一夜之间倾家荡产吗？

一切都是上帝的旨意。亚力士神父根本不愿意上我的当。他在胸前画了个十字后，把那颗白花花的头颅摇得拨浪鼓似的，劝我不要去理会那些与自己不相关的人和事。

我怎么能不去理会？这十年里面，我早已把这个内陆最小的地盘当成了自己的家，把生活在这片土地上的每个人当成了家里面的人。我对亚力士神父说，我可不能让人家戳着脊梁骂我们姓孙的。

亚力士神父又摇了摇头，指着窗外天空的尽头，说，将军难道听不见远方的风雷之声吗?

哪有什么雷声?我说,这么大的太阳挂着,连风都没有。

看来,人老了就是不中用,再能干的人也难逃这一宿命。我非常失望,甚至有点恼怒。回到官邸就让人安排人手,连夜混入那些闹事的人群里。既然孙宝珊的眼里没有我这个兄弟与前任,那我就在他省政府门口再添一把火。我亲自打电话把汪家窑叫来,让他尽快组织学生与民众,把省政府急于与日方合作的经济事项印成传单。我要在秀洲城里掀起一场轰轰烈烈的反日大游行,我要提醒那些自以为是的亲日分子们,逆流而行的后果只有一个,那就是淹死在潮流里面。

汪家窑有点担心地说,长官,南京的意思可是要各地在对日态度上保持克制。

我当然要克制,谁说我不克制了?我说,可民意难违,它南京管天管地还能管得了民意不成?

为了这次安排,我提前把部队拉进乌尤山里训练,临行动前还特意给马万全去了个电话,邀请他前来观摩与指导,可是他只派来了警备司令部的作训处长作为代表。当时,我一下子意识到了,这个混蛋已在暗中跟我的二哥结成了同盟。果然,警备司令部两天后就以维护治安的名义出动军警,对聚众示威的人群进行了管控与驱离。整整一天,大量的学生与民众在街头跟军警们对峙着,到了傍晚就演变成大打出手。

我一边指示汪家窑继续制造舆论,一边下令终止训练,所有部队连夜开赴秀洲城,当然是以平息事态为由。我要全城的老百姓都看到,谁才是这座城市里真正的守护者与当家人。可是,身为我的参谋长,左家骥却一再地劝阻我,说地方上的冲突,军队还是置身事外为好。

我看他真是越活越不像个军人了。我又不是去造反,我这是去阻止有可能发生的流血事件。我笑着对他说,老左,难道你不想给城里的那两个看点颜色吗?

左家骥露出一丝苦笑,在我的行军床上坐下后,仰脸看着我,说，军长，螳螂捕蝉，黄雀在后。

我知道，他这是在担心南京那些视我为眼中钉的人，但我不怕。这一回，我要走的每一步都经过了深思熟虑，我连事后要发的通电都已经让秘书拟好。我一进城就会缴了那些军警的械，还会指使我的便衣们砸了省政府，再把马万全这个警备司令送往南京，交由蒋委员长去处置。我倒要看看，最高当局会怎样处置一名镇压爱国学生的警备司令。这些我早就想好了。我还要理直气壮地跟那些试图来质询我的人说，国民革命的军队就是用来保护国民的，我孙宝琨果断阻止的有可能是又一起的五卅事件。

不过，宝珊很快服软了，第二天就备了条火轮，邀我在乌尤江上一叙。站在风和日丽的船头，我用过来人的语气对他说，我的省长二哥，饭是要一口一口吃的，你看你，嘴巴张这么大，噎住了不是？

宝珊笑得有点勉强，直到火轮溯流而上驶出秀洲城很久，才指着乌尤江沿岸的一处山坳，说他已经多方找人勘察过了，这里地处两山的夹缝中间，可以躲避飞机空袭，面前又有乌尤江这道天然的屏障与水运通道，接下来他就会征招城里的建筑商们，日夜开工，在此建造码头与工厂，用以钢铁冶炼与军工制造。宝珊让秘书摊开图纸，接着又说，按照他的计划，明年码头就可以启用，两年内这些工厂也会初具雏形，他将在搞基建的同时开始军工生产，并且愿意把第一批生产出来的武器首先交付我的军队。他还异想天开地告诉我，如果等到将来条件成熟了，他还将请人来研发与生产汽车与飞机。

有时候，我真觉得权力会让一个聪明人变傻。他在这么简单的事情上都犯糊涂了，种鸦片的永远没有贩鸦片的来得挣钱，军火也是这个道理，世上万物都是这个道理。我笑着对他说，二哥，你可是当过我财政厅厅长的人，造军火跟贩卖军火哪个更来钱？哪个来钱更快？你都不记得了？

他竟然用一种教训口吻对我说，你是一军的首长，不能什么时候都把自己当成了生意人。

不当生意人我拿什么来养兵？我带的不是中央军，是几万人的地方部队,我每次去南京要饷,哪次不是让他们哄着回来叫我自筹的?我瞪着他,说,现在你是一个省的当家人了,你当一天的家就得管一天的饭,你可不能由着性子胡来,那可是要砸饭碗的。

宝珊在长久的沉默后,忽然说起了我们年少时,在院子里看父亲养的猎狗打架,它们向后退,僵持在那里,是为了更猛地朝前扑。他说眼下的中日关系就是那两条狗,一旦战争全面爆发,只要守住了乌尤江的这道口子,哪怕秀洲城沦陷了,上游照样可以通航与运输,山坳里的军工厂照样可以生产。

我想他话里的另一层意思就是提醒我:再漂亮的家园都会在战争中成为废墟。我冷冷地说,你不当亲日派了?你不帮汪院长搞中日谅解运动了?

望着苍茫暮色中的滔滔江水,宝珊的眼神古怪而无助。他答非所问地说,当政治手段用尽,剩下的就只有军事了。

十八

自从国民政府改组后,在对日态度上忽然变得强硬,这让我由衷地感到高兴与得意,事实证明我还是有先见之明的。特别是宝珊的政治后台在中央党部礼堂外遇刺,被送往法国治疗后,让我一度认为他的省主席之路也该走到头了。可是,我做梦都没想到,最先倒霉的人竟然是我。

春天的江南乍暖还寒,到处雾蒙蒙、湿漉漉的。我奉命前往南京述职,刚下飞机就被接去了张静江在汤山的别墅。我问陪同的军委会参谋:这是干什么?委员长是要在这里接见我吗?

参谋讨好地笑着说,汤山的温泉天下闻名,对皮肤病与关节炎都有疗效,孙长官要不先泡个澡吧?

我当场就想给他一个耳光,军委会里一个小小的参谋都敢对我答非所问,但我忍住了。我已经预感到了事情的不同寻常,就摘下手上戴着的金表,说,初次相见,就当个见面礼吧。

参谋一愣,慌忙立正与敬礼,说,属下不敢。

你又不是我的属下。我把金表塞到他手里,说,权当朋友间的馈赠嘛,留个纪念。

参谋双手把金表往桌上一放,又啪地立正与敬礼,说,革命军人,不敢私受长官馈赠。

中枢的参谋就是不一样啊。我哈哈一笑,悻悻地戴回手表后,一挥手,说,那带我去泡澡吧。

此后的几天里,一直有自称是我的至交故友来拜访我。这帮人大多是我的同行与同僚，有几个还曾经是战场上交过锋的对手，都是些嘴里能吐出糖来，腰后面能掏出刀子来的家伙。我忽然间意识到，在这么庞杂的一个国民政府里面，我竟然连一个真正知心的朋友都没有。一下子，我豁出去了，直截了当地对他们说，诸位就别跟我打哈哈了，什么人让你们带了什么话，不妨跟我直说，大不了我孙宝琨竖着进来，横着出去嘛。

那帮人慌忙拱手的拱手，摇头的摇头，几乎是异口同声地声称，没有人让他们带什么话，就是来看看我，叙叙旧。

那好吧，我请诸位泡澡去。我起身，笑呵呵地说，我们在澡堂子里坦诚相见，诸位就可以有话实说了吧？

那天晚饭过后，我让副官去把派来别墅的听差叫到跟前，笑呵呵地问他：我这不是被软禁了吧？

长官说笑了。听差赔着笑脸，说，长官这是在休养。

那好。我说，那今晚我请你们几个去城里跳舞去。

听差说他这就打电话去城里调车过来，可是快等到半夜了，他才跑着来报告说，今晚卫戍司令部调防，进城的路上都执行了宵禁。

卫戍部队还有调防的？我带了这么些年的兵还是头一次听说。第二天，我又让他去调车，进城陪我一块听戏去。等了半天，他进来报告说车在路上抛锚了，现在拉去修理了。

我看你是在复兴社干的吧？我仍然笑呵呵地对他说，你不妨告诉刘健群，你们复兴社穷得就剩一辆车了，他还当什么狗屁的书记长。

第三天，我终于在《中央日报》上看到一则关于我的消息，说因为身体原因，我再三请辞军长之职，后经最高军事委员会的一再劝说与挽留，并充分考虑到我对国民革命的贡献，特改任为军事参议院的中将参议。

放下报纸，我总算明白唱的是哪出戏了，又把那名听差叫进来，问他：接着你们该干什么了？是不是就该把我就地做掉了？

听差咧着嘴，笑得就像在哭。他一个劲地说，长官说笑了，孙长官真会说笑。

我一拍桌子，大声说：那你们他妈的还不让我去见委员长？

蒋委员长当然没空见我。他日理万机，现在还兼着行政院的院长。我意外见到的人竟然是我母亲。几天后，她风尘仆仆地带来了委员长手书的四个大字"宁静致远"，还有一套《曾文正公文集》。

我说，你去见他了？

这种时候，蒋先生怎么会见我呢？母亲说，这是蒋夫人让我代为转交你的。

他算什么意思？我说，这是要让我读书，还是让我出家？

别说气话了。母亲示意胡荃离开后，在一张沙发里坐下，说，你要先给蒋先生面子，他才会给你台阶下。

我这台阶就剩肩膀上的那两颗星了。我说，我还能下到哪里去？

母亲摇了摇头，叹息道：这意思你还不明白吗？

是你不明白。我说，人家这是在跟我秋后算账呢。

别人家人家的，对领袖要尊重。母亲用一种幽怨的眼神看着我，说，你眼睛里可以没有我这个当妈的，可至少得有你自己吧？

我说，妈，看来你是替领袖来当说客的。

我是不想看你在这里泡一辈子的澡。母亲一指摊在桌上的横幅，说，蒋先生送你四个字——宁静致远，你的私塾先生也来电给你带了两句诗——行到水穷处，坐看云起时。

我呵呵一笑，仰身躺进沙发里，说，那好吧，那我就在澡堂子看云起吧。

母亲起身，打开桌上的书匣，从那套《曾文正公文集》里取出几页纸，交到我手里，说，签吧，签了，我们离开这个鬼地方。

那是一份以我口气写的辞呈。我瞪着我的母亲，说，他在《中央日报》登了还不够吗？非要在扇了我一个耳光后，还让我捂着嘴巴说打得好吗？

这就是蒋先生要的面子，也是你的退路。

我的脾气一下子上来了，几把就将那份辞呈撕得粉碎。我说，索性让他枪毙我好了，我倒要看看，他用什么罪名毙了我。

母亲叹了口气，走过去拉开门叫了声胡荃后，反身坐回到沙发里。看着躬身进门的总管，她说，那你带孙长官走一趟吧。

胡荃驱车带我去的地方是陆军第一监狱。我在一间问讯室里见到左家骥时，我的这个参谋长仍然穿着笔挺的将官制服，只是领章与番号章都已经摘除。

我瞪着他，半天都不知道该说什么好，最后只能问了句废话：这是怎么回事？

这还用问吗？左家骥露出一丝苦笑，说，他们要搞你，最简单的办法就是给你安一顶通共的帽子。

原来，早在我离开秀洲城的当晚，武昌行营就来人秘密带走了左家骥。与他一起被押上飞机的还有我的机要处长与军部的两名作战参谋。一到南京，他们就被送进陆军监狱，并且连夜进行了隔离审讯，问的都是多年前江西战场上的旧事。

我姓左的南征北战了大半辈子，没想到末了会是这么个结局。说到最后，左家骥起身，隔着桌子朝我深深地一拱手，说，军长，家中的老小我在这里就多多拜托了。

说完，他头也不回地敲开门，出了这间问讯室。

当我重新回到张静江的别墅，我的母亲仍然坐在书房，一边喝着咖啡，一边抽着一支装在象牙咬嘴里的细香烟。我都不知道她是什么时候开始抽上卷烟的。

现在你想明白了吗？母亲指了指书桌，说，想明白就签了吧。

书桌上仍然是一份我的辞呈，跟撕碎的那份一模一样，连纸都同样是军委会的办公用签。我随手抓过一支笔签下名字后，不由得说，你们可真是用心良苦。

谁是你们？母亲站起来直视着我，说，我十月怀胎就生了你这么一个儿子。

我低头叫了声妈，说，我让你失望了。

母亲在桌上的烟缸里掐灭那大半支香烟后，说，走吧，副官已经替你收拾好行李了。

我就是这样离开的南京，一刻都没有停留。在我三十六岁之年，在我经历了人生那么大的跌宕与起落之后，我又将成为母亲羽翼下的宝贝儿子。

汪家窑早已在上海为我准备好了公馆，就在临近乌尤路，离乌尤公馆不过一箭之遥的地方。他不仅把我最亲信的卫士带来了，还带来了邹柿与那个长得跟我就像孪生兄弟的赵白日。

我笑了笑，说，看来，你们是要我在这里安家了。

等到所有的人都退下后，汪家窑跟我进了书房，关上门，说中央已在秀洲城里设立了绥靖公署，宝珊刚刚被任命为省主席兼公署主任。

姓蒋的拿掉我就是为了重用他？我睁大了眼睛。但一下子就明白过来了：他们肯定是做了什么交易。

汪家窑点头，说就在军委会宣布我辞去军长职务几天后，我的二哥全盘接受了南京开出的条件，对中央军开放省界，不仅同意他们的进驻，并接受了他们的编整。

我一脚就踢翻了茶几，怒吼道：他孙宝珊这是在拿我的家当换他的前程。

汪家窑慌忙低下头，说，属下有失查之责。

你是我的秘书处长，你当然有失查之责。我仰面倒进沙发里，呆呆地望着屋顶那盏吊灯，很久才喃喃地说，可查到了又能怎样？

连傻子都看得出来，光凭宝珊是绝走不到这一步的。他姓蒋的处心积虑，不就是要把我们这些地方势力一个个吞并掉吗？

我是一下子觉得轻松起来，从沙发上起身，亲手把踢翻的茶几扶起后，想了想说，你说，这世上怎么有这么傻的人呢？为了争着当这个家，竟然先把家里的锅都砸了。

汪家窑不好回答，支支吾吾了一会后，说宝珊来电说已经调集了几艘货船，随时可以把我的财产运来上海。

我在爆发出一连串刺耳的笑声后，说，他这是要把我扫地出门啊，他也太急了点吧？你告诉他，我那点家产就不劳他费心了，他既然当了这个家,还是先把父亲留下的那些遗孀与弟妹们照顾好吧。说完,我又加了一句:你再告诉他,让他别一不小心也走上我的老路,我衷心地希望他前程似锦,光大门楣。

天亮时分,我让用人放满一浴缸的热水,泡在里面就着红酒喝白兰地,直到酩酊大醉。我从来都没有睡得如此的香甜与温暖,这才是我该有的生活,醉生梦死、自由自在、随心所欲。我本就该属于上海这座城市,属于这里的十里洋场与声色犬马,而不是那个依照外滩建造的秀洲城。

我的各种绯闻再次登满了报刊的各个版面。那些与我风花雪月的佳丽们,一会是电影明星,一会是梨园新角,当然还有摩登另类的言情小说女作家,甚至有沪上名门里的太太、小姐们,但更多的是那些艳名远播的舞女与交际花。我像只飞舞在花丛中的蜜蜂,从一个身体再到另一个身体,却从不会因为贪恋而稍事停留,直到有一天,我在梦中又见到了董秀澜。

她就那么俏灵灵地站在我面前,用她那双乌黑的眼睛看着我,仿佛有许多话要对我讲那样。我一下就惊醒了,睁眼看到的是从窗帘缝隙里透进来的阳光,明晃晃地照在地毯上,我想了好久才明白过来,我一直在把每个正中下怀的女人当成了董秀澜来爱。我用她们来努力拼凑起我心底的爱人,而事实上,有多少次我枕着这些鲜活的肉体,却总有一种说不出来的颓败之感,总觉得自己汗流浃背的,只不过是在跟一具又一具尸体交媾,尽管她们会哭会笑、会闹会叫。

我开始强烈地想念起我那已逝的爱人,却仍然难逃跟父亲如出一辙的命运。我的那些风流韵事被好事的作家无穷夸大,开始时只是在街头的小报上连载,成为人们茶余饭后的一点谈资,后来又被修订出版。在那部名为《再续孽花传》里,我被描绘成又一个来自远方的声色之徒,我什么样的女人都敢睡、都想睡,不管老少尊卑还是姐妹妯娌,甚至是母女。那位住在亭子间里的作家真是个思想家。他借用我的绯闻挑战了整个上海租界里的人伦纲常,但我满不在乎。既然我的这点床闱之事这么让人津津乐道,我也恶毒地发挥了一下我的想象力,特别是对于那些过于纠缠的女人们。

后来的许多时候,我都是让我的替身代我赴约。刚开始,赵白日还涨红着脸,一个劲地搓着他的两只手,说,那怎么成呢?我是个下人,我怎么可以替大人去干这种事?

我不仅让赵白日去睡我睡过的女人,还会让他替我去出席军事参议院里每月两次的例会。让他穿着我的中将制服,坐着我的专列,天亮前由上海赶到南京,再在当天傍晚返程。现在,我让赵白日去做任何事情他都已经毫无惧色,这反倒让我有点放心不下了。为此,有一天我特意问他:要是他们让你在会上发言怎么办?

赵白日不假思索地说,那我就说,我完全赞同陈调元院长的主张。

要是他们让你签字呢?

赵白日模仿我的语气,又说,事关重大,容在下再考虑考虑吧。

我真的很吃惊。看来,高贵与漂亮的女人不光是团熊熊烈焰,她们还是一把大铁锤,能在那么短的时间里,把一个乌尤山里种地的土包子淬炼成一名中将高参。同时,我也为国民政府的这个最高军事参议院感到可笑,以至好几次碰见陈调元,我都想劝劝他,何必拿着鸡毛当令箭呢?整个参议院就是个摆设,还每个月煞有介事地开两次例会。我真想对他说,哪怕牵只猴子来,都能坐在他的会议室里当这个军事参议了。

始终对此事惴惴不安的人是邹柿。如今,他已是我公馆里的总管。我不仅把上海这个家交给他管,还请德国大夫在他的断臂上装了条假肢。他曾鼓足勇气提醒我三思,万一捅出娄子来,会招来天大的麻烦。

我这不是忙不过来吗?我不以为然地笑笑,说,你要是长得像我,就让你去应付她们了。

我不是这个意思。邹柿说,赵白日可是用来挡枪子的。

我说,不给人家尝点甜头,谁甘愿为你去卖命?

邹柿有时候真是个拎不清的人,他还在固执地说,活得太舒坦了,就怕他舍不得死了。

那就让他舒坦地活着好了。我有点不悦了，说，你觉得现在还有人愿意朝我开枪吗？

邹柿挠了挠头皮，说，老爷那就当我放个屁，我这不是担心赵白日他撑不住南京那场面嘛。

这也是你该担心的吗？我觉得他是忌妒了，就冷冷地说，你还是把这个屁憋回去吧。

邹柿总算闭了嘴，怯生生地看了我一眼后，躬身退下。我不用想都知道，他这是为了我好。跟他的母亲一模一样，在他们母子的心里，只为一个人着想，那就是我。

转念间，我又把他叫回来，和颜悦色地问他，在上海这些日子里有没有看上的女人？有就娶进来嘛。

邹柿惊讶地看着我，说，老爷你忘了，我在老家有媳妇的，在伺候我娘呢。

我怎么会忘记他媳妇呢？我说，可这里是上海，身边没个女人像什么样。

这回，邹柿倒是一点没客气，又挠着他的头皮，说那就托人去周边的乡下说说看，他都剩下一条胳膊的人了，进门也就是替他洗洗衣服，铺铺被子什么的。

那怎么成？我一下来劲了，说，你是我孙公馆的大管家，怎么说也得娶个知书达理的吧？

邹柿显然没有忘记往事，他连忙点头，说，我听老爷的，老爷让娶谁，我就娶谁。

这话让我又不高兴了，我说，这是你娶老婆，这种事怎么可以让别人替你做主呢？

可是，就在邹柿娶亲的前几天，赵白日还是出了点岔子。我的专列从南京返回沪时已是深夜，月台上空空荡荡的，在昏暗的电灯光与漫天的水蒸气中，只有寥落的几名乘客在候车。赵白日戴上我的军帽起身刚想下车，月台上却一下喧哗起来。大队的巡捕与便衣就像从地底下冒出来的，一个个举着枪一拥而上，大声地呵斥着，命令那几个乘客全部趴在地上。

一个长衫男子拔腿就跑,被当场击倒后,胡荃用手拨开挡在前面的保镖,看了眼正挨个搜身的巡捕们,登上列车。

他朝赵白日躬身说,先生受惊了。

赵白日不敢吱声,只顾用手抓着帽檐挡住他半边的脸。

胡荃接着又说是我母亲派他过来的,请我务必先去乌尤会馆一叙。赵白日还是不敢吱声,扭着脖子不敢看这位乌尤会馆的总管。胡荃这才凑近细看,发现那些隐秘的传言竟然确实都是真的。他若无其事地退到车门口,冲着下面保镖喝道:还不去把车开过来?护送长官回孙公馆。

第二天,当我赶到乌尤会馆时,母亲面色平静地告诉我,昨晚在月台上的刺客共有两名,一名当场被击毙,生擒的那个已经招供。他自称是斧头帮成员,是受雇行凶,现在还关在巡捕房里。

王亚樵要杀我?我吃惊地看着她,说,他没理由这么干呀?

当然是有人花了大价钱。母亲说他们其中一人的口袋里还揣着我南京发车时间的电报呢。

你的意思是说,他们还有同伙?

你先静下心来好好想想。

我马上想到了我睡过的那些女人与她们的丈夫,可那都是有头有脸的人物,而且那些男人大部分妻妾成群的,总不至于为了顶绿帽子买凶杀人吧?我说,巡捕房怎么知道有人要伏击我?

母亲说,我通知巡捕房的。

我的眼睛睁得更大了,瞪着她,这到底是怎么回事?

原来,最初的消息来自秀洲城内。母亲在那边一直留有眼线,这早已经不是什么秘密。那份发给胡荃的电报上只有隐晦的一行字——兄携款欲来沪买刃除草。其他的,她没有细说,而是意味深长地看着我,说,儿子,你现在明白是怎么回事了吧。

你说是宝珊?我想破脑袋都不敢相信。堂堂的一省主席兼绥靖公署主任竟会派人买凶行刺我这个同父异母的兄弟?况且我已经倒台,只会寻欢作乐，再也成不了他的绊脚石。我摇了摇头，说，暗杀一名中将参议员？他不会蠢到这种地步。

人无远虑，必有近忧。母亲说，他想得比我们要长远。

我觉得她是折子戏看多了，就站起身来，说，我现在就去巡捕房，我要亲眼看看那份口供。

我们在秀洲城里有人，他在上海也一样有人。母亲仰脸看着我，说，你觉得巡捕房会留着这份口供吗？

那就让他们再审一遍。

你觉得那个刺客会活过昨晚吗？

我想，历史上的许多谜案就是这样被掩盖的，成了一个个谁也不想去捣开的粪坑。因此，后来有人说历史大部分是猜出来的，剩下的就是偏见。这桩发生在上海火车北站的案件也不例外，为了给我与社会一个交代，巡捕房在半个月后找了个替死鬼。那个破落的富家子弟吃喝嫖赌、无恶不作。我与他唯一的交集，就是曾经捧过他那个下海当了舞女的前妻。

然而多年以后，当我回顾这一生中所遭遇的暗杀，我忽然觉得这一次极有可能是我母亲一手策划的。原因很简单——促使我从声色沉迷中快点警醒过来。我相信，她就是这么一个与众不同的女人，为了儿子什么事都做得出来。她深知一个男人的对面必须站着一个敌人，才会让他看清楚自己，并且激发起斗志。

十九

乌尤会馆在上海滩的名声一点也不亚于华格臬路上的杜公馆。那里每天都名流云集,歌舞笙箫常常日夜不息。为了维持这一盛况,我母亲常年都要支出大笔的花销,同时也在十里洋场上留下了一句至理名言——一个人要是连门面都撑不起来了,那人也就做到头了。

当然,别有用心的人也曾怂恿过她,说杜先生在上海滩结了个恒社,钱夫人也应该结一个。我母亲笑吟吟地回复那些人,说,你们这是要看我跟杜先生唱对台戏吗?

精明的女人就是善于在不露声色中审时度势。我母亲从来都是这样的女人,只是跟年轻时稍有不同。在许多事情上,她再也不需要伪装与掩饰,更用不着夹紧尾巴做人,就连每次让我去乌尤会馆吃饭与应酬时的语气都这样,隔着电话都能让我感受到她的说一不二的眼神。倒是巴斯蒂安一点都没有变化,就像我从未下令追杀过他那样,对我依然保持着一副谦谦君子的态度。

我已经不止一次地跟他说过了:现在你成了我继父,你对我太客气就是见外了。

巴斯蒂安每次都是含笑点头,彬彬有礼且谈笑风生。要不是长着一张西欧人的脸,他简直就已经脱胎成为一名真正的中国绅士,而且他有时候还喜欢穿着丝绸的长衫与马褂。

这天,我穿过乌尤会馆的花园,就见巴斯蒂安站在那幢西洋楼的门厅前,穿一身粗花呢的猎装,脖子里还系了条丝巾。

上海也有地方打猎吗?我笑呵呵的,算是跟他打招呼。

巴斯蒂安微笑着，反问我：将军今天的心情如何？

我看了看头顶的太阳，说，我的心情跟天气一样。

又闲聊了几句后，巴斯蒂安忽然说起了伊藤昭男的父亲，这位老牌的外交官刚刚引咎辞职，原因除了日本对华策略上的调整，更主要的是他们发现，通过外交与经济手段已经无法控制我的二哥。宝珊利用许多虚设的金融与工程项目套取贷款，让几家日本银行陷在秀洲城里进退两难。

其实，就算他不说我也知道。不管是在南京的国民政府，还是在遥远的秀洲城内，总有一些人乐于将这类消息传递与我。

你忘了吗？我乐呵呵地对他说，我以前就跟你说过的，搞政治与经济的人迟早会成为骗子。

巴斯蒂安眯起他那双灰蓝色的眼睛，看着花园角落里的一丛万寿菊，说，我想，日本方面很快就会有人来拜会将军的。

我这才拿正眼看着他，说，到底是你想，还是他们有人要你向我递什么话？

我从来只替一个人办事。巴斯蒂安笑着说，也只替一个人传话。

我真的不知道他说的那个人是他自己，还是我的母亲，但伊藤昭男在几天后来看望我倒是真的，还送了我一柄江户时代的武士刀。我不冷不热地对他说，你应该把这宝贝送给孙省长。

伊藤昭男低下头发出一声叹息后，说与宝珊的经济合作是外务省决策上的失误，为此他的父亲已经付出了代价，现在正开始影响到他。他说，我很快会被任命为派驻秀洲城的经济参赞。

这就对了。我说，老子拉的屎当然得由儿子去擦干净。

伊藤昭男坐着一躬身，说他今天是专程来向老同学讨教的。

我笑着说，你要我教你怎么当个参赞吗？

伊藤昭男说，老同学难道不想回秀洲城了？

想回去。我又笑了，那也得有人给你腾地方不是？

伊藤昭男说，如果能在你主政的地方工作，我想我会很愉快的。

我看你这么多年的外交官真是白当了。我说，我对你们国家的态度一向是很明确的。

我相信人的态度是会随着境遇而改变的。伊藤昭男说，松井石根前辈恰好正在南京，我可以安排两位见个面。

你们外务省什么时候跟陆军部搞到一块去了？我想这才是他来看望我的目的。我说，你不会是想另攀新枝了吧？

松井前辈是家父多年的朋友，而且已经退出军界。伊藤昭男说，他也是你们委员长的老朋友，听听前辈对远东局势的见解又何妨呢？

我哈哈大笑，说，你们日本人可真会见缝插针，连我这个赋闲在家的人都不放过。

伊藤昭男却认真地说，老同学，现在你比任何时候都需要朋友。

松井石根成不了我的朋友。我说，他那套大亚细亚主义简直就是放屁。

伊藤昭男的脸有点涨红了。临走时，我送了他一把象牙柄的左轮手枪，作为回赠。他客气地推辞，说他只是个外交文官，根本用不着武器。

以后说不定用得着呢？我指了指他那把装在锦盒里的武士刀，说，老同学，照这么下去，我们迟早有一天会刀兵相向的。

第二天，我被请去乌尤会馆吃晚饭时，母亲一见面就婉转地批评我说话太直白了，这也是这些年里我吃亏的根源所在。她说，对待日本人，做到有礼有节就行了，那样他们就永远猜不透你心里在想什么。

难道你知道我心里在想什么？有时候在许多地方我都有种虎落平阳被犬欺之感，尽管她是我的亲生母亲，可我也不是原来的我了。我冷冷地说，看来我身边的那几个人也靠不住了……你看，我刚在家里放个屁，你在乌尤会馆就闻到了。

母亲今晚是在西餐厅里宴请工部局的几位华董。她瞥了我一眼后，起身走到小客厅门口，又回过头，说，文道姐弟俩要回来了。

我一愣，说，那韩冶频呢？

当妈的当然不会离开自己的儿女。母亲一边继续往外走，一边说，我打算让她来接替我慈善总会里的位置。

这么说，是你让他们回来的？

你不想一家人团聚吗？

我跟她离婚了。

在法国登个报怎么能算离婚呢？母亲说，让他们回来是为了你好。

我在过道里站定，说，妈，你现在越来越自说自话了。

母亲也停下脚步，说，韩家虽然久居北平，可你别忘了，他们在南京是有很多至交故友的。

我的事，你就别操心了。我说，你就不能看我过几天安稳日子吗？

再安稳的日子也有到头的那一天。母亲重新迈开脚步，一边穿过过道，一边语调沉缓地说，我们都得未雨绸缪哪。

韩冶频到沪那天我并没有去接船，而是刻意去了趟南京，两天后才回来。她穿了身在欧洲很常见的毛料套裙，人清瘦了很多，盘着个蓬松的发髻，举手投足间比当年更加沉稳与淡定。站在乌尤公馆后院的大厅里，她用法语对我的儿女说，来见过你们的父亲吧。

女儿玛丽已经出落成一个含苞待放的少女，我的儿子也正在茁壮成长。他们都长着孙家人特有的鹰钩鼻子，却已经不会说汉语了。他们用法语叫了我一声父亲。

我扭头看着韩冶频，说，这些年里，你就没教过他们汉语？

在巴黎是用不着汉语的。韩冶频淡淡地说，我们也没想过会回来。

这就是一个弃妇对她曾经的男人全部的怨与恨，连时间也只能稍稍加以掩盖而无法磨灭。我憋了半天，只好用法语对我的儿女们说，见到你们，我很高兴，也有点意外。说完，我发现这也太礼节性、太疏远了，就张开双臂，用法语对他俩说，我们一家人总算在一起了。

可是，他们两个站着谁也没动。玛丽脸上的表情一如她的母亲，那么的淡漠与平静，根本看不到她心里在想什么。倒是文道用一种好奇的目光看着我，说，他们都说你是个将军，那你怎么不穿军装呢？

这不是在家里吗？我微笑着，温和地说。

这就是我们一家四口在阔别十年之后的首次见面，冷静与平淡得让人有点心酸。饭后，韩冶频总算在花园里与我独处了一会，说她已经决定，过些时候就让玛丽与文道返回法国，对于两个出生在巴黎的孩子来说，上海就是个陌生的异乡，在很长的时间里，他们都将无法适应这边的生活，况且还有学业要完成。

我完全理解，也完全赞同。我说，那你呢？

韩冶频说，你母亲希望我留下来。

我倒是希望你回去。我说，孩子不能离了母亲。

那他们就可以离了父亲？

父亲有时候就是一个名字。我在池塘边的石栏上坐下，说，我是身不由己，我只求你别让他们走我的老路。

韩冶频站在我跟前，对于我们来说，许多话跟往事一样都已经毫无意义。望着波光粼粼的池水，她只是简短地说了句：我知道了。

花样百出的人是我母亲，也亏她想得出来。她竟然要让两个孩子回秀洲城的孙家祠堂里归宗，还振振有词地说，落叶都知道归根呢，何况是孙家的子嗣？总得去让先祖们认一眼吧？

直到动身那天，我才发现这是一场精心谋划的远行。母亲雇用了民生公司的两条客轮，不光载着我们在上海的所有家人，还差不多把整个万国慈善总会的理事会都拉上了，浩浩荡荡的，弄得几乎大半个中国都知道了，我孙宝琨当年遗弃的老婆孩子如今都回来了，现在就要去认祖归宗了。

新闻界也特别的配合，把我年轻时代的旧账在报上又翻炒了一遍，让我真有点恼羞成怒了。我把那些报纸往她面前一丢，说，你到底想干什么？

你还看不出来吗？这叫先声夺人。母亲坦然地说她是担心一到秀洲城里，又会有人打我的黑枪，她更怕有人在秀洲城里打了我黑枪后嫁祸给宝珊。

我说，原来你不光护着我，你还要护着他。

他要是真倒了，我们还回得去吗？

你既然两头都怕，那又何必弄这一出呢？

你的根在秀洲城里。母亲斜眼看着我，说，你该回去露露面了，不然人家会把你忘记的。

后来，有人客观地评述过，在孙氏家族的这两代人里面，唯有孙圭钧的这位四姨太才是个真正具有政治谋略的人。她知进退，也懂取舍，更知道什么时候该出手。只是，母亲与女人这两个伟大的角色羁绊了她的一生。

当我们的客轮到达秀洲城时，一向自诩务实与节俭的宝珊也安排了一场隆重的欢迎仪式，并亲率省会各界的军政官员在码头上恭候。

一片鼓乐齐鸣声中，我母亲笑容可掬地说，我儿孙的一点点家事，怎么好意思这么劳烦大家呢？

这不是四娘大驾光临吗？宝珊愉快而亲热地说，大家这也是想一睹四太太的风采嘛。

他在一句话里说了两个四字，无非就是提醒我母亲，别忘了自己那个永远上不了台面的身份。看来，人都是一样的，位置爬得越高，心眼就越狭窄。我在心里冷笑，你孙宝珊再怎么着也不过是孙家的老二。于是，就上前亲热地拍了拍他的肩膀，指着那群列队的官员们，以老长官的语气说，我那些人看来都让你换得差不多了。

宝珊毫不介怀地说，自己人用起来顺手嘛。

两天后，孙家的族人们齐聚秀洲城。各个辈分的老亲，我父亲孙圭钧昔日的旧部，还有他留在这世上的那些遗孀们，以及她们远嫁各地的女儿、在外求学与谋生的儿子们，他们拖家带口，领着妻儿、女婿都赶来了，除了死去的，唯一没有到场的就只剩我同父异母的长兄、孙家的长子宝珩了。这是自父亲死后，孙氏族人最大的一场聚会。当晚，后院里搭起了两排凉棚，宴会一直延续到将近子夜才告结束。我从未见过母亲喝那么多的酒。她脸色绯红地拉住我的手，说，儿子，今晚你看到什么了？

我看到了你的面子。我说，他们都是冲你的面子来的。

这不是面子，这是我这么多年来为你攒下的人心。母亲说当年在甘露寺外，她看着我上马，没想到我只用了不到十年的时间就把路走到了尽头。

这不能怪我，这是大势所趋。我说，你不也把宝珊扶上马了吗？

那一把，我帮的不是他。母亲走进父亲当年的书房，抬头仰望着正中那张立马横刀的遗像，说，我是在帮你爸，帮你们孙家抓住这根最后的稻草。

结果是他把我连根拔起了。我苦笑一声，说，这是你没想到的吧？

母亲的脸色变得阴沉。她走到书桌后面，在那张宽大的犀牛皮椅里坐下后，沉默良久，才说她已经说服韩冶频留在秀洲城，以万国慈善总会理事的名义在这里成立分会。同时，她还会让名下的一些公司逐步进驻。既然我曾经拥有的一切都从我的手指缝里溜走了，那就把民心要回来。末了，她竖起一根食指，看着我，说，今晚我要你保证一件事，永远不要跟冶频再提离婚那两个字。

我当然可以保证，我心爱的女人早已离我而逝，我还会为谁去离婚与结婚？只是我已学会决不会跟任何人作出保证。我似笑非笑地看着坐在宽敞皮椅里的母亲。我说，你有没有后悔过，当初帮他当上这个省长？

没什么后不后悔的。母亲靠进皮椅里，闭上眼睛，说，我们这样的人只要还活着，哪一天不是前有狼、后有虎的？

说来也怪，这天夜里我竟然失眠了。

孙家开宗祠的良辰吉日，天空中忽然下起了倾盆大雨，一时间电闪雷鸣，无休无止，好像老天爷就是个疯子，让每个站在孙氏祠堂里的人的心头都笼罩着一丝不祥的阴影。

我的母亲走到供台前，仰望着上面那些林立的牌位，说，大帅啊，你的孙子文道漂洋过海回来了，你看这有多不容易啊，连老天爷都在为我们哭呢。

她的声音在风雨与雷电之中听上去特别的异样，让人有种说不上来的画蛇添足之感。

那天，还不到傍晚就雨过天晴了。次日，母亲与韩冶频陪着慈善总会的理事们在城里城外游了三天，又开了两场会后，第四天一早把他们送上那艘装满了礼物的轮船。所有的理事们都获得了一个共识——这对婆媳根本就不像是婆媳，她们简直就是一对母女，而且还是母慈女孝的那种。就在那么繁忙的短短几天里面，韩冶频竟然有工夫跟我的日本嫂子交上了朋友，连宝珊看在眼里都觉得诧异——这对妯娌根本不像是妯娌，她们简直就是一对久别重逢的亲姐妹。

我二哥更关注的是我母亲此行的真正目的，在家里就提醒过妻子几次了：不要被人际交往中的表象所迷惑，这婆媳俩只怕都是冲着你男人来的。

日本女人一向温顺，丈夫每说一句话，美智子都会点头说一声：是。

这天，韩冶频去接美智子时，宝珊是故意等在家里的。趁着用人去后堂请太太的间隙，他对韩冶频说，听说弟妹要常住秀洲城了？

是的。韩冶频说，到时候还有许多事情要仰仗二伯您了。

接着，她就大大方方地，说她们把慈善分会的地方选好了，就在乌尤江边的董家老宅里，她会先垫资扩建当年的巾帼孤儿院，等筹到资金后，还将重修城外的义庄与再建一所夜校。

韩冶频说着，忽然朝宝珊微微躬了躬身，笑着又说，你看，我刚回来没几天，人生地不熟的，二伯要是不怕累着嫂子的话，我还想请嫂子有空的时候多来帮帮我。

这倒是宝珊没想到的。他忙摆手，说，这不太好吧？美智子可是个日本人。

慈善是不分国界的，也无关政治与种族。韩冶频一本正经地说，上帝需要我们去帮助每个需要帮助的人。

宝珊也认真地点了点头，说，现在的中日关系势同水火，我是担心那些需要帮助的人会有所误解。

世人最终会体会到上帝的仁慈之心。韩冶频说，何况，我们组建的本来就是万国慈善秀洲分会。

宝珊笑了，说，美智子可是个佛教徒。

韩冶频依然认真地说，我以前也随娘家信佛，在国外这么些年才发现，大同世界里所有的真教义都是与人为善。

那好，那你们两位慈善人士忙。见美智子从内堂出来，宝珊赶紧起身，在两个女人的目送下出了大厅。接过秘书手里的礼帽，他一边走，一边说，你安排一下，等慈善分会挂牌时，我要去讲话。秘书点头说是。宝珊想了想，又说，找几个人去施点压，我要他们主动来请我当这个名誉会长。

秘书忍住没去看省主席的脸，又一点头，说，是。

可是，韩冶频却出人意料地婉拒了省长的美意。更出人意料的是，她后来竟对宝珊坦言说，秀洲慈善分会既然是个民间机构，官方色彩还是淡一点为好。原因也很简单，她是担心关于政府中各种的贪腐传闻会让捐资者望而却步。

宝珊的脸色有点不好看了，仍笑着说，没有政府支持的民间机构说穿了就是个非法组织。

这个非法组织几十年前就在上海工部局注册了。韩冶频当仁不让地说，它应该是受治外法权保护的吧？

宝珊一愣，只好以半开玩笑的语气说，弟妹啊，你这可有点挟洋自重了。

韩冶频低下头，等到再抬起来时，眼中已聚满了哀愁。她看着宝珊，说，二伯，冶频旅居国外十七年，一心侍奉天主，如今回来了，就想着多筹点款，多行点善，也为小辈们多积一点福。

宝珊没想到这个貌似温婉的弟妹还会软硬兼施这一手。她接下来直言不讳地告诉省长大人，慈善分会已经聘请了亚力士神父担任名誉会长，当然也是有条件的，就是教堂必须出资并辟出一块地来，承建一座育婴堂。韩冶频同时作出了承诺，等到亚力士神父百年之后，这座育婴堂将以他的名字命名。换句话，她的意思就是：如果由你孙省长来当这个名誉会长，你能奉献出什么来？

宝珊当然什么也不会拿出来，他只能点头，说，弟妹，你的心思可真长，你都替亚力士神父想好身后事了。

返回上海那天，我们祖孙三代站在甲板上，向秀洲码头上送行的人们挥手作别。韩冶频站在人群中，看上去那么的不起眼。我忍不住对母亲说，妈，你让韩冶频来秀洲城，看来是选对人了。

峣峣者易折。母亲却不无忧虑地说，你的老婆变了，她在国外待得太久了。

一直等回到上海，我深谋远虑的母亲才道出她此行的真正目的，其实是为我重返秀洲城作的一次投石问路。她希望我成为一名棉纱与粮油的运输商与经销商，以上海为基地，从而最终在秀洲乃至全省垄断这两个行业。

我忍不住要笑出声来，曾经一省的军政长官如今要沦落为棉纱与粮油商人。我母亲却不这么认为，她说，在上海的这些年里，她经常会想起乌尤江泛滥的那个时候，秀洲城里洪水肆虐，仅仅不到一个月，人们已像蝗虫一样吃光了所有的树皮与草根，连乌尤山里的癞蛤蟆都没放过。她叹息道：你们这些大人们，平日里口口声声人民、人民的，可真坐到了那个位置上，还有几个记得民以食为天这句老话。

那倒未必，至少我从来没有忘记过这句话。我还坚信，哪怕再荒唐的执政者都不会忘了民以食为天。想当初，每次与我的幕僚们谈论治下的这片土地时，我们都一致认为这是个有山有水的好地方，唯一的不足就是缺少耕地。所以，孙圭钧才会听从亚力士神父，依靠土地置换与招商引资来积累财富，再通过乌尤江把粮食源源不断地采购回来。现在，孙宝珊能在全省各地兴建那么多工厂，在很大程度上凭借的还是我与父亲这些年里打下的基础。

我对母亲说，你就放心吧，你能想得到的，人家早都想到了。接着，我又笑着对她说，让一名堂堂的中将参议员去当粮油贩子，亏你想得出来。

正因为你肩上扛着这两颗星，我才要劝你去做生意。母亲说，生意做大了，它就是政治。

你不是想我把生意做大。我看着她，说，你是想让我通过粮食来捏住宝珊的命门。

我是想你从哪里跌倒的就在哪里爬起来。母亲说，你总得在秀洲城里找回一席之地吧？

二十

我的棉纱与粮油生意就是这样开始的。

到了这年冬天,西安的两只蝴蝶扇了扇翅膀,南京的权力中枢就掀起了一场风暴。早在张、杨兵谏之前,佟其庸就来找我商量,要我把刚运抵秀洲城的粮食与棉花装车,由陆路经陇海线调运到渭南一带。作为补偿,他交给我一份清单,上面不仅有参茸、皮草,还有大量的红酒、雪茄与玻璃丝袜。这些货物都存放在黄浦江码头的仓库里。

现在就可以派人去验货。佟其庸说,这是笔稳赚不赔的买卖。

那倒不一定,多大的利益后面就隐含着多大的风险。这是傻瓜都想得明白的道理。我刚认识这家伙时,他还在东北军中负责军需采购,常驻上海,一向以吃喝玩乐与结交权贵著称,有时也跑来秀洲城,跟我的军需部门做一些物资上的调剂,但都是些不大不小的买卖。张学良驻兵西北后,他忽然辞掉军职,在上海与西安两地开起了公司,很快就成了乌尤会馆里的常客,有时我们也一起在杜公馆里赌钱。传言也就是在那个时候开始的,说他不仅做老东家的生意,同时还把紧缺的物资运往陕北。

我随手把清单往茶几上一放,说,你们少帅不缺这点粮食,不至于急成这个样子吧?

佟其庸避而不答,只是微笑着让我尽管放心,驻防渭南一带的是东北军的二十二师,还有杨虎城手下的一个独立旅,这些都是老朋友了。况且,他还会亲自赶过去接车。

我有什么不放心的?现在,我是个生意人。生意人的眼里只有甲方和乙方。我才不在乎这批物资最终会落到谁的手里,哪怕陕北的红军。至少,他们从来不曾欺压过我,也没有让我从一省的军政长官沦落为一名商人。

我起身对佟其庸说,既然是笔好买卖,那我这就给秀洲方面去电报。

谁知,这趟交易最终还是出了岔子。就在张、杨通电全国,发出八项救国主张后没几天,南京的军政部长亲自出任讨逆军总司令,调集军队由东、西两路,直逼西安。

我的那些车皮在潼关遭到了中央军第二师的扣押,同时被拘捕的还有佟其庸。当晚,我派汪家窑飞洛阳,带着厚礼去见刘峙,可这位刚刚就职的讨逆东路军司令官竟然避而不见。两天后,我不得不亲自赶到潼关城外。虽然身穿着国民革命军的陆军中将制服,可我只能和颜悦色地请求一个小小的师长高抬贵手。

郑师长一点都不给我面子,脸露难色地说,切断陇海沿线的物资供应是讨逆军司令部的命令。

我们都是带兵的人。我说,这就是件睁一只眼与闭一只眼的小事情。

军中无小事。这个拎不清的家伙竟然站得笔挺,对我说,身为军人,他必须不折不扣地执行上级的命令。

我有点不高兴了,对他说,老子也是参加过北伐的军人,想当初在战场上打得你死我活的老对手,现在还不是一起坐在南京军事参议院的会议桌前称兄道弟的?我由衷地叫了他一声桂庭兄,说,蒋委员长跟张汉卿还是拜把子兄弟呢,人家在台面上拍桌子,你又何必在台底下使绊子呢?

郑师长依然站得笔直,却已经低下了脑袋。想了会后,他给出个折中的办法,说可以让列车掉头,由我把货都拉回来,要么就暂时寄存在潼关的火车站,等到事件有了结果后再作放行。他双脚一并,说,卑职是职责所在,望孙长官见谅。

我哪里还是什么长官?我哈哈一笑,说,我孙宝琨现在是落毛的凤凰不如鸡了。

晚上，师部的长官们在潼关城内的一家清真馆子里为我接风洗尘时，我请他们放了佟其庸，也好让他回西安去禀报一声。

郑师长放下酒杯，说他对这个佟某人早有耳闻，这种倒买倒卖的掮客，就是寄生虫，是军人的耻辱，把他枪毙一百回都不解恨。

这不是在指着和尚骂秃驴吗？一下子，大西北的美食在我嘴里味同嚼蜡。一直到宴罢，我才悻悻地说，郑师长，那让我去探探监总可以吧？

郑师长随即扭头对他的参谋长说，有劳临之兄陪孙长官走一趟吧。

在去县城监狱的车里，我对那位姓司的参谋长说，在你们师长的眼里，我就是条倒买倒卖的吸血虫。

司参谋长是我大哥宝珩在保定军校里的同学。他笑了笑，说，我们师长是黄埔一期的。

他真把自己当成天子门生了。我在心里发出一声冷笑。

潼关古城的监狱原先是座寺庙，一进去就有股粪便与大蒜的气味扑面而来。再体面的人待在里面也会变得像狗一样。佟其庸缩着脖子，裹在一件破旧的棉大衣里，睡眼惺忪地看着我，文绉绉地说我是千金之躯，何必亲自来蹚这浑水呢。

买卖做的就是诚信两个字。我说，你跟货都卡在了半道上，我不管谁管？

佟其庸的眼神是一点一点醒目起来的，他在昏暗的马灯下看着我，很久才说，他估计自己一时还出不去。他请我派人跑趟渭南城里，替他去见一下买家。

我心里一跳，说，这不妥吧。

买卖做的就是诚信两个字。他看着我，说，其庸也不能失信于人。

在回去的车上，我请司参谋长明天一早就派人把我的副官送过防线。我说，你们郑师长铁面无私，可我也算是半个货主，得给渭南的买家有个交代。

渭南就在去西安的必经之路上。司参谋长看着我，说，孙长官为什么不上西安呢？

我去西安干什么？

司参谋长像是在讨好我，沉默了会，说，如今的西安是万众瞩目之焦点，像我这种身份的人，脚站在哪里就是一种无声的态度。

我笑了笑，在心里说，我才不会去抱姓蒋的大腿呢，我巴不得何应钦今晚就派飞机把西安城炸平了。

可是，回到旅社，汪家窑也是这样劝我。他完全是有感而发，说他算是看明白了，在如今的政府里，站对位置比打一百场胜仗都管用。

我瞥了他一眼，说，家窑，你这是在发我的牢骚。

第二天一早，我的副官就越过防线去了渭南，两天后才返回潼关。他竟然还给我带回了一个人。站在旅社房间昏暗的光线里，我见到大哥宝珩时，他穿着黑色的呢大衣，头戴一顶黑色的貂皮帽，笑呵呵地朝我伸出手来，说，一别十年了，我想我们兄弟俩总该见一面的。

事实上，在这十年里面，我曾不止一次听说过他的死讯，一会是在赣南的于都被枪毙，一会是失足掉进了金沙江里。我又把他上下打量了一遍后，淡淡地说，你要是在这里出了事，我可保不住你。

我会出什么事？宝珩说他们的周副主席已经到达西安，国共之间极有可能在接下来翻启新的一页。

我连忙摆手，说，我现在是个生意人，我对这种事情不感兴趣。

宝珩扭头看着我挂在衣架上的黄呢制服，说，可你还是个中国人。

我仍然淡淡地说，你要是再谈这个，我就没话可说了。

宝珩点了点头，在一把椅子里坐下后，想了想，说他结婚了，妻子是江西于都人，跟着他一路长征到了陕北。

我对此毫无兴趣。我起身，从皮包里取出那沓货物清单，说，既然你们是买家，那就在这里收货吧。

宝珩用一种失望的眼神望着我，说，你可真像个生意人。

我说，我本来就是个生意人。

生意人就得讲规矩。宝珩说，我们怎么可以在半道上交割呢？

佟其庸随时有可能被枪毙。我把那些清单放回皮包里，说，如果你们不想要这批货了，我只好把那几个车皮拉回去。

宝珩起身，拿过桌上的帽子戴上后，目光深邃地看着我，说，老三，哪怕是个生意人，你对形势也要有个准确的判断。

我笑了，说，孙老板，你这是要教我做生意吗？

宝珩愣了愣，说，我现在姓肖，名必成。说完，他又补充了一句：革命必定成功的必成。

那好吧，肖必成，肖老板……我拉开门，笑着说，这潼关城里还有一位你保定军校的老同学，你何不去拜访拜访他呢？

我就是在宝珩出门的那一刻决定上西安的。当郑师长听说我这是要去陪委员长坐牢，一脸肃然，不仅亲自带人把我送过防线，同时致电讨逆总司令部。很快，在沉寂了这么久之后，我的名字又登上了全国各大报纸的头版，成了新闻记者口中蒋委员长最忠实的拥趸。

可是，去往这座西北重镇、千年古都的一路上阴云密布，到处是如临大敌的军人们。我既没有见到张、杨，更不会有人让我去探望委员长。一进城，我就被看押在了鼓楼旁的一家驿馆里，每天吃的除了羊肉泡馍，还是羊肉泡馍。

这天，终于有位戴狗皮帽子的军官把我带上车。

汽车在崎岖的山道上急驶时，我问他这是要带我去见蒋委员长，还是张副司令。军官操着一口浓重的东北口音，说，到了，你就知道了。

我在华清池旁的一间屋子里见到的人却是陈调元。这位我在最高军事参议院里的主官，一点都没有被囚禁的样子。他放下手中的报纸，上上下下地看了我好一会，说，这回你不是那个冒牌货了吧？

原来，这个老滑头早就看出赵白日是我替身了。我哈哈一笑，说，如假包换。

他的脸上这才有了笑容，竖起了大拇指，说，孙老弟这步棋走得高明。

我能高明到哪去？我嬉皮笑脸地说，你们这些长官都不站出来替我说句公道话，宝琨只能聊表忠心了。

你知道怎么做了,别人才好怎么去进言不是?陈院长随手拿过一盘茶酥饼,非要我尝尝,说,这是宝鸡的特产。

我就这么被转囚在了华清池旁边的一间屋子里,跟那些政府的要员们一起,每天除了看报与吃喝拉撒外,能做的只剩下故作镇定了。不过,我还是感到有点欣慰的,至少在囚禁的待遇上,我又跟这些人平起平坐了。我基本上要到夜深人静后才开始感到后悔,特别是听着北风呼啸着在骊山北麓的树林乱窜,总有种莫名的恐惧,总觉得次日的太阳一升起来,我就会被拉出去陪葬。

此后的很多时刻,只要我一回想起在西安被囚禁的那些日子,就觉得人生就是一场不折不扣的梦。等我真的醒来时,飞机已经降落在南京城外的大校场机场。我与同机回来的人们受到了英雄凯旋般的礼遇,直到机场上的人群散尽,我才发现,我与他们是不一样的。转眼间,我就被冷落在停机坪上,孤零零地,眼睁睁地看着一辆一辆轿车鱼贯而去。

我的副官出去打了半天电话,才从军事参议院里调来一部公务车,连我的随从都不够坐,许多行李只能暂寄在机场的库房里。

挤在公务车的后座上,我扭头看了看并排坐着的副官与汪家窑,我只能对着前排警卫的后脑勺,说,真是他妈的,老子这回真是自取其辱。

然而,在母亲的眼里,儿子永远是真正的英雄。我一回到上海,她就在乌尤会馆里大摆宴席,遍请沪上各界的名流,口口声声说是为我洗尘与压惊。

我无可奈何地说,妈,你嫌我还不够丢人现眼吗?

你丢谁的人?现谁的眼了?母亲站在门口一边招呼客人,一边笑吟吟地对我说,委员长刚脱险,他在南京有很多事要忙,那我们就在上海给他提个醒,让他别忘了你也是不远千里赶赴西安的一个。

当晚的宴会进行到近半,已经有好几家报社的记者采访了我,谈的都是与西安有关的话题。第二天,又有沪上的一些团体邀我去作演讲。他们要听的还是我在西安城里那几天的经历,以及我对局势的见解。当然，这些都出自我母亲的安排。她早已让人为我准备好了发言稿，同时还炮制了一份遗嘱，落款写着——宝琨绝笔于华清池畔。

这份遗嘱几天后全文被登在了《申报》上。它让我平淡无奇的西安之行变得可歌可泣。

舆论力量的强大就在于能够叫醒那些装睡的人，委员长终于要见我了。当我奉命赶到南京的军委会，侍从室里出来接待我的只是名普通的参谋。他说，委员长一早就去了杭州。

我愣了愣，说，那麻烦你安排我去杭州吧。

他说不用了，委员长临走时已经给我留下了礼物，是一套《曾文正公文集》。

他不是早送过我一套了吗？我对那名侍从参谋说，你们要劝委员长多休息，他有点健忘了。

委员长的意思恐怕是温故而知新吧。侍从参谋又捧出一卷墨迹刚干的宣纸，展开后上面是四个大字——"淡泊明志"。他说，委员长一早还问起了孙长官的生意。

返回上海的列车上，我最终没能忍住，对着一掠而过的田野，用委员长的浙江官话狠狠地骂了三个字：娘希匹。

母亲倒是不以为然。她说既然委员长都在关心我的生意，那我们就要把它做到更好。

可我不这么认为。凭我一再被撸权的经验来看，姓蒋的在开始注意你的时候，那你离倒霉的日子又不远了。

你还能倒霉到哪里去呢？母亲看着我，说，你也就剩下身上这身皮了。

我沉默了一会，忧心忡忡地说，妈，你难道没听见吗？战争的脚步已经越来越近了。

那又怎么样？打仗就不吃饭不穿衣服了？母亲抬头望着窗外的花园，说，你父亲生前常说一句话——大炮一响，黄金万两。

女人就是种奇怪与善变的生物，尤其是日渐衰老的女人。几天前她还意气风发的，忙里忙外为我去唤醒一个装睡的人，现在竟然坐在屋内的太阳底下思念起她的亡夫来。

我转头看向正在一盆海棠前修枝剪叶的巴斯蒂安，说，老巴，你知道商女不知亡国恨吗？

战争只不过是另一门生意。巴斯蒂安回过头来，微笑着对我说，将军，乱世才会出英雄，军人就是为战争而生的。

我哈哈大笑。看来，只有这个痴情的法国佬才是真正懂我内心的人，可他在这个屋里就跟我在这个国家里一样无足轻重。

然而，在头顶悬了那么多年的战争真的降临了。就在那一年的盛夏夜，每个人都惊醒于从北平城外卢沟桥上传来的枪声。

有人曾大胆地假设过，如果不是这场战争与那些该死的日本军队，我极有可能会成为民国历史上最了不起的商人。为了生意，那个时候我已经准备与宝珊尽弃前嫌，并且承揽了他部分军粮的采购与供应；我还打算把乌尤山里那些千年古木开采出来，通过奔流直下的乌尤江运往上海，用成材的部分制作家具，再把不成材的部分雕刻成艺术品，让它们卖出等同于黄金与白银的价格；为了组建远东最大的联合贸易行，我专程前往星岛，拜访了许多南洋的华商，不辞辛劳地游说他们——有人提倡科学救国，有人提倡实业兴邦，难道我们就不能用贸易来拯救这个民族吗？

那个时候，我平生第一次为自己作出长远的规划，以便更加快速地沦为一名彻头彻尾的商人。可是，战争来临了。

子弹让一切都像玻璃那样被击得粉碎。

委员长的副官长忽然光临寒舍那天，上海的每台收音机里都在播送着他那篇著名的抗战宣言。

稍事寒暄后，副官长就开门见山地说他是来征求我意见的。委员长有意让我重新出山，回到家乡去召集旧部，组建一个军，并且出任军长。我笑着说，委员长是拿我当夜壶了，现在尿急了，就把我从床底下拖了出来。

宝琨兄就不要发些无谓的牢骚了，国难当头，我们还是尽军人的本分吧。副官长说着站起来，请我立刻随他赶赴庐山。

回想起那么多次被冷落，我一动不动地坐着，说，既然委员长决心已定，那下命令就是了。

仁兄还不明白吗？副官长笑着把我拉起来，就像哄孩子似的说，领袖要有领袖的面子，领袖有了面子，我们才会有里子。

事实上，我在庐山住了有四天，却在那幢著名的别墅里只待了几分钟。蒋委员长一进来，握了握我的手，一连说了两个坐后，见我还站着，就自己在一把藤椅里坐下，说，听说你生意做得不错？

我说，家母年纪大了，我只是闲来帮她照看一二。

委员长点了点头，说，宝琨，你明白我为什么要你多读《曾文正公文集》吗？

我说，委员长是要我修身养性。

委员长显得有点感慨，说，修身养性是不可能了，我要你继续去带兵。

我啪地双腿一并，说，宝琨唯委员长命令是从。

委员长点了点头，说了几句华北方面的战势后，起身再次握了握我的手，说他还有事情要处理，就不留我吃饭了。我说是。他松开手，又说，部队的番号、配备，具体的这些，你跟慕尹他们商量。

离开庐山那天，一路上阴雨不定，我的心情也像山道一样起伏不定，以至于到了山脚就让轿夫停下。我蹲到一个算命的盲人跟前，说，给我占一卦吧。

盲人睁着他那双白花花的眼睛，说，先生问什么？

我看了看身后的副官长，说，问前程。

盲人想了想，说，先生上山了没有？

我说，上了，刚下来。

那就不必占了。盲人说，上山容易下山难。

二十一

民国二十六年的江南没有秋天,有的是遍地烽火。

在那漫长而短暂的三个月里,上海成了一台绞肉机。中日两国的军队源源不断地被投送到这块水乡之地,几十万士兵在暗无天日的马路与里弄间作战,子弹像雨点一样劈头盖脸,从四面八方射向他们。在飞机与舰炮的狂轰滥炸下,无数的建筑在顷刻间成为废墟,许多士兵刚刚阵亡,尸体就被坦克的履带碾得粉碎。血水顺着马路流进窨井,再从下水道汇入苏州河。

我的七弟宝琰就是战死在其中的一场空战里,年仅二十四岁。他开着油箱中弹的飞机,一头撞向了黄浦江里的日本军舰,成了我们孙家第一个在抗战中壮烈殉国的男儿。这个平日里少言寡语的老七,在家里就像他的母亲一样毫不起眼。我甚至常常把他跟年纪相仿的老六与老八搞混,直到有一天他来找我,说要去杭州笕桥的中央航校,我才发现那些同父异母的兄弟都已长大。那个时候,正是我意气风发的时候。我对他说,你想开飞机还不容易?我们自己也有飞机。

我记得,宝琰说他是想成为一名军人。

那就更容易了。我说,你先在我的卫队里当个排长,明年就升你当连长。

宝琰习惯性地低下头,像个女孩子那样看着自己的脚尖。他的沉默让我忽略了他胸膛里那颗高傲的心。他从来没有把我的军队放在眼里,也没有把我们这个家放在眼里过。自从离开秀洲城,这个寡言的年轻人就再也不愿回来,但我还是参加了他的婚礼,在上海的华懋饭店里,证婚人是他们空军的周司令。

大喜之日,宝琰穿的竟然是空军的军官礼服,一见我就敬了个标准的军礼。

我可不是你的长官。我一边拿下他的手,故作亲热地说,我是你的三哥。

宝琰只是笑了笑,拉过新娘的手。然而,这位洋行职员家的独生女儿新婚不到一年就成了寡妇。

空军司令部在大战的间隙,专门派飞机送来了宝琰的那套军官礼服与一枚青天白日勋章。几天后,它们被安放进棺椁,隆重地埋葬在我们孙家墓园显眼的位置。为了这个衣冠冢,重病在身的汪老先生派人送来了他此生最后一篇雄文,以示哀悼。

他在最后泣血而书:呜呼痛哉,伏惟尚飨;其魂不灭,其志长存。

就在那一天,秀洲城里沸腾了,特别是省立秀澜大学里的男女学生。他们堵在我刚设立不久的军部门外,纷纷写下血书要求投笔从戎,誓死卫国,这让站在台阶上的我不禁热泪盈眶,又想起了我那些奔走在巴黎街头的岁月。

我的这个暂编军是由曾经遣散的旧部重组而成,还收拢了一些东北军与湘军的残部。为了显示兄弟之情与同仇敌忾的气概,二哥宝珊调拨了两个保安团与他兵工厂里制造的一批武器,充实到我下设的两个暂编师里。不过,明眼人都看得出来,他这是在往我的队伍里面掺沙子与安钉子呢。只是,如今我们谁都已经顾不上这些。我把新招募来的青年组成了一个新兵团,还专门把秀澜大学里的学生编成一个营,并以宝琰的名字命名。不久,这个营就被全省各地蜂拥而来的学生扩充成了一个团。

在誓师大会的授旗仪式上,我对这批学生兵们说,孙宝琰不仅是吾国军人之楷模,他更是我们爱国青年之楷模。

汪家窑主动请缨,担任了该团的团长兼教务长。我当然明白,他除了有一腔热血之外,还有一颗勃勃的野心。

终于,开拔的日子来临了。我这个临时组建的暂编军还未出发就被临时编入第三战区。虽然，在作战人员与火力配备上远没有齐全，战事却已经刻不容缓。淞沪前线的战报每天如雪片般飞来，让作战处的那些参谋们都觉得难以置信。他们都是我的旧部，都认为中日间的这场大战早已经陷入了泥潭。现在，该做的是有序地撤出战场，而不是再往火炕里添柴。

就连宝珊也开始置疑起最高统帅部的决策。来为我送行的那天，他一脸愤慨地说，什么叫国际观瞻？仗都打到这份上，怎么还有人在异想天开？他悲愤地说，中国的兴亡，怎么可以寄托在英美列强的会议桌上？

这种时候讲什么都是屁话，杨森的二十军打光了，白崇禧也把两个军都填了进去。我用嘲讽的语气说，二哥，你就别在这里纸上谈兵了。

宝珊愣了愣，说打仗打的就是钱粮与运输，他已经下令调集全省可调集的物资，第一批已经分水陆两路启运。

我想要的不是钱粮。我们要去的地方是全中国最富庶之地，我根本不担心我的士兵会挨饿。我对他说，我现在最缺的是一所野战医院。

宝珊皱着眉头，一狠心说他可以抽调两个战地医疗队拨给我。

那怎么够？我说，我这是去打仗，我好歹也是一个军的队伍。

宝珊背着双手想了会，给我出了个主意，让我多备汽车，在途中征用一些现成的医院与外科医生不就成了？他说，穿上军装他们就是抗日战士了。

我笑了，说，二哥，你这是要我上军事法庭。

宝珊摇了摇头，一本正经地说，现在是战时，地无分南北，年无分老幼，皆有守土抗战之责任。

我才不相信他的鬼话呢。我在心里冷笑，他是巴不得我以最快的速度战死在淞沪战场上。在这方面，韩冶频跟我的认识是一致的。刚回秀洲城筹军的第一天，她就提醒我，没必要把军部设在这城里。她说，一山不容二虎的道理你不明白吗？

我就是在敲山震虎。我说，我就是要给他提个醒，这里仍是我的地盘，现在我孙宝琨又回来了。

韩冶频闭上嘴什么都不说了。我这位名存实亡的夫人，在我们生离死别之际，显示出了一个女人少有的魄力与气度。她不仅把募得的钱款全部移交给了我，还以我的名义变卖了我在城里的各处房产，并且提空所有公司里的小金库，全部兑换成黄金与大洋充作部队的军饷。

就是这个对我怀恨在心的女人，她让我的这次出征充满了一种破釜沉舟般的悲壮气概。

临行前夜，我在灯下望着她，算了算，我有十多年没跟她睡觉了，就破天荒地朝她笑了笑，说，明天一早部队就开拨了。

她说，那你多珍重。

今晚我不走了。我靠进沙发里，说，今晚我就住这了。

韩冶频只是看了我一眼，起身走到门边，拉开门。

我想了想，搓着双手站起身，走到门边。我几乎是把她拖进卧房的。摁到床上后，韩冶频的眼神又恢复了平静，看着我。

我说，把眼睛闭上。

她依旧睁着眼睛，说，别作孽了，上帝在看着你呢。

我说，那就让他看好了。

做到一半时我就后悔了。韩冶频的身体是那么的僵硬与令人无趣，好几个瞬间，竟让我有种在尸体上忙活的感觉，让人进退两难。我索性撑在上面端详她，四目相对，韩冶频始终睁着眼睛，一眨不眨的，那眼神既像是跪在天主跟前祈祷，又像是在为谁哀悼。

我扫兴地说，我看你还是回巴黎吧，说不定我会死在上海的。

韩冶频总算合上了眼睛，脸上的表情，好像我已经是个死人。

忍了会，我又说，到了巴黎，多教两个孩子说点中文。

韩冶频重新睁开眼睛。她扭过头，长长地吐出一口气。

事实上，我的先头部队还没能赶到上海，淞沪会战已经在全线溃败中接近尾声。战区司令部忽然来电，要求我部改变原定的行军路线，火速赶往浙江境内的嘉善、枫泾一带，协同湘军一二八师阻击由乍浦一线登陆的日军，掩护主力撤退。

可这里是江南平原，到处水网密布，而且许多公路都已毁坏，没有足够的工兵架桥，我们就算插上翅膀也火速不到哪去。我一边说着，一边把电文交还到左家骥手里。现在，他又成了我的参谋长。这是我上庐山的那四天里提出的唯一条件。为此，还亲自赶到南京的陆军监狱，把特赦令与委任状一起放在他面前。左家骥当时静坐了良久后，撑着桌子站起身来，忽然咧嘴一笑，说横竖一个死，军人嘛，还是马革裹尸的好。

最后，我的这位参谋长提出了一个近似于自杀式的方案，就是由他从各团抽调老兵，组成快速增援联队，连夜奔赴指定地点。为了便于行军与随时投入作战，他调整了这个联队的单兵装备，除了武器与弹药，尽量轻装简行，并且又在每个班再加配了一挺捷克式手提机枪。部队出发前，左家骥回自己的帐篷里去换了双马靴后，走到我面前，说，军长，我这是第一次给你当回先锋。

我当然明白他怎么想的。看着他离开死牢时的背影，我就心中有数了。我说，老左，你是我的参谋长，你要去赴死，也不至于急成这样子吧？

那就看日本人的子弹长没长眼睛了。左家骥冲着我双腿轻轻一并，抬手敬了个告别礼。

这支不到两千人的增援部队很快消失在苍茫的晨光里。目送他们的每个人心里都清楚，他们中的大多数人将一去不返，可我们谁也没有想到，他们的第一战就为我这个暂编军打出了名声。他们赶到沪杭铁路的沿线，协同一〇九师与一二八师，还有一些临时调来的暂编部队，阻击了日军几个师团的轮番进攻。七天七夜里，他们不吃、不睡，日夜不分，子弹打光了，就在尚未收割的田野与日军肉搏。

按照原定计划，我率部队辎重随后跟进，两天后与左家骥会合，共同御敌于嘉枫一线。然而，就在我出发后的第二天，战区司令部与军委会一个下午就来了三份急电，命令我再次改变行进方向，会同第十五集团军,进入京沪杭国防工事的吴福防线。好像明知道我会抗命那样,军委会在最后一份电文中不容置疑地说战事万变,军法无情,望我务必以战局为重。

我能怎么办?我能干的就是站在路边,拍着汽车的发动机盖,冲军部机关里那帮参谋们发火、骂人,然后命令他们重新制订行军路线。就像所有过河拆桥的长官一样,我能做的就是以战局为重,连河边都没赶到就无情地抛弃这支先头部队。

稍稍缓了口气后,我吩咐副官说,给参谋长发电,告诉他,完成阻击任务后速撤入吴福防线。

副官愣愣地看着我,说昨天就已经联络不上他们了。

那就接着联络。我说,每个小时发一次电报,直到给我联络上为止。

副官还在不知所措地看着我,说,长官,那我们不走了?

我怔了怔,说,滚。

可是,焦头烂额的统帅部很快就失望了。我们与从淞沪战场上下来的溃军都没能守着这道护卫首都的屏障。这条曾被吹捧为东方马其诺的防线绵延百里,横贯江浙两省,却几乎是不攻自破。后来,有人还在回忆录里把这场失败归结为当时找不到打开工事与掩体大门的钥匙。那简直就是活人开给死者的玩笑,堂堂一国军事设施的大门竟然交由几个地方甲、保长看管。这些平民早在战前就已经跑得无影无踪。

退守南京的一路上到处是残兵溃将与背井离乡的流民。他们的眼神中除了绝望,了无生气。天空中一会刮风,一会下雨。士兵身上的衣服干了又湿,湿了又干,在瑟瑟发抖中深一脚浅一脚地往前走,可我们每个人心里都明白,冬天已经不请自来。我们都将葬身在这片泥泞而冰冷的土地里。

终于在到达南京城外的第三天,我收到了一个好消息。左家骥并没有阵亡,虽然他带去的近两千人剩下不到几百,但他们毕竟活了下来,正在一个叫王江泾的小镇上休整。电报就是从那里的邮局发出的。我立即命令作战参谋在地图上标注出来，才发现这个地处江浙交界的小镇早已沦为敌后。

我喝了口热茶，对机要秘书说，回电吧，把我们现在的方位告诉他们。

机要秘书速记完后，抬头问我：是不是再加一句？请参谋长速归。

归不归的，让他自己看着办吧。我走到帐篷的开口处，望着远处正在细雨中修筑工事的士兵们，很久，才无力地说，你知道这前面会有多少日军吗？

这个问题就算是南京的卫戍司令部也回答不上来。即便到了今天，许多研究抗战史的专家中，有人说是五万；有人说算上外围的迂回部队应该是七万；也有人说，光攻城部队就达十万之众，进入南京城参与大屠杀的才是五万。

这场戍卫首都的战役从一开始就没人抱有胜算。我们驻守的外围防线在日军的两路夹击下很快被突破，不得不退守到南京城下。为此，卫戍司令部再次召开军事会议，重新调整了防御部署，却有人还在会上旧话重提，说什么新败之军，难守危城，既然全国都下了长期抗战的决心，就不必固守于一城一地，倒不如宣布南京成为一座不设防的城市，至少这座六朝古都可以免于战火，平民可以免遭屠戮。

人家的刺刀都顶到你鼻子跟前了，还说什么废话？抱恙在身的卫戍司令脸色铁青。他站起来，整了整军容，说，诸位，我们都誓与南京共存亡吧。

会议室里一下变得鸦雀无声。为了彰显背水一战的决心，他当场下令，撤走长江里所有的船只，还将一个师放在渡口前的位置上，准备随时用机枪扫射试图弃战出逃的部队。

只是，卫戍司令的誓言与决心在炮火中只坚持了短短的几天，就在日军攻入中华门的当日，他最后一次把我们召集到司令部，出示了最高统帅部的撤退电令。

我在撤退途中被流弹击中。那颗子弹穿过胸腔，至今还卡在我后背的脊椎与肋骨之间。为了阻止日军入城，仅仅这两天里，我的一名旅长与两名团长相继殉国，连遗体都没能抢回。我的阵地一个一个地被攻陷，但我们屡败屡战，每次冲锋都试图把它们重新夺回来。我的士兵就像割麦子一样成片地倒下。他们的血水渗入冰冻的土地，又被炮弹炸飞起来，溅在每个人的身上与脸上。

等我回到军部传达完卫戍司令的撤退令，我那些满身血污的军官们将信将疑。他们看着我，不知道说什么好。我只好对他们说，你们愣着干什么？命令就是命令。

这注定将是我终生难忘的一夜。各个方向的守军像溃堤的潮水一样涌进城内，每条道路都被大大小小的军车堵塞，到处是枪声、炮声与汽车的喇叭声，许多房屋正在熊熊燃烧，照得黑夜如同白昼。我军部的车队总算在乱套了的城里穿过，赶到下关码头前的挹江门时，却见无数的平民与士兵被堵在那两个狭窄的城门洞里。他们竟然还遭到了督战部队的扫射，又有大批的士兵倒在了自己人的枪下。

那颗由督战部队枪膛里射出的子弹就在这时飞来，穿过汽车的风挡玻璃射入我右侧的胸膛。我推开车门，对那些忙着掩护我与四处叫唤医官的下属们说，你们别慌，先把坦克找过来……给我用炮轰。

副军长显然以为我是伤到神志不清了，扯着嗓子，说，军长，那可都是自己人。

我张着血淋淋的手掌，咧嘴对他一笑，说，我都快要死了，你还管他什么人呢。

二十二

每个见过我的人都以为我活不过下一刻钟。

辗转江北的一路上,风雨交加,天寒地冻。我日夜处于回光返照的亢奋之中,在担架上不停地胡言乱语,但说些什么我根本记不起来,也没有人敢在事后告诉我,就连我常常把他当成自己的赵白日也不敢说。早在我筹军备战那会,他便成了我的贴身勤务。为了掩饰与我如出一辙的容貌,自从穿上军装,他自觉地蓄起了络腮胡子。

如今,我的身边除了卫队,只剩下汪家窑那个残缺不全的新兵团。我的医官在下关码头掉进长江被水冲走,军部的卫生兵就知道往我的胳膊里注射吗啡与盘尼西林,直到他们冒雨把我抬进那家小县城里的医院。

汪家窑临时征用了这家医院,并在院长办公室里开始接管这座小城。他让士兵把各科的医生都召集到手术室门外,然后手按在腰间的枪套上,脸色阴沉地朝他们一鞠躬,说,拜托各位,救救我们的军长。

蒋慎维是我的主刀医生,也是这家医院的董事兼院长。这个貌似沉稳的男人很注重仪表,十指修长,衣着考究,连白大褂都熨烫得没有一个褶痕。他看了看那些惶惶不安的同事们,上前对汪家窑说,长官,医生不是神仙,我们也只能尽人事,听天命。

汪家窑看着他,点了点头。

我的手术从黄昏一直持续到深夜。据说为了救我,光赵白日就差点输光了他身体里全部的血液,却仍无法取出卡在我后背的弹头。

醒来后的第三天,我的烧已经完全消退,却仍有种身处梦境般的恍惚之感，尤其是在见到胡淑仪后。这个二十年前就已不在人世的胡家二小姐，活生生地站在病床前，垂眼俯视着我。阳光透过窗玻璃照在她的海虎绒大衣上，散发着只有在天堂里才有的柔和光芒，好像岁月从未在她脸上流逝过。我出神地看着她，不敢相信我们这是在人间相遇。

事实上，放她一条生路的人是我的父亲，而救了她性命的人归根结底还是我，是我那些倾注在她身内的如火炽情。在被关押的日子里，胡淑仪的肚子一天天地大起来。为此，父亲专程去了趟死牢，看着她的肚子，又看了会她的脸。杀人如麻的孙圭钧破天荒地发出一声感叹——这真是他妈的冤孽。

胡淑仪当晚就被人秘密送走，流落到这座县城时，生下了我的儿子。这个孩子如今已是国立中央大学的学生，而此刻，他们的学校正在随国府西迁途中。这个当母亲的不知从哪里听说，她的儿子被遗落在了南京城里。

原来，她忽然出现是要我去找儿子。我的鼻孔里插着氧气管，胸口有种火烧火燎般的痛感，但眼神已经不由自主地回到了当年，回到了秀洲城外胡家老宅的那间卧房里。

我示意她在床边坐下，以便把她看得更加真切。我说，那我们儿子叫什么？

蒋振华。

我愣了愣，屏着一口气，说，你姓胡，我姓孙，你北京的婆家姓顾。我们的儿子怎么姓了蒋呢？

胡淑仪就像被针扎了一下，重新站了起来。其实，就算她不站起来，我心里也明白。无非就是再嫁了嘛，我的儿子跟了她现在丈夫的姓。

护士后来敲门进来，身后跟着我的救命恩人。我马上就彻底明白了。趁着护士清洗伤口与换药的间隙，我看看蒋慎维，又看看胡淑仪，说，蒋院长，我跟蒋太太是老相识了。

蒋慎维点头，示意我不要说话。他拿过胡淑仪搁在一边的手套，交到她手里，非常体贴地把她送出病房。等到护士都忙完了，他重新做了一遍检查，把冰凉的听诊器塞到我胸口，一边在那里移动，一边说，呼气……吸气……再呼气。

我忍不住还是要说，蒋院长，我认识你太太快有二十年了。

这些内人都跟我说过。蒋慎维轻声地提醒我，说，孙长官，您现在要尽量少说话。

可我怎么能不说呢？强忍着胸口的疼痛，我不怀好意地说，真没想到，我们两个竟然还是亲戚。

蒋慎维的脸上起了微妙的变化。他收起听诊器在床边站了会，伸手示意护士离开后，拉过一把椅子在我床边坐下，说作为医生，他不该在这种时候打扰病人，可既然话到这个份上了，他觉得还是有必要说一说的。

我说，你不用客气，你是我的救命恩人。

蒋慎维谦逊地摆了摆手，说他的太太早已改姓为苏，当初是出于安全考虑，更是对过往了断的一种表示。他接着又说，我们第一次见面就在这家医院里，那时，她刚刚早产生了一个男婴。

我说，蒋院长，你不需要跟我说这些。

该说的还是要说，您毕竟是孩子的生父。这在我跟我太太之间从来都不是秘密。说着，他还掏出钱包给我看了他们一家三口的合照。接着又说，我抚养了振华十九年，不是亲生，胜似亲生。

我说，你放心，我不会跟你争儿子的。

蒋慎维镜片后面的眼睛变得暗淡。他说，只怕要争也没的争了。

我说，你放心，我会让人把他找回来的。

蒋慎维摇了摇头，问我怎么找。不等我回答，他又说，虽然上海与南京相继沦陷，虽然从外交层面上来说，中日两国并没有明文断交，如果他猜得不错的话，想必我会致电上海，请我的母亲代为出面。他说，令堂久居上海的租界，名声显赫，交游广阔，在日本的政商两界一定会有不少朋友。

我有点吃惊，一个小县城里的外科医生居然会知道这么多，不由得盯着他镜片后面那双眼睛,说,我用什么手段去找,那是我的事。

蒋慎维却说我不光是一个儿子的父亲,还是一位带兵与日军作战的将领,如果日本军方以此作为要挟呢?说着,他起身,朝我躬身施礼,请我务必要三思。

我有什么好想的?我说,看来你都替我都想过了。

蒋慎维忙说不敢,不敢,一副诚惶诚恐的样子。他很快直起腰来,说他十六岁就去了日本,从攻读预科开始,在那里整整学习与生活了十一年,他比大多数国人都要了解那个国家,了解那个民族。他说他可以确信,日本人一定会这么做的。

我说,你应该把这些话说给你太太听。

母亲的眼里只有儿子。蒋慎维说,将来她会明白的。

我还是让汪家窑给上海去了电报。几天后,胡荃风尘仆仆地赶来,一见面就劝我立刻动身前往上海,接我的船就停在连云港外面的海上。他说我母亲已经让人去香港请最好的胸外科医生了。

我死不了。我说,你们派了多少人去南京?

胡荃用力吞了口唾沫,说南京城里每天都在杀人与强奸,堆起来的尸体像山一样高。

我说,我是问你派了多少人去南京。

胡荃仍然答非所问,说,蒋家少爷一定会吉人天相的。

放屁。我说,你现在就给上海去电报,你告诉她,那不是蒋家的少爷,那是她的孙子。

胡荃离开后,为了宽慰我的儿子的母亲,我派人把他们夫妻俩请来,亲自说服他们一起随我去上海的租界。我说,振华说不定会比我们先到上海。

那你就派人把他送回来。胡淑仪说,这里是我的家,我绝不会离开自己的家。

我不想跟女人多啰唆,就看着蒋慎维,告诉他有情报显示,日军的第十三师团已经渡过长江正朝这里推进。我说,到时候,全城的平民都会撤离,你们没有第二条路可走。

那就让我们死好了。胡淑仪说。

你死了，怎么跟你儿子交代？我对蒋慎维说，蒋院长，回家劝劝你太太吧，准备准备，我们明天一早就动身，先去连云港。

我就这样离开了我的队伍，在已是孤岛的上海租界里接受了第二次手术。然而，从香港赶来的英国医生同样没能取出那个弹头。我曾苦笑着对蒋慎维说，这样也好，每天随身带着它，也算是牢记国耻了。

现在，我已经把蒋慎维聘为我的私人医生，并让邹柿在远离乌尤路的地方为他们找了住处。等我重回部队，我还将让他来主持我的野战医院。蒋慎维看来很乐意这样的安排，每天都以我的名义四处收购药品与医疗器械，有时也来看望我，告诉我一些报纸上没有的小道消息。我们心里都清楚，我已经越来越不可能与我素未谋面的儿子重逢。尽管我母亲动用了她所有可以动用的关系，不论是国际红十字会，还是各国驻南京的领事人员与外资公司的代表，他们几乎找遍了南京的每个难民营。

这天，护士刚把我扶下床坐进轮椅，母亲给我带来了重庆中央政府与武汉军事委员会的电报。除了表示赞赏与慰问外，他们还婉转地提议我应该去一个更为安全之所，以便更好地养伤。

他们哪是盼我康复？我冷笑一声，说，他们是怕我投敌。

你就吃亏在你的嘴巴上。母亲横了我一眼，让胡荃到门外去等着，然后把我推到窗边，说伊藤昭男来乌尤会馆拜访了她，并表示他个人对这场战争感到遗憾，希望能在适当的时候与我见上一面。

我说，你别信日本人的鬼话。

至少他们已经知道你在上海。母亲说着，在我身后长长地叹出一口气，接着又说她只是不甘心，一个人活到了她这把年纪应该是在家里含饴弄孙，享受天伦之乐，可是我的一双儿女在法国求学，现在总算知道了还有个私生子，却困在南京城里生死不明。

那你就当他死了。我说，反正你也从来没见过他。

这是这些天里我唯一想明白的一件事，像我们这种出身的人，在战争中就得承受比别人更大的痛苦与牺牲。我撑着轮椅的把手站起来，转身看着她，让她尽快安排我前往香港。我说，日本人的情报机构无孔不入，伊藤不会平白无故来看你的。说完，我又说，你也得考虑后路了。

母亲摇了摇头，说上海还有那么多生意与人事，她怎么能丢下不管呢？

我们母子俩就这样永别了。这是我们谁也没有想到的。在此后漫长的人生里我们再也没见过面。后来，她同样去了香港，几年后再由香港辗转到达重庆，一路上跋山涉水，九死一生，丢光了她此生积累的大部分财产。

我更没想到的是在飞往武汉的途中，我们乘坐的飞机遭到了日军高射炮的袭击，爆裂的弹片飞溅在机舱上，发出巨大的声响。随着飞机被猛然拉高，我那已经愈合的伤口瞬间崩裂，血水灌入肺部又从口鼻中喷出。我一边咳血，一边对蒋慎维说，真没想到，我会死在你跟前。

那天一直到要入夜，我们才在汉口市郊的机场摇摇晃晃地着陆，等候已久的救护车呼啸着把我拉进就近的医院。静静地度过了三天后，军委会与军参院的同僚们忽然都来看我。他们一个个军容整洁、将星闪烁，挤在我那间狭小的病房。

为首的侍从室主任带来了最高统帅的问候，还有一枚象征军荣的国光勋章，以表彰我捍御外侮、保卫国家之军人精神。后来，这枚勋章别在我的病号服上，等到他们都告辞离去，中央社的记者进来给我照了个相，说会把照片登在《中央日报》上，再发散至各个战区，以此勉励在前线奋勇御敌的将士们。

一下子，我有点心潮澎湃了，让秘书把采访的提纲留下，容我好好酝酿酝酿再作回答。

记者却来去匆匆，说是为了不影响我休养，最高军事委员里早有人替我备好稿子了。

你看，他们什么都想周全了。我对蒋慎维说，他们怎么知道我想说什么？

蒋慎维只是笑了笑,与护士一起把我重新塞回被子里。

我在这家医院里住了半个来月,又被转到陆军医院住了一个多月。肺部的感染反反复复,我自此落下一种怪病,一旦火气上来,两个鼻孔就能喘成一台呼呼作响的鼓风机。为此,军委会专门让人替我找了一处城外的寺院静养,但我怎么能静得下来?我的部队还驻扎在湘鄂的交界处休整,出征之前尚未满员,现在连一个整编师都凑不齐了。我一面让母亲从上海筹款过去,命他们就地自募兵员,一面向军事委员会上书,同时又四处奔走,为的就是让这个暂编军不至于像别的队伍一样被撤销或降格。我对昔日那些平起平坐的大员们说,我同父异母的兄弟战死在了淞沪,尚未谋面的庶子失踪于南京,我怎么能苟安于寺庙之中?

可是,最高统帅就是不予召见。每次我派人把书信送往鸡公山的行营,他们就给我带回一些闽浙的土特产,并再三嘱咐我要安心养伤。为了让我散心,他们还让人从医院里物色来一名陪护。这个年近三十的杭州女人已是两个孩子的母亲,丰腴而多情。几天下来,她就开始暗自伤悲,开始想念她失落在逃难途中的丈夫与孩子。

那怎么办?我说,你总不会让我去替你把他们找回来吧?

女人慌忙用手背擦拭起并没有流泪的眼睛,说她只是在心里面想想,她最害怕的是自己会记不清他们的脸。

这样的话让人听着都觉得伤心与扫兴。我决定让副官把她送回医院去,她却扑通跪下了,仰着那张白晃晃的脸,说她要是这样回去,哪还有脸再待在医院里。

迟早都要回去的。我说,我又不可能让你陪护一辈子。

那就过一天是一天。女人说她再也不会去想她的丈夫与孩子了,只要让她在这里继续待下去。

我却心神不宁,坐立不安。虽然韩冶频也曾来过几次,基本上都是搭乘军务用机,来去匆匆的,除了看望我这个丈夫,她好像更热衷于去武昌与汉口作讲演、谈生意,一面宣传抗日救亡,让人捐钱捐物,一面把许多市面上的紧俏商品通过水路装运过来。现在,她身兼着好几个协会与团体的负责人，而且还是中华妇女救国联合会的干事。韩冶频已经越来越像我的母亲，连她的上帝都毫无办法。

她第一次来的时候，一边环顾着给她准备的房间，一边问了几句我的伤势后，就吩咐贴身女佣打开带来的那几个箱子，让她把屋里的床单、被褥与洗漱用品全部换掉。

现在是战时，你不用这么讲究。说完，我指着屋里的陈设又说，这些就是专门为你准备的。

韩冶频不以为然地说，她不习惯用人家用过的东西。

这话听着让我觉得很刺耳，就用嘲讽的口气，冷冷地说，我也是人家用过的东西。

韩冶频看着我，说，你要是不在乎，那我就去住旅馆。

这当然是不可能的。太太千里迢迢地来探病，我却把她赶进旅馆里，这不是给如火如荼的武汉城里又平添几句闲言碎语吗？

曾经有一次，望着她出门的背影，我由衷地对蒋慎维感慨道：女人最终都是喜欢抛头露面的，你看，她现在把上帝都抛在一边了。

蒋慎维低头犹豫了一下，还是对我说了实话。他告诉我，韩冶频往来于武汉与秀洲两地，除了来探病、谈生意与应邀讲演外，还通过军机做一些黄金与美钞的买卖。

利用上海与内陆之间的汇率赚取差价肯定是我母亲的主意，尤其在战争爆发，交通被切断时。这么多年来，她一向都是这么干的，我也干过，我们这个党国里许多有权有势的人都干过，问题是一名外科医生怎么会知道？蒋慎维说他是从黑市上听来的，他经常去黑市为军队采购药品，可这是绝不可能的。我孙宝琨的夫人绝不会在黑市上倒买与倒卖。像我们这种身份的人真要走点私货，自有专门的途径。

我说，你到底是从哪里听来的？

蒋慎维一口咬定是黑市上。我心里明白，他这是在为我好，在向我提醒。我怎么会不知道呢？权力中心里已经有人在抓我的小辫子了，抓不到我的就抓我的家人的。后来，听说参谋部里好几个人提议，要重新委派一名军长去接替我的职务时，我的两个鼻孔当场就像风箱一样喘得呼呼作响。我冲着屋里的副官与秘书们大叫大嚷：看见没有？到了这时候还有人在挖空心思，在惦记我们那一亩三分地。

没有人敢吱声。现在，我是如此的孤独与无助，身边连可以商量的人都找不出几个来，每天只能听着隔壁寺院里的晨钟暮鼓，就越发觉得自己成了被囚在郴州那座苏仙庙里的张学良。

为此，我专门请教蒋慎维，问他我该怎么办。

他惊讶地看着我，说他只是个外科医生，这种大事怎么可以垂询他呢。

我说，我就想听你怎么说。

蒋慎维想了好一会，才一脸豁出去的样子，说到底该怎么办他不知道，但国民革命的军队既然是用来保卫国家与人民的，那它至少就不该属于任何一个个人与家族。

我笑了，说，你这语气就像是延安派来的。

蒋慎维也笑着说，延安派来的都在汉口的八路军办事处里呢。

我说，那你到底是什么人？

您比我更清楚我是什么人。蒋慎维仍然笑着说，您忘了吗？是您把我从苏北的医院里招来的。

问题是我越看你越不像个外科医生。我说，慎维，关起门来这里就我们两个人，你老实告诉我，你到底是什么人。

蒋慎维这才收敛起脸上的笑容，放下茶杯，想了想后，起身，说如果我对他有所疑虑，他现在就可以离开这里，离开武汉。

不是我有疑虑，是你有顾虑吧？我说，你怕什么呢？国共如今又是一家人了，你是他们那边的也没关系，你尽管可以对我直说。

蒋慎维看着我，重新坐下，问我想知道什么。

我说，你的真实身份。

蒋慎维说他就是个医生，一个不想在沦陷区里行医的中国人。说完，他接着又补充说，如果那天我没被抬进他的医院，我们也许这辈子都不会碰面。

说得也是，他是我旧日情人的现任丈夫，我亲生儿子的养父，还是我的救命恩人，现在看着又像是带有政治身份的医生。这世界上既然有那么多的巧合，那就是命运。

那好吧。我说，喝茶。

后来，一把将我从困境里拉出来的人竟然是宝珊。他来武汉的卫戍司令部协调防务时，婉转地提醒我，只要一天没被免掉，我就仍然是一军之长，而且我还兼着第三战区的集团军副总司令，再怎么说也应该回到自己的防区里去休整。宝珊的意思是不妨让部队动一动，看看他们到底还听不听令于我。

他们当然是听我的。我说，我招的兵，我募的饷，他们不听我的听谁的？

当晚，我下令部队提前结束休整时，多了个心眼，让左家骥以训练新兵为由，先把一个师拉出卫戍司令部的防区，看看情况后，再把另一个师调到天凝庄一带重新驻扎。

那个叫天凝庄的地方是我在地图上精心挑选的，它上接湘鄂，下通赣浙，离秀洲城也只不过几天的路程，而往北跨过长江，随时就可以投入到尚在激战中的徐州战场。这无疑给了那些试图在打我算盘的人一个明确暗示——哪怕是战死沙场，我的军队也不会成为任人采摘的桃子。

宝珊这时还主动提出，由他来向军委会提要求调我部协防秀洲城，并且愿意以驻军待遇向我部调拨必要的粮饷。为了让我不至于重失兵权，他在最高军事委员会里不惜慷慨陈词，大谈大战在即，没有比用家乡子弟兵守卫自己的家园更能提升士气的了等等。说到最后，他的眼中饱含热泪，用一种诀别的眼神望着正襟危坐的同僚们。他最后说，覆巢之下，焉有完卵，我们孙氏两兄弟生于斯，也做好了死于斯的打算。

离开军委会大楼的一路上，我用一种赤裸裸的眼神审视着他，说，二哥，你别怪我多心，你这葫芦里到底卖的是什么药？

到了这种时候，我们还能有什么药？宝珊走下台阶，回过身仰望着我，说，现在全国上下就这么一味药，就是跟他们死战到底。

二十三

我的二哥宝珊终于在战争中走向了他人生的巅峰。

然而,最先阻挡日军进攻步伐的并不是秀洲城外的防御工事——那些沿乌尤江两岸顺势而建的战壕与暗堡,是我们孙家两代人二十年潜心经营的成果,尤其在我主政那会,还专门请巴斯蒂安制订了一份针对大兵团作战的防御方案。这份方案在宝珊手里不断地得到巩固与完善。为了阻止溯江而上的日军炮舰,早在战事来临前他就下令征集船只,把它们装满石头,然后沉入乌尤江底,使之成为人工暗礁,而在陆地,谁也不承想,竟是我那已故的父亲帮助了他的两个儿子。

当年,孙圭钧在全省兴建铁路时,为了在他的境内只行驶他的列车,他让工程师在设计时把两条铁轨间的轨距都缩短了一寸。就是这短短的一寸,使运送日军的列车到了省界就戛然而止。华中派遣军司令部不得不放弃快速占领全省的计划,从而让他们进犯的每一步,都得付出流血的代价。

可是,再纵深的防御阵地也无法阻止敌机的空中攻势。宝珊设在远离秀洲城的一道防线很快成为焦土,在飞机的轮番轰炸与扫射之下,宝珊一边向战区求援,一边让马万全抽调警备司令部的兵力,组织全城的学校与机关大撤离。

省立秀澜大学就是在这短短的几天里搬迁的。冒着随时都会再次来临的空袭,师生们与百姓们成群结队地出城,徒步翻越了乌尤山脉,然后取道长沙,最终到达贵州时,我们誓死守卫的秀洲城早已成为一片废墟。

乌尤江两岸那些足可以媲美塞纳河边与黄浦江畔的建筑，那些集全省财富堆砌起来的城市门面，连同我们父子两代人的心血与梦想，在战火中如硝烟般消散。

这一年的夏季从一开始就是酷热少雨的天气。我在烈日炎炎之下，率先经历了人生中最为惨烈的一场战斗。我所驻守的顾家坪防线就是我父亲的阵亡之地，但我不听任何人的劝阻，坚持把指挥部设在最前沿的山坡上。

我的那些佐官们脸上的皮肉始终紧绷着，直到战斗打响，他们才忙得什么都顾不上了，我却反倒日益紧张与烦躁起来。说好的援兵与补给都迟迟未到。我的阵地一个接着一个地失守，我就一次又一次地下令反扑。我的营长阵亡了，就让团长填补上去，团长阵亡了，就旅长上。为此，我还差点亲手毙了我的作战室主任，要不是左家骥拼命地抱住我的话。

指挥部里的每个人都觉得我快要疯了。日夜不歇的枪炮声中，大地在震颤，天空被撕裂。日军的机群已经不止一次地袭击了我的指挥部，一名年轻的作战参谋就在我的身侧被弹片削成两半。我的旧伤在这天突然复发，两个鼻孔又喘得像风箱那样呼呼作响。为了提神，我一边往外咳血，一边不停地往嘴里灌咖啡。我让机要员一遍又一遍地向战区与秀洲城里发电，请求增援，可得到的回复只一句，就是不惜代价，全歼来犯之敌。

我用手抹去嘴角的血渍，在隆隆的炮声里对左家骥说，只有混蛋才说这么混账的话。

撤吧。左家骥再次规劝我，他说仗不是这么打的，兄弟们都已经尽力了。

增援没来怎么撤？我说，我们现在一松口，扭头就会被吞掉。

我后来才知道，战区司令部临时调整了原定的作战部署，把本该增援我的部队全部调往了万家岭一带，为的是全歼在那里被围的日军一○六师团。这是最高统帅部的命令。同时，我的这个暂编军无形中也成了牵制日军驰援一○六师团的一股力量。

只是，我没能等到战斗结束就被摁在担架上撤出战场，与无数哀号的重伤员一起回到了秀洲城。据说，这同样是最高统帅部的意思，完全是出于对我身体与战况的考量。他们下令，由我的副军长暂代了我的军长之职。

那个时候，战区司令部里到处都在盛传我已经打疯了。我的一只耳朵因耳膜破裂而失聪，每天脑袋里都有成群的苍蝇在嗡嗡飞舞，连着三天三夜，我只知道喝咖啡，只知道用机关枪驱赶着士兵们往上冲，我还让军官冲在最前面，用他们的胸膛去阻挡子弹，让他们用自己的尿去抵御日军投掷过来的毒气弹。

我那孙疯子的绰号就是在这一仗中被叫开的。为此，武汉方面专门指令宝珊安排船只送我离开，可韩冶频就是不肯陪我一道走。她把亚力士神父的教堂变成了临时的医院与收容所，在礼拜堂里安顿空袭中受伤的平民，而那些家破人亡的妇孺就只能挤在院子里的草坪上。她还动员慈善分会里的太太、小姐们，让她们的厨师日夜不歇地在自己家里煮粥蒸馒头，然后派车挨家挨户地收拢到教堂。

我真看不懂这个几周前还忙着走私与倒卖，大发国难财的女人，怎么又做回了悲天悯人的基督徒。她在教堂里那么的忙碌，跑进跑出，穿着只有童子军才穿的卡其布短裤与衬衫，上面沾满了血迹还有汗渍。

韩冶频总算得空走到我派去的副官跟前，一边擦着手，一边说，回去告诉你们长官，我哪都不会跟他去的。

副官说，长官很虚弱，太太还是去见一面吧。

韩冶频竟然连来码头那点工夫都不愿意耽搁。她只让我的副官带回了一句话，说一切都是上帝的旨意。

这真让我有点难堪。我朝宝珊咧嘴一笑，说，那就没法子了，夫妻本是同林鸟，大难临头各管各吧。

事实上，宝珊早就亲自登门劝说过她，让她跟学校与机关一起走，韩冶频婉拒了。第二次，在把我父亲那些遗孀送走时，他再次登门。韩冶频还是婉拒了，说她已经得到了上帝的指令，教堂就是她的诺亚方舟。

这一次，宝珊向我保证，他一定会在秀洲城失守前把韩冶频送走。他说，你放心，我决不会让我们孙家的女人落入敌手的。

我有什么不放心的。我说，这么多年了，她压根就没把自己当成我的女人。

说完，我挥了挥手，算是道别，转身上船。直到轮船离岸很远了，宝珊却仍然站在码头上。这让我一下子想起了很多年前，他为大哥宝珩送行的那次，他们兄弟俩沿着乌尤江并肩走了很长的路，他们看上去是那么的亲密无间。

我不由得朝岸上再次挥了挥手。

短暂的胜利让国人兴奋不已。当我的船行至汉口，就听到了为万家岭大捷发出的欢呼声。成群结队的游行市民潮水一样涌过大街，看上去那么的振奋人心。可是，噩耗却从不会因为捷报而有所中断，来自前线的电文一份接着一份地传来，大多是阵地失守与将士伤亡的报告。这一回，连我的参谋长都在劫难逃。

左家骥在率军部机关突围时遭到伏击，生死不明，凶多吉少。

几天后，日军调整进攻策略，分别派出陆军与海军陆战队沿乌尤江两岸合围秀洲城。战斗打响前，他们的空军照例进行了全城大轰炸，试图以此瓦解守城部队的军心。成群的飞机从半空中俯冲而下，两枚炸弹直接命中我昔日的官邸。那座我曾无数次登高望远的水塔，在这场空袭中轰然倒塌，压垮了与之一墙之隔的涤轩。紧接着，敌机在扬长而去前撒下大量传单。

守卫秀洲城之战就是在这雪片般飘散的劝降书中开始。

后来，人们在回顾这段历史时从日军的档案中发现，他们原定的计划是集中优势兵力，用三到五天的时间占据全城，只是每次疯狂的进攻都遭到了守军更为疯狂的反击。宝珊早就算过这笔账，光凭乌尤山里那些军工厂生产的弹药，他至少可以坚守十天到半个月。他深信半个月里面的战局一定会有改观，或许还会出现反攻的机会。我们孙家在短短的两个月里面又出了一个疯子。为了守住这十天半个月，我的二哥竟然采用了连坐之法，下令每个阵地的守军一旦弃守，除了主官就地枪毙外，下属的军官也将逐一被处决。宝珊值此大战在即时刻，都没有改掉他的文人的臭习气，在签署的军令最后还添了句口号——我以我血荐轩辕，誓与秀洲共存亡。

整整一周的激战过后，秀洲城外的山林间早已经寸草不生，战场从来都是幸存者的炼狱。

日军终于放缓攻势，宝珊总算松了口气，对马万全说，我得回家去洗个澡了，我们两个臭得就像粪坑里的蛆。

马万全咧嘴一笑，露出白森森的牙齿。这是他全身上下唯一还算有光彩的颜色。身为秀洲警备司令兼作战副总指挥，马万全脱得上身只剩下一件背心，如同又回到了当马弁的年纪，他一边抹着脖子里滴下来的汗，一边在心里说，少爷终究是少爷，这点味道就受不了了。但嘴上却说，你放心，这里有我盯着呢。

宝珊一回到家就泡在浴缸里睡着了，不过很快在噩梦中惊醒，睁眼发现妻子已经蹲在他的面前。美智子一声不响地拿过毛巾，一直把他全身都擦拭了一遍后才低下头，说大泽和也在客厅里等候多时了，他从东京带来了她父亲的书信。

宝珊一下有点发愣了，看着妻子半天都没说一句话。

美智子慌了，不停地躬身致歉，说，我现在就请他离开。

宝珊摆了摆手，摇头发出一声苦笑，说，这城叫我怎么守？仗都打成这样了，一个日本人竟然还能自由地出入我的家里。

大泽和也看上去要比宝珊年轻几岁。同为鹿野教授的得意门生，他们曾一起追求过美智子，毕业后一个留校当了助教，成了教授的女婿，一个远赴中国的东北，进了满铁株式会社，几年后被调往上海。他是宝珊在日本为数不多的几位朋友中的一位。

宝珊穿着一身洁净的作战服出来，一进客厅就不客气地说，老朋友，你老实告诉我，我这个家里还有哪些是你们的同伙？

这已经不重要了。大泽和也起身，躬身施礼，说他是为了和平而来，他不光从东京带来了老师的书信，还带来了日本政府与军方的承诺，只要秀洲城外的军队放弃抵抗，他们愿意提供一切相应的保证，不管在政治上，还是军事与经济上，哪怕是这个省的独立自治，一切都是可以坐下来谈的。大泽和也说，宝珊君，这么多年来，你等的不就是这么一次机会吗？

宝珊一语不发。换了个坐姿后，他拆开岳父的信。

鹿野教授在信中回顾了他们之间的师生之谊与翁婿之情，在长信的最后忧伤地写道，自从妻子离世，他就是个孤独的老人，每天都是在回忆与盼望中度过。

警卫。宝珊忽然大喊一声，让破门而入的卫兵们立刻逮捕这名日本信使。

面对黑洞洞的枪口，大泽和也处变不惊地望着宝珊，说在来秀洲城之前，他已经把所有恶劣的后果都想到了。说着，他缓缓地起身，说，我是带着一颗玉碎的心来的。

我不会让你死的。宝珊说，我只要你如实告诉我，你是什么时候、怎么进的城。

大泽和也重新坐回到椅子里，环视着荷枪实弹的卫兵们，说历史上的每一次两国交战中都会有卖国投敌者，他在大战开始的当天被潜送入城，一直住在东华洋行的经理家里。

宝珊随即派人赶去抓捕那名经理，然后站在大泽和也面前又问了许多话。大泽和也只是轻轻地摇头，说，你知道我的为人，又何必浪费时间呢？

宝珊无声地叹了口气，挥手让卫兵都退下后，低头想了会，说，你把美智子带回日本去，让女儿回到自己的父亲身边。

大泽和也眼神漠然地看着，说作为信使，他还是希望孙长官能为自己的士兵与全城的百姓着想。

这是你唯一的机会。宝珊同样漠然地看着他，说，你不走，我就以间谍罪处决你。

可是，美智子死也不愿离开丈夫，更不愿与自己的儿女从此相隔天涯。她流着泪跪倒在宝珊脚下，说就算死，她也要死在这个家里。

这不是你的国家。宝珊无力地说，回到你父亲身边去吧。

可美智子是宝珊君的妻子。美智子说，求你了，不要赶我走。

快到黄昏时分，宝珊重返阵地。临走前，他曾想展开一场全城大搜捕，核对每个居民的身份证件，只是他已经集结不起那么多的军警。所有可战的兵丁都让马万全调到了城外的阵地上。望着吉普车外满目疮痍的街景，宝珊的心中充满了破碎之感。

我的二哥就是在车过北丽桥时遇难的。这场由大泽和也一手策划的刺杀，连他自己也没想到会这么成功。大泽和也在去往宝珊官邸劝降前，召集了他的便衣队。其实，这些日本士兵一开始的任务是化装成流民潜入城内，伺机破坏电力、交通与军火仓库，但南满株式会社培养出来的间谍不这么想。在综合分析了宝珊以往的出城路线后，大泽和也指着城区地图上的北丽桥，说了句中国的古诗：射人先射马，你们就在这里设伏。

如果敌酋没有出现怎么办？便衣队长问道。

那我们就祈求天皇保佑他出现吧。大泽和也把手摁在他肩头，说，这次行动的代号就叫玉碎。

在如血的残阳里，日本便衣队用手雷、手枪与手提式机枪伏击宝珊车队的同时，把点燃的汽油扔进了他的吉普车。我的二哥被活活地烧死，随着车辆油箱爆炸，他烧焦的尸体被气浪高高地抛入河中，直到次日午后被打捞上来时，就像一段浸透的木炭，没有一个人能够辨认出他的面貌。

城外的战火随着宝珊的死讯再次熊熊燃烧。很快，日军的增援部队赶到，马万全被迫收缩部队，最终下令经由秀洲城全线撤入乌尤山脉。这是宝珊生前定下的预案，跟他玉石俱焚的作战方案截然相反——战到不能战时，就进入乌尤山。他对马万全说，大不了就跟他们打游击。

然而，日军最为疯狂的一次轰炸就出现在国军的撤退途中。为了将这支疲惫的残军围堵在城内，他们几乎动用了全部的飞机。

马万全还是在战事倥偬中拨冗拜祭了宝珊的英灵。省主席官邸的许多玻璃都已震碎,用人与卫兵们早已不知去向。上完三炷香后,马万全竟然叫了美智子一声二奶奶。他说,请跟我们进山吧。

美智子披麻戴孝,脸上却一点都看不出悲伤,有的只是日本女人的那种温婉。她摇了摇头,说,美智子还要给夫君下葬呢。

那让我把小姐带走。马万全说。

美智子还是摇了摇头,拉过女儿,搂住她的肩头,说,文凤到秋天就要出嫁了。

马万全怎么看都觉得这个女人是疯了。他戴上军帽,两腿一靠,朝着宝珊的灵位行了个军礼后,头也不回地出了空荡的灵堂,只留下这对母女相依着,孤零零地站在灵前,站在四面八方传来的爆炸声中。这位马弁出身的警备司令眼里从来没有女人。他在此刻唯一庆幸的是,幸亏宝珊把长子文远留在了上海租界的大学里。

几天后,日军全面占领秀洲城时,迎接他们的只有浓烟、烈火与残垣断壁。那些为避战乱躲入乌尤山里的居民,一直到武汉沦陷,日军派兵由东西两路围山清剿之际,才被迫迁回秀洲城,开始在铁蹄之下重建他们的家园。

然而,乌尤山的秋天依然壮美如初。山林间的枫叶一天天地变红,山外刮来的风也一天天地变得凛冽。马万全的部队减员严重,不仅缺医少药,在日军封锁了整个乌尤山脉后,他们更缺少粮食、衣服与弹药,以至于每次小规模作战后,都有大量的兄弟倒下。他们的热血化作了山里面的片片红叶。

这天,马万全下令伐木扎筏,再次横渡乌尤江后,站上江边的一块岩石,从望远镜里眺望着秀洲城的方向,看到的却只有崇山峻岭中的苍茫暮色。

参谋长夹着半支皱巴巴的香烟,说起了孙圭钧当年扒开堰塞湖,水淹乌尤城的往事。他说,大帅当年就是用这招赶走了洋人的炮舰。见马万全不吱声,又说,蒋委员长不也扒开了花园口吗?

武汉不照样沦陷了吗?马万全说着,跳下岩石。

参谋长又掏出一支皱巴巴的香烟,捋直了,接上那半支后,再次重申，据城里送来的情报，为了配合这次秋季大扫荡，日军调来了两艘军舰。他接着又说，我派人去那几个堰塞湖测过了，里面的蓄水量是足够的。

很快就是冬天了……马万全拿过参谋长手中的香烟，深吸一口后，指着乌尤江的尽头，在吐出来的烟雾中说，下面住的都是你我的父老乡亲，我们忍心让他们跟着去陪葬吗？

参谋长苦笑一声，说，不是他们陪葬，就是我们等死。

根据后来编撰的《秀洲抗日志》记载，马万全带着这支残部多年在敌后与日军周旋，后改任为游击司令，直到战争结束，他才带着部队离开乌尤山进城受降，并继续在秀洲城里担任他的警备司令。

二十四

　　国民政府追授宝珊为二级陆军上将已是两年之后，他的名字被镌刻在了忠烈祠的石碑上。这个曾经孤傲不群的白衣少年、忧郁儒雅的大学教授与财政厅长、野心勃勃与不可一世的省主席兼公署主任，最终超越了我们共同的父亲，成为孙氏家族里最受人敬仰与缅怀之人。这是他在活着时就梦寐以求的，但他却没想到在死后还会不得安宁。

　　孙家墓园与甘露寺里的许多建筑都在这场战火中被毁坏。我祖先们的骨骸与棺椁被炮弹掀出地面，一个个支离破碎，重见天日，后来由韩冶频加以收殓，让他们重新入土为安。直到许多年后，仍有人会在那片荒地里找到他们的陪葬用品。

　　因为实在找不到更合适的安葬之地，宝珊最终被埋在了教堂的花园，那个亚力士神父为自己准备的墓穴里，就在秀洲城被攻陷之际，在零星而不绝的枪炮声里。参加这场简单葬礼的都是教堂里那些被救助者。他们木然地站立着，有人甚至不知道下葬的人是谁。去日无多的老神父在助手的搀扶下走到韩冶频面前，拉起她的一只手，颤颤巍巍地说，这就是上帝对世人的惩罚。

　　韩冶频摇了摇头，说，神父，这是上帝对我们的考验。

　　就在这时候，大泽和也忽然闯了进来，身后还伴着两名日军尉官与一队整装的士兵。宝珊的这位学弟穿了一袭黑色的丧服，等到士兵们用步枪把人群隔开，才面色凝重地走到那座没有墓碑的坟茔前，与两名佐官一起行完拜祭礼后，他转身看着美智子身上的麻衣，用日语说，美智子，你是个日本人，你应该穿着我们大和民族的丧服为你夫君送行。

美智子好像已经记不起这位年轻时代的追求者了。她用失神的眼睛望着大泽和也好一会,才躬身说,拜托了,请让他安静地睡一会吧,请你们不要打扰他了。

大泽和也用一种长兄般的语气说,和也是来完成宝珊君的遗愿的,我将送你与幸子回到东京,回到老师的身边。

鹿野幸子是文凤在日本出生时取的名字。美智子下意识地用身体挡在女儿面前,说,我们哪都不去,我的夫君在哪里,我们就在哪里。

这好办。大泽和也说,美智子为什么不带着宝珊君一起回到家乡呢?

说完,那两名佐官中的一个伸手一挥,喊了一嗓子,马上就有几名日军工兵跑步进场,用工兵铲扒开墓穴封口处未干的水泥。

不管是母女俩的尖叫,还是观望者里发出的那点骚动,都没能阻止那些掘墓者。在一片拉枪栓的声音里,母女俩很快被架着拖走。

亚力士神父推开助手的搀扶,摇摇晃晃地走到大泽和也的面前,用英语说,这不是军人的行为,连魔鬼都不会像你们这样做。

大泽和也扭头又望了眼即将抬出墓穴的棺椁,同样用英语彬彬有礼地说,神父,您别忘了,这是战争,这类事情你们在十字军东征时都干过。

说完,他再也不理会年迈的神父,走到韩冶频面前,微微一躬身后,并没有说话,而是转身等到棺椁完全被撬开,才缓步走上前去,凝神屏气地俯视着里面那具焦黑、腐烂的遗体,从怀里掏出一块白色的手帕,轻轻地展开,轻轻地盖在那张只剩下两个黑色窟窿的脸上后,默默地退到一边。很快,两名士兵跑步上前,拧开提着的铁皮桶,往棺材里注入汽油后,看着大泽和也转过脸去,才划着火柴。

呼的一声,宝珊的遗体连同棺材一起化作一团烈焰,在炎炎烈日与众目睽睽之下,在这教堂的花园里,与远远传来的枪炮声里,很快化成为一堆灰烬。

很多天之后的深夜,秀洲城里已经难以听到枪声。黑暗笼罩着大地、山川与河流,也掩盖了城市里的废墟与血腥之气。美智子无声地推门从屋里出来,像个脚不沾地的鬼魂,无声地穿过庭院,绕过回廊。她头发蓬乱、衣不蔽体,只在怀里紧抱着那个装有丈夫骨灰的漆盒。

第二天,看守省主席官邸的日军找遍了整座宅院,并且不惜抽干了花园里的池塘与前后院子里那两口水井,派兵封锁并搜遍了整座秀洲城,都没能找出这个已经神志不清的女人。到了第七天,就在大泽和也请求驻军开始第二轮搜索时,美智子的尸体从北丽桥的河底浮上来,怀里仍然紧抱着那个黑色的漆盒,眼睛半睁半闭着,在晃荡的河面上看着那么多目瞪口呆的人们。

这对异国夫妇终于生死不离地安葬在一起,依旧是教堂花园里的那个被扒开过的墓穴。站在重新被封堵起来的坟前,韩冶频回头望了眼身后那些第二次参加葬礼的人们,走到大泽和也面前,朝他低下头,说,死去的人会在天堂里看着我们这些活着的人。接着她又说,她跟美智子情同姐妹,希望能够得到允许,由她来抚养他们的女儿。

幸子小姐还有外公。大泽和也说,他就在东京。

文凤的哥哥在上海,她还有未婚夫,也在上海。韩冶频说,你们为什么不让孩子自己做选择呢?

大泽和也没有作出明确的答复,而是用一种审视的目光看着韩冶频,说,我一直在考虑,是该称呼你为韩女士呢?还是孙太太?

韩冶频说,怎么称呼很重要吗?

称呼决定着您的身份。大泽和也说,您的身份将决定我们对您的态度。

我是法国公民,十年前我在巴黎入了法国籍……当然,这是在孙宝琨先生登报单方面与我解除婚姻之后,但在中华民国境内,我仍是孙宝琨先生唯一合法的妻子,我们的婚姻是得到中国法律保护与双方家族祝福的。韩冶频仰脸直视着他,说,另外,我还是红十字会在远东地区的理事会成员与一名天主教徒……我想……再强大的帝国也不会跟整个文明世界去对抗吧?

大泽和也哈哈大笑，说他早就听说孙太太是位有胆识的女士。

你还是称我韩女士吧。韩冶频望着那座没有墓碑的坟茔，又说，大泽先生，哪怕这里面躺的是你的敌人，你也不该在这个时候笑出声来。

大泽和也一愣，慌忙躬身施礼，说，对不起，和也失礼了。

几天后，韩冶频被请进大泽和也的办公室时，天上乌云翻滚，眼看就有一场暴雨来袭。大泽和也摇着一柄折扇，说他们的目的是管理好这座城市，所以希望韩冶频能与其合作，而不是潜在的对抗。

韩冶频摇了摇头，说谁也不能强迫一名来自自由国家里的公民做她不愿意做的事。

现在是战时。大泽和也说，那我们只能礼送你离开。

韩冶频站起身，走到窗前，望着那些层层叠叠的乌云，说，如果要走，我根本不需要你们礼送，更不用等到现在。

大泽和也说，有目的就对了，我就喜欢与目标明确的人打交道。

说着，他让人从外面搬来整箱的档案与各类卷宗，然后一份一份地取出来，平摊在桌子上。这些都是我们孙家在秀洲城乃至全省各地在册的产业，它们现在有许多已归到韩冶频的名下。为了应对这场战争，我母亲从一开始就在着手准备。她曾对韩冶频说过，总有人得留下来，守着家里的产业。她还说，站到最后的那个，才是真正胜利的那个。

韩冶频从她的坤包里取出一份契约，递到大泽和也的手中，说，我愿意用这些来换取一些必要的庇护与适当的许可。

看来，韩女士并不是一位纯粹的天主教徒。大泽和也随手把契约往桌上一丢，说，你知道贿赂一名帝国官员要付出什么代价吗？

韩冶频说，我认为它只是一笔生意。

大泽和也说，你做的可不光是生意。

那只能说明你们对我的调查还不够。

你应该明白，我指的是你藏在教堂地窖里的那些伤兵。早在秀洲城失守时，大泽和也就获悉那里已经成了一所地下的医院，但他依然和颜悦色地说，收容抵抗者，本身就是一种抵抗。

那你为什么至今没去抓捕他们呢？韩冶频一脸坦诚地说，那些都是她丈夫的部下，他们中的很多人从父亲那辈就跟着孙家，如果连他们都保护不了，她将怎么在这座城里立足？说着，她一页一页地翻开那份契约，一直翻到写有股份的那一页上，推到大泽和也面前，又说，这些生命就是我们生意的一部分。

大泽和也伸出手，轻轻地合上契约，说，看来，韩女士终究还是个中国人。

没有谁可以逃脱得了自己的宿命，但战争总有一天会结束。韩冶频说，对于一个有远见的人来说，光在乱世中活下来是远远不够的。

我就是这样被置于尴尬境地的，在国民政府考虑由我继任宝珊之职，重新成为一省之长之际，先是在陪都重庆的上层开始传出流言蜚语，说我的妻子以她的法籍身份不仅留在了秀洲城里，还依靠日本军方的势力，大肆地接管我们孙家在敌占区的产业。更有一些自以为是的报纸，连篇累牍地发表评论，把我们夫妻两个说成是这场战争里最大的赌徒与投机分子。我们一个成了战场上的抗日英雄，一个却在敌后甘为汉奸走狗，而目的就是两头下注，在两头都给自己留下后路。另外一种说法则完全是针对韩冶频的，把她说成是一个野心勃勃且不择手段的女人，其目的就是最终取代我的母亲。

现在，连我自己都觉得自己成了一块烫手的山芋。一时冲动之下，我决定向国民政府与军事委员会请辞，以示清白，却遭到几乎所有下属们的反对。为此，汪家窑专程从前线来电，劝我说，清者自清，浊者自浊。他还婉转地建议我发表声明，与韩冶频断绝婚姻关系，以示抗战到底之决绝之心。

我把那份电报往蒋慎维面前一丢，说，你看这些混蛋，现在竟敢掺和我的家事了。

现在身为中国人哪里还有家事？蒋慎维不急不缓地说，孙长官当以大局为重。

这家国天下，什么是大局？我在灯下看着他，躺进藤椅里。

可我就是不愿意按照每个人希望的那样去做。我的脾气又上来了。几天里，我相继给国民政府与军委会递交了两次辞呈，却迟迟没能得到他们的回复。就像什么事情都没发生过那样，他们中的许多人在背后对我议论纷纷，却照样邀我赴宴与打牌。

这天，戴笠亲自给我送来了两篓橘子。他一进门，就开口向我致歉，说当日南京沦陷后，他曾命令钱新民在收集大屠杀证据的同时，让留守的特工在城里专门查寻，最终还是没能替我找回儿子。

原来，我的母亲为了找回孙子曾经求助于他，我在当时却一无所知。我想，他们之间肯定还有许多不为人知的秘密，就摆了摆手，一脸往事如逝般的感慨，说，逝者如斯，过去的事就让它过去吧。

戴笠客气地说他早就该来拜访我了，只因为军委会的调查局刚刚成立，实在是忙不开身。

我说，那你今天一定是来调查我的。

戴笠笑着说，孙长官的历史何用调查？党国一清二楚。

我在心里冷笑，现在连一个搞暗杀的特务头子都敢跟我这么说话了，看来我这职辞得一点都没错，但他却带来了一个令人震惊与更为振奋的消息。

等到我让邹柿退下后，戴笠看着关上的屋门，放下茶盏，一脸正色地说他今天是特来相告，我的太太韩冶频并非外界所传，相反，她才是一位真正的爱国者。现在的秀洲城与她的航运公司，已经在敌后开辟了一条最为稳妥的运输通道。说着，他指了指放在一边的那两个竹篓，说，这就是尊夫人从水路运来的南丰贡橘。

我愣了半天，说，你是来告诉我，内人现在成了替你们运橘子的了？

橘子就是一切安好的信号。戴笠慌忙起身，解释说这是我母亲早在战前就布下的一步棋。他由衷地说，令堂大人是雨农平生所见最具远见卓识的夫人，尊夫人也是雨农平生所见最深明大义的夫人。

我起身，打开其中的一个竹篓，亲手剥了个橘子放进他手里后，又剥开一个，说，那我们就尝尝吧。见他站着没动，我笑了笑，又说，看来，你不光是来报平安的。

戴笠点了点头，把手中的橘子放在桌上，重新坐下后，诚恳地请求我把辞呈换作一纸离婚声明。他说这既为了我自己，也是出于对韩冶频安全的考虑，我得拿出态度来，尽可能地把戏做足，以此打消日本方面的疑虑。

我笑着说，真没想到，我的一纸离婚声明在雨农局长眼里都成了军国大事。

戴笠也笑着愉快地说，这就是委员长说的全面抗战嘛。

十多年前，为了爱情我在巴黎的报纸上跟韩冶频离过一次婚，现在为了国家，我再次把解除婚姻关系的声明刊登在报纸上。我向世人宣告，国破山河在，恨别鸟惊心，在悉闻韩氏冶频的屈膝附寇行径之余，唯有忍痛割爱，断绝夫妻关系，以肃孙氏忠义之门风，以彰显宝琨抗战到底之决心。

这则由秘书代笔的离婚声明很快被各地报纸转载，传到秀洲城里时，韩冶频只是瞄了一眼，就随手丢在一边。她正忙着去见乌尤山里的来人，就在江边的码头货仓里。

马万全的参谋长穿着一身皇协军的士官制服，像个老兵油子，一边抽着香烟，一边说他们山里现在最缺过冬的粮食与棉衣。

我不是你们的军需官。韩冶频有点厌烦地说，你回去转告马司令，你们什么都伸手向我要，迟早会要了我的命。

这一回，我们自己来干，我们只要确切的情报。参谋长把半截香烟扔在地上，用脚尖蹍灭后，说，你只要告诉我们广平号的行程就行了。

韩冶频一下睁大了眼睛。广平号货轮运载的除了棉纱，还有南洋华商捐助的大量西药。它们由上海的吴淞口出发，一路辗转向西，沿途要经过中日好几个战区的封锁线，最终这些物资将被运往重庆。这是绝密中的绝密。

你们疯了。韩冶频睁大眼睛看着他，说，你们把自己当成土匪了。

你总不至于看着我们被冻死与饿死吧？参谋长掏出香烟又点了一

支后,说,如果不是重庆方面有人透露,我们怎么可能获悉如此绝密的情报?他让韩冶频尽管放心,马万全之所以派他专程前来,为的就是保密。最后他说,马司令的意思,既然是为抗日捐赠的物资,就应该用在真正的抗日战场上。

我不光要向重庆交代,我还要对大泽和也有所交代。现在的韩冶频已然成为秀洲城里最具名望的女汉奸、外籍华人与和平的慈善人士。由她筹建的孤儿院与医院,特别是学校,大都被冠以教会的名义,为的就是用天主教义来取代对孩子们的日语教学。为此,她一边向大泽和也不停地行贿,通过他向内陆地区走私,以维持庞大的开支;一边不得不接受日本侦讯部门的监控与调查。

一周之后,大泽和也闯进韩冶频设在教堂里的办公室,给她带来了一个坏消息——广平号货轮在距秀洲界一百多公里的水域处遭劫。

韩冶频面色阴沉地说,那你应该感到高兴,至少这批棉纱与烟酒不会被运往重庆了。

物质只会让我们的对手更加堕落与腐败,可它们都去了对抗帝国的战场上,那就是另外一回事了。大泽和也坐着,同样脸色阴沉地说,你们中国人把这种把戏叫什么?借花献佛?它迟早会让你惹祸上身的。

我的眼睛里没有敌人。韩冶频说,我的眼睛里只有上帝与生意。

那他们抢完后,为什么还要烧毁整条广平号?大泽和也用一种鹰隼般的眼神盯着韩冶频,自问自答地说,他们是害怕调查,或者是为了保护你,因为船上装载的不光是棉纱与烟酒。

你为什么不认为抢劫这条船的是你们帝国的军队呢?这类事情之前不是没有发生过,你们同样不会给人留下把柄。韩冶频说,用另一句中国话说,这叫一不做,二不休。

大泽和也一下一下地摇着脑袋,很久才说,看来我们的合作该到此为止了,你会让我死无葬身之地的。

我觉得,我们的合作才刚刚开始,只能算是还在磨合期间。韩冶频想了想后,正色说,大泽先生,至于你的那份损失,我会想办法补偿你。

你以为我来是为了这点补偿吗？

你更在乎的是前途。韩冶频说着，拿过桌上的一份报纸，走到大泽和也面前，递到他手里，说，这是今天的报纸，你一定早就知道了，你们的总理大臣已经发出了建设大东亚共荣新秩序的号召……只怕，你们会比以往更需要像我这样的人士。

韩冶频没想到的是几天后的早上，就在她跪到圣坛前准备祈祷时，低头见到了一只折叠起来的纸鹤，展开后里面什么都没有写，只是半张盖着甘露寺宝铃的便笺。思前想后，她到午后才坐船出城，就像在大冬天里去踏雪寻梅那样，转了很久才勉强登岸，迈上了通往甘露寺的台阶。

一名中年僧人恭敬地把她请进一间禅房，一直等到天色将暗，马万全才风尘仆仆地赶来，只带着一名手提皮箱的副官。他们就像两个跑单帮的小商贩。

让一个和尚去教堂里，让人见了会怎么想？韩冶频连责怪也显得那么温婉。她的脸上挂着微笑，像是在自言自语。

完全是出于安全的考虑。马万全笑呵呵地说，好在这庙里庙外没什么外人。

韩冶频伸手斟了杯茶，说，马叔请坐。

马万全并没有入座，而是在摘下头上戴着的皮帽后，从副官手里接过皮箱，等他转身离去后，才走到桌前，打开箱子。里面都是一些女人的珠宝首饰与香水、丝袜。

韩冶频只是瞥了一眼，说，你冒了这么大的险赶来，就是为了给我送这些？

我可不是来送礼的。马万全说，这些都是少奶奶运往重庆的棉纱与西药。

韩冶频一愣，慢慢地站起身，伸手从皮箱里拿出一个嵌宝的八音盒。她记得自己在巴黎的卧室里也有类似的一个，是在瑞士定制的。

马万全一屁股坐下，抓起茶盅一饮而尽，又说，少奶奶，现在你明白了吧，你拼死拼活替他们运过封锁线的，都是他们的私产。

别叫我少奶奶。韩冶频说完，自己都有点吃惊，但很快恢复了常态，退回到座位里后，平淡地说，你得想法把它们变现，换成钱就是军饷了。

马万全叹了口气，本来想骂一声娘的，可看到韩冶频的脸色，硬生生地把话咽回肚子里，兀自一笑，说，还是少奶奶想得开，我反倒杞人忧天了。

马司令，往后别再叫我少奶奶了。韩冶频仰起脸，说，往后，我们还是尽量少见面……还是你打你的游击，我做我的生意。

我是替你咽不下这口气。马万全说，打通一条封锁线得花多少钱？得死多少人？可你最终成了替他们搬家的了。

那是我的事。韩冶频露出一丝苦笑，说，这么冷的天，你总不至于为了一箱珠宝，劝我去投靠日本人吧？

我不是这个意思。马万全慌忙摆手，说，我只是来向少奶奶提个醒。

那你想过没有？韩冶频说，相隔千山万水的，重庆方面为什么有人会把广平号这个消息透露给你？

为什么？马万全一挺脖子，想了想后，说，难道有人要捅穿这层窗户纸？他们在拿我当枪使？

马司令，有些事，我们根本不用去想它。韩冶频合上眼睛，不以为然地说，战争从来都是少数人下的一局棋……棋子是不需要知道为什么的。

二十五

我终于要离开重庆返回战区了。我既没能如愿接任二哥宝珊的职位，成为那个失地省份的主席，也没能阻止现在的暂编军忽然被降格为师级部队。我能怎么样？身在重庆这么个大漩涡里，我只能是一块案板上的肉，任由被降为国民革命队伍里资历最深的一名师长。

当晚，我给远方的母亲写了封长信，用一种告慰的语气告诉她，虽然我所有的努力都已前功尽弃，我们孙家两代人对这个省将近三十年的治理，其实早在日军入侵之日就已宣告结束。我劝她不要因为这点滴的得失，而做出让国人痛恨与痛骂之事。当然，我深知母亲不是这样的人，那是我写给政府的稽查机关看的。我深信，我寄往外埠的每封书信，都会受到他们严密的审查。这是我向上面的一种表态方式，我已经到了四十而不惑的年纪，面对这个世道，我必须得学会两个字——妥协。

我在信的最后，希望母亲能在安排好香港的一切后，早日赴渝。如果那样的话，至少在我出征前，我们母子俩还能在重庆见上一面。

我的母亲没有回信，连只字片纸都没有，但这封信还是起到了作用。就在我准备去往部队的前夕，委员长在他的黄山官邸召见了我。首先，他对我二哥的殉国表示了沉痛的哀悼，然后问了问我的身体状况，又自说自话地谈了会对时局的看法后，起身，让他侍从室一处的主任陪我吃了顿中饭。

林主任一端起碗就看似随意地聊起了左家骥，从他最后那次战场突围开始。左家骥带着军部机关的警卫部队，在我们家乡的山林间与日军转战，几天后就弹尽粮绝。被俘前，警卫替他换上了勤务兵的粗布军服，直到进了战俘营才被指认出来。这些，我早已经知道。他的照片后来还登在了上海与东京的报纸上，成为日本占领秀洲城之余的又一战绩。我还知道，为了营救他，中统与军统采用了很多手段，打通了很多环节，最终都功亏一篑。

现在已经证实，左参谋长投敌了。林主任放下碗，长长地发出一声叹息。

不可能。我说，他又不是没坐过牢，他不是这样的人。

危难之际见忠贞。林主任伸手拍了拍我的手背，起身从挂着的皮包里取出两份敌后的报纸，交到我手里，说，都上头版了。

那边的报纸怎么可信？我说，那是敌人的宣传策略。

林主任又从皮包里取出几页盖着绝密印鉴的电文，说，日本人当然不能信，我们自己的情报部门总不会有假吧？

我看了半天，抬起脑袋，说，就为了这个，你们把一个军降格成一个师？

一颗老鼠屎坏了一锅粥，你要理解委员长的难处。林蔚语重心长地说，老弟，你回到部队第一件要做的事，就是消除左在军中的影响。

现在，我成了一名小小的师长，这幢小楼里的每个人都可以对我指手画脚了。我冷冷地说，怎么消除？林主任这你得教我。

林蔚慌忙摆手，把脸凑到我耳边，说，本来军统打算插手的，是委员长阻止了他们。说完，他想了想，又说，溅在自己屁股上的屎，还是由他自己去擦干净吧……这是委员长的原话。

我真的仍然难以置信，始终怀疑这是日本宣传机构的阴谋，或是政府里某些人对我耍的一记花招。一个年过花甲之人，戎马半生，见惯了生死与离别，左家骥可不是那种老糊涂了的人。他一直都应该是《三国演义》里的老将黄忠才对。可是，事实无情地扇了我一记响亮的耳光。几个月后，汪精卫在南京成立伪政府当天，左家骥的名字赫然出现在他们的政务委员名单里。他成了他们军政部门次长与军事委员会的副议长。

傍晚时分，汪家窑从下面赶回来陪我散心。我们沿着赣江信马由缰，那些奔腾而浑浊的江水每次都会让我想起家乡，想起同样奔腾而浑浊的乌尤江的汛期。我说，我们现在成了丧家之犬……我们就算战死再多的兄弟，也抵不了一个投敌的。

汪家窑劝我不要这么想，要放下，清者自清。他说，左家骥是左家骥，师长是师长。

还师长个屁。我说，说不定，哪天一觉醒来，我就成旅长了。

汪家窑坚信不会的。他认为总司令部让我们这个师来赣南一带协防，充分体现了委员长对我的信任。他说，师长迟早会官复原职的。

你就知道拣好听的说。我说，他调我来这里，就是让我来陪太子读书的。

这个太子可不一样。汪家窑骑在马上，意味深长地看着我，说，师长，有时候在父亲手里失去的，我们可以在儿子身上找回来。

现在，汪家窑不仅是我的团长，还兼着我师部的参谋长。他已经成为我最为信赖与倚重之人，同时我也越来越发现，他再也不是当年那个拘谨而蓬勃的青年军官，有时倒像个趋炎附势的小人，越来越善于察言观色。当我用马鞭指着遥远的天边感慨说，凭现在这一万多人，我们几时才能打回秀洲城时，他就知道我又在想女人了。

汪家窑就是有这样的本事与心思。天还没有黑透，他的勤务兵已在沿途的村里找到保长家，买下他们院里唯一的一只鸡杀了，还开了好些背包里带着的牛肉罐头，在堂屋里摆开圆桌，热热闹闹的一团和气。就在保长家那块"耕读传家"的匾额下，汪家窑兴致勃勃地说，师长，今晚您就把不痛快的事情放一边，您就与民同乐一回嘛。

桌上的酒菜还没上齐，他像是忽然想起来了，扭头对保长说，令公子既然都已经娶妻生子了，他就不应该窝在乡村里面，脸朝黄土背朝天的，他应该出来，为国家做点事。

保长是个老派的乡村绅士，下巴上留着一缕黑色的山羊胡须。他一下就联想到了拉壮丁的国军，脸色都发白了，赶忙起身敬酒，说，长官大人，我们这个村年前就派完丁了……再说逢三抽一，我们家就这么一根独苗。

为国家做事,不光只是扛枪当兵这一面嘛。汪家窑痛快地喝下酒后,笑着说,上县城里面当差,不一样是抗日救亡?

不敢想,不敢想。保长松了口气,连连摇手,坐下后说,这等好事,怎么落得到我们这种乡下后生的头上。

怎么落不到了?我看令公子就不错嘛,长得结实,人也老实,又念过私塾。汪家窑到了这时才把脸转向我,一本正经地建议:师长,像保长家少爷这样的苗子,我们应该把他举荐给地方上,那也是为一方谋福嘛。

我心里清楚,汪家窑是替我看上了他们家的儿媳妇。这个女人还在奶孩子,在此战祸连年的偏僻之地,她竟然可以把自己养得这么白白胖胖的,实属不易。尤其是那对胸脯,隔着衣襟都能让人感受到散发出来的奶香。

汪家窑当场就替城里的县长拍了板,自说自话地让保长的儿子可以先去粮食局试试,文的不行再去警察局试试也不迟。保长一家子将信将疑的,都在想这位长官怎么没喝几口就醉了,就越发地不知怎么往下接话了。汪家窑无声地一笑,掏出随身的笔记本,大笔一挥写了两行字后,撕下那一页,交给警卫,命他这就骑马去军营开辆吉普车来,连夜把保长的儿子送往县城。他兴冲冲地对保长说,事不宜迟,打铁还需趁热。

保长如在梦中,但又不相信好事来得这么突然。他赶紧抱拳作揖,说,不急,不急,从长计议,还是从长计议为上。

还有什么好议的?这不就是饯行酒吗?汪家窑说着,拿过酒杯,一饮而尽后,啪地往桌上一蹾,又说,我们当兵的办事跟地方上不同,我们讲究的是立竿见影。

保长还算是个识相人,尽管眼中喜忧参半,很没着落。送走儿子后,他带着全家又是一阵的鞠躬作揖,半文半白地说了许多感激的话。汪家窑愉快地拍着他的肩,说,那你还不让儿媳妇敬我们师长一杯?说不定,她明年就搬进县城当少奶奶了。

保长连连点头，说得敬，得敬。说完，亲自斟上酒，送到儿媳妇手里，说，来，快替你当家的敬师长一杯。

说心里话，这个时候我更感兴趣的已经不是这个哺乳期里的女人，而是我的参谋长怎样把她送上我的床。都说军营是座大熔炉，它把我变成现在这副模样，我一点都不觉得奇怪。我奇怪的是汪家窑这种出身寒门的有志青年，现在竟然变成了个拉皮条的。

趁我出去方便的工夫，他把保长拉到屋外，告诉他今晚师长不走了。

保长慌了，忙说，那怎么成？

怎么不成？汪家窑说，难道你要赶长官走？

保长半天憋出一句：家里拢共就两张床不是？

汪家窑说，你家少爷不是腾出来了嘛。

一下子，保长差点一屁股坐到地上。他一把拉住汪家窑的衣袖哀求，说，长官，这可真不成呀……那可是我儿子的媳妇。

你还是政府委任的保长呢。汪家窑说，大敌当前，你我都得有大局意识。

再大的局也不成哪。保长说，长官，人家还在奶孩子呢。

哪个当妈的没奶过孩子？汪家窑有点不耐烦了，一指门边那个背包里剩下的东洋罐头，说，你可不能惯着儿媳妇，你也得让她自己挣口口粮，为抗日做份贡献了。

保长都快要背过气去。他扭头看了看堂屋里的婆媳俩，一拍大腿，痛下决心，说，长官，我把床腾出来，我给抗日做贡献还不成吗？

你再说一遍。汪家窑瞪起眼睛，说，你把长官当什么了？

长官。保长真的落泪了，老泪纵横地说，我们可都是良民哪，屋里那两个可都是良家妇女哪。

我知道，你要是汉奸，我还用得着跟你商量吗？汪家窑想了想，凑到他耳边，说，你这人，你真是喝糊涂了，这本来就是桩天知地知，出了这院门谁也不知道的好事情，看你现在这副失了魂的模样，你哪还有点保长的样子？

事实上,我根本没打算睡这个哺乳期的女人,没那份闲心。我一进到她屋里,婴儿就开始在她怀里哇哇地哭。

我说,你先喂孩子吧。

女人的脸上早已挂满泪水,蜷缩在床里,整个人都在瑟瑟发抖。

先把孩子的嘴堵住。我在床沿上坐下,又说,你不用怕,我又不吃人。

女人根本不听我的,也顾不上自己的孩子了,扭转身来就在床上冲我一个劲地磕头,在婴儿的哭声里一个劲地让我行行好。

这怎么行?我有点烦躁了,说,你行行好,先把孩子的嘴堵上行不行?

女人这才又背过身去,哆哆嗦嗦地撩起衣襟。屋子里很快就只剩下她的抽泣声与孩子的吮吸声。我连皮靴都懒得脱,靠在那半边床上趁着酒劲很快就迷糊过去,马上清醒过来后,女人早已经喂完了孩子,却仍蜷缩在床角。

我朝她招了招手,说,别怕,你不用害羞。她却更紧地抱住了自己,抖得更厉害了。我又一招手,沉下脸,说,过来。

她爬过来,就像一具颤抖的尸体那样,笔直躺在我跟她孩子中间,紧闭着眼睛,泪水如同石缝里渗出的泉水,可我什么都没做。我成了她的又一个儿子,用手搂着她,把脸埋在她温热的胸脯中间。我在这天夜里想起了腊月,想起了我的面目不清的各式各样的女人们。

我必须承认,这是我在重返部队后睡得最香甜的一觉,醒来时已经天色大亮。女人与她的孩子都不见了。我这才发现,我的脸上尽是冰凉的泪水。

汪家窑与我的卫兵早已列队恭候在院门外,还有那对一宿未眠、战战兢兢的保长夫妇。我连眼皮都没朝他们抬一下,只是挥手说了两个字:上马。

快到师部前的那棵大榕树下时,我勒住缰绳,对汪家窑说,你是个军人,你他妈的不是窑子里的老鸨。

汪家窑的脸一下红到了脖子里。他低下头后,很快又抬起来,第一次跟我顶嘴，说，师长，说不定明天我们就马革裹尸了。

怕死你就别当这个团长了。我说，你就待在师部里光当这个参谋长好了。

我不怕死。汪家窑的脸涨得更红了，说，师长，我们都是从死人堆里爬出来的。

我听出来了，他这是在提醒我跟他之间的生死情谊，可我就要让每个人都觉得我是个歹毒之人。这是我多年以来的驭人之道。我说，你既然不怕死，那我派你个差事。

我要汪家窑替我去趟南京。我要他当面问问左家骥，为什么甘当这个汉奸？他姓左的搭上了半辈子的英名，犯得着当这个汉奸吗？他把自己毁了，同时也给了别人毁掉我们孙家的理由。

汪家窑站在师部的休息室里愣了半天，说，师长，军统派了那么多人去，都没能接近他……只怕我也一样。

你不一样。我说，军统派人那是去杀他，你是替我去见他。

万一落到日军手里呢？汪家窑说，我们师的整个布防都在我脑子里。

我阴沉地一笑，说，你想得太多了，你都想到怎么去投敌了。

我不是这个意思。汪家窑慌忙说，师长，我是您的参谋长，我不可擅离中军，更不便深入到敌后。

说穿了你还是害怕了。我在一把竹椅里坐下，说，可我就是要知道，在我身边还有几个左家骥。

汪家窑第二天来向我告辞时就像是去赴死，一脸慷慨与悲壮。我的心软了，说，你不用这个样子，我了解老左，我保证你会活着回来。

汪家窑点了点头，掏出一封信，说万一他回不来，就请我把这封信交给他的家人。

我的心更软了，想了想，说，算了，我还是换别人去吧。

汪家窑双腿一并，说，师长，军令如山，您不能朝令夕改。

说完，他抬手朝我敬了个军礼，头也不回地出了我的办公室。

其实，左家骥在南京的公馆就是当年我被软禁的那幢宅院。他在门口加了道明岗，又在巷子口布了两个暗哨。

汪家窑先去拜会了这位伪次长的副官，再由副官亲自驾车把他载进这座宅院。大白天的，左家骥坐在窗帘低垂的书房里看着他，并没有起身相迎，而是笑呵呵地说，老弟，你不会也是来要我命的吧。

汪家窑笑了笑，张开双臂，把身体转向站在一旁的那两名保镖。刚进院子时，他已经被搜过一次身了，现在当着左家骥的面又被搜了一次。

直到左家骥挥手让保镖都退下后，汪家窑才说，我是受命而来，希望左长官迷途知返。

左家骥竟然抽上烟斗了，慢条斯理地填满烟丝，打上火后，吐出一个烟圈，说，孙宝琨他就是傻瓜，我看你也一样……他这是让你来送死的。

汪家窑不卑不亢地提醒他，说，孙长官曾经也是你的长官。

他还是孙长官吗？左家骥哈哈一笑，说，小家伙这官当的，从一个军团总指挥做到军长，再做到了如今这个师长……我看，他比张汉卿还不如，他把他老子的那点基业都败光了不说，还把他们孙家的脸也丢尽了。

政令统一是大势所趋，孙长官是顺势而为。汪家窑再次不卑不亢提醒他，说，左长官，你曾经是北伐的英雄，也曾为这个国家的统一流过血、拼过命。

你不用提醒我，这些事我比你们清楚。左家骥一边抽着烟斗，一边淡然地说，中原大战时，我就是一军之长了，为了你说的国家统一，我把一个军都打没了，打到自己成了光杆司令，是你的长官收留的我，继续让我披着那身军服……我还坐过你们政府的牢，就在离这里不远的江东门外……要不是日本人打进来，我这会说不定还在牢里呢。

汪家窑一时无语。

左家骥靠进椅子里，无声地一咧嘴，说，长话短说吧，他到底让你来干什么？

汪家窑说，孙长官就一句话，他要知道左长官为什么非走这条路不可。

那得去问问他自己。左家骥说，问问孙家的这两位孙长官。

原来，当初在日军攻打秀洲城时，左家骥的家眷被截留在了城中。这一大家子的人后来因为他而遭到关押。

汪家窑说，两位孙长官的家眷也都没来得及撤离，都留在了城里。

可他们两个没成为战俘。左家骥啪地把烟斗往烟缸里一搁，本来静谧的屋子里，一下静得只剩下挂钟的秒针在墙头嘀嘀嗒嗒。

过了好一会，他重新拿起烟斗，深深地吸了一口后，站起身，走到汪家窑跟前，说，老弟，你还年轻，你还没尝过被人过河拆桥的滋味。

汪家窑摇了摇头，说，这不是非得上贼船的理由。

你在教训我？左家骥一下子面露怒容，眼中的杀气一点一点凝聚起来，不过很快就烟消云散。他豁达地一笑，说，我是个无足轻重的人，你回去，就把这句带给你们孙长官吧。

是。汪家窑恭敬地说，左长官还有什么话要带给孙长官的？

左家骥想了想，说，那你再告诉他，只有确保自己还站着，才能看清楚最终倒下的是哪一个。

汪家窑回来复命当晚，就建议把他这次南京之行形成报告，派人前往重庆面见戴笠。我瞪着他，说，你是不是南京去傻了？你让我派人去向戴笠汇报？

师长。汪家窑赶紧起立，一脸的诚惶诚恐，却欲言又止。可就算他不说我也应该明白，如今，我只是一名小小的师长，随便几句风言风语就能吹得我找不着北。我示意他重新坐下后，他才接着坦言，这趟南京之行，他避不开汪伪特工总部的耳目，同样也逃不过军统的眼睛。汪家窑又叫了声师长，说，委曲是为了求全，我们在前方拼命，这瓜田李下的，一不小心背后就会挨了人家的刀子。

这话扎中了我心里的那个穴位。我想了想，说，一事不烦二主，那就委屈你再飞趟重庆吧。

汪家窑起身，说，是。

我朝他摆了摆手，说，你是我的参谋长，你礼多就是见外了。

汪家窑又说了声是，再次坐下后，脸上有了久违的笑容。

那天夜里，我忽然惊醒，觉得自己真是笨得像头驴——汪家窑只不过是在打着我的幌子去重庆。他骑着我这头驴，准备在找他的下一匹马了。我越想越觉得是这么回事。

这就是人心。在漆黑的夜里我清醒地认识到，我现在只不过是风中的一根稻草，我再也不是那座可以成就一个年轻人理想与抱负的靠山了。

二十六

国民政府正式对日宣战那天,韩冶频照常在教堂里做完晨祷,上楼去看望亚力士神父。已经连续很多日子,她每天都会在这个时候去神父那间生着壁炉的卧房里,坐在他的床前再祈祷上一回。

可是,这天她并没有祈求上帝,而是喃喃不绝地说了很多话。她告诉垂死的神父,日军的作战部队两天前就已切断了乌尤江上的航道,继而又派兵封锁了整座秀洲城,还在城里的每条主干道上设卡,禁止任何人通行,以便他们日夜不分地大肆搜捕。荷枪实弹的士兵把无数的侨民像牲口那样赶上卡车,分批、分地、分时拉到城外,然后再逐一查封他们名下的产业。

韩冶频不由得抓起神父那只鬼爪般的手,俯身亲吻着,说,亲爱的神父,上帝又要考验我们了。

亚力士神父在很多时候已经神志不清,时刻都在他的天国门口徘徊。他唯一知道的就是用英语不断地吟诵《圣经》里的那句——ashes to ashes, and dust to dust; in the sure and certain hope of the resurrection unto eternal life...

这时,他的助手敲门进来,身后跟着一名年轻的日本军官,还有他全副武装的士兵。

韩冶频就像触了电,一下站起来。

日本军官面无表情地上下打量着她,忽然伸出戴着手套的手,用生涩的汉语说,你,证件。

当他接过韩冶频的护照与军方颁发的特殊人员身份证件,才两脚一并,双手交还证件后,做了个请让开的手势。

韩冶频说,你们要干什么?

我奉命带走这个人。军官指着床上的神父回答。

他是名神职人员。韩冶频说,他受到教会的保护。

谁也保护不了一名敌国的公民。军官说,英国已于昨天正式向大日本帝国宣战了。

他都快要死了。韩冶频说,你们就让他死在自己的床上吧。

军官又看了眼床上纹丝不动的神父,低头想了想后,转身对他的士兵们说了一串日语。

为了能够连人带床地把神父抬下楼,这名年轻军官竟然下令,让他的士兵当场拆掉了这间卧室的门框与连着的半边墙壁。

据说,亚力士神父还没被拉出城外,就在颠簸的卡车里断了气,死在了自己的床上。这位我父亲生前的经济顾问,我们省城的建设规划者,死得那样的无声无息。他的遗体当晚被浇上汽油火化,第二天就被列入了失踪的外国人员名单。

这是谋杀。韩冶频忍无可忍,在大泽和也的办公室里眼含着热泪,大声说,这是对上帝的亵渎。

如果真有上帝,你根本不需要悲伤,神父一定会上天堂的。说着,大泽和也拉开抽屉,把一沓卷宗重重地扔到韩冶频面前,接着又说,不过,如果上帝看到这些,说不定就为他关上了天堂的大门。

卷宗里的纸质材料有的已经泛黄,许多都是中文的,也有日文与英语,几乎是亚力士神父的整个生平记述。韩冶频还在那些娈童的照片里见到了神父现在的助手。那时,年轻的助手还是个孩子。

我们受人尊敬的神父,一直受雇于英国的经济情报部门。大泽和也等到韩冶频抬起头来,脸上才露出笑容,指了指靠墙的那排保险柜,又说,你不用这样看看我,你的材料,我这里也有。

韩冶频苍白的脸色因为心跳而泛起了红晕。她说,那我受雇于什么国家的什么部门?

这对我不重要,但对你很重要。说着,伸手拿起桌上的铃铛摇了摇,在秘书敲门进来后,说,你现在就带韩董事长去吧。

韩冶频脸色骤变,一下站起身,说,你这是要逮捕我吗?

你害怕了?大泽和也愉快地笑着,看了她一会说,我请你去替我看望一位朋友。

韩冶频将信将疑,当在稽查队的地下室里见到我母亲时,她的心一下就跳到了嗓子眼里。

我的母亲在巴斯蒂安的搀扶下站了起来,捯了捯挂在胸前的围巾,含笑说,我说嘛,这就是天意……我知道我们会见面的。

日本海军绕过大半个地球轰炸珍珠港几个小时后,他们的海陆空部队就向驻守香港的英军发起了进攻。迎着炮火与漫天横飞的子弹,我母亲坐船仓皇逃往澳门时,只在睡衣的外面裹了一件毛呢大衣。第二天,她就马不停蹄地经由蛇口到达广州,又被秘密送上一架飞往汉口的日本运输机。一路上,陪伴她的除了忠诚的丈夫巴斯蒂安,还有一位戴着眼镜的唐先生。

唐先生是位文质彬彬的绅士。他再三安慰我的母亲,让她放宽心,戴老板已把一切都安排妥当,绝不会有意外的。

我的母亲每次都是以微笑来掩饰她的疲惫与不安,直到飞机忽然迫降在秀洲城外的机场上,她才瞪着那位文质彬彬的唐先生,说,这就是你们戴老板的安排?

唐先生无言以对。望着舱外那些驱车而来的机场军警,他摘下礼帽,用手帕擦了擦并未流汗的额头,张了张嘴巴,却仍然不知道该说什么好。

至于我母亲的行踪是在哪个环节泄露的,后来有过很多种说法,但没有一种是经得起推敲的。

当晚,韩冶频再次拜访了大泽和也,坐在他的书房里,说,你必须放行,让她去武汉。

不是重庆吗?大泽和也不动声色地说,像她这样的人物,应该去的地方是重庆。

韩冶频有备而来,取出一页折叠的纸展开,放到他面前,说,这是孙家在海外的部分投资,你随时可以把它更名到任何一个人名下。

去武汉用不着这么大一笔花费。大泽和也把那页纸轻轻推回韩冶频面前,若有所思地说,我认为,孙钱夫人最应该去的地方是南京,她跟那里的汪先生也是多年的老朋友了。

那你的损失会很大。韩冶频说,孙家的损失会更大。

看来你们还是一家人。大泽和也笑了,说,现在你又成了孙家的代言人。

这不是你让我去见她的目的吗?韩冶频说,大泽君,我们明人不说暗话,你要怎么才肯放人?

大泽和也避而不答,而是说起了眼下的局势,从中国内陆一直说到日军在马来半岛的登陆战。他端起茶杯,喝了一口后,又说,我猜你心里也是这么想的,自从在珍珠港投下第一枚炸弹,那些该死的日本鬼子就已经输掉了这场战争。

所以你更加需要这些。韩冶频说着,把那页纸又推到他面前。

大泽和也斜眼看着上面那些明细,说,放走这么一个人,你知道我将会承担什么后果?

韩冶频想了想,说,至少,你的子孙后代不需要再为金钱去出卖自己。

大泽和也一下挑起眉毛,并没有恼羞成怒。他冷冷地看着韩冶频,脸上又浮起了笑容,说,那你告诉我,从秀洲城到重庆的运输航道上,你们买通了多少帝国的军政人员。

商人有商人的道义。韩冶频坦率地说,我对那些帮过我忙的人负有责任……对你也会一样。

你不用急着拒绝我,你可以先去向重庆你们的戴老板请示。大泽和也依然微笑着,不动声色地说,据我所知,你们之间的联络电台就藏在城外的胡家老宅里。

韩冶频在瞬间几欲崩溃。在大泽和也烧着炭火的书房里,她一下子有了被绑在行刑室里的惊惧感。好久,才说,那你早就应该逮捕我了。

我为什么要这样做？大泽和也由衷地说他也是两个孩子的父亲，他深知为人父母的滋味，他还知道军统通过美国方面的关系，在德军进入巴黎前，就把韩冶频的一对儿女安全地送到了英国，后来又去了美国。接着，他又说他比谁都能理解韩冶频的做法，为了孩子，犯下什么样的错都是可以原谅的。他一向认为韩冶频是个重情义、明事理的女人，所以他们之间才会有这些年生意上的合作，但战争毕竟是战争。大泽和也在最后断然说，所以，你必须要为我建立功勋，就用你们的那条航道，这是我的附加条件。

　　不久，大泽和也因功被调到派遣军总司令部，专门负责华中地区的反谍情报。他在离开秀洲城前，特意去了一趟教堂。从不忏悔的情报官坐在忏悔室里，隔着那道阴暗的木栏下达完他在离任前的最后一道命令，才如释重负般地吐出一口长气。隔了很久，亚力士神父生前的助手才从忏悔室的另一道门里出来。这位刚被晋升为司铎的年轻人，穿着黑色的长袍，面色却苍白如纸。他的手里紧紧攥着胸前挂着的那个银制十字架。

　　几天后，就在我母亲被送往南京的前夕，秀洲城外的机场遭到了马万全游击部队的突然袭击。他几乎动用了全部的兵力与炮火，在破坏了机场的同时，混入城内的便衣试图以武装劫狱营救我的母亲。但是，城内的伤亡更为惨重。这场由军统特工与乌尤便衣队组成的联合行动，天没亮就以全军覆没告终。

　　我母亲最终被改用水路运往南京，在日军的重兵看护之下，由乌尤江顺流而来，刚过省界就遭到了武装拦劫。在崇山峻岭之间，马万全亲自带队设伏，在乌尤江水流最为湍急处，他们先用水雷袭击了这两条火轮。这场为了营救我母亲的突击战整整打了大半天，双方士兵的血水染红了江水，一直到落日时分枪声才开始平息。

　　真是有劳马司令了。我的母亲面沉如水。她用一块手帕捂着被割伤的额头，冷眼看着她的前夫昔日的马弁，说，你这么兴师动众的，这是要送我去见你们大帅吗？

　　马万全的脸一下红到脖子里，看看她，又看看巴斯蒂安，低头说，这是由重庆方面拟订的营救方案。

我当然知道是重庆。母亲冷冷地哼了一声，说，他们是死也不会让我去南京的。

马万全接到的密令是不惜一切代价地营救，哪怕是玉石俱焚。他抬起头来时，脸上已恢复了狰容，抬手一枪就毙了那位唐先生。马万全把手枪插回枪套，对我母亲说，这也是重庆方面的命令。

我母亲的脸色变得更加难看，语气却温和了许多，说，万全，你什么时候也成了他们军统的人了？

马万全一愣，再次低下脑袋，说，人在屋檐下，不得不低头。

他就是个替人背黑锅的。我母亲却扭过头去，看着地上那具还在呼呼冒血的尸体，说，你想过没有？如果今天死的是我，这口黑锅就得由你来背了。

马万全低头说，是，我想过。说完，他抬起头来，又说，在他们眼里，我就是条丧家的狗，除了听命，我能怎么办？

我母亲脸上这才露出一丝笑容，一松手，那块沾着她血迹的手帕随风卷入江水。她挽起巴斯蒂安的一条胳膊，说，我们捡回了一条命，这也算是劫后重生了吧。

两天后，圣诞节的傍晚，秀洲城的天空中飘起了细雪。从下午开始，韩冶频就在教堂门口布施，把热气腾腾的粥与馒头分发给无家可归的人们。一名衣衫破烂的流浪者在经过她跟前时，忽然唱起了秀洲调的《莲花落》。韩冶频的手停了停，悬了那么多天的一颗心总算落进了肚子里。这几句《莲花落》就是我母亲安然脱险的讯号。

她把勺子交给边上那个女人，使劲搓了搓冻得有点发僵的脸，转身进了教堂，接过年轻的神父递上的一杯热咖啡，喝了两口后就放下，说，今天有点累了，晚上就不跟大家一起过平安夜了。

年轻的神父用一种揪心的眼神看着韩冶频，一直把她送上车，再三说她是太辛苦，劝她多注意休息。

当晚，韩冶频就在睡梦中开始发烧，第二天送进医院时已经不能说话。两天后，她在医院的病床上抽搐而亡，孤独地离开人世时，我那可怜的侄女文凤已经被带往武汉，随后转机去了日本，最终还是生活在了她的外公的身边。

我是那么的悲欣交加。母亲脱险的信息与韩冶频的死讯前后传来，我把自己关在师部后院的一间小屋子里，用了整整一天来思念我的结发妻子，却怎么也记不真切她的容貌。我让赵白日翻遍了我所有的随身物品，竟然连她的一张照片都没能找出来。我越想悼念她，她在我的印象里就越发的模糊不清，常常与一些毫不相关的女人重叠在一起。我只记得跟她在天津结婚的时候，我还是个少年，我清楚地记得，我趴在她身上的时候，心里想的是我母亲的小丫头腊月。后来，我们一起漂洋过海去了法国，可我整个留在巴黎的记忆里塞满了董秀澜，这个早已离我而逝的爱人。现在，从未与我相爱过一分钟的这个女人也死了，我的心里竟是那么难受。

几天后，军部来电，让我动身去参加什么防务例会，顺便与新到任的军长见个面。以往，这种狗屁倒灶的会议我是从来不去的，我管他谁来当这个军长呢？现在不一样了。现在的孙家已经江河日下，母亲在沪港两地的产业都遭到了查封，连银行也在南京汪伪政府的控制之下，秀洲城那头更不可能再有资金供我养兵。出发前，我把军需处的正副三个处长都带上了。我无可奈何地对他们说，往后，为了那二十四两，我们都得去看他们的脸色了。

二十四两是一个士兵一天的法定配给，一层一层盘剥下来，当兵的往往也只有在临阵前那几天才能吃上几顿饱饭。这在国民革命军中早已不是什么秘密，当兵图的是那点钱粮，打仗打的也是钱粮。谁的一只手里抓着了钱粮，他的另一只手就可以肆意地去卡人家的脖子。

会后，新任军长方名山用他那只柔软的手掌握着我的手，一脸礼贤下士的儒将模样，非要留我在他军部住一晚。他要跟我好好地叙叙旧。

我在心里冷笑，有什么旧可叙的？无非就是让我见识一下他那副小人得志的嘴脸。想当年，我当陆军总指挥与一省之长时，他还是个被夺了职的记名师长，每天提着公文包说是在南京的作训部里上班，其实就是在偌大的办公大厅角落里摆了张办公桌,跟那些中下级的作战参谋们一起出操、点卯,既管不了别人,也没有人太愿搭理他。为了显示与众不同,他在他的办公桌上堆满了书籍。后来,索性把家里的文房四宝也搬过去了,整天站着临他那两笔当私塾先生时学的魏碑。

方名山的儒将之名就是从那时得来的。他下班后还常跟首都的那帮文化界人士混在一起,在背后抨击时政,说一些同僚们的坏话。但方名山跟那些单纯的文人不一样。他说起话来慢条斯理的,听上去是那么的超然物外、与世无争,而其实,他就是一匹躲在角落里伺机而动的饿狼。

当初,我一眼看穿了这个人,就在我接受巴斯蒂安的建议,面向全国各地招贤纳士之际,他专程从南京赶到秀洲城,送了我四幅文徵明的屏条,说是他的家传之宝。我说,这礼太重了,家传之宝怎么可以随便送人呢。方名山一脸宝剑赠英雄的气概,跟我从文徵明谈到了戚继光,从时下的白话文谈到了他的带兵治军之道,顺手又送了我一本由他编写的《步军实练》。

我随手翻了几页,说,方师长,你有什么话要对孙某讲的,请尽管明说。

方名山这才说南京虽然安逸,也消磨了一名军人的义气。他愿意带一旅之师,为我戍边屯垦。

我一个小小的省份,哪有什么边可戍?我哈哈一笑,说,老方,你把我当成蒋委员长了。

方名山有点脸红了,说,那我可以为孙总指挥整军练兵。

那是《水浒传》里林冲干的活,我怎么可以让方师长大老远的来当教头呢?我当场就表态拍板,要来至少也得当个师长嘛。看着方名山一脸感激又内敛的表情,我笑呵呵地告诉他,问题是我下面那几个师里正副职都满编了,撤掉谁都怕是难以服众。我说,要不这样,你是从中枢来的,跟方方面面都熟悉,你去替我争取一个师的番号过来,兵由你来招,这个师也由你来当家。

方名山到了这时才明白我在耍弄他，但他仍然一脸正色地连连点头，说，总指挥这想法好，名山一定尽力而为。

现在，这么一个坐惯了冷板凳的屁股终于登堂入室，成了我的顶头上司。我想，我那一路倒霉的日子又将雪上加霜了。

而事实并非如我所料，甚至还有点奇怪，他对我所作的任何军事部署从来不闻不问。特别是浙赣会战期间，我接到的大部分作战指令都是由集团军司令部直接下达。一开始，我还简单地以为这是司令部对我的重视，后来才发现不是这样的。这是方名山对我暗中中伤与司令部从中调和的结果。战事倥偬，我们都在浙江的西南前线打仗，他竟然还有空派人到处散布我的谣言，把我这个小小的师长说得一无是处，说我骄横跋扈、目无长官与军纪，还强占民女、滥用私刑、克扣军饷。他把所有旧军阀有过的恶行都安了在我的头上，得出的结论是我简直比占山为王的土匪都不如。谎言就是这样在重复了一百次后让人信以为真的。

身为我的参谋长，汪家窑早就提醒过我要当心，这位儒雅而无能的军长，迟早会把他指挥失当与怯战这两盆脏水泼到我的身上。我却毫不在意，我深信集团军、战区甚至总司令部不会是聋子与瞎子，他们应该比谁都清楚，我是打起仗来不要命的孙疯子。我对汪家窑说，你放心，谁打的仗上面就算看不到，也能猜得到。

可问题是，上面真的是一群聋子与睁眼瞎。在军委会下令全线停止攻击行动的前几天，战区还在来电斥责我怠战不前与延误战机。我当然不服气，差点没让人把我师部的作战沙盘抬过去。我在电话里对集团军的司令说，战区不清楚，你老兄总该一清二楚的吧？你得让他们明白，到底是谁在拖我这个师的后腿。

这位集团军司令曾是我军事参议院的同僚，是个看上去只会和稀泥的笑面虎。他劝我对顶头上司要尊重，要多一些宽容。

你让我怎么宽容？我直截了当地说，这是在跟日本人拼命，我两天前就向金华一线发起冲锋了，他姓方的倒好，后援没跟进不说，还想方设法地把冷箭都射我背上了。

这是我平生第一次告一个人的状，我才不管电话的那头是谁呢。集团军司令后来在电话里发火了，问我跟他发的是哪门子的牢骚。他让我还是认命吧，他说，你也是当过军团主官的人，你让我怎么办？为了你去撤掉一名军长吗？

说完，电话就被啪地挂断，让我一下就清楚了自己所处的位置。我只是一名小小的师长。

好在历史是公正的。后来的研究者认为，这场历时四个多月的战役最终失败，完全是中央指挥系统为保存实力所致，坐观事态发展的消极思想是导致战略失误的最大原因。

二十七

后来，曾有人对我作过中肯的评价，说我那倒霉的命运都是我咎由自取。我却不这么认为，我只是咽不下这口气。我不相信这么大一个中华民国里真的没有了是非与黑白。于是，就命师部的秘书同样罗列了方名山在浙赣会战中的各项失职之罪，签上大名，越过集团军与战区司令部，直接上呈给了军委会。

你这不是在打委员长的脸吗？汪家窑近来对我说话越来越没规矩了。看来，他是真的把我当成一名师长来看待了。他说方名山的军长委任状上签着委员长的大名呢，这等于是在控诉委员长用人不当。

那怎么办？我很少用这么忧虑的目光看着汪家窑，我说，他现在成了一根卡在我们喉咙里的鱼刺。

对付鱼刺最好的办法就是拔掉它。汪家窑闭口不语，但我能听见他心里面说的话。在他心里我已经成了一个傻瓜。只有异想天开的傻瓜才会把上司当作一根如鲠在喉的鱼刺，这样的人只有一种下场。我在秀洲城里就曾经惩处过那么多试图与我作对、跟我明争暗斗的下属，包括我的二哥宝珊。把他们搞到家破人亡也只是一念间的事。

只是，重庆方面迟迟没有回音，一切是那么的平静，连阵地对面的日伪军也龟缩进了碉堡与炮楼里。跟以往每场忽然爆发的大战之后一样，敌我双方又恢复到相持阶段。秋天转眼就过去了，眼看冬天也快要结束，大地又要开始吐故纳新，一场细雨过后，河水在不知不觉中注满了河道，重新发出了哗哗的流淌之声。

这是一年中最青黄不接的三个月，也是军队必须勒紧裤带，忍饥挨饿的三个月，我再次接到了军部下达的换防命令后，把军需处长叫到跟前，对他说，那你就再跑趟军部，告诉他们，什么时候把欠饷都补齐，我这边就什么时候换防。

军需处长面露难色，看着我那张阴沉的脸，只能并腿敬礼，说了声是。

这就是我抛给上司的难题。既然他方名山要卡我的脖子，那我只能跟着去扯他的皮。这叫以牙还牙，在斗争中学会斗争。我们都是这方面的行家。

可是，我的军需处长几天后回来时，还带回了军部一名负责粮饷的后勤副主任。一见面，这位五短身材的副主任就从皮包里掏出了一份明细，说我要的军粮一粒不少，都已经装车上路，正运往我的新驻地。

副主任笑呵呵地说，兵马未动，粮草先行。

你们军长真行。我也笑呵呵地竖起大拇指，说，他的手段真高明。

副主任仍笑着说，我们军长不也是您的军长吗？

我真想一巴掌甩在那张油腻的脸上，但我不能。这几年的师长当下来，我更明白了许多世俗的道理——那些越是名不见经传的小人物，越不可轻易得罪。因为，奴才就跟狗一样，他们的眼睛里永远只有自己的主子。

军需部的副主任长着一双狭长的眼睛。我只能在心里想象着让人把他那对泛黄的眼珠子挖出来。

我的新防区是在一百多公里外的三省交界之地，到处山林密布，盛产毛竹与苦茶。当年围剿苏区时，我听从了左家骥的建议，就是从这一带擅自撤军，率部途经广东返回秀洲城的。那个时候，我大权在握，可以去做我想做的任何一件事，而如今呢？

骑马行军的一路上，我不无感慨地对汪家窑说，我们真是王小二过年，一年不如一年。

汪家窑与师部的参谋们更为忧虑的是我们将要驻防的那几个区县，虽然山林是最好的天然屏障，可以阻挡日军的机械化部队，可一旦他们要对东面的福建展开大规模进攻，除了从海上登陆，另一条途径就是从赣、粤两地同时发起突袭。这天晚上，汪家窑一手举着油灯，一手指着行军床上铺开的地图，对我说，如果真有这么一场大战，我们恐怕会三面受敌。

我不以为然地说，人家调我们来这里，不就是这么打算的吗？

师长。汪家窑直起身来，说，我们可以直接向集团军司令部陈情，要求重新配置兵力。

看来，我的参谋长才是个真正的傻瓜。我朝他摆了摆手，说，回去睡觉吧，明天还有很多事要忙。

第二天一早，我把军部的那位后勤副主任请进师部共进早餐。一边请他喝粥，一边当着所有人的面，命令赵白日割开一包军粮，先称出一市斤来，把里面掺的沙子都挑出来后，把它们重新称了一遍。我这才笑嘻嘻地对那位后勤副主任说，这就是你配发给我的军粮，一斤大米是十六两对吧？这里面竟称出了四两的沙子。我猛地一拍桌子，吼道：你们这是在拿我的士兵当猪喂吗？

副主任不慌不忙地解释，他只是个管粮油的副主任，全军的粮食都是由集团军兵站统一发配，他从上头领到的是什么，往下面发放的就是什么。

我想知道这四两沙子里面，你掺了几两？我抓过那把沙子，轻轻地撒在他头上后，再也不想跟他废话，命令卫兵直接绑送军部。我倒要看看，方名山身为军长会怎么处置他贪污的下属。

我的副师长赶紧劝我消消气，粮饷从来都是个烂泥潭，犯不着为了几颗沙子去捅破这层窗户纸。他说，兄弟们打了这么多年仗，哪顿饭里面不掺沙子的？

我就是要捅破这层窗户纸。我的脾气上来了谁也拦不住，当场拿起电话，把状告到了集团军司令部。那位笑面虎的司令耐心听我说完后，在电话那头长长地叹了口气，反问我说，为什么别的师都能吃，就你孙宝琨的这个师咽不下去呢？

这话无异于火上浇油。我彻底被激怒了，当晚就让秘书起草了一封控诉信,并且逼迫全师营长以上的军官全都签上名、画下押,还亲自从那些掺沙的军粮里灌了一袋,封上火漆,盖上师部的大印,一起寄给了重庆的何应钦。既然军委会对我置若罔闻,那我就找军政部。我要让这位军政部长亲眼看看,我们这些提着脑袋在阵地上拼命的人,吃的军粮里面到底掺了多少沙子。

没想到的是,军政部这次办事破天荒的雷厉风行。三人调查小组很快就千里迢迢下到师里。他们一个是审查处长,另一个是军粮署的,为了以示重视与公正,组长由一位久负盛名的监察委员担任。

这位委员不贪财,不好色,因为她本身就是个女人,却偏偏把自己打扮得像个武夫,穿着猎装、蹬着马靴,站在我师部的会客室里,真把自己当成了戏里惩奸除恶的钦差大臣。这让我相当的反感。

我板着脸,直言不讳地说,你们两位,一位军政部的,一位是军粮署的,这不是当完了运动员,再来当裁判员吗?

孙师长言过了。军政部的审查处长一看就是老滑头。他说,这不是还有一位监察委员吗?罗组长总不是裁判员与运动员吧?

我说,那你们来我师里干什么?你们得去查那些兵站,查上面的军需部门。

我们得先把情况了解清楚。那位罗委员说,事情从哪里起的,我们就从哪里入手。

汪家窑说得一点没错,我寄出的那一小袋军粮,不光把集团军部与战区得罪了,还捅了整个国民革命军后勤保障系统这个马蜂窝。这三个人匆匆而至,哪里是查军中的贪污?他们分明是来给我看颜色的。

我抓起桌上的军帽说了声失陪,就拂袖而去,把他们几个晾在了会客室里,连晚上的接风宴都没去出席,而是让军需处在县城里随便找了家馆子。我放下话去:查,让他们随便查,我人正不怕影子歪,他们想怎么查,就让他们怎么查。第二天,我还让人放话给他们三个:如果你们查出我姓孙的从中贪污、中饱私囊,你们就直接报到军政部去,让他们直接把我撤职查办。

我不怕任何人来查我。我的军队都是我自己招募的,军费基本上也是自筹自给。这是我们孙家的传统，从我父亲当年的那两个军，到现在仅剩的这一个师。虽然母亲的逃亡与韩冶频之死让我越发捉襟见肘，但就算最混蛋的人也不会把黑手伸进自己的口袋里。

可是，这三个人要查的根本不是掺进军粮里的那些沙子。他们在暗中兜底翻身地把我筛了一遍，连我曾在赣州城里租住过的那个宅院都亲自赶过去，掘地三尺，只查出我还欠着几个月的房租。干完了这些，他们也不加以核实，就忙着把报告电呈给了军政部。

事实上，早在这些人离开的前夜，我的贴身警卫就已愤愤不平地向我请缨，让他带几个兄弟去途中把他们都做了。他保证干得滴水不漏。

要是放在以前，就算他不说我也会让人这么去干，可现在我竟然有种说不上来的紧张，这让我自己也觉得十分奇怪。我仔细看着这个跟随了我多年的警卫，说，我怎么可以跟个女人去计较呢？

可那是个穿裤子的女人。我的警卫大多是习武出身的粗人。他不解地看着我，答非所问地说，这种娘们只有扒光了，她们才会知道裤裆里撑的都是别人的鸡巴。

我哈哈大笑，我就喜欢这些粗鲁的士兵，可笑完了我又感到了无比灰心与沮丧。那天夜里，我在窗前站了半宿，看着漆黑的天空中，雨下了又停，停了又下，才回到书桌前，提笔给自己起草了一份辞职报告，还在文中拟了一副狗屁不通的对联——上上下下迟早都得下，生生死死早晚都得死。横批是：早下晚死。

据说，军政部隔天就把这份辞职报告签呈给了委员长，以我破坏军需独立与公积金不报不缴为由，请予撤职查办。

军人缴纳公积金与新生活运动是委员长在抗战期间的两大新政。这无异于把砍我脑袋的刀都擦好亮了出来，好在委员长在这事上还算是个明白人，大笔一挥只批下六个字——可调本部高参。

我在接到那一纸调令时不禁哑然失笑，就像一下得了失疯症，在办公室里越笑越猖狂，一直笑到两个鼻孔又开始呼呼直喘。我对目瞪口呆的副官说，你去城里订家馆子，今晚我请你们吃饭。

饭后，等所有的人都知趣地告退后，我为汪家窑倒了杯酒，说，说说你的打算吧。

我听师长的。汪家窑说。

你还是听你自己的吧。我不露声色地说，你送给三人小组那几份厚礼没派上用场吧？

汪家窑眼睛有点直了，慌忙起身，说，师长……

我伸手，示意他坐下，笑着说，良禽择木而栖，我把你从一名中尉提拔成了上校，让你踩一回肩膀又怎么了？

汪家窑站得更直了，昂首挺胸说，师长，家窑从不曾有过半点背离之心，请师长不要听信谣言。

别师长、师长地叫了，听着让人别扭。我说，坐下，我们说几句心里话。我一直等到汪家窑迟疑不决地坐下，才问他：为什么我的调令都到了，而这名新师长却迟迟没有任命？我说是他的劲使错地方了，重庆不会在意由谁来担任这名小小的师长，但战区与集团军司令部会很在意，他们谁都想把这现成的一万人抢在自己的手里面。我拍了拍他的肩膀，中肯地说，你得把功夫用到他们身上去。

我是你的人。汪家窑抬起头，说，我与师长共进退。

我在心里冷笑。汪家窑身为我的参谋长，与军部、集团军的关系一向不错，一向起到了我与他们之间润滑剂的作用，可聪明人最大的毛病是常常会把别人都当成了傻子。我说，什么你的我的？都是国民政府的人。说完，我又说，你就别揣着明白装糊涂了，你等不来那一纸任命，那是因为你送的礼还不够。

汪家窑又低下头去，总算跟我说了心里话。他家境贫寒，这些年带兵也还算清廉，他是实在拿不出钱来了。为了跑这个师长，他已经挖空心思，欠下了一屁股的债。

既然是我带你上这条路的，那我就再送你一程。说着，我掏出一把钥匙放在桌上，告诉他，我在赣州城里租住过的那个院子里有口井，里面沉着一口弹药箱，你去把它捞上来。我说，里面的东西买下这个师长应该不成问题。

说完，我一口喝掉杯里的剩酒，起身离开，在汪家窑感激而愧疚的眼神的注视之下，我背起双手，怅然若失。自从穿上这身军服一路走来，我的官不仅越当越小，到头来，连自己一手提拔起来的人都对我离心离德了，这种挫败感，真是让人连死的心都要有了。

离开驻地那天，我把警卫与厨师都留下了，除了赵白日与一名文字秘书，只带着蒋慎维登机飞往重庆。蒋慎维才是真正与我共进退的人。当年，我被降为师长时，我劝他留在军部的医院里，继续当他的院长。他却淡然地说，我是你任命的院长，理应与你共进退。

我笑着说，那你也等于被贬职了。

他也笑了，说，我是来抗日的，不是来当官的。

现在，他还是这么一句话，淡淡地说，我去重庆也可以悬壶济世嘛。

是的，日军至今仍在不停地空袭这座山城，那里太需要像他这样的外科医生。可是，当我搭乘的飞机降落，才得知我母亲已经去了昆明。龙云是我们父子俩多年的同僚与朋友，他表面声称是请巴斯蒂安担任他的外事顾问，实际上是希望我母亲把孙家仅剩的那点生意搬到云南。

前来接机的是胡荃的儿子。我想了半天才把他记起来，说，邹柿呢？他不会也跟着去昆明了吧？

小胡说邹总管已经死了，就在不久前的一次空袭中，他被活埋在了防空洞里。他还说他给我去过信，也给邹柿的家里去过信，但没等到回音就把尸体拉到城外埋葬了。我不知道说他什么好，只能闷声不响地坐进车里，一路上都在想念我的奶妈。

我在沙坪坝的那个院子里很多房间已经被占据了。这些人大多是我部下的眷属。他们的儿子与丈夫有的已经阵亡，他们却只能在这座拥挤的山城里饥不果腹。

让他们住着吧。我打断还在对我唠叨不停的小胡，转脸吩咐赵白日去替我跟蒋医生收拾两个房间出来。

胡荃的这个儿子跟他的父亲与叔祖都不像，他根本就不像个替人管事的人。而且，那张白得有点发青的脸，一看就是个纵欲过度的大烟鬼。于是，我断然地对他说，你可以走了，我这边用不着你。

小胡一脸不知道错在哪里的模样，可怜巴巴地看着我，说，是家父让小的留下来伺候爷的。

我说，你听你老子的还是听我的？

他愣了愣，说，我当然听爷的。

那你走吧。我极不耐烦地说，我不想再见到你。

胡荃这个不肖子不仅五毒俱全，而且胆大妄为。后来，他在离开重庆前，竟然伪造地契，以他父亲的名义，把我母亲住过的那幢小楼都抵了出去。为此，远在昆明的胡荃气得差点跳了滇池。

我笑着对蒋慎维说，你看，他们胡家两代都是管家，偏偏没把自己的家管好。

现在，蒋慎维成了我在重庆仅剩的朋友与陪伴。他在我住的这条街上开了家诊所，白天在那里悬他的壶、济他的世，晚上就在院子里陪着我喝茶与下棋。可时间一长，这种闭门不出、无所事事的日子让我有点厌倦了。我先是折腾我那些部属的家眷，把他们当作我带过的士兵，让他们日夜不分地在院子里扩建防空洞。直到有一天，赵白日灰头土脸地进来，说，不能再挖了，再挖下去，整个院子都要塌了。

那让他们干点什么好呢？我说，我不能养着他们吃干饭。

还是吃干饭的好，赵白日说，他们少花点力气，还能省几口粮食。

我的大部分积蓄都困在上海租界的银行里，很多已经被南京的伪政府接管，而军委会那点薪水根本支撑不了那么些人的开支，要不是有蒋慎维诊所里的收入贴补，我恐怕将重新过上在巴黎的窘迫日子。有好几次，长夜漫漫，我都想让赵白日开车出去，哪怕喝顿花酒散散心也好，可我不能用蒋慎维替人看病赚来的钱寻欢作乐。我不是这样的人。

一天晚上，棋下到一半时，我啪地填下一子，对蒋慎维感慨道：要是早知有今日，我也该跟他们一样，在手里有权的时候捞上一把。

蒋慎维在月光下看着我，说，你觉得已经这样子的政府，能治理好这个国家吗？

政府就是一台机器，我说，你放心，它再烂也会照转不误。

总有烂到掉底的时候，蒋慎维说，这是历史的必然。

每次说到这种话题，我都能看到他眼睛里的忧伤。我一挥手，说，我们不说这个……来，该你下了。

蒋慎维伸出两根手指夹起一颗黑子，看着棋盘沉吟了半晌，忽然说，其实在中国还有一个地方，那里平等清明，欣欣向荣，有机会你真应该去看看。

我知道他说的是哪里。一次，从曾家岩五十号门前路过，他就说过类似的话。我记得我当时又问过他是不是那边的人，他笑着说，这边的人与那边的人不都是中国人吗？

说心里话，早在淮北那座小县城的小医院里时，我就觉得他应该是。为此，当初还专门让人在暗中调查过，得出的结论只有四个字：查无实据。我只是有点想不通，他只是一名医生，光凭着一颗卫国之心，就能忍受着夫妻别离，跟着我转战南北？

我沉默了一会，说，那你跟我说说那边。

那天晚上，蒋慎维在院子里跟我说了很多话。我们谈论着那个遥远而陌生的地方，但我认为他的那些见识跟我一样，都是从报纸上看来的。他说，耳闻是虚，眼见为实，我们都应该去那里看一看。

二十八

我的延安之行一直要到来年才算成行。

就是为了想去看上这么一眼，我专程拜访过曾家岩五十号，受到他们的热情接待。那位闻名已久的中共领导人握着我的手表示，随时欢迎我到访延安，去陕甘宁边区的高原上走一走，看一看。可是，不想让我去的是军委会。一出八路军办事处大门，就有两名便衣把我请进了隔壁的戴公馆。

戴笠匆匆从中美特种技术合作所赶回来，一边请我品尝他部下从杭州送来的西湖龙井，一边委婉地奉劝我要耐得住寂寞，是英雄总会有用武之地的。我哈哈大笑，说，我是哪门子的英雄？我就是一把夜壶，急了的时候把我拿出来，用完了又塞回床底下。

戴笠也笑着，说这句话恒社的杜先生也说过，他现在就住在上清寺的范家花园里。戴笠建议我跟老朋友们要多往来，多走动，一个人闷着脑袋想事情是要钻牛角尖里去的。

这你放心，我说，我钻哪去后面都有你的尾巴跟着。

职责所在，戴笠真诚地说这是为了我的安全，主要是重庆城里的流民太多了。

我没空跟他计较这些，就说，反正闲着也是闲着，我打算去各地走走，考察考察。

戴笠一下来劲了，说他可以安排我去美国。

用不着费那么大的劲，我说，我就在国内走走，你别派人跟着就是了。

那可不成，戴笠说，老弟，你就别为难哥哥了。

他竟然称我老弟了，我在心里冷笑，嘴上却毫不介意地说，那好，你既然怕我走丢，就派人跟着吧。

戴笠起身，往我的杯子里续满水后坐下，说这事他做不了主，他让我去请示委员长。

问题是委员长还会见我吗？我说，腿就长在我的肚子下面，我去哪用不着跟任何人请示。

问题在于你要去的那个地方。

我有点不高兴了，说，邓宝珊、卫立煌都能去的地方，为什么我不能去？

你跟他们不一样。

我跟他们唯一的区别就是我现在成了光杆司令，我的手下没有一兵一卒。我长长地叹了一口气，说，你们就知道柿子挑软的捏，如今我什么都不是了，你们还有什么好担心的？

是出于安全考虑，戴笠微笑着说，我们可不能让一位军委会的中将高参在去友军圣地途中遭遇到不测。

这简直就是赤裸裸的威胁。要是放在以前，我至少也会重重地把一巴掌拍在桌子上，但我跟他们已经今非昔比。我就是在那一刻铁了心要辞去军职的。我受不了这种气，我不当这个狗屁的高参了还不行吗？可是，我的辞呈递了一次又一次，每一次递上去，都会有人来劝说我，要我把眼光放远了，要朝深里面看。在我眼里，这些人就是一个又一个的奴才，他们没有主张，没有原则，就知道奉命行事，就知道他妈的有奶便是娘。最后，军委会索性对我的辞呈采取了置之不理的态度，这些人也跟着不理我了，连迎面碰上都开始躲着我。

我彻底被激怒了。这天，我让秘书把辞呈改写成一份《脱离军职之公告》。我要昭告天下，老子不干了，老子再也不给这个政府充门脸、撑台面了。我花了大半夜工夫，亲手誊写了好几份，天一亮就亲自挨家报社送过去。每家报社的主编见到我都是倒屣相迎，奉着我的《公告》如获至宝，都说这将是一条爆炸性的新闻，并且信誓旦旦地保证将在次日的头版见报。可是,我前脚一走,戴笠的手下后脚就把它们全部都收缴了。

为此,我直闯进他在罗家湾十九号的办公室,一进门就冲他大声说,我明天就把辞职公告送到《新华日报》去,我倒要看看你派什么人去收缴。

这回,戴笠不称我老弟了,叫了一声宝琨兄,热情地把我按进沙发里,苦口婆心地劝我要三思,不要一时冲动,要给党国留几分脸面,给委员长留几分脸面。他说,大家都是一口锅里吃饭的,何必要弄到日后不能相见呢?

你们那口锅里还有我那一口饭吗?我说,我的老家让日本人占着,兄弟战死,老婆替你们卖命,死得不明不白,为了你的军情大局,至今你戴雨农还没给出过一个说法,这些我都忍了,你们让我来重庆混吃等死,我也乖乖地来了,你们要面子,我连里子都给了你们,现在,你们也给我几分面子成不成?

戴笠看着我,面无表情地说,你要知道,你在我这里说的每句话都会传到上面去的。

我知道,我就是来请你替我问问委员长的。我也冷冷地看着他,冷冷地说,他不想见我,不想让我留在战区,连这个职都不想让我辞,我就是想知道,他到底想拿我干什么?

戴笠摇了摇头,说我太冲动了,太不懂政治了。回到家里,就连蒋慎维也是这么认为的,他说我就像堂吉诃德。我不这么认为。我对他说,这是我的手段,他们可以威胁我、监视我,我为什么不能威胁威胁他们呢?

果然,两天后,一名参谋送来了军委会的批复,竟成了因旧伤复发等原因,他们同意我暂辞高参之职,以便静心息养,待身体恢复,再另予重任。

他们连一份辞职报告都要篡改。我把那页薄薄的纸交给秘书存档后,有种难言的感觉涌上心头,忍不住骂了一句:他妈的。

傍晚,等到蒋慎维回来,我开了瓶白兰地,对他说,从今往后我就是个平民了。

他镜片后面的眼睛里有点失落,接过酒杯,无奈地一笑,说,只怕你很快就会失望的。

我当然明白他的言下之意。我在这个国家里再也没有特权了。从今往后,哪怕是派出所里的一名户籍警都可以随意地闯进来,随意地查看我的身份证件或是把我带走。我一挥手,说,失望怕什么?这世上是没有后悔药的。

说完,我哈哈大笑,可这笑声听上去总有那么一股心虚与心酸的味道。

第二年的春天,我用这身穿了将近二十年的军装换来的延安之行总算成行,还是在美国驻华记者团的大力推举之下,才以社会名流的身份跟随他们的观摩团前往。

我们一行人先坐飞机到西安,参观了胡宗南的战区司令部与他筹建的医院、学校,再绕道渭南,坐在汽车里,一路风尘滚滚地前往延安。就像故地重游那样,我对聂春华说,当年我从潼关出发,穿越杨虎城的阵地到达渭南,再由这里进入西安,被囚禁在华清池旁边的一个院子里,就为了拍委员长的马屁,在他落难的时候挺身而出。我笑着说,我当然没你想的那么傻,我是认定了西安兵谏会妥善解决才从潼关动身的。

聂春华是这个观摩团为数不多的女性之一。她自称是联合通讯社的记者,整天背着相机给我们拍照,但我早就一眼看出来了,这个明眸皓齿的女人绝不会是个真正的记者。我跟赵白日打赌说,她一定是戴笠派来监视我的。

赵白日摸着他那把新修剪的胡子,觉得不可能,说如果他是戴笠的话,一定会把这么漂亮的女人留在自己身边。赵白日看着观摩团里的那些男人,又说,谁舍得把这么好的一块肉丢进狼窝里。

所以你这点出息只能当个跟班的,我哈哈大笑,笑完又兴致勃勃地说,你不信?那我派你去试试。

赵白日笑着摇头,说哪有下人先吃肉的,他能喝上一口我剩下的汤就足够了。

有时候，我自己都觉得自己太放纵下面这些人了，但我就是喜欢这种没大没小的感觉。我狠狠地瞪了他一眼，让他去把聂春华请过来，我从坐着的石墩上站起身，笑着说，麻烦聂小姐给我们两个照张相。

聂春华退后几步，举着相机按下快门后，继续端详着我俩，说，你们两位长得真像，像是一对亲兄弟。

我把手放在赵白日的肩头，说，我们本来就是穿一条裤子的亲兄弟。

显然，聂春华没有听出我话里的猥琐之意，一脸无知地笑着，说，孙先生，您骗不了我们这些当记者的，这位赵先生是您以前的勤务兵。

看来你把我的底都摸过了，我不怀好意地笑着，看着她，说，你还知道什么？

这时，胡宗南的接待人员过来招呼我们进屋用餐，她在饭后对我说她一直想写一部关于我的传记。她认为，我是民国政府里跟谁都不一样的军人。

你也太抬举我了，我说，我就是倒霉的小军阀，活着的那些人里，除了张学良，没人比我更倒霉的了。

所以，您更应该把心里的话说出来，让世人听到您的心声。聂春华用一种期待的眼神看着我，那双忽闪的眼睛竟然让我觉得依稀相识、怦然心动。

你是真想把我写成书？我微笑着，看着她认真地点完头，忽然说，那你得陪我睡觉。聂春华的脸一下涨红了，吃惊地看着我。于是，我把嘴凑到她耳边，又说，戴笠派你来，不就是让你接近我的吗？

虽然，我已经无权无势，但当了这么多年的军阀这点手段还在。用在一个女人身上，根本不需要怎么花力气。等到达陕甘宁边区政府的交际处时，我们如同偷情般的恋爱也到达了高潮。白天，我们如影随形，在一起参加各种安排的活动。夜深人静后，她就偷偷溜进我的房间,常常要到天亮才睡眼惺忪地离开。我们根本不在乎有多少双眼睛在黑暗中注视着,我只对一件事情感兴趣。只是岁月不饶人,我一次又一次地在她身上体会到了那些流失的年华,一去不返。

不过,聂春华更感兴趣的是我的经历。每次事后,她都会在床上一边吸着卷烟,一边诱导我说起我的往事。然后,我们就在这些往事里面重新做爱,好像她就是那些我曾经经历过的女人。这种感觉如梦如幻,有时一直要到天亮才醒来,发现我们只是做了一个共同的梦。

有一次,当我说到董秀澜之死时,她的脸贴在我的胸口,问我要是她还活着,我还会是今天的我吗?我愣了半天都没有再开口。后来,她喃喃自语地说,没有人可以改变命运的,命运就是一只在黑暗中摆布你的手。

聂春华出生在江南的一个望族里,父亲是位开明绅士,很早就把他们兄妹俩送到美国求学,可等到他们回来时已经家破人亡,连父母的尸骨都没能找到。后来,她唯一的哥哥也去了缅甸的战场,同样活不见人、死不见尸。她曾在我怀里无限感慨地说,这就是上天对她的惩罚。

我问她为什么要这么说,她闭嘴了。我接着又问她:你就是为了这个进的军统?

她仍然紧闭着嘴巴。聂春华从来都不会回答这类问题。事实上,我也没有这颗好奇心。我唯一好奇的是她留在肚子上面的那几条浅淡的妊娠纹,每次在被窝里都会用手来回地抚摸它们,就像在摸索她人生的奥秘那样,只是我什么话都不会说,也不会问。后来,是聂春华亲口告诉我的,她还有一个女儿,已经到了该上幼稚园的岁数。

那你丈夫是谁?我问她,她却摇了摇头。我接着又问她:那孩子总会有个父亲吧?

聂春华还是摇了摇头。那是她宁可带进坟墓都不会告诉任何人的秘密。她曾经是那么热烈地眷恋着她的胞兄,就像这世上所有彼此相爱的男女。为了爱情,他们抛弃人伦,也忘记了身上流淌的血液。他们隐姓埋名,无所顾忌。当有一天早晨醒来,亲爱的哥哥却已不辞而别,聂春华才听到了自己心碎的声音,仍几近疯狂地找遍了整座山城与城外的每个山村,直到当孩子出生才发现,早在他们把亲情变成爱情的那一刻起,上天就在以最恶毒的方式惩处他们了。

这天,我们刚从抗大参观回来,交际处的干部就把我请进一处办公室。跟大哥宝珩再次相逢的那一幕,我其实在来的一路上多少是预想过的,或许会见,或许根本碰不上。我甚至都想到了他可能已经战死了。所以,当他伸出手,说孙将军别来无恙时,我只是淡淡地说,怎么会无恙呢?我已经不是将军了。

至少你比宝珊幸运,宝珩用他伸出的那只手拍了拍我的胳膊,由衷地说,至少,我们还能见上一面。

这就是我们这对兄弟仅剩的那点亲情。我忽然想起他已经改姓为肖,就问他,现在该怎么称呼你呢?我记得上次在渭南见面时,他的身份是肖老板。

他说这些年他一直在山西带部队,刚刚才回的延安,来抗大进修。我点了点头,也由衷地说,我们孙家总算还有一个带兵的。

我跟那个家没关系。宝珩说他带的人民大众的部队。

一下子,我们就变得无话可说。在这间一半是窑洞的屋子里坐了会,宝珩抬手看了看,起身说一起吃顿饭吧。我说,还是算了,我们不拘于形式,见上一面就可以了。

我想让你见见我爱人。宝珩又看了眼手表,说,她这会应该在饭店里等着我们了。

我只好起身,站着,想了想,说,那我也带个伴。

下次吧。宝珩看着我,说,这次只是家里人聚个餐。

我觉得有点好笑,这会我们又成了一家人,但从他看着我的眼神里,我已经明确无误地发现,他跟我一样了解聂春华记者之外的那个身份。只是,我没想到在那家简陋饭庄里等着我们俩的,除了他那个由江西与他一路长征到陕北的妻子,还有另外一个女人。

世界就是那么的小,所有爱过与恨过的人都总有一天重逢。那个看似陌生的女人竟然是胡家的三小姐淑勤,宝珩曾经的小姨子。好像往事从来没有存在过那样,她大大方方地跟我握手寒暄时,不仅称我为孙先生,还问我对延安的观感如何。

我记得,你小时候一直叫我宝琨哥哥的。我忍不住提醒她,当年在我巡视嘉禾县城时,就是她与她的丈夫派人试图在人群中刺杀我的。于是,我微笑着,故作亲热地问她:焕生还好吧?我记得他起先是胡大叔的警卫吧?

他走了快有七年了,胡淑勤坦然地说,他战死在山西的宁武城下。当年,他们夫妻逃出嘉禾城后,一路向西,翻山越岭,最后到达陕北参加了刘志丹的红军。这些都是她在送我回交际处的途中告诉我的。事实上,围着那张桌子吃饭时,我们四个都很沉默,都有一种特别异样的生疏感,每个人都只顾就着羊汤低头啃手里的烙饼。

一直到起身准备离开,胡淑勤才再次伸手跟我握了握,说如果我还有这个意愿,可以在这里多留些日子,去陕甘宁边区的高原上走一走,看一看,真实地感受一下他们这个抗日民主政权。

我说,这话以前就有人对我说过。

她点头,说,我们记得说过的每句话。

我这时才知道,胡淑勤一直在延安中枢部门工作,而安排我们兄弟见面的,就是那位还在重庆曾家岩五十号里的中共领导人。我不由得点头,说,我听从你们的一切安排。说完,我环顾着眼前的这三个人,把目光重新停留到胡淑勤脸上,又说,你二姐夫就在重庆,跟我住在一个院子里。

胡淑勤点了点头,说,我们知道。

我说,那么,他也是你们的人?

不是,胡淑勤坚定地摇头,说,我听说他是位医生。

你听谁说的?我毫不客气地对她说出我长年以来的疑惑,蒋慎维虽然只是个外科医生,却始终跟着我的部队辗战各地,冒着枪林弹雨,还要忍受夫妻的别离。我说,他这是为了什么?

胡淑勤说,你为什么不去问他自己呢?

我不止一次地问过,而且当初还每年派人前往上海,给胡淑仪送钱、送物，当然是以她丈夫的名义，直到有一天她住的那间公寓人去楼空。我记得当时蒋慎维只是默默坐了很久后，仰头吟了两句诗——弃我去者，昨日之日不可留；乱我心者，今日之日多烦忧。

我现在仍觉得胡淑仪是跟人跑了，如同战火纷飞中许多天各一方的苦命夫妻，而胡淑勤却不这么认为。站在延安夜晚的街头，目送宝珩夫妇离去的背影，说，你应该了解我这位二姐，她不是这样的人。

我认为她就是这样的人。胡淑仪当年远嫁北京，为报杀父之仇，只身回到家乡委身于我，就是为有机会接近她的目标。在她家那座城外的老宅里，我见识过她那股放浪与癫狂的劲头，身在其中如痴如醉，至今难以忘怀。我说，那你觉得你二姐是个什么样的人？

胡淑勤接过警卫员提着的那盏马灯，引着我默默走了会，忽然站住，转身仰脸看着我。她的眼神就像凝固的夜色。过了许久，她缓缓地吐出一口气，问我为什么不去查一下民国二十六年前国立中央大学的在册学生名单呢。

二十九

这天,我们在黄土高原上走走看看到达一个乡村驿站后,聂春华照常捧着她的相机在村里转悠了很久,回来时边保的陪同人员已经备好晚餐。她一边吃着面条,一边跟大伙有说有笑的,饭后还像个好奇的孩子,非要让赵白日教她从旱井里打了几桶水,然后才回到我的房间,关上门,从身上掏出一把日式的自卫手枪。

我吃惊地看着她,说,你想干什么?

聂春华把枪放在炕桌上,就着油灯点着一支烟,然后透过烟雾出神地看着我。

观摩团离开延安那会,她就曾委婉地劝阻过我,怎么来的,就怎么回去,千万不要留在一个不是自己的地方,更不要相信眼睛看到的一切。可我怎么可能听从一个女人的话?我对她说,我也曾是个治理过一方的人,这就像一个画家到了另一个画家的家里,总得好好地欣赏一下人家的作品吧。

聂春华说,你已经不是那个画家了。

那我缅怀一下也不行吗?我说,我就是要看看,他们凭什么能让那么多人在这块不毛之地上安居乐业。

聂春华问,你有没有想过,擅自逗留在中共的地区,对你意味着什么?

我说,你们总不会以为我这是在另找靠山吧?说完,我笑着搂过她,又说,不是还有你寸步不离地跟着嘛。

我算什么,聂春华甩开我的手臂,说,我就是一个领着政府薪水的娼妓。

我再次用手搂住她的肩膀,说,回去我就找戴笠,告诉他,我要娶你,我还要让他当我们的证婚人。

聂春华仰头看了我好一会,从衣袋里掏出香烟,点上后,退到桌边坐下,继续长久地凝望着我,就像现在这样,她的目光深远而宁静。

我拿过炕桌上的手枪,把里面的子弹一粒一粒地退出来,又重新填装回去后,才开口说,他们给你送这把枪来……是要你用它毙了我?就因为怕我会留下不走了?说着,我把手枪推到她的面前,又说,你们怎么什么都怕呢?

聂春华掐灭烟头,拿起手枪,一下顶上火,直指着我的额头,说,我提醒过你多少回了?一步都不要离开观摩团,可你就是不听,你怎么这么傻呢?

是你太听话了,你才是个傻瓜。我对着那个黑洞洞的枪口,说,他们怎么不给你一包毒药呢?下毒不是更妥当吗?神不知、鬼不觉的,你至少还有一晚上的机会逃跑。

聂春华当然不会朝我开枪。早在村里跟那个货郎接头时,她就已经开始盘算了。她要我把随身带着的物品都掏出来,放到桌上,然后从后面的窗户爬出去,钻进下边的炕洞,不管这屋里发生了什么,都不要出声。她说这个驿站很快会被包围,只等她的枪声一响,就会有人冲进来,杀光这里的人,接着抢走财物、骡马还有她这个唯一的女人。这些都是顺理成章的,就像所有土匪干的那样,这将是一起天衣无缝的谋杀。

我奇怪的是面对近在眼前的死亡,我是那样无知无觉,皱着眉头想了会,还找出了他们这个计划里的两处纰漏。我说这边早在一年前就肃清了全境的土匪,这条消息曾登上过《新华日报》;第二就是她的同伙一定会杀她灭口的,为了让自己扮得更像土匪,他们说不定还会先奸后杀,至少也会把她扒光弄脏。

聂春华淡淡地说,她是个横竖都要死的人,就算不是死在这次,也会死在下一次,她早已经不在乎怎么个死法了。她说,你只有死了,才有机会活着离开这里。

问题是我不可能轻信一个只跟我睡过觉的女人。我想了想,说,要不这样,我去把那几个屋里的人都叫起来,只要守住院门与围墙,天亮就会有驻军赶过来。

要是等不到天亮你就死了呢?

那就听天由命。我竟然还能笑得出来。我嬉皮笑脸地对她说,我又不是没死过。聂春华盯着我看了会,一口吹灭炕桌上的油灯,在黑暗中说,她并不是在救我的命,她是要我活着回到重庆,去把她的女儿抚养长大。她一字一句地说,你不用记着我,你只要把它当作一笔交易就行了,如果你能活着回重庆的话。

事实上,当我后来蜷缩进那个狭小的炕洞里,就像躺在了自己的坟墓里。我听到聂春华还在一刻不停地说着,她把我所有的逃生路线都替我规划好了,可又生怕会遗漏掉哪个细节,坐在漆黑的屋里,她说了一遍又一遍。隔着那层坯土垒就的炕壁,她要我一定要记住,直到房门被人轻轻地敲响。

聂春华一下闭了嘴,在黑暗中划着火柴,重新点亮油灯,起身走到门口,无声地拉开门。

赵白日嗓音干涩叫了声聂小姐,就伸着脖子向里张望。他换上了我曾穿过的那套旧西装,还系了条领带,脸上的胡子已经刮掉了,散发着肥皂水的气息。赵白日将信将疑地说,真是先生让我来的?

聂春华没有开口,只是侧身让到一边,看了眼炕桌上的油灯。

赵白日在跨进屋里后才开始踏实起来,搓着双手,没头没脑地说,我听先生的,也听聂小姐的。

聂春华无声地掩上门,又把他上下打量了一遍后,冷不丁地开口,说,孙宝琨让你睡过多少他的女人?

赵白日显然从没见过这么直截了当的女人。他吃惊地看着聂春华,很快低下头,有点不好意思地说,真记不起来了,先生已经很久没让我替他去睡觉了。

聂春华扭身走到炕边,说,那你今晚就把自己当成他吧。

赵白日用力地一点头,跟着走到炕边,扯开脖子里的领带时,才又想起我来,说,那先生今晚住哪?

聂春华似笑非笑地说,他住哪都得给你腾地方不是?

赵白日更来劲了,三下两下就把自己脱光了,可还没等钻进被窝,就被一颗子弹从后背穿透前胸。聂春华接着又朝炕上补了一枪,子弹击穿了他的后脑勺。

很快,院子里的枪声也响了起来。边保的那两位陪同都是身经百战的士兵。他们提着枪刚冲到院里,就被黑暗射来的一阵乱枪击中。紧接着,几条黑影翻墙而入,踹开每间紧闭的屋门,枪杀了里面每个活着的人,只有聂春华是被一把匕首割开喉咙的。

当时,为首的那个货郎让人把炕上的尸体翻过来后,拿下挂在墙上的那台相机,要她给尸体照几张相。聂春华摇了摇头,说光线太暗,她的镁光粉都用完了。货郎只好举着油灯,凑到那两处血肉模糊的伤口前又看了一会,说,你这两枪可真准哪,你把他胸前的旧伤打没了,把他的脸也掀掉了半张。

聂春华冷冷地说,人身上就只有这么两个致命的地方。

你说得没错。货郎说着,直起身来,回过头用赞许的目光看着这个面无血色的女人,直到两名手下从后面勒住她,用匕首割开了她的喉管。

聂春华还在地上呜呜抽搐时,这些人已经开始把每间屋里都劫掠了一遍,接着一把火点着驿站的马棚,在冲天的火光中,骑上我们的骡马绝尘而去。

我的一生中遭遇过那么多刺杀、伏击与突袭,都没能像这天夜里那样的惊险与让人震撼。我以为我会像只乳猪那样在炕洞里被烤熟,然而没有。天快亮时,我已经绕过村庄,赶到黄河边。我跌跌撞撞、浑浑噩噩,沿着黄河一连走了两天,才找到一个肯用羊皮筏渡我过河的羊倌。这是聂春华生前再三叮嘱的,如果我活着继续留在陕北,一路上还会有第二次与第三次的刺杀,直到真正被杀死。她说没有人比她更了解他们执行命令时的手段与决心。

现在,我对这个视死如归的女人深信不疑。她要我以最快的速度赶往山西,求助于太原的阎长官,然后正大光明地返回陪都重庆,像个死人一样出现在那些下令杀我的人面前,仔细地看清他们的嘴脸。她坚信这位山西的军政首脑一定会给予我必要的帮助,因为唇亡齿寒,阎锡山很容易会在我身上看到他自己。

只是,我还没能赶到太原城,就在火车站的报童嘴里听到了我的死讯。聂春华说得一点没错——我死于一伙过境陕北的悍匪劫掠之下,与我共同遇难的还有联合通讯的记者,以及几名不太知名的文艺界人士。在那张报纸的另一版上,还登载着我的讣告——三天后,我的追思会将在重庆的秀洲会馆内隆重举行。

我就这么成了有幸能参加自己悼念会的人。两天后,我赶到太原城内的阎公馆,这位我昔日的同僚、父辈的老朋友竟然避而不见,只派了一位秘书出来。

我只能感叹人心不古,连阎长官这样的老派人物都变得那么势利。我对那名秘书说,看来我是太不知道自己的斤两了。

秘书却说不见自有不见的道理,阎长官怎么可以贸然地接见一位已逝之人呢?不光不能见,而且还不会有人承认我到访过山西。秘书接着又说,他的长官昨晚已经亲笔为我撰写了挽联,一早就派人前往重庆参加悼念。

姜还是老的辣。我总算明白了为什么他姓阎的能至今稳坐山西,而我已经成了一介平民。感佩之余,我问那位秘书:那阎长官打算怎么打发我呢?秘书说阎长官想先听听我的打算。我说,我想这就回重庆,我要看看他们是怎么在我死后评价我的。

看来,阎锡山也是个童心未泯的好事之徒。他当晚便派人把我送上了一架返渝的货运飞机。我就像一包邮件那样,被一件风衣裹得严严实实,只露出两只眼睛与鼻孔。陪同我前往机场的还是那名秘书,他说阎长官劝我有些事情不必太当真,活着是一回事,死后就是另一回事了。

我才不会听信这种鬼话呢。他姓阎的肯这么言听计从地送我回重庆，还不是为了远远地看一场好戏？这个山西佬跟我死去的父亲其实都是一种人。他们最乐见的就是有人用软鸡巴去捅一下中央政府的那只大屁股。

只是，我没想到参加我悼念会的人会有那么多，四壁都挂满了花圈与挽联，广播里还播放全国各地发来的唁电与唁函。那些早就对我避之唯恐不及的人们竟然全都来了，肃立在我的遗像前，他们脸上的悲伤是那么真切与沉痛，好像每一位都曾与我同生共死过，而更让我动容的是我参议院的老上司致的悼词。在他那口抑扬顿挫的河北官话里，我几乎成了一名完美的军人、一名国民革命队伍里的楷模——从我参加北伐开始，到长途跋涉远赴浙江的金华城外阻击日军为止，我自己都没曾设想过，我那并不漫长的一生，竟然会在悼词里变得如此的英勇无畏、可歌可泣。

可惜，还没等默哀开始我就被人发现了。大厅里一下骚动起来，让我有种说不出来的痛快之感。因为，每个睁大眼睛望着我的人都像是见到了鬼。我就喜欢看到他们这种表情。我笑呵呵地从这些人中间挤过来，一边冲着他们拱手，一边连声对他们说，久违了诸位，久违了……等走到还在发呆的老上司跟前，我拿过他手里的那份悼词，仔细地看了会后，在手里甩了甩，由衷地对他说，还是死了好啊……

第二天，我以为我死而复生的消息会像风一样吹遍山城的大街小巷，会成为民国逸史里又一段耐人寻味的逸事，可是没有。军事调查局的两名主任毫不避讳地告诉我，为了不让我的死而复生沦为街头巷尾的笑谈，新闻稽查署连夜收缴了全城已经付印的样报，为此一直忙到了天亮。

他们真是太辛苦了，我说，你们也一样太辛苦了。

我是一离开秀洲会馆就被请进调查局的这间会议室的。他们已经轮番盘问了我整整大半个晚上，许多问题问了一遍又一遍。我说，那几个土匪要是有你们一半的敬业与尽职，我怎么可能活着坐在这里？

他们中的一位深表歉意地说这是他们职责所在，只有记录下每个细节，才能有助于友军尽早缉捕凶手。

快到中午时分，这两名主任的上司把我礼送到大门口时，蒋慎维已经在台阶下面等候了半天。他想得可真周到，还替我雇了顶滑竿，以便我在途中可以打个盹。

我哪有心思睡觉。我对他说，现在，我就想找个澡堂子好好地泡上一下午。

于是，我们在路上就近走进一家澡堂，匆匆地把自己扒光，并排靠在一个公共的大浴池里，一直泡到肚子开始咕咕作响。我忽然记起来了，睁开眼睛对他说，我在延安遇见了他的小姨子，当晚还梦到了他那个杳无音讯的老婆胡淑仪。

还提这些干什么？蒋慎维闭着眼睛说，她的娘家人跟我没有半点关系了。

我说，你真的做梦都没想过她？

跟人跑了，就是人家的老婆了。蒋慎维睁开眼睛，扭头看着我，说，要想也轮不到我想了吧？

她给我生过一个儿子，你替我养了十九年。我由衷地说，有时候，我还真会想他们娘俩……

蒋慎维哗地从浴池里站起来，浑身热气腾腾地俯视着我，断然说道，莲花池那边新开了家徽菜馆，今晚我请你吃臭鳜鱼去。

几天后，重庆城里一会下雨、一会日出的，天气闷热而潮湿。我打着一顶伞，一路闲逛到蒋慎维的诊所后，就耐心地坐在他的诊室里，等他从里间动完手术出来，才放下跷着的二郎腿，说，你替我养了十九年的儿子，除了叫蒋振华还叫什么？

蒋慎维一愣，马上说，振华只有一个名字，就叫蒋振华。

现任的教育部长陈立夫跟我们孙家交情绵长，我说我刚从他的办公室里出来，国立中央大学自建校到今天，在册的学生里只有三个叫蒋振华的，一个是山东青州人，民国二十五年辍学，另一个是民国八年生人，父母战前在扬州开银楼，现在在成都华西坝的医学院里当助教。

还有一个是个女生，蒋慎维说着，起身脱下身上的白大褂，挂到衣架上后，重新坐回到他诊桌后的椅子里，神色坦然地说，学校西迁途中，她让日本飞机给炸死了。

我说，看来你早就知道会有这么一天。

就像许多胸怀报国之志的有为青年，蒋慎维学成归国后就投身于蓝衣社，成为一颗政府撒落在民间的闲棋冷子，直到当年我被抬进那家县城的小医院。

许多事情都是临时决定的，当时太匆忙了，加上南京沦陷，许多功课根本没办法备足、做细。蒋慎维说，上面认为，那是唯一可以接近你，并且快速获得你信任的办法。

我说，那胡淑仪也是你们的人？

蒋慎维摇了摇头，说，不是。

我接着又说，她根本不是你的太太。

蒋慎维点了点头，说我那私生子是确实存在过的，只是产下没有足月就死了。那个时候，胡淑仪刚刚从乌尤城一路奔波而来，贫病交加，是蒋慎维的两次手术才保住了她的性命。他接着又告诉我，他真正的妻子与女儿至今还在苏北老家的小县城里。她们隐姓埋名，还在等着他早日回去团聚。

我当然不会关心这个，我斜视着他，忽然一笑，说，假夫妻？你们可真会演戏。

救命之恩，通常会以身相报，蒋慎维也淡淡一笑，说，一个女人要苟全于乱世不易，没有我养着她，也会有别的男人养她的。

我认识的胡淑仪可不是这样的女人，为报杀父之仇，她可以连性命与家庭都弃之不顾。她才不是这样的女人呢。我对蒋慎维说，那你告诉我，到底她去了哪里？

蒋慎维许久没有作声。他从衣服的内袋里掏出一把小钥匙，打开办公桌下的抽屉，从中取出一盒注射器，解开衣袖，找到自己的静脉，往里面注了一支吗啡，过了很久，才捋下衣袖。他问我知道不知道，这么多年来，他以我的朋友自居，亦步亦趋地跟着我南征北战，他是多么的担惊受怕。他一边要顺着我的心意，小心翼翼地维护与提醒我，一边还要出卖我、试探我，把我的一举一动都向上汇报。蒋慎维说在我身边，他就是个被一刀劈成两半的鬼，他每天只能靠这玩意才能让自己踏实下来。

现在，这些都成了没用的废话，我根本不想听他啰唆。我对他实话实说，如今我唯一想的就是找个女人结婚，过几天男人真正该过的日子。我说，你得给我把她找回来，如果她愿意，我要娶她为妻。

蒋慎维抬起眼睛，隔着诊桌看了我一会，无力地摇了摇头。

胡淑仪早已经不在人世，而且尸骨无存。蒋慎维后来才告诉我，这是他身后那个组织的决定，只要我越发地信任与倚重他，胡淑仪就越没必要留在这个世界上。因为，只有死人才会守口如瓶，滴水不漏。他们在一天深夜潜入上海的那间寓所，用一条绳子勒死了她，再把她装进麻袋，扔到了吴淞口外的江海里，然后伪造出跟人私奔的假象。这是很多部门杀人后的惯用手法。

我呆若木鸡般地坐了很久，才喃喃地说，他妈的，我真想一枪毙了你。

蒋慎维不以为然地一笑，起身，缓步走到门边，轻轻地拉开门，说像他这样的人是杀不完的。他回头望着我，又说，像你这样的人只要活着一天，就会有像我这样的人被不断地指派到你身边。

他说得一点没错，这就是我的命。

那天，离开诊所后，我独自沿着嘉陵江走走停停，天上的雨也跟我一样，淅淅沥沥的，下一会，停一会。我是那么恍惚与茫然，忽然又那么想念我的家乡，想念那条奔流不歇的乌尤江。我想，如果有一天我真的死了，我无论如何都要让自己埋葬在那条江边。因为除了乌尤江，这世界上再没有一条江河可以替代我家乡的江河。

三十

最后一个离我而去的人是我的文书。小伙子斯文而讷言，在心里憋了很长的日子，才鼓起勇气来找我，说家中的老父来信，已为他选定了良辰吉日，要他回乡去把亲成了。说着，他把家书与未婚妻的照片一起交到我手里，以示确有其事。

我问他跟我有几个年头了，他说在我身边快有两年了。

那就是三年。我的每个秘书到岗前都必须先下部队一年。这是我在当省主席时定下的规矩，如果满了五年，我还会把他们放出去，至少是到下面当个营副，或是县里的局长，如果碰上特别中意的，我甚至会自掏腰包送他们出国留学。培养人才不光要不拘一格，还要舍得花钱。这些，都是我乐意做的事情，可我培养的那些人才呢？我不无忧伤地对他说，你也算倒霉，跟着我，没能赶上我的好时光。

小伙子站得笔直，信誓旦旦地说我对他有知遇之恩，等完婚之后他还会重返我的身边，追随我的左右。

跟着我，你就跟我一样没出息了。我拍了拍他的肩膀，让他等一会，就转身去了里屋，翻箱倒柜地找了阵，却什么合适的物件都没找出来，只好抓起案头的那支派克笔，出来往他手里一塞，让他留个纪念吧。小伙子快要热泪盈眶了，而我要的就是这么个氛围。我再也不能让这些人对我噤若寒蝉，只能让他们对我感恩戴德。这是我现在唯一能做的。我又拍了拍他的肩膀，有点心血来潮了，就让他再等我一会，我要进去亲笔为他写封举荐信。尽管这个世界上能卖我面子的人已经不多，但我也不能让一个年轻人白白地跟了我这三年。

等到我再次出来时,小伙子已经离去。我拿着那封墨迹未干的举荐信,愣愣地站了半天,发现我才真的是个傻瓜,连一个毛头小伙子都已经看得一清二楚的事情,我还那么不自量力与自以为是。

现在,我的身边再无一个相伴之人,除了聂春华留下的那个女儿。小姑娘长得细皮嫩肉的,却是个不会说话的痴呆,她连大小便都拉在尿布里。自从我把她从寄养的那户人家接回来,除了吃饭睡觉,她就只会在院子里忽然奔跑,一边跑一边张开双臂发出刺耳的尖叫声。好在这院子里住的都是我旧属的家眷们。他们都以为这是我在外面生的野种,就心甘情愿轮流替我看护与照料她,为她梳洗打扮,替她把屎把尿,同时也一日三餐地照料我的饮食与起居。他们让我觉得这个院子就像一个热闹与温暖的大家庭,但难免也会为了一点鸡毛蒜皮的小事斤斤计较,吵个不停,我就理所当然地成了这个院里的调停人。我这才发现,在这些老弱妇孺之间,我往日的威严竟然还在。我还是可以一言九鼎的。

这期间,母亲从云南频繁来信,让我去她那边散散心。她在信中说,龙主席与卢长官都切盼我能来滇一晤。可人家那是在假客气,是在惺惺作态。我才不会去过寄人篱下与看人脸色的日子,也没有她那种能屈能伸、左右逢源的本事。现在,我母亲与巴斯蒂安不光是云南方面的经略顾问,每天忙着募捐筹款、兴建学校与救难所,同时也成了滇缅后方最大的黑市商人。他们一边为远征军从各地招募技工与医护,一边收购驻滇美军仓库里的军用物资,再用军机飞越驼峰,把它们偷运到内陆的各大城市。为了巴结那些离家万里的美国大兵,她让胡荃先后在好几个地方开设了妓院,专伺那些美军飞行员与机场的宪警与勤杂。我在回信中婉转地对她说,我在重庆过得挺好,现在日本飞机也不来轰炸了,戏院与舞厅都已经正常营业,连黑市上的美国罐头也越来越多。

让人深感欣慰的是汪家窑,来军委会述职当晚就赶来看我了,还拉来了满满一吉普的日杂用品。现在,他已是备受赏识的青年将领,而且很多实力人物都在利诱与拉拢他,但在我面前,他还是那么的毕恭毕敬，一口一个老长官。

我却听着有点刺耳。我老了吗？我还不满四十五岁。我只不过是没权没势了，一跟斗从半空中跌下来摔碎了屁股。我说，别长官、长官地叫了，你叫着过瘾，我可听着别扭。

汪家窑笑着说是叫顺嘴了，还是叫长官顺嘴。

想想也是，一个由我一手提拔起来的人，不叫我老长官叫什么？难道要称我宝琨兄？这会让我更加生气。我语重心长地对他说，家窑，你可不能学我，你得知道识时务的才能成为俊杰。

汪家窑认真地点头，并一再请我放心，说只要等到合适的机会，他一定会向上谏言，我也一定会被重新起用。

我呵呵一笑，摆手说，我好不容易爬出泥潭，怎么还可能再回去蹚这浑水呢？

每个听过这句话的人都以为我是言不由衷，连汪家窑也不例外。可这确确实实是我心里想说的话，虽然我连四十五周岁还没活到，但有时候却真觉得自己已是个老人。我都已经在开始书写我的回忆录了。我兴冲冲地告诉他，我发现了一个秘密——就是那些自己给自己写回忆录的人，绝不仅仅是为了替自己吹牛与辩白，更多时候，只是因为无所事事与闲得发慌。

汪家窑听得眼圈都有点发红了。返回前线的那天，他专程来向我辞行，指着身后的勤务兵，说，这小子挺机灵的，就让他跟随老长官左右吧。

我当场就婉言谢绝了。不是我不想有人来伺候，而是我害怕。我根本不知道这名勤务兵到底真是汪家窑的人，还是什么部门借他之手安插给我的。我宁可孤家寡人，也不能让人再在自己身边布眼线了。我笑哈哈地对他说，一个现在整天与纸笔为伴的人，还要哪门子的勤务兵？

汪家窑有点失望，两腿一并，敬了个礼，道了声保重后，转身离去。我默默地把他送到院门外，看着他拐过街角，才转身回到屋里，坐回到那张书桌前，花了很长时间才把纷繁的思绪收拢回来。

我的回忆录是从我记事那天写起，刚写到父亲孙圭钧娶了第五位姨太太，抗战就结束了。那天是民国三十四年的八月十五日，太阳火辣辣地照在院子里。我洗了把脸，正准备躺下去睡个午觉，街口那只专门用于空袭警报的高音喇叭忽然响了起来。有人在里面扯着嗓子一个劲地叫喊日本投降了。只是，这个哽咽的男声很快被到处响起来的鞭炮声掩盖了。

当晚，整个重庆都淹没在这片鞭炮声里，漫天烟雾中，几乎所有的人都从家里跑到了街上，提着灯笼，打着火把。他们尽情地奔走与呼喊，有的甚至跳进了嘉陵江里，一直扑腾到天亮，而我却连站起来的力气都没有。一连好几天，我都昏昏沉沉的，像中暑，又像中了邪，既不想吃，也睡不着觉，一闭上眼睛就有很多声音在耳边嗡嗡作响，要仔细辨别才能听清楚，那是无数的死人在哭泣，可一睁开眼睛，声音就没了，取而代之的是满屋子一张又一张晃动的面孔。他们中有我的亲人，更多是素不相识的。我知道，他们都是我的父老乡亲，都是曾经随我出征的秀洲子弟。

我要回家。我要在奔腾的乌尤江畔设坛为他们招魂，祭奠他们的英灵，我还要在空旷的市政广场上竖立纪念碑。虽然，我从不相信世间会有鬼神，但这是我必须要为他们做的。

只是，还没等我赶到秀洲城，左家骥已经捷足先登。这个老家伙不愧是我曾经的参谋长，我能想到的事情他都想到了，而且比我想得更周全。他不光在乌尤江边隆重地祭奠了为国捐躯的将士与抗战中遇难的百姓，还在城里发表演说时口口声声说，要在市政广场上建造全城有史以来最雄伟的纪念塔。他要秀洲城的人们世世代代永远地缅怀英烈们。这个无耻之徒一边当着伪政府的军政次长，一边与重庆暗通款曲。在奔赴家乡的一路上，他把沿途的伪军武装逐一收编入自己麾下，人还没进入秀洲地界，已经摇身一变，成了国民政府正式委任的行动总队司令。

这是天底下最大的笑话，臭名昭著的汉奸都可以公然把自己洗白。我怒不可遏，却又无能为力。现在，我连个发火的场合与对象都找不到，我只能把它们压抑在肚子里，就像所有重返家园的流民那样，带着聂春华留给我的痴呆女儿回到秀洲城。

我给这个女孩重新取名为文华，那是为了纪念她的母亲。这连我自己都觉得很奇怪，在很多时候，我打心眼里把她当成我的亲生女儿。回家途中，我曾无限爱怜地对她说，也对自己说，我这辈子都不会亏待她的，也不会让任何人来欺负她。我还用了足够的时间与耐心告诉她，从今往后，她还有一个哥哥与姐姐，他们生活在美国，他们至今都没给我来过一封信，更不曾寄过一张照片，但我知道，我的女儿已经成婚。她嫁了一个生产与经销牛肉罐头的得克萨斯白人。这是我母亲专门来信转告我的。她一定是感受到了岁月的易逝，才在信里用哀伤的笔调自怜道，她已是年过花甲之人，却落得子孙飘零，自己也寄人篱下，若不是有巴斯蒂安的陪伴，只恐早已不在人世。

伤感的情绪从来都是那么的具有感染力，让我也在日复一日中变得多愁善感，在心里反复地想念我的儿女们，尽管我对他俩的面貌都已经有些模糊不清，可我能感受到他们对我这个父亲的憎恨，尤其是我的儿子。他是那么的优秀与刻苦，报考了两次才被西点军校录取，却在上骑术课时，差点从马背上跌下来摔死，再次让我在远隔重洋的万里之外深感惭愧与颓败。

这天晚上，我对在我腿上入睡的文华说，幸好你是个白痴，你不会知道怎么去恨一个人。

谁知，傻丫头又开始惊叫起来，在拥挤的船里，她刺耳的叫声就像拉响的空袭警报，许多熟睡的小孩都惊哭了。我赶紧找出一颗麦芽糖塞进她的嘴里。

我们的船在长江上航行了三天三夜，又在岸上等了足足三天三夜，才等到一辆开往秀洲方向的长途汽车，接着又是步行与改乘火轮。这是我从未有过的经历，连行军打仗都没有这么艰辛过。我的这趟回家之旅整整在路上走了大半个月，我把我能记得起来的叔伯长辈、兄弟姊妹，还有他们的儿女子孙对文华讲了一遍又一遍，直到我们坐的这条船拐弯进入乌尤江，远远地可以看到那堵老城墙了，我才用一种哀求的语气对她说，我们就要到家了，你可不能再叫唤了。

傻丫头吮着手指，竟然朝我点了点头。她的眼睛一眨一眨地看着我，乖巧得简直就像我的亲生女儿。

可是，这秀洲城里哪还有我的家？我的官邸曾被日军强占，成为他们驻军的司令部，现在日本投降了，换面旗帜又成了左家骥的司令部，还有我们孙家的公司、厂房、码头与仓库，还有我们在乌尤山里的林场与矿业，这些在七年里面浸透了韩冶频心血的产业，此刻都贴着清查与接收敌产委员会的封条。为此，我一面给云南的母亲去电、去信，一面闯进警备司令部，硬着头皮求见马万全。

我是想好好说话的，人在屋檐下的道理谁都懂，就是一时没忍住。几句寒暄讲完，我张口就问他，你们今天是查封，明天就该撕了封条接收了吧？我提醒他，说，尽管我孙宝琨如今什么都不是了，可我二哥的名字还刻在忠烈祠的石碑上呢。

马万全只是朝我笑了笑。这位马弁出身的警备司令早已今非昔比，不仅面如蜡纸，整个人也瘦得如同是具移动的骷髅，每跨一步都像生怕骨头会散架那样小心翼翼的。一直等到重新靠进那张软榻里，他才朝我又笑了笑，说他在乌尤山里转战了七年，受过枪伤，中过芥子毒气，还染上了肺病跟黄疸肝炎。他率军撤出秀洲城那会就是秀洲城的警备司令，现在这么一大圈绕下来，命剩下了半条，可当的还是这个秀洲城的警备司令。

我可不是来听他发牢骚的。马万全不光是秀洲的警备司令，他还兼着清查与接收敌产委员会的主任委员。我对他说，孙家这点产业已经让日本人抢过一回了，难道你们还想再抢它一回吗？

马万全对我说，钱财都是身外之物，破财消灾说不定还是桩好事情呢。说着，他用一种老眼昏花的眼神看着我，又说，你我都应该庆幸，我们还活着，还能坐在这里一块喝茶聊天。

那是两码事。我说，你帮了我这一回，我每天都来陪你喝茶与聊天。

马万全仰起脑袋想了会后，冷不丁地说起了韩冶频。他说，只要她的名字还印在大东亚共荣委员会的名册里，那她留下的产业就是理所当然的逆产。

我说，韩冶频是什么人你还不清楚吗？

马万全没有回答我，而是闭上了眼睛，说，这世上哪有甘蔗是两头甜的？小日本打过来了，你们把一家一当都过户给她，让个女人去替你们顶门子，现在好了，胜利了，你们又伸着两只手想要回去。

原来，他这是在为我的女人抱不平。我放心了，起身走到他跟前，说韩冶频是什么人，重庆的戴笠更清楚，这方面就不劳他操心了，我这就去重庆，既然周佛海、左家骥都成了抗日的功臣，那真正的有功之臣就一定会平反昭雪的，我担心的是那些蜂拥而来的接收大员们。他们派系不同，各有山头，他们就像一群放出笼子的饿狼。我恳请马万全，请他派兵替我看住了，我不能让那帮混蛋把我这点家当瓜分了。说完，我平生第一次朝他弯下腰，深深地鞠了一躬，说，宝琨拜托了。

马万全忽然叫了一声琨少爷，说，我早已经不是你们孙家的看家狗了。

你说这话就没劲了。我直起身来，说，老马，你是秀洲城的警备司令，这是你的职责所在。

我姓马的，这辈子挡过吴佩孚的骑兵，也挡过东洋人的坦克……我还替你老子挡过北洋军的子弹，可那都是当年了。马万全咧嘴一笑，张了张双臂，说，你看我这副身板，如今我还挡得了人家的财路吗？

说完，他重新闭上眼睛，再也没有开口，直到我离开很久后，才拿过茶几上的一盏铜铃摇了几下。

副官很快捧着一套烟具进来，半跪在软榻旁，替他点上烟灯，默默地伺候他吸了一会，他的眼里才有了点神采，莫名其妙地嘀咕了一句：他永远都不知道自己要的是什么。

副官愣了愣，应声说是。

这时，马万全的参谋长悄无声息地进来，静静地等到副官告退，才俯下身，说，我们派几个人跟上去吧。马万全充耳不闻，只顾吧嗒吧嗒地吸着大烟。参谋长等了会，又说，一了才能百了。

马万全又深吸了一口后，才让嘴巴离开烟枪，说，你说怪不怪？昨晚我又梦见大帅了，他骑在马上一个劲地冲我笑。

参谋长直起身来，无限失望地说，司令，你真是太仁慈了。

这不是在打仗，我们冲在前面干什么？马万全说完，噗地一口吹灭烟灯，仰脸看着他的参谋长，喃喃地说，他就是一个脑袋不开窍的傻瓜。

马万全说得还是太客气了。我不光是个傻瓜，简直是个十足的倒霉蛋。我匆匆忙忙赶回重庆，等了没几天就听到了戴笠在南京城外坠机身亡的消息。现在，唯一可以给韩冶频翻案的人没了。我曾一连几天坐在军事调查局的办公室里，对那几个面目沉痛的人说，你们老板走了，可档案还在，那些白纸黑字一样可以证明。

最后，还是他们的办公室主任网开一面，亲自查阅了机要室里的所有密档，只找出那份由我亲笔签署的离婚声明。在双手把它交还给我的同时，他由衷地称颂道：能为前妻名誉如此奔走的人，这世上已经不多了。

那是假的，我说，当年是你们戴局长为了把戏做足。

一提戴笠，毛主任的脸色马上就沉痛起来，一声叹息后，一脸都是爱莫能助。

我还是不甘心，也不死心。就算这个世界上每个人都把我当成了孙疯子，可韩冶频是个教徒，她活着时侍奉上帝，还帮过那么多人，连橘子都一筐一筐地运过封锁线，给他们送到重庆来。我相信这世上总有一个人会挺身而出，为她仗义执言，哪怕是说上一句公道话。为此，我简直成了清朝十大奇案里的小白菜，我找遍了这座山城里每个我认为可以助我一臂之力的人。这些人曾经都是我的同僚与朋友，还有许多是我父兄的门生故吏，可他们一个个都在忙着为自己的前途奔走。全国上下现在有那么多的沦陷区要恢复，有那么多省市的空缺虚位以待，他们在百忙之中劝我不要着急，心急是吃不了热豆腐的，等到尘埃落定的那一天，哪有沉冤是不能昭雪的？

我气得两个鼻孔又开始像风箱那样呼呼作响。我真想拍桌子骂人，可那只是白费唾沫。我只能在给母亲的信中感叹，什么叫人走茶凉？什么叫世态炎凉？这回我都遇上了。我请她去套套委员长夫人的老交情，在这个国家里有时候你跑断腿，还不如人家轻描淡写的一句话。我坦率地说，既然当初是你让韩冶频留在秀洲城里的，那你至少得让她死得其所吧？

我母亲没有回信，而是让胡荃专程从云南千里迢迢赶来，同样是劝我算了，没有什么大不了的，关键在于要看得开。

这不是看得开与看不开的问题，我气冲冲地说，这是事关一个死人的清白。

清者自清，胡荃说，少奶奶在天堂里看得一清二楚。

我说，你放屁。

胡荃慌忙低下头去，过了很久才抬起来，说我母亲让他来提醒我，自从日本人攻陷秀洲城那天，孙家的时代就已经宣告结束，这是我在写给她的信里曾说过的话。

我一愣，说，她是什么意思？

我那高瞻远瞩的母亲从不跟常人一般见识。她让我把眼光放长远了，看看别人再看看自己就能看明白，这不是几个接收大员在妄想侵吞孙家的财产，就凭他们几个，撑死了都没那么大的胃口。她让胡荃明确无误地告诉我，这是有人不想让我们孙家再在这片土地上立足。

不至于吧？我说，我已经什么都不是了。

问题是人家不这么想。为了把话讲得更透彻，胡荃给我举了个《三国演义》里曹操放刘备的例子。他说人家怕的就是放虎归山，而我们孙家两代人苦心经营的秀洲城就是我的山林。

按照我母亲的意思，我的最佳去处是上海，且永远都不要再回秀洲城，连提都不要再提起它，这样才能让人家放心。人家放心了，我的性命也就无忧了。在她看来，人家现在就等着我把事情闹大，闹到不可收拾的地步，就会有人出手把我做掉，再把谋财害命的罪名安到秀洲城里那几个贪赃枉法之徒头上，把他们全部抓起来公审，既彰显了国法，也收拾了民心，同时还能起到杀鸡儆猴的作用，来告诫那些被派往全国各地的接收大员们，心太贪、手太黑是要被砍脑袋的，而所谓的逆产照样是逆产，照样会被充公，会被登记在册，然后改头换面。我母亲就像这一阴谋的策划者，又像是钻在人家肚子里的蛔虫。最后，她通过胡荃的嘴巴还告诉我，与其一门心思地往人家的套子里钻，不如退一步海阔天空。她还说，一个人离开了漩涡的中心，最该提防的是被旋风刮没影了。

为此，胡荃连船票都已经准备好了，郑重地交到我手里，说我母亲不日也将由昆明动身前往上海，我们母子将在乌尤路上的乌尤会馆里团聚。说完，这位跟随了我母亲半辈子的大管家，联想到自己早逝的父母与不肖之子，发自肺腑地补充了一句，说，其实，我们的亲人在哪里，哪里就是家园。

但是，我仍然决定重返秀洲城，就是为了告诉我那自以为是的母亲，聪明人犯傻常常在他们自作聪明的时候。她这辈子连自己的儿子都没能看明白。她要我马上去上海，那我会这辈子都不再踏足那个地方；她要我永远地忘掉秀洲，那我将日夜与它相伴，直到被埋进它的土壤。

为此，我彻夜辗转，天快亮时索性起床，用我写回忆录的纸笔给自己立了份遗嘱。我在结尾处写道——我生于江湖，必将死于秀洲；我生于忧患，必将死得其所。

我觉得自己就像个慷慨赴死的诗人。我要把遗嘱像催命符那样每天揣在贴身的口袋里。

三十一

曾经，秀洲城里最高的建筑是我家院子里的水塔。我从小就喜欢爬到上面，把整个孙家大院踩在脚下。我在那里尽情地俯瞰全城，再沿着波光闪烁的乌尤江远眺苍茫的乌尤山，只是它与沿江的许多建筑都已毁于战火。现在，这座城里再也没有可以登高望远的地方。

左家骥倒是言出必行，很快着手在市民广场上筹建起一座纪念塔，还专门从上海请来了一位匈牙利籍的建筑师，图纸出了十几稿，才最终选定。这座中西合璧的建筑将有十三层高，采用砖石与混凝土结构。可是，随着他不久之后的黯然离去，刚刚开挖的地基一夜间就被填平。

事实上，暂住在甘露寺的那些日子里，左家骥倒是来看望过我的。他轻车简从，穿着灰色的府绸短衫，顶着一个油光锃亮的脑壳，手里还摇着把折扇，东张西望地进来，活像个刚刚续了弦偷着赶来求子的土财主。

左家骥一开口就笑呵呵地说我，是不是在效仿天津的靳翼青，也看破了红尘。

他倒没把我比作孙传芳，那个在居士林里死于女人枪下的落魄军阀。我在心里冷笑，就指了指他嘴唇上多出来的那两撇花白的胡子，随口说，那你一定是在学梅兰芳，你这是在蓄须明志。

左家骥哈哈一笑，根本不在意我的讥讽，在一张禅凳上坐下后，说他已经在城里为我准备了幢宅子，虽然没有当年的孙家大院气派，但用人与听差都是齐全的。说着，他指了指窗外正张开双臂尖叫着跑过的傻丫头，又说，你自己图清静没关系，让闺女跟和尚住在一个屋檐下总有些不妥吧。

这就不劳你费心了。我说，你早不是我的参谋长了。

左家骥很大度地一笑而过，接过随从拿着的烟斗与烟丝盒，挥手让他去了屋外候着，才对我说，就在几天前，周佛海被押去了重庆，看来有人又要玩过河拆桥那套把戏了。

我微笑着说，这种事，你得去找郝鹏举他们商量才是。

这个姓郝的是民国军史上出了名的墙头草，曾任汪伪政府的淮海省长，驻守徐州，日本刚投降没几天，他就成了国民革命军新编第六路军的总指挥。

这回，左家骥的脸皮绷紧了，看着我，说有些话，他非说不可。他说我们中国人讲究的是出身，再怎么说，他都是从孙家这扇门户里走出来的人。

我可不敢当。我扬手一指墙外孙家墓园的方向，也一本正经地说，你跟大帅是出生入死的兄弟，你有什么话还是对他去说吧。

你怎么知道我没跟他说过呢？左家骥收拢折扇，目光更加冷峻地看着我，好一会才松弛下来，叫了我一声珉少爷，说，战场上的败军之将好当，大不了一死嘛，可敌人的战俘你去当当看，你就明白什么叫生不如死了。

想死还是不难的吧？我说，当初你要是死了，你的名字这会也该进忠烈祠了。

刻进那块石碑又能怎么样？你们孙家不也说没就没了吗？左家骥点上烟斗，一边吞云吐雾，一边说他是彻底看明白了，党国的用人与做事从来不是看谁立过的功劳，谁身上的那几个枪眼，而是一切都从需要出发，他们用得着的时候，你就是一尊佛，用不着了，你就是块给人垫脚的石头。他接着就说起了住在南京雨花台旁那幢旧宅里时，不光只有我派汪家窑来看过他，戴笠早就派几拨人去过了，还给他留下了一部电台。通过那部电台，他最后接收的指令是在日军无条件投降以后，要他收编伪政府的地方武装，再以整军的名义进驻秀洲城。

整个下午，左家骥一斗接着一斗地抽烟，一边前前后后、断断续续地说着。我一直听到背上的汗水都把布衫湿透，才打断他，说，你对我这么个闲人说这些管什么用呢？

一个人的历史最终都是由别人说了算的，可事实总得有几个人知晓吧？左家骥说完，忽然一笑，问我前阵子为什么一门心思地要为韩冶频奔走鸣冤，那还不是为了对人对己都有个交代？他说他很快就会成为另一个韩冶频，而且这世界上还有许许多多的韩冶频。

他竟敢在我面前直呼我前妻的名字，而且还不止一次。我呼地站起来，脸涨得通红，说，你怎么可以与她相提并论？

左家骥哈哈一笑，拱手告辞时，我一下子想叫住他的，我有句在心里藏了很久的话，一直想在碰到的时候对他说，可一时竟然记不起来了，只好眼睁睁地看着他穿过小院，从那扇角门里离开。夕阳在他与那个随从的身后拖出两个长长的阴影，一前一后，飘飘忽忽的。

这时，和尚们又开始敲钟了。

日落时分一向是甘露寺最金碧辉煌的时刻。那座夕照下的金顶与乌尤江里的波光相映生辉，是秀洲城外的十景之首，只是近年来越发充斥着一种落寞与苍凉之感。它一侧的偏殿已在战争中被毁，还有通向后殿的大部分回廊，至今都没有修复，而是被开垦出很多菜地。一年四季，和尚们就在这些地里面种菜，用他们自产的粪便施肥，然后挑到城里去走街串巷地叫卖。

我刚住进甘露寺后面的禅院，年迈的住持就像看到了重振寺庙的希望，每天都来蛊惑我落发为僧。他说他看着我长大，我小时他已经在我脸上见到了佛缘与慧根。他还说，只要我有心超脱于三界之外，必将立地成佛，成为一代高僧。一开始，我还客客气气地推辞，直到他把我惹烦的那一天，我冷笑着对他说，我还凡心未了呢……这大千世界里面，还有很多账我没清算呢。

老住持当场吓得脸色发白，双手合十，连诵佛号，连声地说，罪过，罪过。

当年，我父亲把这个和尚从江南请来住持，看中的就是他超凡脱俗的气度与相貌。为此，孙圭钧还留下过一句名言，这么俊俏的和尚，菩萨见了都会忍不住，以至于秀洲城里一度流传着他是我父亲外宠的说法。而如今，这个老住持身上再也没了昔日的风采，瘦骨嶙峋的，就像甘露寺外那株遭雷劈过的百年老树。

这个倒霉的老和尚自从秀洲沦陷就失去了庇护。他遭遇过土匪的绑架，被徒弟们用重金赎回。第二年，城里的日本军官出来也把他绑了一回，为的是用庙里的赎金给他们离任的司令官送礼。过了没几天，他又被绑了一回，还是那些入乡随俗的日本军官们，这次是为了给新到任的司令官送见面礼。

最后一个绑架老住持的人是马万全。他在乌尤山里的游击打到弹尽粮绝时，就靠那一大笔寺庙里的赎金作军饷，才又苦苦支撑了几个月。老住持一说起这位秀洲城里的警备司令，常常恨得咬牙切齿。他告诉我，千防万防，家贼难防，我父亲慈悲为怀，才建起了这座甘露寺，没想到掏空它的竟会是当年这个小小的马弁。

你这会看上去一点都不像个出家人。我笑着说，我看你就像个一肚子怨气的小媳妇。

老住持愣了半天，双手合十，嘴里喃喃不清地嘀咕了好一会。

后来，我把这些都写进了我的回忆录。完成这部著作已成了我生命的全部。我夜以继日地在甘露寺里伏案疾书，直到某天夜里，两名官兵闯进禅院，说他们的长官要请我去一叙。

可是，他俩的军服上都没有佩戴胸章。我马上联想到了老住持的几次被绑，就说，你们是哪一部分的？你们的长官是谁？

那个军官说，到了，您就知道了。

我几乎是被塞进吉普车的，径直驶进秀洲城内，穿过一条长长的窄巷与一个漆黑的门洞，我才记起来，这里也曾是我们秘密囚禁要犯的地方。我还是有点慌的，扭头问那名军官：你们到底是什么人？你们到底想干什么？

军官跳下车，礼貌地做了一个请的手势。

左家骥显然已在屋里等我很久了。他端坐在桌前，穿着笔挺的将官制服，让我一下就回忆起在南京的陆军监狱探望他的那一次，就硬着头皮说，怎么？这是秘密逮捕吗？你奉了谁的命令？

左家骥叼着烟斗，拿过一把茶壶，往一个茶盏里倒上茶后说，明天一早他就要去重庆了。说着，伸手示意请我坐下。

我站着没动，更不知道接下去说什么好。他就站起身，绕过桌子走到我跟前，继续说他这辈子都记得被关在陆军监狱里的那些日子，我是唯一去探望过他的人。他还说他在中原大战中损兵折将，跑回秀洲城后，是我给了他一次机会，让他当了我的参谋长。他说，人这一辈子可真快啊，一眨眼的工夫眼看就到头了。

我的头上直冒冷汗，说，你到底想要干什么？

左家骥喝了口茶后，用烟斗一指身后那面墙，问我知不知道里面关的都是些什么人。我当然知道。这个地方就是由父亲建造的。里面关押的人，他们大部分真实的罪名都不会被记录在案，即便是死了，他们的档案里最终可能只盖上一个"失踪"的蓝色图章。这时，左家骥又抿了口茶，说这些人里面有几个就是重庆派来的接收大员，他们贪赃枉法的事实都已查证确凿，明天就将由他押往重庆。

我说，这大半夜的，你找我来就是为了说这个？

你以为我这一去还回得来吗？左家骥估计到了重庆，那些人迟早会因各式各样的理由获释，而真正被关押的人将是他。他说他现在就可以下令，把那几个人都枪毙了，这是他为我、为我们孙家唯一能做的事情了。

我可不领他的情。我不假思索地告诉他，那几个只是替罪羊，没有他们，孙家照样会走到头的，这是历史的潮流。

左家骥一脸的讶异，把烟斗在桌沿上敲得砰砰作响。

我换了以往那种长官的口气对他说，老左，你也是六十好几的人了，你心里怎么就装着这点恩怨呢？

左家骥一愣，随即哈哈大笑，说古人云：治大国如烹小鲜，可中华民国这三十五年翻来覆去的，流了那么多血，死了那么多人，到头来还不成了那么一点恩恩怨怨？送我出来的一路上，他又像变了个人，一反常态地搭着我的肩，兴冲冲地告诉我，他的儿孙都在香港与澳门，女儿一家子从东北去了苏联，现在估摸着该到法国了。他说人这一辈子就是那么一回事，他将仰天长笑出门去。

可是，当那辆吉普车载着我驶离那条窄巷时，我觉得他就站在那个漆黑的门洞口，嘴里叼着烟斗，一明一灭的。猛然，我记起了藏在心里一直想要对他说的那句话，却转眼就发现，我这辈子都没机会对他说了。

据说，左家骥一到重庆就被羁押，直到民国政府还都南京的半年后，才在那里接受审判，当庭以通谋敌国的汉奸罪名处以死刑，并立即执行。

第二天，这则大快人心的新闻被刊印在报纸上，在秀洲城街头叫卖时，我躺在澡堂里让人搓完背后，又理了个发，刮干净脸。我打算面貌一新地去赴胡绘棉的约会，尽管人到中年后的恋爱总有那么点乏善可陈，可男人的生活中怎么可以没个女人呢？

说这话的人是汪东屏。他是汪老先生的长房长孙，学贯中西，一张口不是莎士比亚，就是李白杜甫。我在筹建秀澜大学之初，聘他当了文学系主任，不光因为他祖父是我的私塾先生，还因为是他的人品与学识堪当此任。

那时，这所大学刚从云贵高原上回迁不久，许多事务都有待落实，虽然这位新任的教务主任每天都忙得不可开交，但还是趁着出城给爷爷修坟的间隙，带着太太来拜访了我。

汪东屏年长我两岁，一见面仍然恭敬地称呼我为琨叔，我第一次感到很不自在，就对他说，时过境迁，我们这称呼也得改改了。

他说，规矩就是规矩，没有规矩不成方圆。

临别时，我请他俩替我物色个秘书，干些誊写与整理之类的琐事，可这对夫妻是两个有心人，几天后竟然在家里为我安排了一场相亲会。

见面的对象就是胡绘棉。她随秀澜大学内迁西南时，还是中文系的大二学生，现在已经留校当了老师。来接我进城的一路上，汪东屏着重向我介绍了她不幸的人生，新婚没几天，他们住的校舍就误遭日军轰炸,丈夫当场身亡,但她是个品学兼优的好姑娘。

小寡妇就是小寡妇,还品学兼优的好姑娘?我觉得这个老实人有点华而不实了,就笑着对他说,再好的姑娘到了我身边也会变成坏女人的。说完,我还是觉得有种被人挂了羊头当狗肉卖的味道,就又直截了当地说,我事先声明,我要的是个秘书,我可不是请你们夫妻替我找女朋友的。

说到底,汪东屏终究是个老实人。他说这完全是他太太的意思。丈夫身边有这么一个当过学生的小寡妇,还在同一间办公室里朝夕相处,能叫一个年近半百的女人睡得安稳吗?汪太太毕竟有文化,有涵养,看破不点破,反倒变得格外热心,几年时间里面,前前后后给胡小姐介绍了好几位对象,就盼着小寡妇早点有着落,自己悬着的那颗心也好放回肚子里,可人家偏偏一个都没看上。

我冷笑着说,你们夫妻可真是一对热心人。

这也是人之常情嘛。汪东屏不以为意地说,你总不能在甘露寺里让和尚服侍一辈子不是?

说心里话,我不是不想女人。到了我这把年纪的男人,只要脑袋里空出地方来,里面装的都是女人。除了女人还是女人。

胡绘棉一看就是位知识界的新女性,剪着齐耳短发,身上穿着素色的士林布旗袍,外面还罩了件开司米的开衫。没等汪太太隆重介绍完,我就注意到了她那两个乳房,在略带萧瑟的秋风里一眼就能让人感觉到暖意,热烘烘的,就像两个刚刚出炉的奶油面包。

可是,这位胡小姐没看上我。席间,她几乎没主动说过话,都是我问一句,她答一句。我把她的出身、学历与家中的父亲叔伯、兄弟姐妹都问遍了后,说,胡小姐怎么不问问我的情况?

胡绘棉总算露齿一笑,淡淡地说,这秀洲城里面哪个不认识孙长官的。

那是过去,现在我已经解甲归田了。我兴冲冲地告诉她,我现在就住在城外甘露寺里,专心写我的回忆录,不过从这一刻起,我分心了,如果她觉得有所不便的话,我可以为了她搬到城里来。另外,我还告诉她，我有个女儿跟我住在一起，但那不是我亲生的，是我收养的孤儿。我让她尽管放心，那是个什么都不懂的小白痴。最后，看着她那张细长白净的脸，我索性拍了胸脯，说虽然在年纪上头，我比她大了那么一点，还在战场上中过弹，受过伤，恢复得还算不错，我保证不会让她守活寡的。

胡绘棉像是被这些话吓着了，雪白的脸红到了脖子里，眼神都有点失措了，慌慌张张地看了眼她的老师与师母，又看了眼我，起身就说她得走了，她还有课要上呢。

不着急，我大度地说。

胡绘棉根本不听我的，几乎是逃着出门的，连起码的礼节都没顾上，牵着我的心与眼睛，走得头也不回。

直到她的背影在院门外消失，我才回头对汪氏夫妇说，都是过来人了，她怎么还这么害羞呢？

夫妇俩面面相觑，不知道说什么好了，而我却有话要说。我问汪东屏，我的名字是不是还挂在校董会里面。汪东屏说当然是，从建校之日起我就是校董会的董事长，直到我二哥接替了我军政长官的位置，顺便也把这个董事长也接了过去，可我董事的身份一直都在，从未因为学校的变迁而改变过。我说，那就好，你这个教务主任替我安排一下，我明天就过去教书去。

夫妇俩惊得目瞪口呆。半天，汪东屏才叫了我一声琨叔，说，那可是大学。

大学怎么了？我说，我集团军的总指挥都当过来了，我还带不了几个学生吗？

汪东屏摇头，在教务的问题上他是从不含糊的，也不会跟谁讲辈分、卖面子。他说学生不是士兵，中国的军人已经够多了，而学校的职责是培养建国之栋梁。

那我教建筑设计总行吧？我说，我在巴黎学的就是这个。

汪东屏不好拆穿我只是个巴黎美术学院的肄业生，就说，学校里还没开建筑设计这门课呢。

我说，那这就开一门嘛。

学科是一门系统工程，得有许多前期的准备。汪东屏跟我掉了好一阵的书袋子，才说就算是什么都齐全了，董事会也通过了，那也得等到明年新生入学的时候吧？不然哪来的学生？

我一想也是，就用手指一敲桌沿，说，那外文系总是现成的吧？我在巴黎待了七年，我去教法语总成了吧？

汪太太这时温婉地叫了一声东屏，插嘴说这是件好事情呀，琨叔到了哪不都是件好事情吗？说着，她还用手轻轻地推了丈夫一把。看得出来，汪太太才是位真正的教务主任，不等汪东屏开口，她接着又说，琨叔的法语你也是知道的呀，那可是标准的巴黎口音。

我冲她一摇手，笑嘻嘻地让她千万别再叫我叔了，将来我也不会跟着胡绘棉叫她师母的。我说，我跟东屏马上就是同事了，往后我们就平等相处了。

汪太太看上去有点被感动了，她抓起桌上的茶水润了润嘴唇，说世上无难事，只怕有心人，而我就是这个世上难得的有心人。

汪东屏却是个拎不清的人，到了这个时候还拧着他那两条眉头看着我。他两手一摊，说，这怎么说的？你秘书也不要了？回忆录也不往下写了？你到底看中人家什么了呢？

这些问题后来有许多人问过我，就连《中央日报》也派记者专门来采访我，而我怀疑来人是受了南京那个刚成立的国防部的指示。他兜兜绕绕问了很多问题，当问到为什么要在大学里甘当一名普通的法语教师时，我不假思索地说，为了爱情。

这四个字说得我自己心里也一激灵，听起来是那么的陌生与遥远，却又耳熟能详，但我不在乎。我就是要所有的人都知道，我在转眼间爱上了秀澜大学里的一名女教师，尽管这所大学是以我曾经爱人的名字命名的，但我还是不在乎。在爱情的维度里面是没有时间与空间的，也没有过去与将来，有的只是一个男人与一个女人。

我要让所有的人都知道，既然这是命运的安排，那就是最好的安排。我不仅要把这个女人揽入怀中，我还要娶她为妻，与她日夜不分。

三十二

我与胡绘棉的婚礼就是两个大学教师的婚礼,仓促、寒酸,却充满了罗曼蒂克与青春的气息。

寒假来临,我就忙着准备我的婚礼,才发现自己是多么百无一用之人,除了发号施令,基本什么都不会干,也不知道该怎么干,好在我还有一大帮学生。因北方的战事与成倍暴涨的路费,许多人不得不滞留于校内。这群早已经成为我忠实拥趸的学生,在我还没能征服我的爱情时,就已经率先令他们折服。那时,每天有越来越多的男生与女生跟在我身后,就像我率领过的千军万马。他们不仅为我追求爱情的方式神魂颠倒、如痴如狂,并在经过了许多年之后,秀澜大学里依然沿袭着这种由我首创的求爱方式,而且历久弥新、花样百出。

在三个多月的时间里,我向胡绘棉整整求爱了一百次。刚开始那阵,我还神出鬼没的,一会堵在她教室的门口,一会守在她上下课的途中,就像那些中世纪的欧洲骑士,我每次都会单膝跪地,仰着脸,伸长手臂,对她说我是那么深沉地眷恋着她,我对她一见钟情,魂牵梦绕,为她茶饭不思,寝食难安。我说,你要么嫁给我,要么现在就杀了我,但还是不能阻止我爱你。

发展到后来,我基本上每天早上都会向她求一次婚,中午在食堂里又求一次,到傍晚下班时再求一次。我把求婚当成了我的一日三餐。我就是要在众目睽睽之下,让每个人都来见证我对她的爱情。我那孙疯子的绰号曾经传遍全军,又由此传遍了整座秀澜大学。每个师生都把我当成了疯子与花痴,当成了一桩茶余饭后的笑话,可我坚信精诚所至，金石为开，既然滴水都可以穿石，那么她就算是长着铁石的心肠，我也要熔化掉它。

很快，那些围观看热闹、起哄与捂着嘴巴窃笑的学生都被我打动。只要我一走近文学系那几间教室，就会有人跟在我身后。他们中忽然有人高喊了一声嫁给他吧，这四个字很快汇流成河那样，成了嘹亮的口号。可是，胡绘棉对我依旧冷若冰霜，抱着她那些讲义，只顾埋头小跑，有时眼睛里还噙着泪花，后来就干脆请起病假，躲回了家里面，但这根本难不倒我。

同学们不久就为我找出她家住址，并把我引导到那里。仍然是一天三次，我的这支求婚队伍浩浩荡荡地穿过秀洲城，穿过她家门口的那条巷子，堵在那两扇小院的门前。我们一二三连续不断地高喊：胡绘棉，嫁给我。

一下子，我的求爱成了秀洲城里的一道风景，到处是看热闹的街坊邻里与路人。他们指指点点、窃窃私语。刚开始时，警察还吹着警哨蜂拥而来。他们以为又发生了示威与游行，而我却惊讶这城里怎么有了如此庞大的警察队伍，黑压压的，比我当政那会多得多了，那得多少财政来养着他们？

为首的警佐一见我就啪地立正，敬了个礼。原来，他是我曾经的部下。我说，没事，你们来了也好，给我助助声势吧。

警佐一脸为难，提醒我说聚众游行与集会都得先在局里备案，得上面核准了才可以。

这是谁定的规定？我说，这不是游行，这是在求爱。

老部下还是很给面子的，想了想后，挥手对围观的人群说，散了散了，别看热闹了，都散了吧。

不给面子的人是校长。他与教务主任合乘一部黄包车匆匆赶来，一方面奉劝学生快回去，回到课堂上去，不要因为胡闹而耽误了自己的学业；一方面也规劝我，追求爱情是我的权利，但也要顾及小胡老师的名声，顾及学校的声誉，总得讲究一点方式与方法吧？校长为此还说了句俗语——强扭的瓜不甜。

瓜甜不甜得尝过才知道。我指了指那两扇紧闭的小院门，说，校长，你有这工夫干吗不去劝劝胡老师呢？

　　校长气得脸色发青，直到我带着学生离去，还站在胡家的院门前，埋怨汪东屏，说，你也真是的，这么一匹害群之马，你弄进学校来干什么？

　　他要来，难道校长阻拦得住？汪东屏打心眼里看不起这位由教育厅委任的校长，说，人家是这所大学的创办人，学校那几张地契上还盖着他的签章呢。

　　军阀就是军阀，江山易改，本性难移哪。校长长叹一声后说，我们还是得想想办法，不能这么由着他下去。

　　后来，我是听汪东屏说的，校长果真去找过胡绘棉，把话都说透了，让她不把此事妥善解决掉，就别来学校上课了。谁知，胡绘棉也是个决绝的人，当场就写了辞职书。

　　我听罢，不由得双掌一击，说，好，有我的风骨，我没看走眼。

　　只是，我不得不在求爱的方式上稍做调整，把一日三趟去胡家改成了一日两趟。主要是午间太仓促了，同学们也需要午休，不能因此影响了他们的学习。我把中午那次悄悄挪到了晚上，一个人独自在她家门外徘徊。深夜的风会让人头脑清醒，也会让人热血沸腾，不过对我都一样。我就是那么的不改初衷，也没有什么可以让我改变对一个女人的爱恋。

　　天气一天天地转冷，冬天随着呼啸的北风说来就来了。城里的物价仍然日夜飞涨，许多东西已经有钱都很难买到。所以，我去的时候有时还会捎上一些米面、罐头与乡下的腊肉与菜籽油，反正有什么就带什么，用牛皮纸包着，捆结实了，从院墙里扔进去。它们都是我城里的旧属与城外的佃户们送来的。每次，这些人来见我时都眼泪汪汪的，只知道唉声叹气。他们做梦都没想到我会落到这步田地，连找个老婆都要这么的劳神费力与兴师动众。他们说要是放在当年，除了洞房，这种事几乎不需要我亲自花半点力气。问题是现在已经不是过去了，看着他们那一张张暮气沉沉的脸，我觉得他们才是真正的可怜之人。他们从来都不知道什么才是真正的爱情，更不会知道爱情的乐趣就在于那个追索的过程。

这天夜里，我又准时赶到胡家门外，总算有位好心的邻居吱呀打开门，告诉我胡家早已搬去了城外的亲戚家里，具体是哪个村子，他也说不上来，反正在东边那块。我一点都没感到意外，只要她的家还在，倦鸟总会归巢的。对此，我坚信不疑。

就在这天夜里，就在我黯然离去刚走到巷口时，我一眼见到了我日思夜想的女人。胡绘棉就站在冷风里，路灯从她的背后照射下来，在脚前投下一道深长的阴影，而我却隔着老远就能看清她那张细白的脸。她的眼睛就像她脚下那道影子一样漆黑而飘忽。

我兴冲冲地跑上去，说，你总算让我等到这一天了。

你死了这条心吧。胡绘棉站着，一动不动地说，我是不会嫁给一个军阀的。

我老早就不是了。我说，现在我是个教书的先生。

胡绘棉说，先生能干出这种斯文扫地的事来吗？

那是为了你。我说，为了你，我什么事情都干得出来。

胡绘棉一愣，说，我们是两个世界里的人，就算我求你了，放过我吧。

还是我来求你吧。说着，我又单膝跪下去，仰起脸，朝她伸出手，可怜巴巴地仰望着她，说，这世上哪来的两个世界？你嫁给我，我们就是一个被窝里的人了。

胡绘棉扭头想走，却转眼又站住了。她在路灯下俯视着我，说，你这是要逼我去死。

那我跟你一起死。我说，我们在天愿作比翼鸟，在地愿为并蒂莲。

胡绘棉又是一愣，这回真的转身就走了。我慌忙跳起来，跟着她出了巷子，一路上不停地问她这是真的去死吗？

她头也不回地说，你让我还有脸活着吗？

那走这边。我伸手一拉她，指着一条昏暗的岔道，说，这边近，过去就是乌尤江。

当我们两个气喘吁吁地爬上江堤，在一片江涛拍岸的声音里，胡绘棉冷冷地说，你为什么还不跳？

我说要是我跳下去以后，你掉头走了怎么办？胡绘棉扭头横眉冷对着我，二话不说就要往下去，我赶紧拉住她，说，你死了，叫我怎么办啊？

她说，你不是要跟我一块去死吗？

问题是一块到了阎罗王那边怕说不清嘛。我说，他会把我们当成一对奸夫淫妇的。

胡绘棉这才记起狠狠地甩开我的手，对着冷风吐出两个字：懦夫。

我一不做、二不休，一把将她紧紧抱住，用力贴在她胸前，气喘吁吁地问她：你是真的想死吗？

胡绘棉说是，说着，又使劲挣了几下没挣脱，就说，松手，放开我。

我把嘴贴到她耳边，说，你连死都不怕，为什么不敢嫁给我呢？

胡绘棉是在我的双臂间一点一点松弛下去的。我能听到她的心跳，听到她的呼吸，我还能听到她泪水流出眼眶的声音，在这呼啸的北风里，我们都快要冻僵了，她才一点一点地推开我，说，我是不会给任何人当小妾的。

我的心头一热，马上说，是续弦。说完，趁机抓起她的双手，高兴地又说，原来你还不知道我是个鳏夫啊。

这个世界上还有比一个寡妇嫁给鳏夫更般配的婚姻吗？

我一向以为女人通常都会一上床就想着要结婚了，可胡绘棉注定是个不一般的女人，她非得等结了婚才愿意跟我上床。我说我们都是过来人，就不必在意那点仪式浪费时间了。她却说正因为我们都是过来人，才更加应该注重仪式。我当然得顺着她的心意，就催促她快去让她父母选个日子。胡绘棉摇了摇头，说，用不着，婚姻是我们两个人的事。

我考虑了一下，还是给上海的母亲去了封信，主要是堵她的嘴。

既然当年她可以把自己嫁给巴斯蒂安，那我娶一位平民家的小寡妇也是天经地义之事。我以为她至少会汇几个钱过来，哪怕是寄点日用品与做衣服的料子也好。事实上，一直到蜜月结束，学校都开学了，我仍然没有收到她的任何东西与只言片语。

因此，婚礼在学校食堂里举行的那天，我只能用黑市上买来的炼乳兑上开水招待来宾，可几罐炼乳怎么够？后来，只能让他们自己烧水自己喝。好在都是些滞留在校的穷学生，而正是他们喝着滚烫的白开水，为我们唱响了《婚礼进行曲》。

我们的新房就在穿过操场的那幢教工宿舍楼里。胡绘棉重当新娘的头一晚就已经很像个妈了，先去隔壁替熟睡的文华换了个热水袋后，又披了披被角才回到我们的新房里。

我从被子里伸出一条光脱脱的手臂，说，来，被子都已经替你焐热了。

二婚的新娘脸上有种别样的羞涩，特别的招人喜欢。她把头别到一边，磨磨蹭蹭的，完全像是在没话找话，忽然问我总共向她求了多少次爱。

这我怎么记得起来？我说几十次总有的吧？说完，又一拍被子，笑着对她说，还有大半夜工夫呢，进来，我们扳着指头慢慢算。

九十一次。胡绘棉站在床边，说这里面还包括了我在她家门外独自徘徊的那二十三个夜晚。

你怎么记得比我还清楚？我说，那会，你不是早搬亲戚家去了吗？

然而，这个问题与答案在此刻已经不重要。胡绘棉的脸红通通的，眼睛水汪汪的，就像喝了很多酒。她看着我，轻轻地说，明知道不在，那你还去？

我说，我得告诉你的街坊，你有男人了，那个人就是我。

胡绘棉一愣，扭身在床沿上慢慢地坐下，一颗泪滚过脸颊，滴落在手背。

今晚你该高兴才是，你都有男人了，还哭什么？说着，我就抓住那只手，把她连人带衣服往被子里拉。

胡绘棉身上的缎面丝绵旗袍又冷又滑，压在上面就像趴在丝绸的被面上。我忙着在她腋下找着那些纽扣，一个个把它们解开时，她始终一动不动地看着我，说为什么是她呢？这城里应该有很多我可以娶的女人。

我随口就说，因为爱情。

女人就喜欢在这两个字上头较真。她竟然说，要是我一点都不爱你呢？

不要紧。我停了停，说，那是你还不了解自己。

胡绘棉闭嘴了，在枕头上出神地望着天花板，由着我一个人上上下下地忙活。眼泪又要在她那双水汪汪的眼睛里漫上来了。这不是存心让我的洞房之夜泡汤吗？

我索性彻底停下手，撑在那里想了想，说要不这样吧，为了表达对她的那份真心与诚意，我再向她求九次婚，补足一百回，这也是一种圆满嘛。说完，我掀开被子，赤条条地单膝跪在床上，跪在冰冷的空气里，不由分说就朝我的新娘张开手臂，说，亲爱的，我求你了，让我快点做你的丈夫吧。

第二年春天，树上的枝条刚刚抽芽，胡绘棉就已有孕在身了，可她总有点忧心忡忡的，担心等到孩子出世，这座城里的黑市只怕都要难以为继。于是，每次我一发薪水，她都会不顾一切地去囤积奶粉。我劝她不用这么着急，到时候我会让上海寄过来的，我还会饿着自己的孩子不成？

她却说这叫未雨绸缪，靠谁都不如靠自己。当过大学教师的女人就是与众不同，说出来的话总是那么的简洁明了而意义深邃。有时候，听她讲话，我都会觉得自己就是一个文学系里的旁听生，尽管她是坚决不肯再回课堂了。为此，汪氏夫妇来请过，校长也亲自来请过，晓之以理，动之以情。

既然有情人都已经成了眷属，那点不愉快的往事就不必再放在心头了，生活还是得继续的嘛。校长说着，取出那份辞职书交还到胡绘棉手里，完全是看我的面子才好言相劝，说眼下举国上下都在共克时艰，望小胡老师认清形势，一份职业就意味着一份薪水，尤其这种时局下，多几个钱贴补家用也是好的嘛。

谁知，胡绘棉偏偏就是个不为五斗米折腰的女子，一脸都是好马不吃回头草的从容与蔑视。我是真心喜欢这样的女人，我时常会在她那双细长的眼睛里面看到我自己。不过，胡绘棉很快就为自己找到了新的工作——她一边孕育肚子里的孩子，一边悉心地教化我那个白痴的继女。

一名教师的好就在于培养与挖掘学生潜质的能力。胡绘棉无疑是这样的好教师。在试着教过文华唱歌、跳舞、朗诵与田径后，她才醒悟到白痴终究是个白痴，傻丫头每天除了尖叫，就知道奔跑。直到有一天，胡绘棉翻出亡夫生前写生用过的那只画箱，这完全是在黔驴技穷了之后，只为让一个傻瓜能消停一点，却意外发现白痴竟然是个绘画上的天才。尤其是在色彩与光影上面，文华简直是无师自通，抓起画笔就能涂抹出一幅绚烂画作来，而且只要一站在画架前，她可以画上一整天，可以不吃不喝，不跑不叫，一幅接着一幅地画下去。

当晚，我回到家里已是深夜。一进门，胡绘棉就迫不及待地说她发现了一个天才，一个中国的高更与塞尚。说着，她把桌上那些涂满颜色的写生纸一张一张地摊开，让我用心细看。她难掩激动地说，这个世界上从来都不缺天才，缺少的是发现天才的眼睛。

我却连说话的力气都快没了。我又累又饿，下午一下课就应邀去参加了一个校外的集会，我们又将要联合秀洲城里的其他学校，共同举行一场大游行。在配合全国各地的学潮上，秀澜大学是从来都不居人后的。美军大兵在北京强奸了一名女学生，同学们马上响应起来，进行了抗暴的示威与游行，要求惩凶、赔偿，要让美军滚出中国去。司徒雷登发表了一则声明，为了配合上海学生的爱国运动，我们同样举行了反美抗日的大签名与大游行，举着标语，高喊口号，到处散发传单。在全国各地掀起的反内战与反饥饿的运动中，我们的斗争也从来没有停止过。我们把失业的工人与破产的商人都联合了起来，我们从秀洲城的大街小巷汇聚到市政广场。每次握紧拳头高喊口号时，我都像回到了我的青春岁月，回到了那时巴黎的街头。

我又开始想念董秀澜了，在时隔了那么多年之后，她的一颦一笑、一举一动，依然是那么的清晰与恍惚，仿佛就在眼前，就在我的身边的一侧。我甚至都能嗅到她身上散发出来的气息。尤其是在深夜，在漆黑寂静的牢房里，只要一闭上眼睛，我就能看到那双滚圆的大眼睛，在黑暗中乌溜溜地注视着我。

我第一次被抓是跟我的学生与同事们一起，刚赶到市民广场就遭到了军警的阻拦，被揪着头发塞进警车，身上还挨了好几下警棍。当然，我也是第一个被释放的人。市长带着警察局长连夜赶到监狱，把我请进一间会客间后，先后向我赔了礼、道了歉，同时也婉转地请求我，不要再跟学生们在一起了。

我说，我是教师，我不跟学生在一起，你们让我跟谁在一起？

市长仍然婉转地提醒我不光只是个教师，我还是曾经的中央委员与退役中将，我的一言一行都是带有政治含义的。

那是过去，你们有本事让一个人回到过去吗？我心平气和地对他说，既然秀洲城里没人有这个本事，那我只能在大学里当个法语教师，跟我的学生们在一起，他们要吃饱肚子，要停止战争，我也一样要吃饱肚子，要停止战争。我说，我是打过二十年仗的人，我比他们更知道打仗是怎么死人的，而且现在又尝到了挨饿的滋味。

市长肯定是误会了，以为我是因没吃上晚饭在给他暗示呢，马上命警察局长让人安排了一桌夜宵进来，还说他这个当市长的要自罚三杯，以示赔礼道歉与对我的敬仰之情。

不用麻烦了，两位还是送我回牢房吧。我对他们说我在巴黎时蹲过法国人的监狱，在西安兵谏那会还让张学良关押过，如今在自己的老家坐牢，也算是我的荣幸。

温文尔雅的市长看来很有当生意人的潜质。他后来索性把话说白了，问我到底怎样才肯原谅他的失职，给他一次弥补的机会。

我说，既然我们这些人是一块进来的，起码得一起回去吧？

市长一口就答应了，保证在我到家之前，被捕的师生们也会一个不剩地走在回家的路上。看着警察局长略显为难的脸，他有点不耐烦地说，特事特办，学生跟老师都是党国的栋梁，要吃饭，要和平，这没错呀，这都是人之常情嘛。警察局长还有点想顶嘴的意思，市长一摆手，又说，就这么定了，你去安排放人，我这就送孙将军回校。

我说不用了，我有腿，我会走着回去的。市长却非要送我，还谦逊地声称有很多问题正好在路上向我请教。我说，那可不敢当，有话你就直说吧。

市长是在送我回校的车里提醒我的，警察局长虽说是他的下属，可人家还兼着保密局里的身份。保密局就是当年的军统。我说这有什么关系？大不了把我也做掉嘛，就像昆明的闻一多与李公朴，他们保密局又不是没干过。市长还是苦口婆心地劝我，得为新婚的夫人与没出世的孩子着想，也得为我那些学生与同事们着想。主要是我的身份特殊，保密局从来没停止过对我的监控。

这些我都知道。我住在甘露寺时，他们在山门外设了个香烛摊；我搬进学校的教工宿舍后，他们又在那里安排了个宿管员，最近又加了个打扫操场的勤杂。我好歹也是带过兵、主政过一方的人，这点小花招会看不出来？可我从来就没放在心上过，一直把他们当作是国防部为我特别安排的警卫。我只是奇怪这位素昧平生的市长，就问他为什么要对我说这些。

他想了想，说有时候人家不便对付我，就会杀鸡儆猴，向我周边的人下手。

我说，这可不像是一位市长该说的话。

市长笑了笑，让我就姑妄听之吧。我偏要打破砂锅问到底，市长只好叹了口气，说我是见过大世面的人物，应该看得比他更深远，在一个军人当政的时代里，像他这种市长不过是眼皮子上面描的一道眉毛。他说，在下是不求有功，但求无过。

我这会再看这位市长，在黑暗的车厢里觉得他倒像个失意的文人，同时也发觉，他肯定是干不长了。尤其到了第二天，当我见到那些被释放回来的学生与同事时，我更加确定，一个信守承诺的官员，他的仕途也就快走到头了。

果然，没过多久，报纸就刊登了新市长的就职公告，而这一点都没有影响到我们反饥饿与反内战的热情。我们要民主，我们要科学，我们要向着炮口要饭吃。我才不在乎那位前市长的善意提醒，我就是要站在我的学生与同事们中间，站在那些失业的无产者中间，举着我的拳头，喊出我们共同的口号。

我乐此不疲，无所畏惧。骚动的城市与愤怒的人群，让我浑身上下都充满着返老还童般的热血与激情。我时刻准备着随时被抓进监狱，甚至都想到了再次被他们暗杀，在激愤的人群中被一颗迎面飞来的子弹击中眉心。

三十三

　　事实上，从小到大我最讨厌的就是垂钓。那是只有傻瓜才干的事，一动不动地待在岸边，把希望都寄托在那些活蹦乱跳的鱼身上。可是，为了心爱的妻子与新生的女儿，我不得不每天甘当傻瓜，一大早就坐在乌尤江边，才发现水底的鱼其实一点都不傻。那么宽阔而欢腾的乌尤江里，愿意上钩的鱼有时候一天都没有一条。好在我有学生帮忙，常常是等我提着钓竿赶到江边，他们都已经在了。他们都在为师母的奶水替我操心。

　　胡绘棉真是个与众不同的女人，胸前长着那么沉甸甸的两大坨，竟然都挤不出一滴奶水来，喝再多的美国奶粉都不管用，除了长出了满嘴燎泡。我那初生的女儿更不像话。她奶粉不吃，米汤不喝，一天到晚就知道蹬着两条小腿哇哇地哭，要么就是叼着她母亲的奶头，吸不出奶水还咬着奶头拼命地吸，直到胡绘棉疼得泪流满面才发现，女儿咕嘟咕嘟往肚子里吞的都是她的血。

　　你生的哪是女儿？看着胡绘棉那两个血淋淋的奶头，我不止一次地说，这分明是个喝人血的妖精。

　　为此，我请了城里久负盛名的老中医前来把脉，得出的诊断是胡绘棉得了产后惊惧症，才导致阴阳失调，把该下的奶水都吓回去了。这让我深感歉疚，能让一个产妇担惊受怕的人只有她早出晚归的丈夫了。好在老中医临走给出了一帖偏方，就是用乌尤江里盛产的白鱼为引，加上通心莲、黄芪、白术、当归与瓜蒌，三碗水熬成一碗汤，早晚一服，药食同疗。

那个时候，解放军已经大兵压境，学校停课了，城里到处是从前线溃败下来的国军士兵，占满了车站、码头与学校的操场。为了避免与溃军冲突，我们把游行、示威与请愿都暂停了下来，有的学生甚至已经在为解放军的进城偷偷做准备了。现在，我倒是有时间伺候她们母女三个了，这是我这辈子都没有过的体验。我既当爹，又当妈，一大早还要去乌尤江边垂钓，回到家里系上围裙再当厨娘，把胡绘棉感动得都不像个知识妇女了，唠唠叨叨地说什么君子远庖厨，让一个大男人围着灶台转让她情何以堪。

到什么山，就砍什么柴。我乐呵呵地说，现在，我只能干这些了。

胡绘棉以为我这是在安慰她，两只眼睛又开始水汪汪了。看来，女人终究还是女人，尤其是刚生完了孩子，往日里端着的那点架子，这会都成了那个瘪下去的肚皮。现在，反倒是傻丫头文华成了这个家里最安静的女人，每天只做三件事情——吃饭、睡觉与画画。

这天，我提着鱼篓从江边回来，刚上楼梯就听见屋里有说有笑的，进去一看，是个穿着制服的国军女尉官在帮着胡绘棉和面。再盯着那张脸仔细一看，我吓了一跳，她竟然是胡淑勤。

你怎么来了？我说，你不在那边待着，大老远跑这里来干什么？

胡淑勤笑吟吟地叫了我一声三哥后，说她带了点美国面粉来，她要做一道延安的裤带面，让嫂子尝尝她的手艺。

我赶紧关上门，心里一转念，就指着她那身行头，说，你不会是叛逃过来的吧？

胡淑勤就当没听见，继续揉着那团面，一边说她跟嫂子聊了半天才知道，原来她们还是远房亲戚呢，祖上那辈都住在东城门外的胡家坡上。

胡绘棉这时起身去洗了把手，说孩子该醒了，怕又得哭了。说着就识趣地进了里屋。

胡淑勤却已经笑到腰都快直不起来了，说嫂子都跟她说了，我是怎么求的爱、怎么结的婚。她说，我相信，你是这样的人，这种事情只有你做得出来。

我在胡绘棉坐过的那张凳子上坐下，瞪着她，问她上来时见没见到楼梯间里那个穿灰大褂的瘦子。我说，那是保密局的人。

胡淑勤说她知道。说着，她扭头看了眼站在窗边作画的文华。

我说，没事，她是个傻子。

胡淑勤这才搓干净粘在手上的面粉，掏出一个信封，希望能替她牵根线，把它转交给马万全，再听听他的想法。

马万全跟我一样已经脱下军装，唯一不同的是他因为贪腐。据说，当时他是跟那几个接收大员一起被押往重庆的，后来考虑到在抗战中的功绩，上面给了他一个体面退休的机会。我不解地看着胡淑勤，说，你们对这个老家伙也感兴趣？

马万全很快会复出，担任白崇禧的兵团副司令兼秀洲的城防司令。胡淑勤说，如果不出意外，国防部的任命几天后就会到达他手里。

这才是让我感到震惊的，连汉口剿总都未必知道的军事任命，中共都已经事先得知，而且看上去还那么的确定无疑。我说，你们都成了铁扇公主肚子里的孙猴子了，这仗还打个屁。

这是人心所向，大势所趋。胡淑勤说着，指了指桌上的信问我，能猜到里面的信是谁写的吗？

她能这样问，我就不难猜了。我说，这还用猜吗？宝珩嘛。

胡淑勤摇了摇头，说她离开西柏坡前，肖必成夫妇已经奉命去了长春。说着，她拿起那封信，递到我手里，让我仔细看上面的笔迹。

我不敢相信自己的眼睛。我瞪着她，说，不可能，汪家窑去年就战死了。

那是宣传，仗都打到这地步了，反动派还有多少真话敢讲？胡淑勤告诉我，汪师长选择了人民，在开封战役中率部起义。现在，他的师已经渡过长江，很快就会来到秀洲城。她说，这座城市在抗战中已经毁过一次了，我们谁都不想它再毁一次。

两天后，我在马万全接任城防司令的当晚闯进他家里，等了很久他才穿着一身便服出来，冲我伸着大小两根手指，说有六拨人在外面等着求见，但他谁都不见，今晚就在这里陪我喝茶与聊天。

我说，我是无事不登三宝殿。

他说，事到如今，除了生死与成败已经没有什么大事了。

我说，上次来见你时，还真以为你没几天了，想不到现在又红光满面了。

马万全仰脸一笑，说，能一眼看出来的，只怕都不是真的。可是，等他看完汪家窑那封信就笑不出来了，感慨地说，得民心者得天下，现在连你都成了那边的人。

我说，我只是个牵线搭桥的。

马万全想了想，说是不是这城里的人都想让他成为傅作义。

我笑了，说，你成不了傅作义，秀洲城也不是北平城。

他却一本正经地问我，如果今天是由我来当这个城防司令，我会怎么办。

新的总归会比旧的好，你守着的那个政府已经烂到头了。说完，我想了想，又说，你还找得出一个比它更烂的政权吗？

马万全默不作声，默默地喝掉一杯茶后，又给自己倒满一杯，才话题一转，说他已经老了，根本无意于我们孙家的财产，那些钱他都用来抚恤阵亡的将士了。他说这些都是有账可查的，就算我的父亲在世，他也会这么做的。

我不是来听你说这些的。我说，这些都已经是小事情。

马万全点了点头，又拿起茶杯，把那些滚烫的水都喝下去后，说那他就放心了，既然我是个拿得起与放得下的人，就请我作为他的代表去跟来人谈，谈妥了他就签字。马万全说，你让他们放心，我会负责他们在秀洲城里的一切安全。

他妈的，这个老滑头。我在心里狠狠骂了一句，毫不客气地对他说，你就别脱裤子放屁了，他们派来的也是你的老熟人。

马万全笑了，说，原来是大少爷来了。

是大少爷的小姨子。我直言不讳地对他说，你没忘了我大哥的那位老丈人吧？

马万全的脸色有点发白了,说,来人是胡家的二小姐?

三小姐。我笑着告诉他,就是当年他找遍了武汉三镇都没能除掉,后来在嘉禾县城里派出五拨人马也没抓着的胡家三小姐。

人生就是那么的奇妙与耐人寻味,让我再次感到了老天爷就是一个好事之徒,就喜欢把人间的那点恩怨与尴尬搓揉到一块去。那晚,我回到学校已是深夜,操场上还生着一堆篝火,几名国军的溃兵围在那里,正在烤一只不知从哪里抓来的野鸡。

那名瘦长的宿管员忽然蹿到我面前,叫了一声孙先生后,把我拉进路边的阴影里,说现在正有人在家里等着我呢,他们会把我带到秀洲机场,然后飞往广州。见我直愣愣地看着他不说话。他再三让我要相信他的话,如果我不跟着走,极有可能会让这些人沉进乌尤江里。

你是什么人?我总算开口了,说,我凭什么要相信你?

瘦子的两条腿微微靠了靠,立正说,在下是保密局秀洲站的外勤李魁兴,受胡淑勤女士委托来带先生离开。

我更加吃惊了,看着他,说,谁是胡淑勤?

胡女士曾建议您去查一下民国二十六年前国立中央大学的在册学生名单。李魁兴说,先生现在该信我了吧?

我当然信了,这是在延安的大街上胡淑勤对我说过的话。我说,那我的家人怎么办?

我们会照顾好她们的。李魁兴让我尽管放心。他说,我们还会保护好她们的。

我就是这么跟着他离开学校的。走了一会,被送上一辆停在路边的军用卡车,摇摇晃晃地驶出城门,又开了很久,才下到一条渔船里,横渡过乌尤江。一个山民模样的男人已经等在那里,他让我换上一身粗布大裤后,什么话都不说,领着我绕开大路与村镇整整走了一天,一直走到我筋疲力尽。我说,你到底要带我去哪里?

他指了指苍茫的乌尤山,说,前面就到了。

晚上,他在田边的一个瓜棚里为我烤了个红薯,一觉醒来,我发现天亮了,身边的山民换成了一个胡子拉碴的猎户。他戴着斗笠,披着蓑衣，一副要去跋山涉水的模样。

我说，你这是要带我去哪里？

猎户一看就是个乐和人。他咧着嘴，往前一指，说，进了山里，你想去哪就去哪。

乌尤山的春天潮湿而清新，有时天上还挂着太阳，云雾遮蔽处却已经在哗哗地下雨了。每天晚上，躺在只有猎人才能找到的避雨之所，一阵风吹过，都能带来许多破土而出的声音。那些疯长的植物，常常在你睡下去的时候是一个样子，到了第二天醒来又成了另一副全新的模样。

这天，常在我梦境中出现的那幕又出现了，古先生一手牵着我四弟宝玠站在月光下，另一只手高高地举起，远远地冲我招着手，我却怎么也走不到他俩的跟前。追着这一老一少，我在山林里跑得都快要断气了，他们仍在我一箭之遥的前方，冲我一下一下招着手。

第二天，猎户找到我时，他气喘吁吁地看着我，说从没见过一个人能梦游成这样子的。我就像一只奔跑的兔子，一夜间已经连着翻过了两座大山。

后来，当我到了父亲当年秋围与拉练的地方，还找着了宝玠与古先生沉溺的那个水潭，才发现它们都已不是我记忆里的样子了。猎户告诉我说，乌尤山里虽然一年才三季，可每个季节里都有好几副不一样的面孔。他说，在这些山里面，只有乌尤江是不变的，哪怕发再大的水，它都是从哪里来，就到哪里去。他还说，只要沿着那些哗哗的水声往前走，就没有人会迷失在这群山里面。

我们就是这么循着水声一直往山里去，穿过了一片又一片的密林，翻过了一道又一道的山梁。刚开始时，我还用心记着日子，后来很快就发觉时间已经不重要。我只记得在见到那眼泉水时，以为找到了乌尤江的源头，不禁有点失望，那不过就是石头里突突往外冒的一小股水，沿着石缝在山沟里汇聚成流。过了没几天，我们在更深的山里又见到了好几眼这样的泉水，同样都是突突地往外冒着水花，同样都蜿蜒而行，绕过光秃秃的石头，穿过所有阻挡它们的山梁与草地。

我问猎户哪里才是乌尤江的源头。

他指了指头顶的天空，说，哪片云彩下雨，哪里就是源头。

等我们顺着那些水流往回走，再次穿过无数的密林、山涧与沟壑出了乌尤山时，山外已经是夏天，充满了骄阳似火的感觉。那位曾经山民打扮的男子现在穿了件本色的衬衫。显然，他曾派了很多人进山找我，一见猎户就埋怨他把我带哪里去了，他还以为我们是遭遇了不测，活不见人、死不见尸了。

哪能呢？猎户还是乐呵呵，说，不是你关照的吗？只要进了山，上哪里都成。

我问那人，说，现在城里怎么样了？

解放了。那人的眼中一下变得神采奕奕，用力一握拳头，又说，现在的秀洲城是人民的天下了。

那你快点送我回家。我说，这真是山中才一日，世上已千年。

可是，胡绘棉与我女儿都已经被带走。就在我离开秀洲城的第二天，她们母女俩被强行送上飞机。胡淑勤简略地说了说那晚的情况后，让我放心，嫂子娘俩到了广州没几天就被人接走了，现在正在香港呢，在我母亲的身边，由她照料着。

我的老婆孩子干吗要待在她身边？我对胡淑勤说，他们可以把人弄走，你们也一定有办法把她们娘俩弄回来。

胡淑勤点了点头，说办法不是没有，但她首先要考虑到母女俩的安全，那才是最要紧的。她让我一定要有信心，我们一家子迟早会团聚的。她说，我很快就会随部队南下，我们很快就会解放全中国了。

我点了点头，说，那我就在家里等着。

现在，我的身边又只剩下了傻丫头文华。这个一天到晚只知道在纸上涂抹的白痴真是个天才，都已经知道要外出写生了，每天早晚都在乌尤江边支着画架，在那里一幅接着一幅地画。她的每幅画里的乌尤江都是那么的浓烈与奔放，就像流淌的火焰，那么的流光溢彩，跟我记忆里见过的每一条大江大河都不一样。乌尤江的每一朵浪花上都闪烁着炽热的光芒。

新学期开学的时候，我决定仍然留在学校里，继续教我的法语。我对汪东屏说，这下我又有时间了，我可以一边教书，一边继续往下写我的回忆录。

汪东屏说，现在可是新社会了，还是要把精力多放到工作中去。

我说，那当然。

很快，我平静如水的生活里又多了一项新的爱好——我喜欢上了钓鱼。刚开始，我只是为了看着那个傻丫头的。她要去江边写生，我就在她的一旁钓鱼。再傻的丫头毕竟也是个快要长成的大姑娘了，我可不能一不小心让人钻了空子，让那些野小子们不声不响地把她给欺负了。

这是我对自己的承诺——我这辈子都不会亏待她，也不会让任何人来欺负她。

我想，人这一辈子总得信守一次对自己的承诺吧。

图书在版编目（CIP）数据

江河东流 / 畀愚著. -- 北京：作家出版社，2020.12
ISBN 978 – 7 – 5212 – 1195 – 5

Ⅰ.①江… Ⅱ.①畀… Ⅲ.①长篇小说 – 中国 – 当代 Ⅳ.①I247.5

中国版本图书馆 CIP 数据核字（2020）第 250752 号

江河东流

作　　者：	畀　愚
特约编辑：	王晓君
责任编辑：	田小爽
地图绘制：	刘　阳
装帧设计：	留白文化·白丁
出版发行：	作家出版社有限公司
社　　址：	北京农展馆南里 10 号　邮　编：100125
电话传真：	86 – 10 – 65067186（发行中心及邮购部）
	86 – 10 – 65004079（总编室）
E – mail:	zuojia@zuojia.net.cn
http:	// www.zuojiachubanshe.com
印　　刷：	北京盛通印刷股份有限公司
成品尺寸：	152×230
字　　数：	270 千
印　　张：	19.75
版　　次：	2021 年 5 月第 1 版
印　　次：	2021 年 5 月第 1 次印刷
ISBN	978 – 7 – 5212 – 1195 – 5
定　　价：	58.00 元

作家版图书，版权所有，侵权必究。
作家版图书，印装错误可随时退换。